Liliane Fontaine
Die Richterin und die tote Archäologin

W0365566

PIPER

Zu diesem Buch

Die Ergebnisse der gerichtsmedizinischen Untersuchungen sind eindeutig: Flavia Leone und ihr Lebenspartner Roger Creteuil wurden auf die gleiche spezielle Art erstickt. Doch wer hätte ein Motiv gehabt, sowohl die Archäologin als auch ihren Mann zu töten, der Kapitän auf einem Cargo-Schiff war? Offenbar herrschte auf dem Grabungsgelände große Rivalität, und besonders eine ehrgeizige Kollegin macht keinen Hehl aus ihrer Feindseligkeit gegenüber Flavia. Wollte sie die Leitung der Ausgrabung um jeden Preis für sich haben? Tatverdächtig ist auch Flavias Liebhaber, ein Sportstudent, dem sie vor kurzem den Laufpass gegeben hat. Ein Mord aus Leidenschaft? Je weiter Mathilde de Boncourt, Commandant Rachid Bouradaa und Lieutenant Felix Tourrain von der Police Judiciaire ihre Untersuchungen vorantreiben, desto mehr Fragen tauchen auf. Und bald stoßen sie auf ein Geheimnis, das die Archäologin lange verborgen gehalten hat …

Liliane Fontaine, die in Saarlouis nahe der französischen Grenze geboren wurde und französische Wurzeln besitzt, ist Krimiautorin und Kunsthistorikerin. Sie promovierte an der Universität des Saarlandes in den Fächern Kunstgeschichte und Klassische und Vorderasiatische Archäologie. Mit ihrer Familie lebt sie in Bremen sowie mehrere Wochen des Jahres in der Nähe von Nîmes, wo sie Kultur, Land und Leute und das Savoir-vivre Südfrankreichs genießt.

Liliane Fontaine

DIE RICHTERIN

UND DIE TOTE ARCHÄOLOGIN

Ein Südfrankreich-Krimi

PIPER

Mehr über unsere Autoren und Bücher:
www.piper.de

Wenn Ihnen dieser Südfrankreich-Krimi gefallen hat, schreiben Sie uns unter Nennung des Titels »Die Richterin und die tote Archäologin« an *empfehlungen@piper.de,* und wir empfehlen Ihnen gerne vergleichbare Bücher.

Von Liliane Fontaine liegen im Piper Verlag vor:
Ein Fall für Mathilde de Boncourt:
Band 1: Die Richterin und die Tote vom Pont du Gard
Band 2: Die Richterin und die tote Archäologin
Band 3: Die Richterin und der Kreis der Toten

FSC
www.fsc.org
MIX
Papier aus verantwortungsvollen Quellen
FSC® C083411

Originalausgabe
ISBN 978-3-492-31556-2
April 2020

Redaktion: Sandra Lode
Umschlaggestaltung: FAVORITBUERO, München
Umschlagabbildung: GettyImages/Murat Taner
Satz: psb, Berlin
Gesetzt aus der Adobe Garamond Pro
Druck und Bindung: CPI Books GmbH, Leck
Printed in the EU

Prolog

»Wenn der Himmel sich spaltet,
und wenn die Sterne zerstreut sind,
und wenn die Meere über die Ufer treten,
und wenn die Gräber aufgewühlt werden;
dann wird jede Seele wissen,
was sie getan und was sie unterlassen hat.«

Koran 82:1–5

Sssssssst. Der kalte Stahl durschnitt die trockene, heiße Luft.

Nein, er würde nicht um Gnade bitten oder betteln, und winseln schon gar nicht. Er wusste, was ihn erwartete. Gnade – für diese Menschen ein Fremdwort. Das hatten sie in der Vergangenheit schon tausende Male unter Beweis gestellt.

Wie viele Jahre machte er jetzt seinen Job? Weit über das übliche Pensionsalter hinaus. Er hatte die Siebzig bereits vor vielen Sommern überschritten. Niemand machte ihm etwas vor, niemand hatte ihm in all den Jahrzehnten des Schaffens seine Position streitig gemacht. Niemand reichte an seinen Wissensschatz heran, den er für immer in seinem Kopf bewahren würde. Zumindest solange der noch auf seinen Schultern saß. Das feine Lächeln, das bei diesem Gedanken seine trockenen, aufgerissenen Lippen umspielte, irritierte die Männer.

Sein internationales Renommee war außerordentlich. Noch vor wenigen Jahren hatte er vor der Fachwelt gesprochen, seine Entdeckungen und Erkenntnisse veröffentlicht, sich mit Kollegen aus aller Welt ausgetauscht. Diese Zeit war schon lange vorbei. Wann hatte ihn zuletzt eine gebannt lauschende Zuhörerschaft auf der Reise durch seine faszinierende Welt begleitet? Vor sieben, acht Jahren? Oder war es länger her? Es kam ihm wie eine Ewigkeit vor.

Ein Dröhnen unterbrach seine Gedanken. Die Erde bebte erneut. Er schloss die Augen. Sein Schmerz war grenzenlos, und er litt wie noch nie in seinem Leben, spürte den Staub auf dem Gesicht, schmeckte ihn im Mund, wusste ihn in seinen Ohren.

Nicht noch mehr! Reichte es ihnen immer noch nicht?

Sekunden der Stille, gefolgt vom Brummen der Motoren.

Seine Knie schmerzten, seine Handgelenke waren taub. Ein letzter Versuch, um vielleicht doch noch zu retten, was unrettbar verloren war. Seine Stimme war nur noch ein Flüstern.

Ssssssst. Kälte – Wärme – dann nichts mehr.

Wissen, Tradition, Ehrfurcht, Träume. Alles für immer unter dem Sand begraben.

Kapitel 1

Der Albtraum nahm immer wieder eine neue Gestalt an. Doch der damit verbundene Schrecken milderte sich langsam ab. In dieser Nacht war sie lediglich auf den Stufen zum Palais de Justice zusammengesackt. Ohne Schmerzen, ohne das Gefühl, dem Tod nahe zu sein. Eher wie ein kurzer Schwächeanfall bei brütender Hitze, der einem die Sinne raubte. Dann plötzlich empfand sie eine unendliche Leichtigkeit, etwas oder jemand zog sie auf die Beine. Sie fühlte den Boden unter den nackten Füßen. Und dann schwebte sie nach oben, Zentimeter für Zentimeter, von einer unsichtbaren Kraft begleitet. Sie spürte einen leichten Druck, eine Hand, die ihre Hand erfasst hatte, sie geleitete. Zu dieser Hand gesellte sich eine schemenhafte Gestalt, der sie jedoch kein bekanntes Gesicht zuordnen konnte. Immer weiter hob sie vom Boden ab, bis in Höhe der Justitia, der Göttin, die inmitten des Dreiecksgiebels thronte und für Gerechtigkeit sorgte. Unsicher schaute sie sich um, erwartete, dass Justitia das Wort an sie richtete. Doch die Lippen der Göttin blieben versiegelt. Nach einem Augenblick des Verweilens in der Höhe glitt sie langsam zurück auf den Boden. Die Hand löste sich aus ihrer, die schemenhafte Gestalt verschmolz mit dem Nichts. Sie hockte auf den kalten Steinstufen, und Tränen strömten über ihr Gesicht. Sanft wurden sie von einem warmen, wenngleich rauen Gefühl weggewischt.

Untersuchungsrichterin Mathilde de Boncourt erwachte aus ihrem Traum, als eine lange Hundezunge ihr liebevoll über die Wangen schlabberte. Sie schlug die Augen auf und schaute ins Gesicht von Henri, dem schwarzen Labrador, der sie hingebungsvoll mit seinen bernsteinfarbenen Augen anblickte, sozusagen

Auge in Auge, denn er lag kaum zehn Zentimeter von ihrem Kopf entfernt, seinen schweren Schädel ebenfalls auf das Kissen gebettet. Mathilde fuhr dem jungen Hund über das glatte Fell. »Ein *bisou* für mich schon am frühen Morgen. Das nenn ich Treue. Sonst küsst mich ja keiner um diese Uhrzeit.«

Sie rekelte sich, und der Hund sprang vom Bett. Er hatte seine Pflicht erfüllt. Mathilde war geweckt, und er würde in der Küche nachschauen, ob dort etwas für ihn zu holen war. Babou, sein älterer Hundekumpel, war mit dem Herrchen unterwegs. Sie hatten ihn nicht mitgenommen. Aber das störte Henri wenig, dann blieb mehr für ihn übrig. Er drückte mit dem Kopf die Schlafzimmertür auf und trollte sich. Mathilde schob die Bettdecke von sich. Die große Fenstertür war in der Nacht offen geblieben, eine erfrischende Brise hatte die Schwüle des Tages vertrieben.

An den Wochenenden ließ Mathilde es gemütlich angehen. Während der Woche blieb sie in Nîmes, wo sie ein kleines Appartement bewohnte, von dem aus sie nur wenige Gehminuten bis zu ihrem Arbeitsplatz im Palais de Justice hatte. Gestern hatte sie die Akte der Toten vom Pont du Gard geschlossen. Vorläufig. Der Fall, im Grunde waren es mehrere Fälle, hatte sie, Commandant Rachid Bouraada und Lieutenant Felix Tourrain, die beide der Police Judiciaire angehörten, monatelang beschäftigt. In der Szene war Ruhe eingekehrt. Keine Anzeigen, keine toten Mädchen. Als hätte dieser Zirkel wohlsituierter Bürger, der sich junge Mädchen wie Sklaven hielt, sie ausbeutete und missbrauchte, nie existiert.

Eigentlich hatte Mathilde sich geschworen und auch hoch und heilig versprochen, keine Zigarette mehr vor dem Frühstück zu rauchen, schon gar nicht in ihren eigenen vier Wänden, die sie im Château de Boncourt bewohnte. Odile wurde jedes Mal fuchsteufelswild, wenn sie den Geruch dieser »stinkenden Glimmstängel«, wie sie sie nannte, in der kleinen Wohnung, der Wäsche oder den Gardinen bemerkte.

Doch wenn sie einen Schritt auf den Balkon machen würde, wäre sie ja nicht mehr drin in ihrem Zimmer. Barfuß schlurfte Mathilde in ihrem Nachtgewand – bunt gemusterte Schlafshorts mit passendem Shirt – auf den schmalen Balkon, der nicht tiefer als einen halben Meter war. Ein kunstvoll geschmiedetes Geländer bewahrte seine Besucher vor dem Absturz. Sie zündete sich eine ihrer geliebten Gauloises blondes an. Herrlich, dieser erste Zug am frühen Morgen. Und an der frischen Luft schmeckte ihre Zigarette noch mal so gut. Und war wahrscheinlich bei Weitem nicht so schädlich.

Es war ein herrlicher Morgen. Wie ein ebenmäßiger grüner Teppich lagen die Weinfelder vor ihr, noch hingen die Trauben klein und unscheinbar an den Weinstöcken. Doch dies würde sich bald ändern. In jedem Jahr gab es diesen einen Tag, an dem die Natur regelrecht zu explodieren schien. Dann wurden die Trauben prall und saftig, ihre Farben verwandelten sich in Rubinrot und Smaragdgrün.

Das Weingut und das Schloss waren seit Jahrhunderten im Besitz der Familie de Boncourt. Mathildes Großvater Rémy war die graue Eminenz, der Patron im Hintergrund, sein Neffe Philippe leitete nun offiziell die Geschicke des Weinbaubetriebs.

»Mathilde, was bekommen wir von dir, wenn wir Odile nicht verraten, dass du auf dem Balkon rauchst?«

Vor dem Balkon hatten sich Noah und Arthur aufgebaut. Die achtjährigen Zwillinge von Philippe und seiner Frau Lucette trugen Trikots der französischen Nationalmannschaft Les Bleus und kurze Hosen. Noah hatte einen Fußball unter den Arm geklemmt.

Mathilde lachte und drückte ihre Zigarette am Geländer aus. »Ihr Lümmel. Wisst ihr, was auf Erpressung steht? Na, was habt ihr denn vor? Trainiert ihr für die nächste WM?«

Noah rollte mit den Augen und schubste seinen Bruder an. Mitleidig schauten die beiden nach oben. Dass Erwachsene immer so ein dummes Zeug reden mussten.

»Du hast echt keine Ahnung, Mathilde. Bei der nächsten WM sind wir gerade mal etwas älter als zehn. Wir sind hinten auf der Wiese und kicken ein bisschen. Wenn du Sébastien siehst, sag ihm, er kann gern mitspielen.«

Kopfschüttelnd drehten sie sich um und marschierten davon,

nicht ohne sich dabei abwechselnd in die Seiten zu rempeln. Mathilde grinste. Die beiden waren echt kleine Früchtchen. Die beiden älteren Brüder der Zwillinge waren in diesem Alter genauso gewesen. Heute waren sie Teenager und große Früchtchen, die mit ihren Mopeds durch die Gegend knatterten und sofort unsichtbar wurden, wenn Philippe oder Lucette etwas für sie zu tun hatten.

Wie immer wedelte Mathilde den Geruch, den ihre Zigarette verbreitete, mit den Händen in die Landschaft. Und wie immer schoss es ihr durch den Kopf, dass dies gar nichts nutzte, dass Odile mit ihrer Nase, die dem Riechorgan eines Hundes Konkurrenz machen konnte, genau erschnuppern würde, wo sie geraucht hatte. Sie marschierte ins Bad und zog den mit dunkelgrünen Drachen bestickten Kimono über, der ihrer verstorbenen Mutter gehört hatte. Mathildes Eltern waren vor mehr als dreißig Jahren bei einem Flugzeugabsturz über dem südchinesischen Meer ums Leben gekommen. Die Maschine und ihre Insassen waren nie gefunden worden. Mathilde war dann, nachdem auch ihre Grand-mère Sophie gestorben war, von Grand-père Rémy großgezogen worden.

Vor der altmodischen Badewanne, die auf mächtigen Löwentatzen ruhte, lag einer ihrer Pantoffeln. Sie schlüpfte hinein und schaute sich suchend um. Wahrscheinlich hatte der Hund den zweiten ins Schlafzimmer geschleppt. Und da lag er, auf dem Boden am Fußende ihres Bettes. Auf einem Bein stehend, angelte sie mit dem anderen Fuß nach dem zierlichen Pantoffel. Die bequemen weichen Schuhe mit dem lilafarbenen Leopardenmuster und dem kleinen vergoldeten Absatz hätte man als extravagant bezeichnen können, wenn nicht die puscheligen Leopardenöhrchen und der kurze Schwanz sie in ein paar witzige Hausschuhe verwandelt hätten.

»Ah, zut alors! Wenn ich dich erwische, du frecher Kerl.«

Mathilde beugte sich zu dem Pantoffel hinunter, in den sie eben hineingeglitten war. Eines der Leopardenohren fehlte. Gestern Abend waren es noch zwei gewesen. Ganz sicher war es von Henri nicht nur abgebissen, sondern auch noch verschluckt worden. Morgen würde sich das Ohr dann farblich von einem Hundehaufen absetzen. Unverdaut, aber nicht mehr brauchbar. Ihr Magen grummelte. Zeit fürs Frühstück.

In der riesigen Küche war Odile dabei, die Erdbeeren, die Lucette vorbeigebracht hatte, zu Marmelade zu verarbeiten. Es roch nach frischem Kaffee, und ein Duft, den Mathilde über alles liebte, zog in ihre Nase. »Brioche, himmlisch, sind sie schon fertig?«

Ohne sich umzudrehen, zeigte die Haushälterin auf den langen Refektoriumstisch. Unter einem karierten Handtuch wölbte sich das buttrige Hefegebäck.

»Odile, rühr schneller, die Erdbeermarmelade passt genau in mein Frühstückshungergefühl. Du kannst mir gleich einen Klecks auf den Teller geben.«

»Guten Morgen, meine liebe Odile. Danke, dass du schon Kaffee für mich gekocht hast, danke für die Brioche und noch mal danke für die Erdbeermarmelade, die du so leidenschaftlich rührst, dass dir das Handgelenk schmerzt«, brummte Odile vor sich hin.

»Das hab ich genau gehört. Obwohl mir ein Ohr abhandengekommen ist. Eigentlich bin ich schwer verletzt.«

»Was ist das denn für ein Unsinn, Mathilde? Was für ein Ohr?« Odile dreht sich nun doch kurz um, musterte Mathilde, die dabei war, sich von dem Hefekuchen eine dicke Scheibe abzuschneiden.

»Da, Henri hat heute Morgen fette Beute gemacht. Das linke Leopardenohr wandert wahrscheinlich gerade durch seinen Magen. Hoffentlich bekommt es ihm.«

Mathilde wackelte mit dem Fuß, der in dem angeknabberten Pantoffel steckte. Odile betrachtete ihn amüsiert, während Mathilde sich in eine Schale Kaffee eingoss, einen Schwung Milch dazu kippte und sich eine ordentliche Portion Butter auf ihre Brioche strich.

»Also eben kam er fröhlich in die Küche, hat seinen Napf leergeputzt und auch noch ein Stück trockenes Baguette abgestaubt. Apropos Magen. Übertreibst du es nicht ein wenig? So viel Butter? Da ist ja schon jede Menge Fett in der Brioche.« Odile hatte sich wieder dem großen Kupferkessel zugewandt, in dem der süße Aufstrich vor sich hin brodelte.

»Die Marmelade braucht ein Bett.«

»Sie ist noch nicht fertig und viel zu heiß. Im Kühlschrank ist Aprikosenkonfitüre. Von Lucette. Mit Schuss.«

Das ließ sich Mathilde nicht zweimal sagen, und auf dem Butterbett landete ein großer Löffel der gold-orangen Konfitüre, die mit Wodka und grünem Pfeffer verfeinert worden war. »Sag mal, wo stecken denn alle? Es ist so ruhig.«

»Dein Großvater ist mit Babou unterwegs, und Sébastien ist mit seiner Mutter nach Uzès auf den Markt. Seitdem er dort Martin kennengelernt hat, hofft er jeden Samstag, ihn an derselben Stelle wiederzutreffen. Ihm ist klar, dass Martin in Deutschland lebt, aber er meint, man könne ja nie wissen, vielleicht wäre er ja heute da. Tsss. Und du kennst ihn ja. Wenn Sébastien sich etwas in den Kopf gesetzt hat …«

Sébastien, Mathildes Cousin, war mit dem Downsyndrom auf die Welt gekommen. Die Ehe von Vivienne, seiner Mutter, war daran zerbrochen. Und für Vivienne war ihr Sohn seitdem ihr gesamter Lebensinhalt geworden.

»Die Hauptsache ist doch, er kommt unter Leute. Vivienne klammert viel zu sehr. Sébastien ist erwachsen, sie sollte ihn endlich etwas mehr loslassen. Aber wenn man mit ihr redet, ist es, als würdest du gegen eine Wand rennen. Noch gibt sie keinen Millimeter nach. Na ja. Irgendwann wird sie einsehen müssen, dass er nicht mehr an ihrem Rockzipfel hängen kann.«

Sehnsüchtig schielte Mathilde nach der Brioche, die noch übrig geblieben war. Aber zwei dicke Scheiben waren genug. »War das köstlich. Ich könnte jeden Morgen davon essen. Keiner macht sie besser als du, Odile. Sie sind einfach …«, Mathilde schnalzte mit der Zunge, »… unübertrefflich. Odile, du bist die Beste.«

»Schau einer an, Mademoiselle hat ja doch Manieren. Und was hast du heute so vor? Du hast dir doch hoffentlich keine Arbeit mitgebracht? Du solltest dich an den Wochenenden wirklich ausruhen.«

»Nur eine ganz kleine winzige Akte. Ansonsten ist Faulenzen angesagt. Wo ist denn die Zeitung?«

Normalerweise lag der *Midi Libre* auf dem Tisch, zerlesen und zerknittert, wenn ihr Großvater und Odile mit ihm fertig waren.

»Winzige Akte?« Odile machte ein skeptisches Gesicht. »Als ob du dich mit Winzigkeiten abgeben würdest. Aber du bist alt genug, um zu wissen, wie du deine Wochenenden gestaltest. Und die Zeitung liegt noch unberührt da hinten«, sie nickte in Richtung Tellerschrank, »sie kam heute später, und dein Großvater hat noch nicht reingeschaut. Steht doch eh immer dasselbe drin. Wenn ich auf den Seiten mit den politischen Nachrichten aus aller Welt diesen Affen schon sehe. Diese kleinen Augen, Haare wie ein Wollschwein, und so was ist Präsident der USA. Unglaublich.« Odile hatte sich in Rage geredet, während sie gleichzeitig damit begonnen hatte, die nun fertige Erdbeermarmelade in Gläser zu füllen.

»Kann ich dir helfen?«

»Nein, lieber nicht. Du verbrennst dir noch die Finger.«

Odile stellte Glas für Glas, jedes mit einem Schraubdeckel verschlossen, kopfüber auf ein Handtuch. Mathilde hatte sich inzwischen die Zeitung geholt und blätterte summend eine Seite nach der anderen durch.

»Du hast recht, Odile, da ist er schon wieder. Hat irgendwas in die Welt getwittert. Und er sieht tatsächlich ein bisschen wie ein Wollschwein aus. Wobei ich glaube, wir tun den Tierchen Unrecht. Die sind wenigstens zu was Nutze. Kannst du dich erinnern? Der alte Nicolas hatte so ein Schwein, das war zur Trüffelsuche abgerichtet. Ich hatte als Kind wirklich Angst vor ihr. Es war eine riesige Sau, und Nicolas hatte immer ein paar Maiskolben dabei. Wenn das Schwein was gefunden hatte, steckte er ihm schnell den Mais zwischen die Zähne, damit sie sich nicht über die Trüffeln hermachen konnte. Meine Güte, leben die beiden noch?«

»Nein, Gott hab sie selig. Nicolas ist bestimmt schon sieben, acht Jahre tot. Und das Schwein noch viel länger. Mir läuft jetzt noch das Wasser im Mund zusammen, wenn ich an den Geruch denke, den die Trüffeln verströmen. Wenn Nicolas welche gebracht hat, es kam ja nicht so oft vor, hatte er sie in einem großen Taschentuch und breitete das hier auf dem Tisch aus. Und am Abend gab es ein Festmahl. Ja, so war das früher. Ich überlege die ganze Zeit, wie das schlaue Schweinchen hieß.«

Odile runzelte die Stirn und dachte nach. Auch Mathilde kramte in ihrem Gedächtnis. Dann riefen beide Frauen gleichzeitig »Donna, es hieß Donna« und brachen in lautes Gelächter aus.

Nur ganz allmählich beruhigten sie sich, immer wieder wurden sie von neuen Lachsalven geschüttelt. Dann wischte sich Odile mit einem Küchentuch die Tränen vom Gesicht und meinte trocken: »Aber eins muss man dem Trüffelschwein lassen. Sie war wenigstens sympathisch, allem Fremden gegenüber sehr aufgeschlossen und posaunte nicht gleich jeden Mist, den sie hinterlassen hatte, hinaus in die Welt.«

Kapitel 2

Aus dem angekündigten Gewitter war nichts geworden, Montpellier blieb verschont. Die schwarzen Wolkenungetüme, die sich über dem Meer aufgetürmt hatten, waren, ohne einen Tropfen zu verlieren, in Richtung Hinterland gezogen, und würden sich über den Cevennen abregnen. Und wenn ein Gewitter sich in diesem Massiv einmal festgesetzt hatte, war es nicht so schnell dazu zu bewegen, die Berge wieder zu verlassen. Blitze zuckten über Anduze, dem Tor zu den Cevennen, Donner grollte, der Himmel öffnete seine Schleusen. Doch dann hatte der auf das Land herabprasselnde Regen ein unerwartetes Einsehen, wurde immer kümmerlicher und versiegte nach einer halben Stunde schließlich ganz.

Als sie den Anruf auf ihrem Handy erhielt, war es halb zehn und schon wieder hell in ihrem Büro. Sie knipste die Schreibtischlampe aus und stellte sich ans offene Fenster. Noch war die Luft nicht ganz so drückend. Doch das würde sich bald ändern. Spätestens in einer Stunde würde das Quecksilber die Fünfundzwanzig-Grad-Marke in Montpellier übersteigen und das Land mit frühsommerlicher Hitze verwöhnen.

Sie hatte das Stockwerk, in dem das Institut der *Archéologie classique et méditerranéenne* der Universität Paul Valéry untergebracht war, heute ganz für sich. Es war Sonntag, und kein Kollege hatte sich hierher verirrt, geschweige denn einer ihrer Studenten. Das Semester war seit drei Wochen zu Ende, und dann mieden die Studenten die Uni wie der Teufel das Weihwasser. Die Archäologin Flavia Leone, Professorin für Klassische und Mediterrane Archäologie in Montpellier, verzichtete freiwillig auf ihren Urlaub. Die Zeit drängte, die Funde, die die Grabung erbracht hatte, mussten gesichert und katalogisiert werden. Schon jetzt hatte das *Musée d'Ambrussum* seine Ansprüche auf das, was die Ausgräber entdeckt hatten, angemeldet. Die Reste der ehemaligen römischen Villa lagen keine zwei Kilometer von Ambrussum entfernt, einer galloromanischen Grabungsstätte mit einem gallischen Oppidum aus dem 4. Jahrhundert vor Christus sowie einer Festungsmauer und römerzeitlichen Gebäuden, die eine Station für Reisende an der Via Domitia markierten.

Flavia legte ihre Lesebrille auf dem Fensterbrett ab und nahm den Anruf entgegen. Das Gespräch dauerte eine Minute. Dann drückte sie auf den kleinen roten Hörer. Was noch zu sagen war, würden sie in einer Stunde von Angesicht zu Angesicht besprechen. Darauf hatte Flavia bestanden. Es klingelte erneut. Was war denn jetzt schon wieder? Genervt hielt sie den Hörer ans Ohr, das sofort der unsäglichen Stimme von Persephone ausgesetzt war.

»Was willst du denn noch?«, fragte Flavia schroffer als beabsichtigt. Doch nach der Anrede »Flavia«, die in einer Tonlage hervorgebracht wurde, bei der jeder Hund sofort den Schwanz eingezogen hätte, war nichts mehr zu hören. »Hallo, Persephone, hörst du mich?« Keine Reaktion. Typisch. Na dann eben nicht.

Flavia ordnete die letzten Keramikscherben in die flachen, an Setzkästen erinnernden Holzkisten ein. Ordnung musste sein. Zufrieden schob sie die letzte Kiste auf das Wandregal, klebte einen Aufkleber, auf den sie handschriftlich Nr. 37 geschrieben hatte, auf die schmale Holzleiste. Dann griff sie nach ihrem Schlüsselbund mit dem türkis schillernden Skarabäus am Schlüsselring, der in einer Terrakottaschale lag, und überprüfte, ob die Schubladen ihres Schreibtischs verschlossen waren. Ihre leichte Jacke ließ sie über der Lehne des Schreibtischstuhls hängen. Die würde sie heute ganz sicher nicht mehr benötigen.

Flavia verließ ihr Büro, das sie ebenfalls sorgfältig absperrte. Vorsichtshalber rüttelte sie noch mal an der Türklinke. Nicht auszudenken, wenn eines der kostbaren archäologischen Artefakte gestohlen werden würde.

Flavias Wagen war das einzige Fahrzeug, das auf dem Parkplatz unterhalb des Gebäudes des Archäologischen Instituts stand. Feiner gelber Sand lag wie ein Film auf dem Auto. Ein Gruß aus der Sahara, wie er mindestens einmal im Monat herüberzog. Ein Hitzeschwall kam ihr entgegen, als sie die Fahrertür öffnete. Im Wageninneren roch es unangenehm. Flavia schnupperte und entdeckte, was den üblen Geruch verursacht haben musste. Unter dem Beifahrersitz lag ein Stück Baguette, das mit dem Rest einer Sardine und je einer Scheibe hart gekochtem Ei und einer roten Zwiebel belegt war. Angewidert griff sie mit spitzen Fingern danach. Das hatte diese fette Wachtel gestern Abend doch mit Absicht unter den Sitz gelegt. Nur hatte Flavia es da noch nicht gerochen. Erst jetzt, wo die Hitze den Zersetzungsprozess der Lebensmittel in Gang gesetzt hatte, stank das Zeug bis zum Himmel. Sie beförderte das angebissene Baguette in einen Mülleimer auf dem Parkplatz. Persephone konnte was erleben. Dieses Miststück.

Persephone Titeux gehörte mit Maxime Berchwyler zu ihren engsten Assistenten. Allerdings war die Rolle der Assistentin nicht ganz das, was sich Persephone für ihre Zukunft vorgestellt hatte. Sie hatte sich Hoffnungen darauf gemacht, den vakanten Stuhl von Professeur Schmidt zu besetzen, nachdem dieser in den Ruhestand verabschiedet worden war. Persephone entstammte einer wahren Archäologendynastie. Wenn man sie so hörte, hatten ihre Vorfahren bereits direkt im Anschluss an die Römerzeit in Südfrankreich mit den ersten Grabungen begonnen. Tatsächlich war einer ihrer Ahnen an Napoleons Seite in Ägypten gewesen und hatte dort die Grablege eines Priesters entdeckt. Persephones Vater war Professor für Archäologie in Nantes. Für ihn war es klar, dass sein einziges Kind, seine begnadete Tochter, in Montpellier zur ungekrönten Königin der Grabungsszene gekürt werden würde. Doch Flavia Leone hatte ihm und ihr einen Strich durch diese Rechnung gemacht. Sie war auf den vakanten Stuhl gehoben worden, sie hatte nun die Leitung inne und das Sagen. Seitdem hatte sich Persephone Titeux schon mehrfach an anderen Universitäten beworben, doch ohne Erfolg.

Sie und Flavia kamen mehr schlecht als recht miteinander aus. Und genau die Grabung bei Ambrussum hatte das Fass für Persephone zum Überlaufen gebracht. Sie hatte mit den ersten Sondierungsmaßnahmen begonnen, und Flavia hatte ihr das Heft aus der Hand genommen, als sich die große Bedeutung der Funde herauskristallisierte. Dann begannen die Racheakte. Scherben wurden umsortiert, Notizen verschwanden, ein Kratzer an Flavias Wagen, eine geöffnete Flasche Nagellack, deren Inhalt Flavias Handtasche ruinierte. Und jetzt das Baguette mit seinem unappetitlichen Belag. Ja, es war wirklich Zeit für eine Aussprache mit Persephone.

Persephone – Göttin der Unterwelt, dem antiken Mythos entsprungen. Mit ihrer Figur würde sie das Tor zur Unterwelt wahrscheinlich sprengen. Gute einen Meter fünfundachtzig Körpergröße, mindesten neunzig Kilo schwer und Hände, die wie ein Schraubstock alles zerquetschen konnten. Flavia musste laut lachen, als sie sich Persephone in einem antiken Gewand vorstellte. Mindestens drei Tücher, groß wie Bettlaken würden bei der Gewandung vonnöten sein.

Flavia stieg in ihren Kombi und fuhr los. Beide Seitenfenster ließ sie offen, damit der Durchzug den schlechten Geruch endlich aus dem Wageninneren beförderte. Nach weniger als einer Stunde war sie am Grabungsgelände angekommen. Sie stellte ihren Wagen auf dem provisorisch angelegten, staubigen Parkplatz ab. Das Brummen der Fahrzeuge, die die nahe gelegene Route nationale befuhren, war als gleichmäßiges, leises Geräusch zu hören. Direkt am Parkplatz hatte man ein Schild angebracht, das darauf hinwies, dass das Betreten des Grabungsareals strengstens untersagt war.

Wie und ob man überhaupt die römische Villa, oder das, was noch von ihr übrig war, zukünftig der Öffentlichkeit zugänglich machen wollte, war noch nicht entschieden. Die Reste des ehemals sicherlich prächtigen Wohnhauses eines reichen Römers waren bei Arbeiten an einer Kanalisation entdeckt worden und hatten natürlich das Interesse der archäologischen Welt geweckt. Als man dann noch auf die Überreste eines Mosaikfußbodens gestoßen war, hatte sich Flavia Leone persönlich um die Grabung gekümmert und sich so den Zorn der Kollegin zugezogen. Die Reste des Mosaiks – es waren lediglich knapp sieben Quadratmeter – waren mittlerweile abgetragen worden. Sie würden, frisch zusammengefügt, wahrscheinlich das Museum von Ambrussum bereichern.

Das Grabungsterrain war von einem Bauzaun eingefasst, den man, wenn man es darauf anlegte, sicherlich überwinden konnte. Doch es gab nichts mehr zu holen, die Grabungen waren mehr oder weniger beendet, der größte Teil der Funde lag sicher verwahrt in Montpellier.

Zwei Zaunelemente waren durch ein großes Sicherheitsschloss miteinander verbunden. Flavia sperrte es auf und schlüpfte zwischen den Metallmatten hindurch. Auf der anderen Seite herrschte eine Stille, als sei sie in eine andere, jenseitige Welt gelangt. Sogar die Zikaden, die in den hohen schlanken Zypressen außerhalb des Terrains ihr Konzertspektakel zum Besten gaben, waren nur gedämpft zu hören. Flavia liebte diese Augenblicke, wenn sie sich ganz alleine in dieser anderen Welt aufhielt. Vor ihren Augen wuchsen die Fundamente der Villa zu stattlichen Mauern empor, ein rotes Ziegeldach erhob sich über dem prächtigen Gebäude, der Brunnen im Peristyl plätscherte, dienstbare Geister reichten dem Hausherrn Trauben und Feigen in einer großen Tonschüssel.

Ein Geräusch ließ sie herumfahren. Ein gezielter Tritt in die Magengrube, und Flavia Leone ging in die Knie. Der Schmerz raubte ihr die Luft zum Atmen. Fassungslos versuchte sie, ihrem Erstaunen mit Worten Ausdruck zu verleihen. Doch ihre Stimme versagte. Das Erstaunen steigerte sich zu blankem Entsetzen, als ihre Schultern niedergedrückt wurden. Kein Schrei vermochte ihrer Kehle zu entweichen, als ein unglaublicher Druck auf ihre Brust und ihren Bauch ausgeübt wurde. Gleichzeitig hinderten kräftige Hände sie daran, durch Mund und Nase zu atmen. Flavia versuchte sich aufzubäumen, die Arme zu heben, um den Körper, der sich ihrer bemächtigt hatte, abzuschütteln. Doch ihre Schultern waren wie mit dem Boden verwachsen. Die Archäologin hatte keine Chance. Ihr Thorax wurde mit einer ungeheuren Kraft zusammengedrückt, die Sauerstoffzufuhr, die Luft zum Atmen, die Luft zum Überleben unterbunden. Flavia Leone erstickte qualvoll.

Kapitel 3

»Günther, lass das doch! Du kannst doch nicht einfach da rein. Vielleicht ist ja jemand drin. Der Kombi, der da steht, muss ja irgendwem gehören.« Anette Sievers hätte es besser wissen müssen. Je inständiger sie auf ihren Mann einredete, desto bockiger wurde er.

»Ich kann kein Französisch, also kann ich auch nicht verstehen, was auf dem Schild steht. Und wenn jemand auftaucht, lass ich es eben bleiben«, gab er zur Antwort und ruckelte weiter am Bauzaun. Nichts zu machen. Alle Teile fest zusammengefügt. Er inspizierte die nächste Nahtstelle, und sein Blick fiel auf ein massives Vorhängeschloss. Vielleicht war der Bügel ja nicht richtig eingeklinkt. Schade, das Schloss war zu. Günther Sievers wanderte weiter am Zaun entlang. Da! Hier konnte er womöglich durchschlüpfen. Er rüttelte vehement an den beiden Teilen, dann hatte er es geschafft, hatte zwei Metallelemente so gegeneinander verschoben, dass er sich durch den schmalen Spalt hindurchquetschen konnte.

Seine Frau war unterdessen nähergekommen. Ein Blick nach links, ein Blick nach rechts. Niemand war in der Nähe. Gott sei Dank. »Tsss, du kannst kein Französisch. Wem willst du das denn weismachen? Und, was siehst du?«

Anette Sievers war jetzt doch ein wenig neugierig geworden. »Lohnt es sich? Jetzt sag schon, was siehst du?«

»Noch nix. Löcher in der Erde, Erdhaufen. Fundamente. Komm rein und guck selbst. Ahh, interessant. Da hinten scheint mir das Peristyl gewesen zu sein. Da sind tatsächlich noch Säulenreste zu erkennen. Muss ich mir mal genauer anschauen.«

Anette blickte sich noch einmal um. Keiner zu sehen. Sie seufzte und quetschte sich ebenfalls durch die Lücke im Bauzaun.

Anette und Günther Sievers verbrachten ihren dritten Urlaub in Folge in dem kleinen schilfgedeckten Steinhaus am Rande der Camargue. Seit Günther pensioniert war, nutzten sie den kompletten Juni für ihren Jahresurlaub. Es war schon sommerlich warm, aber die Gegend war bei Weitem noch nicht so von Touristen überlaufen wie im Juli und August. Günther Sievers war Lehrer für Latein und Physik am Staatlichen Gymnasium in Offenbach gewesen. Doch seine große Leidenschaft hatte schon immer der Archäologie gehört. Als erster Vorsitzender des Kelten- und Römer-Vereins Bürgel war es ihm eine heilige Pflicht, den Spuren der Römer zu folgen, wo immer er sich gerade aufhielt. Und dies war im Moment das Languedoc, genauer gesagt eine Grabungsstätte nur knapp zwei Kilometer entfernt vom Oppidum von Ambrussum bei Villetelle. Bei Kanalarbeiten waren die Arbeiter auf die Reste einer herrschaftlichen Villa gestoßen, und bevor es mit dem Straßenbau weitergehen konnte, hatte die Inrap in Zusammenarbeit mit dem Archäologischen Institut der Universität Paul Valéry in Montpellier die Initiative zur Sicherung der historisch wertvollen Reste ergriffen. Das *Institut national de recherches archéologiques préventives* – das Französische Institut für archäologische Präventivgrabungen – widmete sich der Aufgabe, archäologisch wertvolle Funde zu retten, und Günther Sievers widmete sich seiner Passion, solche Grabungen persönlich in Augenschein zu nehmen. Als er auf der Internetseite des Inrap gelesen hatte, dass man bei den Bauarbeiten wahrscheinlich auf die Reste einer römischen Villa suburbana gestoßen war, war er nicht mehr zu halten gewesen. Allerdings war der Öffentlichkeit der Zutritt verboten. Als Günther am Donnerstag versucht hatte, sich einen Überblick über den Fortgang der Grabungen zu verschaffen, hatten ihm die Archäologen freundlich, aber bestimmt mitgeteilt, leider dürfe kein fachfremdes Publikum auf das Gelände. Fachfremdes Publikum! Frechheit! Da waren sie bei Günther Sievers aber an den Richtigen, das heißt an den Falschen, geraten. Empört war er in seinen Wagen gestiegen, ließ sich auch von Anette nicht mehr beruhigen. Als er dann am Sonntag sein Grabungsset, wie er es nannte, ins Auto legte und den staubigen Fahrweg in Richtung römische Villa einschlug, schwante Anette nichts Gutes.

Das Grabungsbesteck schleppte Günther bei jedem Spaziergang und auf allen Wanderungen mit. Man konnte ja nie wissen. Ordentlich war es in einem dunkelroten Leder-Rolletui verpackt. Spatel und Kellen in sechsundzwanzig und acht Millimetern, Fein-, Flach-, Löffel-, Haken- und Spitzspatel, Bürsten und Pinselset warteten auf ihren Einsatz.

Anette beschirmte ihre Augen mit der Hand und schaute ihrem Mann kopfschüttelnd nach. Beige Bermudahose, kakifarbenes Hemd, die Füße steckten in Wollsocken und derben Schuhen. Ein Feldskorpion, der durchaus hier angetroffen und dessen Stich sehr unangenehm werden konnte, hatte keine Chance, bis zu Günthers Haut vorzudringen. Hätte er nicht sein Strohhütchen auf dem schütteren Haar getragen, man hätte ihn für einen alten Pfadfinder halten können.

Anette seufzte, als sie sah, wie er sein Rolletui auspackte, es auf einem Säulenstumpf ablegte und eine kleine Kelle entnahm.

»Und, was sagt der Fachmann?«

Günther hatte mit einem Blick die gesamte Anlage analysiert. »Würde sagen, prachtvolle Suburbana. Bestimmt ein Offizier in Rente, der sich das Ding geleistet hat. Hochrangiger Offizier, mindestens Primus Pilus.«

Anette rollte mit den Augen.

»Da, schau her. Hier das Peristyl, dort das große Atrium, hier drum herum die Schlafräume, es folgt logischerweise«, er zeigte mit der kleinen Kelle hinter sich, »das Speisezimmer. Hier zwischen Atrium und Peristyl das Tablinum, also der Empfangsraum des Hausherrn. Und was dürfen wir hinter dem Peristyl erwarten? Hm, Anettchen, was wohl?«

Er konnte es einfach nicht lassen, diese oberlehrerhafte Art ertrug sie nun schon seit vierzig Jahren. »Die Exedra, Herr Lehrer.«

»Du brauchst gar nicht so schnippisch zu tun, Anette. Ja, es ist die Exedra. Noch an den wenigen Resten der Fundamente können wir ablesen, dass es sich um eine Villa wie aus dem Bilderbuch gehandelt haben muss. Was wohl schon an Kleinfunden zutage befördert wurde? Mal schauen, ob mir auch ein wenig Finderglück beschert ist.«

Günther bückte sich und fing an, vorsichtig ein wenig Erde wegzukratzen. Anette wusste, es hatte keinen Zweck, ihn darauf hinzuweisen, dass solche Raubzüge auch hier in Frankreich verboten waren.

»Ich schau mich mal ein bisschen um.«

Sie erwartete keine Antwort. Selbstvergessen wühlte ihr Gatte im Dreck. Das Areal mochte vielleicht knapp dreitausend Quadratmeter groß sein. Hinter der Stelle, wo Günther die Exedra vermutete, war wohl etwas Besonderes entdeckt worden, das man mit einer großen dunkelgrünen Plane abgedeckt hatte. Anette schlenderte durch das Peristyl und scheuchte dabei eine Eidechse auf, die sich auf einem großen Stein sonnte, der sich bei näherer Betrachtung als Rest eines schlichten Kapitells entpuppte. Was die Archäologen wohl unter der Plane geschützt gelagert hatten? Die Plane war mit Steinen auf dem Rand beschwert worden, damit kein plötzlicher starker Windstoß sie anhob oder gar davontrug. Anette bückte sich, schob zwei Steine zur Seite und spähte vorsichtig unter die Plane.

Der Schrei gellte in Günthers Ohren. Er ließ den Pinsel fallen, mit dem er soeben eine, wie er hoffte, antike Münze vom Staub der Geschichte befreien wollte. Er kannte seine Anette. Wenn er am Arbeiten war, musste schon ein triftiger Grund vorliegen, ihn mit einem solchen Schrei zu unterbrechen. Mit wenigen Schritten war er an ihrer Seite.

Anette kniete im Sand und zeigte mit zitternder Hand auf die Plane. Und was Günther darunter erspähte, ließ ihm – trotz strahlendem Sonnenschein und hochsommerlichen Temperaturen – das Blut in den Adern gefrieren.

Kapitel 4

»Sébastien, hör auf zu quengeln. Wenn ich fertig bin, spielen wir eine Partie.«

Mathilde de Boncourt hatte sich die Akte Benoît Lambert – sie war nicht ganz so winzig, wie sie Odile hatte glauben lassen – mit nach Hause genommen. Die Untersuchungsrichterin hatte es sich zur Gewohnheit gemacht, fernab der Hektik, die tagtäglich in und um ihr Büro im Palais de Justice in Nîmes herrschte, die Akten ein letztes Mal zu studieren, auf etwaige Rechtschreibfehler oder, was erheblich dramatischer war, auf Formfehler zu überprüfen und die Worte der Klageschrift noch einmal auf sich wirken zu lassen.

Der Fall ging ihr unter die Haut. Es war dem Autohändler und Werkstattbesitzer Lambert lange Zeit nicht nachzuweisen gewesen, dass er den Tod seiner Frau billigend in Kauf genommen oder ihn sogar geplant hatte. Yvonne Lambert hatte die Scheidung eingereicht, drei Tage vor dem Scheidungstermin war das gemeinsame Einfamilienhaus in Flammen aufgegangen. Yvonne Lambert war qualvoll erstickt. Sie war im Badezimmer gewesen, das abgeschlossen war. Das Feuer war im Keller ausgebrochen. Jemand hatte mit Waschbenzin getränkte Lappen in Brand gesteckt und so ein nicht mehr aufzuhaltendes Inferno entfacht. Lambert war hoch verschuldet. Investitionen zur Modernisierung seines Autohauses hatten ihn hohe Kredite aufnehmen lassen. Er wollte die Versicherungssumme für das Haus und die Lebensversicherung für seine tote Ehefrau kassieren. So die Vermutung von Mathilde und Commandant Rachid Bouraada. Rund drei Millionen Euro.

Auf den Verdacht, er könnte das Feuer gelegt haben, war man schnell gekommen. Ein Verkäufer eines Baumarktes hatte ihn auf einem Foto im *Midi Libre* wiedererkannt. Er war der Mann gewesen, der in Unmengen Waschbenzin gekauft hatte. Lambert hatte ausgesagt, das Waschbenzin für die Autowerkstatt besorgt zu haben, wo es in großen Mengen benötigt würde. Mit tränenerstickter Stimme hatte er immer und immer wieder beteuert, mit dem Brand und dem Tod seiner Frau nichts zu tun zu haben. Er hatte ehrlich erschüttert gewirkt, dass seine Frau auf so furchtbare Weise das Zeitliche gesegnet hatte. Aber weder Bouraada noch Mathilde hatten ihm die Trauer abgenommen, seine Tränen waren ihnen falsch und die Miene des untröstlichen Ehemanns aufgesetzt vorgekommen. Nur, sie hatten nichts gegen ihn in der Hand gehabt. Doch dann war seine Tierliebe Lambert zum Verhängnis geworden.

Mathilde schüttelte den Kopf, als sie noch einmal las, über welch simple Geschichte er letztendlich gestolpert war.

Klack, klack, klack. Die Kugeln aus Eisen prallten aufeinander. Sébastien gab keine Ruhe. Mathilde hatte ihm versprochen, mit ihm eine Rund Pétanque zu spielen. Er war ein Meister darin, sich der kleinen Zielkugel – dem *cochonette*, dem Schweinchen – nicht einfach nur zu nähern, sondern es im Kies, auf dem sie spielten, geradezu zu versenken.

»Sébastien, bitte. In ein paar Minuten geht's los. Hör so lange mit der Klackerei auf, das macht mich nervös.«

Stille. Nur das Zirpen einer Zikade drang aus der Schirmpinie, unter der Mathilde saß. Doch sie nahm das Tierchen gar nicht wahr. Zu allgegenwärtig war der Gesang der Zikaden, als dass sie noch darauf achtete.

»Wann kommt Martin wieder? Ich habe gestern in Uzès nach ihm geschaut, aber er war nicht da. Martin würde sofort mit mir spielen. Mathilde, wann kommt Martin?«

Mathilde wusste, es hatte keinen Zweck, so zu tun, als hätte sie seine Frage nicht gehört. Sébastien war eben anders als andere junge Männer in seinem Alter. Ein freundlicher, quirliger Junge, aber manchmal so bockig wie ein Eselchen. Und er hatte es nicht leicht, denn seit den schrecklichen Geschehnissen im letzten Sommer hütete Vivienne ihren Sohn wie ihren Augapfel. Im Moment allerdings hatte sie sich ein wenig aufs Ohr gelegt. Eine leichte Migräne. Sie hatte Sébastien bei Mathilde im Park gelassen.

»Ich weiß es nicht. Er schreibt an einem neuen Buch, und wenn er damit fertig ist, wird er kommen. Aber das kann noch ein paar Wochen dauern.«

»Wie viel Wochen. Mehr als zwei? Oder hundert. Oder tausend?«

Mathilde seufzte. »Keine zwei, keine hundert. Sei so lieb und spiel ein wenig mit den Hunden.«

»Babou und Henri sind auch nicht da. Die sind mit Onkel Rémy unterwegs. Henri ist nicht nett gewesen. Er sollte bei mir bleiben, ist dann aber hinter Babou hergerannt. Und dann waren alle weg. Wo wohnt Martin?«

»In Deutschland. In Bonn. Das ist dort eine Stadt. So wie Sète oder Nîmes. Aber du hast doch schon Ansichtskarten von Martin bekommen. Mit Fotos drauf.«

»Du hast doch gesagt, wie Sète. Aber da waren keine Schiffe auf dem Bild und kein Meer.«

»Sébastien. Jetzt lass mich noch fünf Minuten in Ruhe. Bring mir mal bitte eine Flasche Wasser. Und wenn du wiederkommst, bin ich fertig, dann spielen wir.«

Mathilde wandte sich wieder ihren Unterlagen zu. Sie hörte, wie Sébastien missmutig die Kugeln auf den Boden knallte. Dann trottete er mit gesenktem Kopf davon.

Er hatte an Martin einen wahren Narren gefressen. Die Wege von Mathilde de Boncourt und dem deutschen Reiseschriftsteller hatten sich im letzten Jahr in Uzès zufällig gekreuzt, und eine tiefe Freundschaft hatte sich zwischen den beiden entwickelt. Martin hatte sich vorgenommen, Mitte September oder Anfang Oktober wieder nach Südfrankreich zu reisen, um hier die letzten warmen Sonnenstrahlen zu genießen, wenn es in Deutschland vielleicht schon ungemütlich und herbstlich wäre. Und Mathilde freute sich schon auf den Freund aus Deutschland.

Ja, mit seiner Tierliebe hatten sie Benoît Lambert an den Haken bekommen. Er besaß eine Sphinx-Katze, eine Rasse, bei der das

Fell kaum mehr als ein dünner Flaum den Körper bedeckte. Und dieses Tier durfte, da es auf Sonnenstrahlen mit Sonnenbrand reagierte, das Haus grundsätzlich nicht verlassen. Am Tag des Brandes jedoch war Lambert zufällig von einem Nachbarn dabei beobachtet worden, wie er die Katze in einer Transportbox aus dem Haus getragen hatte. Der Nachbar hatte diesem Umstand jedoch keine Bedeutung beigemessen. Erst vor drei Wochen, als er eine Reportage im Fernsehen über diese außergewöhnliche Katzenart gesehen hatte, war es ihm klar geworden: Lambert musste einen besonderen Grund gehabt haben, seine wertvolle Katze außer Haus zu bringen. Und damit hatten sie ihn. Er leugnete zwar weiter standhaft, beteuerte, nie den Tod seiner Frau gewollt zu haben, aber Mathilde war sich sicher, die Staatsanwaltschaft würde mit ihrer Klageschrift den Prozess gegen Lambert eröffnen. Sie schlug die Akte zu und rieb sich die Augen.

Typisch Sébastien. Jetzt war er schon seit fast zehn Minuten verschwunden. Eben konnte es ihm nicht schnell genug gehen, und nun trödelte er im Haus herum, um eine Flasche Wasser zu organisieren. Ihr war es egal, sie musste bei dieser Affenhitze kein Pétanque spielen.

Mathilde stand auf und schaute Richtung Château. Kein Sébastien in Sicht. Nun, sie würde sich ein wenig ausstrecken und im Liegestuhl auf ihn warten. Sie zerrte das segeltuchbespannte Holzgestell in den Schatten und legte sich hin. Keine zwei Minuten später war sie eingeschlafen.

*

Mathilde schreckte hoch. Im ersten Augenblick wusste sie überhaupt nicht, wo sie war. Ihr Rücken schmerzte. Mühsam richtete sie sich in ihrem Liegestuhl auf. Sie musste eingenickt sein. Sébastien hatte ihr die Flasche Wasser gebracht und diese neben ihre Akten auf den schmiedeeisernen Tisch gestellt. Mathilde schaute auf ihre Armbanduhr. Sie hatte fast eine Dreiviertelstunde geschlafen. Die Pétanque-Kugeln waren, ebenso wie Sébastien, verschwunden.

Was hatte sie eben nur geweckt? Mathilde sah sich suchend um. Da lag ihr Handy auf der Akte zum Fall Benoît Lambert. Es war der Klingelton gewesen, der sie aus dem Schlaf gerissen hatte. Ein paar Töne der Marseillaise, Töne, die nicht zu überhören waren, schräg, wie auf dem Kamm geblasen. Sie stemmte sich aus der Liege. Ihr linkes Bein schmerzte. Ein Überbleibsel der schweren Verletzung, die sie von dem Attentat auf sie vor dem Palais de Justice in Nîmes davongetragen hatte.

Ein verpasster Anruf. Bouraada. Mathilde drückte auf den Knopf zum Rückruf, und Sekunden später hörte sie Commandant Rachid Bouraadas weiche Stimme durchs Telefon.

»Rachid, was liegt an? Falls Sie wegen der Sache Lambert anrufen, da brauchen wir uns, glaube ich, keine Gedanken zu machen. Die ist in trockenen Tüchern.«

»Nein, da mach ich mir keine Sorgen. Lambert wird festgenagelt und wandert in den Bau. Ich weiß, es ist Sonntagnachmittag, aber wir haben hier was, das sollten Sie sich anschauen, Mathilde. Felix habe ich schon beigeordert. Ich bin bereits mit den Leuten von der Spurensicherung vor Ort. Die werden ganz schön was zu tun bekommen. Ahh, da kommt Docteur Regis. Hat heute wohl Dienst, der Alte …«

»Rachid, jetzt machen Sie's doch nicht so spannend. Was ist passiert, wo ist es passiert?«

»Sie haben vielleicht schon von diesem spektakulären archäologischen Fund in der Nähe von Villetelle gehört, diese römische Villa, die man ausgegraben hat. Dort haben wir eine Leiche, nicht weniger spektakulär, die Sie ganz sicher interessieren wird. Fahren Sie in Richtung Ambrussum. Nach der ersten Hinweistafel in Gallargues fahren Sie rechts in den Chemin du Bascourt, dann sind Sie schon da. Und ziehen Sie bequeme Schuhe an, das Gelände ist sehr uneben, ich meine, wegen Ihres Beins.«

Bouraada machte eine kleine Pause. »Oder hätte ich das jetzt nicht sagen sollen?«

Mathilde lachte laut. »Nein Rachid, alles in Ordnung. Sie dürfen mir fast alles sagen. Ich werde meine Wanderschuhe anziehen und mich wenn nötig an Ihren Arm klammern. In vierzig Minuten bin ich da. Bis gleich.«

Nachdenklich blickte sie auf ihr Handy. Was hatte der Commandant damit gemeint, eine Leiche, die sie ganz sicher interessieren würde?

Kapitel 5

Mathilde brauchte etwas mehr als eine halbe Stunde vom Château de Boncourt bis zum Schauplatz des Verbrechens. Drei Polizeifahrzeuge standen vor einem hohen Bauzaun, daneben zwei Wagen der *Identification criminelle* – der Kriminaltechnik – und ein Kombi. Der uralte, ehemals weiße Peugeot gehörte Docteur Alain Regis, dem *médecin légiste*. Bärbeißig und meist kurz angebunden, konnte Mathilde sich für die Untersuchungen vor Ort und in der Gerichtsmedizin kaum einen kompetenteren Arzt wünschen. Ein dunkelroter Ford Escort stand etwas abseits. Mathilde fiel sofort das deutsche Kennzeichen auf, das mit OF begann. Was für eine Stadt sich hinter den beiden Buchstaben verbarg, wusste sie jedoch nicht.

Sie trug noch die Shorts und die ärmellose Bluse, die sie im Garten angehabt hatte. Ihre Füße steckten ohne Socken in derben Wanderschuhen, wie sie es versprochen hatte. Ihre rotblonde Mähne hatte sie zu einem Pferdeschwanz gebunden, der hinten aus einer grünen Baseballkappe baumelte. Zwei junge Polizisten standen am offiziellen Zugang zur Grabungsstätte. Sie salutierten und ließen Mathilde passieren.

Die Untersuchungsrichterin verharrte einen Moment und ließ die ganze Szenerie auf sich wirken. Vor ihr lag das Grabungsareal. In der hinteren rechten Ecke stand eine Art Blockhütte. Überall lagen Steine herum, die Mathilde für archäologische Funde hielt. Manche waren eindeutig als Teil einer Säule zu erkennen, andere Steine, die ebenfalls nummeriert waren, sahen für sie aus wie schlichte Felsbrocken. Zwischen den Fundamenten der Villa und dem Holzhaus wuselten weiß gekleidete Kriminaltechniker und Polizisten in Uniform herum. Commandant Bouraada stand mit Regis vor einer dunkelgrünen Plane, um die weiträumig gelbes Plastikband mit der Aufschrift *gendarmerie nationale – zone inderdite* gespannt war. Lieutenant Felix Tourrain hockte vor einem älteren Ehepaar, das im Schatten auf mehreren übereinandergestapelten Brettern saß, und redete, wie es Mathilde schien, beruhigend auf die beiden ein.

Bouraada entdeckte Mathilde, hob die Hand und winkte. Im Geviert zwischen den Bauplanen, die vor die Zaunelemente gespannt waren, staute sich die nachmittägliche Hitze. Die Stimmen der Polizisten drangen dumpf an Mathildes Ohren. In der brütenden Sommerhitze hier zu arbeiten, war für die Archäologen sicherlich kein Zuckerschlecken.

»Bonjour Docteur, bonjour Rachid. Da liegt man gemütlich in seinem Liegestuhl und genießt den freien Tag, und dann präsentieren Sie mir, statt einer schönen Schokoladentarte zum Nachmittagskaffee, eine Leiche«, begrüßte Mathilde den Polizisten und den Arzt.

»Bonjour, Mathilde. Es tut mir leid, aber wir wissen, dass Sie den Fall persönlich übernehmen wollen. Regis hat mich informiert, nachdem er das Opfer in Augenschein genommen hatte.«

Kurz blieb der Blick des Commandant an der hellen Narbe auf Mathildes linkem Oberschenkel hängen. Alles war gut verheilt, doch die Narbe würde bleiben. Seine Miene war undurchdringlich. Mehr noch. Mathilde spürte, dass ihn etwas bedrückte, etwas, das er am Telefon nicht hatte preisgeben wollen. Der Mediziner hatte sich ein paar Meter von ihnen entfernt, nachdem er Mathilde mit einem knappen Kopfnicken begrüßt hatte. Typisch Regis. Er murmelte die Eindrücke, die er bei der ersten Begutachtung der Leiche gewonnen hatte, in sein Diktiergerät.

»Sie machen mich neugierig, Rachid. Geben Sie mir einen kurzen Überblick, bevor ich mir unseren Toten – oder ist es eine Frau? – zu Gemüte führe.«

»Die beiden Herrschaften da hinten bei Felix«, der Commandant zeigte auf die älteren Leute im Schatten, »haben die Leiche entdeckt. Sie haben den Schreck ihres Lebens bekommen. Verschaffen sich unberechtigt Zutritt zum Grabungsgelände und entdecken eine Tote. Ja, es ist eine Frau. Und die Tote ist für Sie keine Unbekannte, Mathilde.«

Mathilde hob fragend die Augenbrauen.

»Es ist, so wie es aussieht, Flavia Leone.«

»Flavia. Ach, du großer Gott,« entfuhr es Mathilde. »Und was heißt, ›so wie es aussieht‹?«

Die Archäologin Flavia Leone war eine Schulfreundin von Mathilde gewesen. Ihr Vater, ein italienischer Diplomat, hatte eine Französin geheiratet, und Flavia war ihr einziges Kind. Auf der weiterführenden Schule hatte sie bis zum Abschluss mit Mathilde die Schulbank gedrückt. Dann verloren sich die beiden Mädchen aus den Augen, Flavia verschwand nach dem Bac geradezu von der Bildfläche. Als Mathilde längere Zeit nichts von ihr gehört hatte, fragte sie bei der Familie nach, wo ihre Freundin sei. Die Auskunft war knapp. Flavia sei für ein Jahr ins Ausland gegangen. Mehr war man nicht bereit, ihr zu erzählen. Dann hörte Mathilde über Freunde wieder von Flavia, sie studiere Archäologie in Padua und Paris. Mathilde hatte mit dem Jurastudium in Montpellier begonnen. Sie dachte zwar ab und zu noch an die Schulfreundin, doch hatte sie nicht versucht, mit ihr Kontakt aufzunehmen.

Zufällig hatten sich die beiden Frauen vor ein paar Monaten in Nîmes getroffen, als Mathilde mit Bouraada und Regis bei einem Glas Weißwein in einem Bistrot vor der Arena saß. Sie hatten sich versprochen, einander zu treffen, doch dazu war es nicht gekommen. Und heute lag Flavia tot unter einer grünen Plastikplane in der Hitze eines Junisonntags.

»Das werden Sie gleich selbst sehen. Docteur Leone trug ihren Ausweis im Portemonnaie, der in der hinteren Hosentasche steckte.«

Mathilde wartete keine weitere Erklärung ab und strebte in Richtung Plane. Regis stand bereits wieder davor und hob das grüne Plastik an, sodass die Untersuchungsrichterin einen Blick darauf werfen konnte, was sich darunter verbarg. Sie zog tief die Luft ein, stieß sie wieder aus und wandte sich ab. »Ich verstehe.«

Unter der Plane lag ausgestreckt auf dem Rücken eine weibliche Person. Ihre braunen Beine steckten in Shorts, die Füße in hellbraunen Mokassins. Den Oberkörper verhüllte eine elegante cremefarbene Seidenbluse. Die Arme lagen gekreuzt über der Brust. Flavia war nicht gekleidet, als wäre sie auf dem Gelände zur Arbeit erschienen.

Doch an der Stelle, wo ihr Gesicht sein sollte, war nichts. Das heißt, es war nicht nichts, es war nur etwas, das man dort nicht erwartet hätte. Auf dem Gesicht lag eine Maske. Aus welchem Material sie war, konnte Mathilde nicht erkennen. Sie sah, soweit sie es beurteilen konnte, irgendwie antik, aber nicht wirklich alt aus.

»Mon dieu, was ist das denn? Das sieht ja aus wie eine Totenmaske, aber warum liegt sie auf ihrem Gesicht?«

Docteur Regis bückte sich zu der Leiche hinunter, schob seinen Kugelschreiber vorsichtig unter die Maske und hob sie an. Mathilde entfuhr ein Schrei. Flavias einst so schönes Gesicht war aufgedunsen, die Augen blutrot.

»Mathilde, kommen Sie hier weg. Kein schöner Anblick.«

Rachid Bouraada führte Mathilde, die sich nicht dagegen sträubte, von der Leiche Flavia Leones weg. Nach einer Minute hatte sie zu ihrer alten Professionalität zurückgefunden.

»Legen wir los, Rachid. Die zwei da hinten haben also die Leiche entdeckt. Fangen wir an, unsere Fragen zu stellen.«

In diesem Moment erklang die Marseillaise. Mathilde warf einen Blick auf das Display ihres Handys und drückte den Anruf weg. Nur wenige Sekunden später ertönte die Melodie erneut. Sie zuckte entschuldigend mit den Achseln und entfernte sich ein paar Schritte.

»Vivienne, was gibt's? Ich hab keine Zeit, also mach schnell.«

Sie lauschte kurz dem aufgeregten Geschnatter.

»Nein, warum sollte ich. Ich bin von Commandant Bouraada zu einem Leichenfund gerufen worden, da nehm ich ihn doch nicht mit. Jetzt mach dir mal keine Sorgen. Du kennst ihn doch. Wahrscheinlich versteckt er sich irgendwo im Park, um dich zu ärgern. Nein, ich kann jetzt hier nicht weg. Ja, bis später dann.«

Sie drückte auf den kleinen roten Hörer und steckte ihr Handy ein.

»Sébastien ist weg. Vivienne hat geglaubt, ich hätte ihn mitgenommen. Sie sollte endlich aufhören, wie eine Glucke um ihn herumzuschwirren. Der Junge ist bald zwanzig. So, wo waren wir stehen geblieben? Hören wir mal, was die Herrschaften uns zu erzählen haben.«

»Fangen Sie schon mal an. Ich warte auf einen Kollegen von Flavia Leone, der in wenigen Minuten eintreffen muss. Er bringt den Schlüssel für den Holzschuppen mit, damit wir uns ein wenig darin umschauen können.«

»Wie haben Sie ihn erreicht?«

»Felix hatte die glorreiche Idee, im archäologischen Museum von Ambrussum anzurufen und dort nachzufragen, wer außer Docteur Leone bei dieser Grabung verantwortlich zeichnet. Sie war zwar die Chefausgräberin, aber ein Kollege, Maxime Berchwyler, ist nach Angaben der Museumsmitarbeiterin einer ihrer engsten Assistenten. Wir haben seine Handynummer bekommen, und er hat sich sofort von Béziers aus auf den Weg gemacht.«

»Gut«, Mathilde nickte zufrieden. »Dann schauen wir mal, was uns die beiden da drüben zu berichten haben.«

Kapitel 6

Lieutenant Felix Tourrain hatte die Personalien des älteren Ehepaars bereits aufgenommen. »Madame le juge, das sind Monsieur und Madame Sievers. Sie kommen aus Offenbach in Deutschland und machen in der Nähe Urlaub. Er spricht ganz passabel Französisch. Seine Frau versteht, soweit ich es einschätze, auch das meiste, spricht aber nicht sonderlich gut. Sie stehen noch unter Schock. Docteur Regis wollte ihnen etwas zur Beruhigung geben, aber beide haben abgelehnt. Doch ich denke, sie sind bereit, Ihre Fragen zu beantworten.«

»Danke Tourrain. Wie lange sitzen die zwei denn schon hier?«

»Seitdem wir angekommen sind. Also, seit fast zwei Stunden. Sie haben bei ihrem Auto, das ist der rote Ford, der draußen parkt, auf uns gewartet.«

Mathilde näherte sich dem Paar, das sichtlich erschüttert und erschöpft auf seiner provisorischen Bank saß. Sie erkannte in dem Mann sofort den wissbegierigen, durch nichts aufzuhaltenden typischen Touristen. Beige Bermudahose, kakifarbenes Hemd, Wollsocken, Schuhe, wie gemacht für eine Bergwanderung, ein Outfit, in dem er die Sahara hätte durchqueren können. Seine Ehefrau war wohl weniger auf Abenteuer aus. Im geblümten Sommerkleid und mit roten, allerdings robusten Sandalen, saß sie neben ihrem Mann und lehnte ihren Kopf an seine Schulter.

»Bonjour, Madame und Monsieur Sievers. Wie ich höre, können Sie unserem Gespräch folgen. Sollten Sie Fragen haben, unterbrechen Sie mich bitte. Ich bin Mathilde de Boncourt, die Untersuchungsrichterin, die die Umstände des Todes der Frau untersuchen wird, die Sie entdeckt haben. Ich hoffe, es geht Ihnen inzwischen wieder einigermaßen. Wie ich sehe, hat man Sie mit Wasser versorgt. Trinken Sie einen Schluck, und dann wollen wir uns ein wenig unterhalten. Ich werde mich hier zu Ihnen setzen, und sobald wir fertig sind, können Sie zurück in Ihre Unterkunft. Ihre Personalien haben wir bereits. Wie lange werden Sie noch in Frankreich bleiben, falls wir noch ein paar Fragen haben?«

Mathilde zog sich einen schwarzen Plastikeimer heran, schob ihn vor die Bretterbank, drehte ihn um und setzte sich darauf.

Günther Sievers, der seine rechte Hand mit der linken seiner Frau verschlungen hatte, räusperte sich, um dann in flüssigem Französisch zu antworten. »Wie rede ich Sie an, Madame? Madame la juge?«

»Le juge.«

Günther Sievers wirkte für einen Moment irritiert. Dann nickte er. »Nun also, Madame le juge. Ich weiß, wir hätten das nicht tun sollen. Aber archäologische Stätten üben eine unglaubliche Anziehungskraft auf mich aus. Meine Frau«, er lächelte sie liebevoll an und tätschelte ihr nun die Hand, »hat noch versucht, mich davon abzuhalten, auf das Gelände zu gelangen. Aber sie hatte keine Chance. Ich bin ein Sturkopf, ein *tête de mule*, so sagt man doch bei Ihnen? Und dann bin ich eben durch den Zaun hier rein, meine Frau dann auch, wir haben uns die ausgegrabenen Fundamente angeschaut und dann diese Plane gesehen. Ich dachte, also Anette dachte, da muss doch ganz was Interessantes drunterliegen. Vielleicht besonders schön behauene Kapitelle oder so. Ja, und dann haben wir die Tote entdeckt. Also, meine Frau zuerst. Sie hat geschrien. Sie können sich vorstellen, wir haben uns naturlich fürchterlich erschrocken. Haben aber sofort gesehen, dass es eine Frau ist, wissen Sie Madame le juge, wegen der Kleider. Die Arme gekreuzt, wie ein toter Pharao, und dann noch diese Totenmaske. Wir haben aber sonst nichts angerührt, sind sofort zum Auto und haben die Polizei benachrichtigt. Nicht wahr, Anettchen?«

Anette Sievers schien wohl alles verstanden zu haben, was ihr Gatte ausgeführt hatte, und nickte bekräftigend. Dann redete sie auf Deutsch auf ihren Mann ein. Mathilde verstand nur das Wort Maske. Sie wartete ab, und als Anette Sievers geendet hatte, schaute sie Günther Sievers fragend an.

»Ja, meine Frau hat mich gerade darauf aufmerksam gemacht, dass ich mir, obwohl ich mich natürlich zu Tode erschreckt habe – mir steckt jetzt noch der Schreck in den Beinen –, Gedanken über die Maske gemacht habe. Ob sie das Gesicht der Toten zeigt oder ein anderes, und aus welchem Material sie wohl ist.«

»Spielt das Material denn eine Rolle?«

»Nun, in gewisser Weise schon. Solche Totenmasken wurden in römischer Zeit aus Wachs hergestellt. Man weiß dies aus schriftlichen Überlieferungen. Und es haben sich sogar welche erhalten. Allerdings würde bei diesen Temperaturen, wie sie heute herrschen, eine Wachsmaske geradezu zerfließen. Daher habe ich mich gefragt, aus was sie wohl gefertigt worden ist. Reine Neugierde eines dilettierenden Archäologen, mehr nicht.«

Lieutenant Tourrain notierte die Aussagen des Ehepaars Sievers auf einem Block. Bei den letzten Worten versagte sein Kugelschreiber. Mathilde griff in ihre Umhängetasche und zog einen Stift, den sie jüngst bei ihrer Bank eingesteckt hatte, hervor. Beim Kramen nach dem Kugelschreiber waren ihre Finger an ihre Zigarettenpackung gestoßen. Und im Bruchteil einer Sekunde überkam sie eine unglaubliche Gier nach einer ihrer heiß geliebten Gauloises blondes. Die letzte Zigarette hatte sie im Auto geraucht, und das war mindestens dreißig Minuten her.

»Et bien, ich wäre dann so weit fertig, wenn Sie bitte Lieutenant Tourrain noch die Adresse Ihres Feriendomizils geben wollen und eine Telefonnummer, unter der wir Sie erreichen können. Und bitte keine Informationen an die Presse. Soll Sie jemand nach Hause fahren, oder sind Sie wieder so weit hergestellt, dass Sie selbst fahren können?«

»Danke, es wird schon gehen. Ihr Kollege von der Polizei hat schon die Informationen, wo und wie Sie uns erreichen können. Wir wollen jetzt eigentlich nur noch weg von hier.«

Anette und Günther Sievers erhoben sich mühsam von ihrer

Bretterbank, reichten Mathilde zum Abschied die Hand und verließen mit schweren Schritten das Grabungsareal.

Mittlerweile war auch der Leichenwagen zum Abtransport der Toten in die Gerichtsmedizin eingetroffen. Geduldig warteten die beiden Männer mit ihrem Aluminiumsarg darauf, die Leiche übernehmen zu können. Der Notarzt und die Sanitäter, die als Erste zur Stelle gewesen waren, waren längst wieder abgefahren. Die Mannschaft hatte nichts mehr für Flavia tun können.

Regis verharrte wie ein Wachhund neben der Toten und sprach immer noch in sein Diktiergerät. Dann endlich gab er den Männern ein Zeichen, und sie hoben Flavia Leone vorsichtig in den Sarg. Die Totenmaske war von der *Identification criminelle* bereits in Verwahrung genommen worden. Rachid und Felix hatten sich zu den Kriminaltechnikern gesellt, die dabei waren, sich aus ihren weißen Anzügen zu schälen. Offensichtlich hatten sie ihre Arbeit bereits beendet.

Mathilde beobachtete die ganze Szenerie. Sie fühlte sich für einen Moment wie in einem Theaterstück, in dem im nächsten Augenblick der Zuschauer aufgefordert werden würde, sich an der Aufführung zu beteiligen. Doch sie war keine Zuschauerin, nein, sie befand sich mittendrin im Geschehen.

Mathilde seufzte. Es war Zeit für eine Zigarette. Ein Laster, sie wusste es. Doch es war ihr egal. Ebenso egal, wie das Glas Wein, das sie den einen oder anderen Tag vielleicht zu viel trank. Schließlich entstammte sie einer Weinbauerndynastie, und der Wein lag ihr sozusagen im Blut, hatte es wahrscheinlich bereits verdünnt, oder verdickt, je nachdem man es aus Sicht eines Arztes oder eines Weinliebhabers sah.

»Hast du noch eine für mich?«

Kein »Bitte« und nichts. Typisch Regis. Er hatte sein Diktiergerät weggesteckt und warf Mathilde einen auffordernden Blick zu.

Sie klopfte eine Zigarette aus der Packung, steckte sie in den Mund und zündete sie an ihrer Zigarette an. Gemächlich ging sie zu dem Gerichtsmediziner hinüber. Sie hatte keine Eile. Für zwei Sekunden schloss sie die Augen, als sich der Sargdeckel über dem Leichnam ihrer Jugendfreundin schloss, die nun ihre vorletzte Reise in die Pathologie antrat. Über das zufällige kurze Zusammentreffen vor ein paar Monaten hatte sich Mathilde gefreut, doch sie hatte Flavia zu lange nicht mehr gesehen, um in diesem Moment eine wirklich tiefe Trauer zu empfinden. Sie war an einem Ort des Verbrechens, und die gesamte Professionalität der Untersuchungsrichterin war gefragt. Gefühle hatten da keinen Platz, sie mussten warten.

Dankbar nahm Docteur Regis ihr die Zigarette ab. Mathilde war froh, dass er wieder im Dienst war. Regis hatte sich ein Jahr Auszeit genommen, war mit seiner Segeljacht um die halbe Welt geschippert. Er habe es gebraucht, hatte der Arzt ihr anvertraut. Auf seiner Reise habe er sich von allen Toten, die ihm in seinen vielen Berufsjahren begegnet waren, feierlich auf See verabschiedet. Nun könne er wieder mit neuen Kräften an die Arbeit gehen.

»Was glaubst du, Alain. Ist Flavia Leone hier an Ort und Stelle gestorben?«

»Frag bei der Kriminaltechnik nach. Die Spurensicherer können dir besser Auskunft geben. Doch wie's aussieht, ist der Körper nicht noch groß bewegt worden. Keine Schleifspuren zu sehen, keine hochgerutschte Bluse, keine Schürfstellen an den Beinen. Aber wie gesagt, frag die Kollegen von der Kriminaltechnik.«

»Ich weiß, meine Fragerei nervt dich. Aber wie lange mag sie tot sein?«

»Du hast recht, du nervst. Es ist heiß, die Plane lag auf ihr, da fällt die Temperatur nicht so schnell. Vielleicht ein halbes Grad pro Stunde, seitdem sie tot ist. Ich habe bei ihr dreiunddreißig Grad Körpertemperatur gemessen. Rechne's dir aus. Vier Grad Unterschied, macht etwa acht Stunden. Jetzt ist bald sechs. Grob geschätzt, hat sie heute Morgen zwischen acht und zehn Uhr das Zeitliche gesegnet. Die Leichenflecke passen dazu. Da sie jedoch Shorts und eine dünne Bluse trägt, gehe ich davon aus, dass es eher zehn war. Sonst hätte sie vielleicht noch eine Jacke, einen Pullover dabeigehabt. Um acht war es noch empfindlich kühl. Und jetzt nervst du wahrscheinlich weiter.«

»Alain, wie kommst du nur auf die Idee«, flötete Mathilde und drückte ihre Zigarette auf einem kleinen Stein aus. Stummel und Stein packte sie in ein Papiertaschentuch und steckte es ein. Die Spurensicherer hatten genug zu tun.

»Im Ernst, kannst du mir schon Genaueres über die Todesursache sagen?«

»Lass mir da noch etwas Zeit. Du hast es ja selbst gesehen. Es sieht aus, als sei sie erstickt worden. Ansonsten auf den ersten Blick keine auffälligen äußeren Verletzungen, kein Blut. Aber wie ich schon sagte, alles auf den ersten Blick.«

»Meinst du, wir können also jetzt schon einen Unfall ausschließen? Doch ob es sich ganz sicher um Mord handelt, da willst du dich wahrscheinlich noch nicht festlegen?«

»Sollte das jetzt etwa eine Frage sein? Natürlich lege ich mich nicht fest. Das müsstest du doch am besten wissen. Wie lange arbeiten wir jetzt schon zusammen?«

Allmählich schwitzten Mathildes nackte Füße in den geschlossenen Schuhen. Sie lenkte ein. »Gleichgültig ob Unfall oder Mord, auf jeden Fall wirkt das Ganze auf mich wie inszeniert, als hätte man sie aufgebahrt, vielleicht irgendeinen speziellen Totenritus angewandt. Dafür würde auch die Maske sprechen, die auf ihrem Gesicht lag, tatsächlich eine Totenmaske, wie ich soeben erfahren habe.«

Regis seufzte. »Mathilde, hab ein wenig Geduld mit einem alten Mann. Morgen früh werde ich sie obduzieren, dann sehen wir klarer. So, mein Part hier ist erledigt. Gönn mir wenigstens noch den Sonntagabend zum Verschnaufen.«

Ein kurzes Hupen ertönte, und rumpelnd verließ der Wagen mit Flavias Leichnam das Ausgrabungsgelände. Mathilde wusste, wann es keinen Zweck mehr hatte, Regis zu einer tiefergehenden Einschätzung zu drängen. Er hatte sich auch schon umgedreht und stapfte grußlos hinter der Staubwolke her, die das Auto aufwirbelte. Mathilde musste wider Willen grinsen. Dieser alte Brummbär. Doch die Toten waren bei ihm in besten Händen.

Kapitel 7

Niemand hatte ihn bemerkt, als er die Wohnung, das Schloss, das Grundstück, ja den Weiler Boncourt verlassen hatte. Sébastien war sauer. Mathilde hatte mal wieder in ihren doofen Akten gelesen, Onkel Philippe und Tante Lucette waren mit den Zwillingen unterwegs, Rémy hatte auch noch die Hunde mitgenommen, und seine Mutter war einfach so auf dem Sofa eingeschlafen. Keiner hatte Zeit für ihn. Nur Odile war für ihn da. Sie probierte in der Küche etwas Neues aus. Es roch toll. Er hatte sie gefragt, ob sie ihm etwas zum Essen einpacken würde. Drei kleine pfeffrigscharfe Würste, ein Stück Tarte mit Aprikosen und eine dicke Scheibe von der selbst gebackenen Brioche durfte er haben. Er legte alles sorgsam in eine Plastikdose und verstaute diese in seinem Rucksack. Odile hatte keine Fragen gestellt. Sébastien veranstaltete öfter ein Picknick für sich allein im Park. Nur als er laut überlegte, das bisschen würde aber wohl nicht reichen, meinte sie, er bekäme nichts mehr, sonst wäre sein Appetit weg. Zum Abendessen gäbe es etwas Besonderes. Knoblauchhuhn mit Fenchel. Da hatte Sébastien doch kurz gezögert und überlegt, die Reise noch ein wenig zu verschieben. Aber nein, sein Entschluss stand fest. Wenn sich hier niemand um ihn kümmerte, würde er seinen Freund Martin besuchen. Die Adresse hatte Martin ihm selbst gegeben. Und Sébastien hatte ihm auch schon zwei Postkarten nach Deutschland geschickt. Eine aus Avignon und eine mit einem Pferd und einem Stier drauf. Mathilde hatte ihm beim Schreiben nur ganz wenig geholfen. Und Martin hatte sich über die Karten gefreut, denn er hatte gleich angerufen und es ihm gesagt.

Und so machte sich Sébastien auf den Weg nach Deutschland, nach Bonn, wo sein Freund Martin wohnte. Schon nach einem knappen Kilometer war ihm heiß, er schwitzte, und die kleine Flasche Wasser, die er mitgenommen hatte, war bereits leer getrunken. Dabei hatte er sich so fest vorgenommen, dass sie reichen würde, bis er da war.

Sein Rucksack fühlte sich allmählich immer schwerer an. Obwohl er nur das Notwendigste eingepackt hatte. Geld – alles was in der kleinen Kassette lag – mindesten zwanzig Euro, seinen Lieblingscomic »Asterix und Kleopatra«, noch zwei Paar Socken, drei Unterhosen, Zahnbürste und Zahnpasta und das T-Shirt mit dem Foto von Antoine Griezmann, das er von Philippe zu Weihnachten bekommen hatte. Sein Lieblingstrikot mit der Nummer 9, die Nummer des besten Spielers der Welt, Karim Benzema, hatte er an. Die Baseballmütze saß verkehrt herum auf seinem Kopf. Praktisch, so verbrannte die Sonne ihm nicht den Nacken. Sébastien wanderte am Straßenrand entlang und summte jetzt vor sich hin. Er hatte sich die Strecke auf der Landkarte genau angeschaut. Sein Ziel war eine Raststätte an der Autobahn. Hier bestand die beste Chance, dass ihn jemand mitnahm.

Wenn Mathilde wüsste, was er vorhatte, das gäbe einen ganz schönen Ärger. Und erst seine Mutter, daran durfte er gar nicht denken. Er stellte sich ihr Gesicht und ihr Gejammer vor. Besser nicht. Denn dann wäre er gezwungen, sofort wieder kehrtzumachen und zurückzulatschen. Sie tat so, als wäre er noch ein Baby. Noch vor Kurzem hatte er gehört, wie Mathilde zu seiner Mutter sagte: »Hör endlich auf, Sébastien wie ein Baby zu behandeln.«

Mit Mathilde kam er auch mal raus, ins Kino, zu einer *course camarguaises*, einem der Stierkämpfe, bei denen die waghalsigen Jungs und Männer den Stieren eine Trophäe, die zwischen die Hörner gespannt war, entreißen mussten. Die anderen, die *corridas*, bei denen die Stiere getötet wurden, konnte er nicht leiden. Und Rémy hatte ihn auch schon zur Jagd mitgenommen. Das mochte er schon, und er freute sich auch, wenn Henri ihm dann einen Vogel vor die Füße legte, aber eigentlich taten ihm die Tiere doch leid.

Plötzlich hupte es hinter ihm. Sébastien erschreckte sich fast zu Tode. Er sprang zur Seite und wäre beinahe im Graben gelandet.

»Na, Junge, wo soll's denn hingehen?«

Er kannte den Alten auf seinem Traktor nicht. Aber der Mann schaute ihn freundlich an und lächelte. Dann zog er seine Mütze ab und wedelte sich etwas Luft zu.

»Wenn du willst, kannst du ein Stück mitfahren. Es ist doch elend heiß heute. Komm, steig auf. Da vorne in der Tasche sind noch ein paar Flaschen Wasser. Nimm dir eine und trink mal einen Schluck, du hast ja schon einen ganz roten Kopf.«

Das ließ sich Sébastien nicht zweimal sagen. Dankbar kletterte er neben den Alten, legte seinen Rucksack neben dessen Tasche und zog eine kleine Flasche heraus, die er in einem Zug leerte.

»Oh, jetzt ist sie leer. Ist das schlimm?«

»Nein, mach dir keine Sorgen. Davon gibt's noch mehr. Wo kommst du denn her, wissen deine Eltern, dass du hier herumwanderst?« Der Bauer war misstrauisch geworden. Was ihm vorher nicht aufgefallen war, erkannte er jetzt – der junge Mann war nicht wie andere in seinem Alter.

»Ja, klar. Keine Sorge, ich weiß was ich tue.« Genau. Diesen Satz hatte Mathilde seiner Mutter schon hundertmal gesagt. »Der Junge ist erwachsen, Vivienne, begreif es endlich. Er weiß, was er tut. Mach dir doch nicht immer unnötige Sorgen.«

»Ich bin erwachsen, ich weiß was ich tue«, wiederholte er.

Der Alte brummte und tuckerte weiter. Nach knapp fünfzehn Kilometern, auf denen er sich überzeugen konnte, dass der Junge zwar etwas anders war, aber durchaus den Eindruck auf ihn machte, man könne ihn alleine lassen, ließ er Sébastien absteigen und gab ihm noch eine Flasche Wasser mit auf den Weg. Sébastien hatte nicht damit herausrücken wollen, wohin er eigentlich wollte. Der Bauer hatte ihn mehrfach gefragt, aber der Junge hatte nur verschmitzt gelächelt und ihm gesagt, das bleibe sein Geheimnis. Nun gut, dann sollte er es eben für sich behalten. Er drehte sich noch einmal um und registrierte mit einem nun doch etwas flauen Gefühl im Magen, dass der Junge eine Landkarte auf einem Stein ausbreitete. Ob er tatsächlich so genau wusste, wo er hinwollte?

Mit einem Achselzucken gab der Alte Gas und bog kurz darauf in einen unbefestigten Weg ein, der zu seinem Hof führte. Doch die Bedenken wollten nicht weichen. Konnte er den Jungen tatsächlich einfach seines Weges ziehen lassen? Er hielt den Traktor an und stieg ab. Am besten, er nahm ihn mit ins Haus und benachrichtigte von dort seine Eltern. Der Alte stapfte die dreihundert Meter zurück bis zur Straße. Doch der Junge war wie vom Erdboden verschluckt.

Kapitel 8

Die Kriminaltechniker hatten ihre Arbeitsmaterialien wieder zusammengepackt. Commandant Bouraada stand mit Jean-Jacques LeVian, dem Leiter der *Identification criminelle*, im Schatten. Das Wetter konnte sein, wie es wollte, Rachid Bouraada sah immer aus wie aus dem Ei gepellt. Die Hitze konnte ihm einfach nichts anhaben. Mathilde hatte ihn noch nie anders gekleidet gesehen als in einem blütenweißen Hemd. Und nur wenn die Temperaturen über die Dreißig-Grad-Marke kletterten, entledigte er sich mit einem entschuldigenden Blick seines Sakkos. Hätte Mathilde das Hemd auf Schweißflecken untersuchen lassen, man hätte wahrscheinlich nichts entdeckt. Dunkelblaue Jeans und braune Mokassins vervollständigten das Outfit des Commandant, das er lediglich im Winter durch eine Wolljacke und Socken an den Füßen ergänzte, die dann in robusten Schnürschuhen steckten. Mit seinen kurz geschnittenen dunklen Haaren, dem braunen Teint und der geradezu klassisch zu nennenden Nase war Rachid Bouraada ein ungemein attraktiver Mann, und die enge Zusammenarbeit zwischen der Untersuchungsrichterin Mathilde de Boncourt und dem Polizisten hatte unter ihren Kollegen schon so manchen Anlass für Spekulationen gegeben, ob das Verhältnis der beiden nicht vielleicht doch intimer Art wäre. Mathilde und Rachid wussten es besser, und damit war der Fall für sie erledigt. In den Jahren der Zusammenarbeit hatte sich eine Freundschaft zwischen ihnen entwickelt, die auf großem Vertrauen und gegenseitigem Respekt basierte. Für Mathilde war Rachid wie ein Fels in der Brandung, und umgekehrt konnte der Commandant sich darauf verlassen, dass die Untersuchungsrichterin mit unerbittlicher Hartnäckigkeit der Gerechtigkeit zum Sieg verhelfen wollte.

Mathilde gesellte sich zu den beiden Männern, und LeVian wiederholte, was er Bouraada bereits als erste Einschätzung gegeben hatte. »Das Terrain hier ist aufgeräumt wie ein Wohnzimmer, bevor der Besuch eintrudelt. Die Archäologen sind offensichtlich ordentliche Menschen. Kein Werkzeug liegt herum. Wahrscheinlich alles im Schuppen aufbewahrt. Ich lasse euch Marius da, er soll sich da drin noch genau umschauen. Ich hoffe, der Typ taucht gleich mit dem Schlüssel auf, sonst knack ich das Schloss.«

Bouraada runzelte die Stirn. »Nichts wird hier geknackt. Dieser Berchwyler muss gleich da sein.«

»Garantiert ein Elsässer. Na ja. Wo war ich stehen geblieben? Also, kein Werkzeug liegt herum, und auch sonst nichts. Kein Papier, kein Zigarettenstummel, keine Getränkedose, keine Glasscherbe, nichts. Nur Sand und Steine, die Absperrungen zwischen den Grabungsfeldern, das war's. Keinerlei verwertbare Spuren. Ob die Plane, unter der die Tote lag, von hier ist, wissen wir erst, wenn der Archäologe da ist. Wir nehmen sie natürlich mit.«

»Wie sieht es mit Reifenspuren aus?«

»Auch nichts. Es gibt keine. Ihr könnt davon ausgehen, dass die Tote entweder hierhergetragen wurde oder an Ort und Stelle gestorben ist.«

»Apropos Reifenspuren«, hakte Mathilde nach. »Wie ist Flavia Leone überhaupt hierhergekommen? Ist sie mit jemandem mitgefahren, ist sie selbst gefahren, steht irgendwo ihr Auto?«

»Auf dem Parkplatz, der weiße japanische Kombi«, erwiderte Commandant Bouraada. »Der Wagen ist auf Leone zugelassen. Der Abschleppdienst wird ihn zur kriminaltechnischen Untersuchung abholen.«

Lieutenant Felix Tourrain näherte sich der Gruppe mit einem Mann, der sich mit einem Taschentuch über die Stirn wischte. Er war um die fünfzig, nicht sehr groß, mit einer drahtigen Figur. Auf dem Kopf saß schief eine dunkelblaue Baskenmütze, wie man sie in Frankreich früher oft gesehen hatte. Heute trugen sie meist ältere Männer auf dem Land. Er begrüßte alle mit Handschlag, man machte sich miteinander bekannt.

»Sie hatten mich angerufen, und ich bin so schnell wie möglich gekommen. Es ist unfassbar. Flavia, tot. Ich kann es nicht glauben. Wo …?« Suchend schaute er sich um.

»Docteur Leone ist schon auf dem Weg in die Gerichtsmedizin«, klärte Commandant Bouraada den Archäologen auf.

»Ja, aber, was ist passiert? Hatte sie einen Unfall? Doch nicht hier? Ich verstehe das alles nicht. Was hat sie überhaupt an einem Sonntag auf dem Grabungsgelände gemacht? Hatte sie etwas vergessen? Die Unterlagen? Doch die nimmt sie meist mit ins Büro oder nach Hause. Oh Gott, hat sie vielleicht einen Dieb überrascht?«

»Wir wissen noch nichts. Nur, dass Madame Leone tot ist. Ob ein Unfall oder …«

Weiter kam der Commandant nicht.

Dem Archäologen war bei diesen Worten schwindelig geworden. Er wankte, und Lieutenant Tourrain konnte ihn gerade noch stützen, bevor der Mann vor ihren Füßen im Sand gelandet wäre.

»Setzen wir uns doch in den Schatten«, schlug Mathilde vor und zeigte auf die improvisierte Bretterbank.

»Einen Augenblick noch. Können Sie uns sagen, Monsieur Berchwyler, ob diese Plane zu Ihren Arbeitsmaterialien gehört?« Der Kriminaltechniker wies auf das zusammengelegte Plastik, das bereits verpackt auf seinen Abtransport wartete. Berchwyler warf nur einen kurzen Blick darauf.

»Es geht schon wieder, danke. Nur ein Moment der Schwäche. Die Hitze, der Schock. Ja, das ist eine unserer Planen. Sehen Sie hier, an der Ecke? Wir markieren sie, ebenso wie die Werkzeuge und alles, was wir noch so zum Arbeiten benutzen. Die Planen werden normalerweise im Schuppen aufbewahrt. Er ist doch abgesperrt, oder? Ich sollte doch einen Schlüssel mitbringen. Wo ist denn Flavias Schlüssel, haben Sie ihn nicht gefunden?«

Rachid Bouraada schüttelte den Kopf. »Außer einem Portemonnaie mit etwas Geld, Kreditkarten, Führerschein und Ausweispapieren darin hatte Docteur Leone nichts dabei. Weder einen Hausschlüssel, noch einen Autoschlüssel oder ein Handy.«

»Das ist merkwürdig. Flavia würde ohne Handy keine zehn Meter zurücklegen. Und den Schlüssel zum Schuppen hat sie, hatte sie an einem Ring, zusammen mit dem Schlüssel zu ihrer Wohnung und dem Autoschlüssel. Draußen der weiße Kombi, das ist ihr Wagen. Und alle Schlüssel sind an diesem Ring, da bin ich mir sicher. An dem Ring hängt ein Skarabäus. Kein antikes Stück, eine Replik. Als Glücksbringer …«

Maxime Berchwyler brach ab. Nein, der Käfer, der im Alten Ägypten Auferstehung und Leben versinnbildlichte, hatte Flavia Leone kein Glück gebracht.

Kapitel 9

Marius, der Kriminaltechniker, wartete bereits ungeduldig, dass ihm jemand die Tür der Holzhütte öffnete.

»Monsieur Berchwyler, wenn Sie uns bitte den Schlüssel zu der Baracke geben würden. Unser Mann von der Spurensicherung möchte sich darin umschauen.«

Umständlich fummelte der Archäologe einen Schlüssel mit blauer Plastikkappe aus seiner Hosentasche und überreichte ihn Marius.

»Wie viele Schlüssel gibt es?«, fragte der Commandant.

»Es gibt drei. Einen habe ich, den zweiten meine Kollegin Persephone Titeux und den dritten, der wohl verschwunden ist, hatte Flavia. Was glauben Sie, da drin zu finden? Es wird von Spuren wahrscheinlich nur so wimmeln. Die Archäologen, die Volontäre, Studenten, freiwillige Helfer, alle sind da drin, um sich ihr Werkzeug zu holen … Ach du großer Gott. Ist Flavia etwa mit einem unserer Werkzeuge getötet worden? Glauben Sie, da drin die Tatwaffe zu entdecken?«

Commandant Bouraada schüttelte den Kopf. »Wie Ihre Kollegin zu Tode kam, darüber können wir noch nichts sagen. Wir müssen die Obduktion abwarten.«

Marius hatte inzwischen die Tür geöffnet. In der Holzhütte war es weniger heiß, als man bei der Hitze, die draußen herrschte, vermutet hätte. Die beiden Fenster waren geschlossen. Sonnenlicht fiel schräg hinein, und der feine Staub, der beim Öffnen der Tür aufgewirbelt worden war, tanzte darin. Kriminaltechniker, Archäologe, Untersuchungsrichterin und Polizist verharrten in der Tür, warfen einen ersten Blick in den Raum. Direkt rechts von ihnen stand ein altmodischer Garderobenständer, an dem Regenjacken hingen. Ein Griff durch die Tür, und man hätte ein Exemplar davon in der Hand. Der Boden war mit einer feinen Sandschicht bedeckt. Baustellen- oder Saharasand fanden immer einen Weg, sich selbst durch engste Ritzen zwischen den Holzbalken hereinwehen zu lassen.

»Hier war schätzungsweise in den letzten zwölf Stunden keiner drin. Keine Schuhabdrücke auf dem feinen Sand, nichts. Ich befürchte, die Untersuchung der Hütte auf verwertbare Spuren wird nicht viel ergeben. Oder fällt Ihnen auf Anhieb etwas Ungewöhnliches auf?«

Die Frage war von Marius an Berchwyler gerichtet, der den Hals reckte und in den Raum spähte. Er zuckte mit den Schultern, schüttelte dann den Kopf. Die Hütte war gleichzeitig Aufenthalts-, Arbeits- und Aufbewahrungsraum. Auf einem langen Holztisch, vor dem vier einfache Holzstühle standen, lagerten Schachteln mit Scherben, ein Gefäß aus Ton war provisorisch zusammengesetzt worden und stand in einem Sandbett in einem der rechteckigen Aufbewahrungskästen. In Regalen, die an der Wand befestigt waren, stapelten sich weitere Kästen, Grabungswerkzeuge lagen geordnet auf den Brettern. An einer Wand standen Spaten, Rechen, Geräte, wie sie auch bei der Gartenarbeit benutzt wurden. Eine Ecke nahm ein zerschlissenes Sofa ein, darauf lagen ein paar Decken.

»Nein, alles sieht genauso aus, wie wir es am Freitagabend verlassen haben.« Der Archäologe zeigte auf die Holzkästen mit ihrem antiken Inhalt. »Das sind die letzten Scherben, die wir noch entdeckt haben. Die Reste von ein paar kleinen Vorratsgefäßen. Nichts Aufregendes. Wir sind mit den Untersuchungen eigentlich so weit fertig.«

Marius schob den Archäologen ein wenig zur Seite und sah nun seinerseits mit gespannter Miene hinein, Zentimeter für Zentimeter tastete er mit Blicken das Innere der Hütte ab. Dann nickte er Mathilde und Bouraada zu. »Okay, ich hol meine Ausrüstung und schau mich hier ein wenig um. Aber große Hoffnungen mach ich mir nicht. Ich schätze mal, hier war in den letzten zwölf Stunden tatsächlich niemand mehr drin. Aber tun Sie mir bitte alle einen Gefallen und laufen Sie jetzt nicht noch in der Hütte rum.«

Der Kriminaltechniker stapfte davon. Wenn er nichts entdecken würde, könnte er sich heute Abend noch das Rugbyspiel anschauen. Aber es sah gut für ihn aus. Da war garantiert nichts zu finden. Trotzdem musste die Arbeit gewissenhaft erledigt werden.

»Gut. Wenn das so ist, Monsieur Berchwyler, dann können Sie jetzt wieder nach Hause. Schauen Sie sich noch einmal in Ruhe um, und wenn Ihnen nichts weiter auffällt, war's das hier fürs Erste. Eine Frage noch. Wozu ist eigentlich das Sofa da? Übernachtet hier auch manchmal jemand?« Mathilde zeigte auf die Couch.

»Nein, hier übernachtet eigentlich niemand. Das alles ist ja auch eher ein Provisorium. Wir Archäologen haben unsere Büros an der Uni in Montpellier. Aber bei Flavia ist es manchmal sehr spät geworden, und sie hat dann hier geschlafen. Aber das kam eher selten vor. Ansonsten passiert es immer mal wieder, dass gerade von den Studentinnen eine in der Hitze umkippt. Dann kann sie sich ein wenig erholen und die Beine hochlegen. Für solche Fälle hängt auch der kleine Medizinschrank da drüben. Schmerztabletten, Pflaster, Mullbinden, Wundspray, Kreislauftropfen sind da drin.« Er sah zu dem Schränkchen mit dem roten Kreuz darauf. »Aber ich glaube, Ihr Kollege hat vollkommen recht. Hier drin war wahrscheinlich seit Freitag niemand mehr.«

Berchwyler trat einen Schritt zurück. Dabei blieb sein Blick an dem Garderobenständer direkt neben der Tür hängen. Er stieß einen kurzen Schreckenslaut aus. »Halt, stopp, wo ist die Maske? Merde, die Maske ist weg.«

Der Archäologe starrte fassungslos auf das wackelige Holzgestell. Mit einem Schritt war er in der Hütte. Seine Hände wühlten sich durch die Jacken, die an den einzelnen Haken hingen. »Sie ist tatsächlich weg. Hier, hier hat sie gehangen, am oberen Haken. Gleich neben der Tür.«

Ungläubig drehte sich Berchwyler zu Bouraada und Mathilde um. Sein Gesicht war vor Aufregung krebsrot, Schweißperlen bildeten sich auf seiner Stirn. Er riss sich die Mütze vom Kopf und knetete sie zwischen seinen Fingern, eine Geste der Verzweiflung. Bouraada erfasste sofort die Situation. Um die Maske vom Haken zu nehmen, falls sie tatsächlich dort gehangen hatte, musste man die Hütte nicht betreten. Es genügte, den Arm auszustrecken und sie zu greifen. Aber warum, zur Hölle, wurde ein solches sicherlich kostbares Artefakt so einfach an diesen Haken gehängt?

»Ich schlage vor, wir setzen uns nach draußen, und Sie erzählen uns, was es mit dieser Maske auf sich hat.« Einladend zeigte Rachid Bouraada auf die provisorische Holzbank. »Kommen Sie, Monsieur Berchwyler. Klären Sie uns auf.«

Er packte den Archäologen sanft an der Schulter und schob ihn in Richtung der Bretterbank. Er setzte sich und klopfte mit der Hand auf den Platz neben sich. Schwer ließ sich Berchwyler darauf fallen, sodass die Bretter verdächtig ächzten. Mathilde bevorzugte wieder den Eimer als Sitzplatz.

»Wir hören. « Der Commandant würde Maxime Berchwyler vorerst nicht erzählen, dass man das gute Stück auf dem Gesicht von Flavia Leone deponiert hatte. Berchwyler schwieg. Die Verzweiflung stand ihm ins Gesicht geschrieben. Bouraada half ihm auf die Sprünge. »Die Maske. Eine Totenmaske, wie ich vermuten darf.«

Der Archäologe rang nach Worten. »Ja, genau, eine Totenmaske. Solche Totenmasken gibt es in vielen Kulturen. Denken Sie nur an den berühmten Sarkophag des Pharaos Tutanchamun. Sein Grab wurde 1922 entdeckt. Er selbst starb 1327 vor Christus. Die Goldmaske, jeder kennt sie. Einzigartig, aber nicht alleinstehend. Es gibt gemalte Porträts auf Holztafeln, die Mumienporträts. Mehr als neunhundert davon sind bekannt. Die meisten aus dem ersten, zweiten nachchristlichen Jahrhundert in Ägypten, also aus der Zeit, als die Römer in Ägypten das Sagen hatten. Man kann davon ausgehen, dass sie tatsächlich die Gesichtszüge der Verstorbenen zeigen. Eine Sitte, die bis in die Neuzeit reicht.

Cromwell, Napoleon Bonaparte, auch von ihnen existieren Totenmasken, nach dem Abbild des Gesichts geformt. Unsere Maske ist etwas ganz Besonderes. Schriftliche Quellen belegen die Existenz solcher Totenmasken in der römischen Antike. Sie waren aus Wachs geformt, sind daher kaum erhalten. Aber, und das kommt einer Sensation gleich, die wir allerdings noch nicht publik gemacht haben, wir haben hier einen Gipsabdruck gefunden.«

»Gips oder Ton?« Rachid Bouraada war sich sicher, dass die Maske, die auf Flavia Leones Gesicht lag, aus rötlichem Ton geformt war.

»Gips. Mit Gips wurde der Abdruck abgenommen, danach die gewonnene Gipsform mit Wachs ausgegossen. Und auf die vorzüglich erhaltenen Reste einer solchen Gipsform sind wir gestoßen. Sie ist fast komplett. Nur eine kleine Ecke vom Kinn fehlt. Gips, festgebacken wie Granit. Unsere Restauratorin hat auf Wunsch von Flavia auf dieser Grundlage verschiedene Masken nachgeformt.«

»Wie kann ich mir das vorstellen?« Mathilde war ehrlich interessiert an diesem Thema. Die Archäologen waren mit ihrer Arbeit gar nicht so weit von der eines Kriminaltechnikers entfernt, der beispielsweise auf Grundlage eines Schädels ein ganzes Gesicht rekonstruieren konnte.

»Die Kollegin hat die Maske eingescannt. Eine 3-D-Geschichte. Sie war die Grundlage für eine exakte Nachbildung des antiken Stücks. Dabei handelt es sich um eine Negativform. Von ihr haben wir dann die Maske in verschiedenen Materialien gewonnen. Wie in der Antike in Wachs, oder, wie in diesem Fall, in Ton. Es gibt mehrere Exemplare davon. Genaueres zur Technik kann Ihnen Sabine Chong erklären. Und eine dieser Masken, die aus Ton, lag hier in der Hütte. Das heißt, sie hing hier.«

Berchwylers Gesicht, das eben wieder eine gesündere Farbe angenommen hatte, wurde erneut krebsrot. Er räusperte sich. Bouraada und Mathilde schauten sich fragend an.

»Nun ja. Persephone hatte sich einen Scherz erlaubt. Sie hatte die Maske, sie ist ja innen hohl, an den Haken des Garderobenständers gehängt. Darunter auf einem Kleiderbügel den dunkelgrünen Regenmantel. Wenn also Flavia, sie war immer die Erste hier, die Hütte aufgesperrt hätte, hätte sie höchstwahrscheinlich, so hoffte Persephone, den Schreck ihres Lebens bekommen. Es sah in der Tat recht gruselig aus. Als ob die Maske plötzlich noch einen Körper dazubekommen hätte. Ja, fast so, als würde da eine Gestalt am Haken hängen, eine Person.«

»Haben Sie oder Ihre Kollegin, Persephone Titeux, öfter solche Scherze gemacht, die Ihre Chefin in Schrecken versetzen sollten?«

»Nein, wo denken Sie hin. Ich wollte Persephone auch davon abhalten. Aber diese Frau lässt sich von niemandem etwas sagen. Und so dramatisch war der Scherz ja nun auch wieder nicht. Wahrscheinlich hätte Flavia nur darüber gelacht.«

»Hatte Ihre Kollegin einen besonderen Grund, Docteur Leone, wie soll ich sagen, eins auszuwischen?«

»Da fragen Sie Persephone besser selber. Das Verhältnis der beiden war etwas angespannt.«

Berchwyler zögerte einen Moment, als ihm aufging, was dieser Satz bedeuten konnte. »Aber Sie glauben doch nicht, dass meine Kollegin etwas mit dem Tod von Flavia zu tun hat? Jemanden mit einer Maske zu erschrecken ist doch nun wirklich nicht mehr als ein Streich. Ja, und nun ist sie verschwunden, die Maske.«

»Die Maske ist wieder aufgetaucht. Sie lag auf dem Gesicht der Toten, im wahrsten Sinne des Wortes eine Totenmaske.«

Aus Maxime Berchwylers Gesicht wich nun sämtliche Farbe.

Kapitel 10

Obwohl die Sonne erst in einer Stunde untergehen würde, war der Weg zur Villa bereits hell beleuchtet. David Chabal war einer der letzten Gäste, die den Weg nach Lavérune, westlich von Montpellier, gefunden hatten. Er parkte seinen geliebten Spider mit gehörigem Abstand von Adelines Schrottkiste. Beim Rückwärtsfahren kannte sie keine Gnade. David hatte eine kurze, aber heftige Affäre mit ihr gehabt, bis Flavia seinen Weg gekreuzt hatte. Er griff nach der Flasche Rosé und schälte sich aus dem Zweisitzer.

Es würde eine sternenklare Nacht werden, und die Temperaturen dann Gott sei Dank unter denen liegen, die den ganzen Sonntag dafür gesorgt hatten, dass die Einheimischen sich in ihre klimatisierten Häuser zurückzogen, während die Touristen die Strände rund um La Grande-Motte und die Gassen der pittoresken Dörfer und Städtchen bevölkerten.

Lautes Stimmengewirr drang an Davids Ohr, nur übertönt von den harten Beats der Rap-Musik von MHD, Le Prince de l'Afro-Trap, einem der angesagtesten Rapper Frankreichs. Die Party war in vollem Gange. Der Geruch von Fleisch, das auf dem Grill brutzelte, erinnerte David daran, dass er seit dem Frühstück nichts mehr gegessen hatte. Aber nach Essen war ihm im Moment sowieso nicht zumute. Ein leises Surren ließ ihn kurz innehalten. Die Zikaden hatten sich schon zur Ruhe begeben, nur vereinzelt zirpte es noch aus einer riesigen Pinie, die den Zugang zum Haus und Garten von Bibiche markierte. Ein Vogel hatte wohl eine Zikade auf seinen Speiseplan gesetzt und sie aus irgendeinem Grund aus dem Schnabel verloren. Nun lag sie zuckend am

Wegesrand. David trat einen Schritt zur Seite und zerquetschte sie nun endgültig mit dem Fuß.

Bibiche, eigentlich Bibiane Vergier, hatte zu ihrer Geburtstagsfeier eingeladen. Und alle waren gekommen. Die meisten Gäste waren Studenten wie Bibiane und David. Sie kannten sich seit dem ersten Semester und standen beide kurz vor ihrem Abschluss an der *Faculté des Sciences et Techniques des Activités Physiques et Sportives* der Universität Montpellier, die mit mehr als zweitausendvierhundert Studenten eine der bedeutendsten Fakultäten in Frankreich war. David hatte bereits ein Jobangebot in der Tasche als Co-Trainer der *Krokodile*, des Fußballvereins *Nîmes Olympique*, die hofften, sich bald wieder in die erste Liga zu kicken.

»Da bist du ja endlich.« Bibiche kam tänzelnd auf ihn zu, in der rechten Hand ein Glas Wein, in der linken ein Zigarillo, ihr Markenzeichen. Maximal vier davon am Tag, schließlich war man ja sportlich aktiv, und als angehende Sportlehrerin sollte man doch auch ein Vorbild für die Schüler sein.

Sie umarmte David stürmisch, und der Wein ergoss sich über sein Hemd. »Da kannst du ja von Glück sagen, dass ich keinen Rotwein trinke«, nuschelte Bibiche, die schon einen kleinen Schwips hatte.

»Sag mal, kannst du nicht aufpassen? Jetzt stinke ich wie eine ganze Abfüllanlage und hab noch nicht mal einen Schluck getrunken.« Mit mürrischer Miene schob David seine Freundin von sich und versuchte, mit geringem Erfolg, mittels eines Papiertaschentuchs, den Fleck zu trocknen. Doch dies hatte lediglich zur Folge, dass weiße Papierfitzelchen sein dunkelrotes Seidenhemd verunzierten.

»Ah, der Herr ist schlecht gelaunt, welche Laus ist denn unserem Marienkäferchen«, sie kicherte und zeigte auf die weißen Punkte auf dem Hemd, »über die Leber gelaufen?« Sie zog David am Gürtel seiner Hose ganz nahe zu sich heran und begann mit Daumen und Ringfinger, ihr fast zu Ende gerauchtes Zigarillo elegant zwischen Zeige- und Mittelfinger geklemmt, die hellen Pünktchen von seinem Hemd zu zupfen.

»Lass das. Mit deinen langen Krallen ziehst du mir noch einen Faden. Dann kann ich das Hemd gleich in den Müll schmeißen.«

»Oh, là là, das war ja wohl eher eine Riesenlaus. Und jetzt beruhigen wir uns wieder und stoßen auf meinen Geburtstag an. Na, komm schon«, fügte Bibiche hinzu, als David keine Anstalten machte, ihr zu folgen.

»Entschuldige, alles Liebe zum Geburtstag.« David überreichte seiner Freundin die Flasche Wein, die er auf dem Boden abgestellt hatte, und küsste sie auf die Wangen.

»Bibiche, tut mir leid. Ich hab total vergessen, dir ein richtiges Geschenk zu besorgen. Aber ich hol das nach, versprochen. Sei mir nicht böse. Irgendwie hab ich keine Lust zu feiern. Ich weiß auch nicht. Die Hitze setzt mir heute richtig zu. Und Kopfschmerzen hab ich auch noch.«

Bibiche betrachtete David einen Moment kritisch. Er sah wirklich beschissen aus. Fahle Haut, trotz Sonnenbräune, die Augen rot unterlaufen, Tränensäcke, die sie an ihrem Freund nicht kannte. Sie würde ihn auf andere Gedanken bringen. »Ach, was. Stell dich nicht so an. Trink einen Schluck, und schieb dir ein Steak rein. Dann geht's dir gleich besser. Fabius steht schon seit Stunden am Grill, Maman hat Salate gemacht. Und zur Not spendier ich dir eine Kopfschmerztablette. Du wirst sehen, in ein paar Minuten fühlst du dich schon besser, ich kenn dich. Kaum unter Leuten, kommst du doch aus dem Quatschen nicht mehr raus. Also, sei kein Spielverderber.«

Bibiche warf den Zigarillostummel auf den Boden, trat ihn gewissenhaft aus und schob mit der Spitze ihrer Sandale einen Stein darüber. Dann hakte sie David unter. Seinen Widerstand aufgebend, ließ er sich von ihr mitziehen.

Abrupt blieb Bibiche stehen und hob fragend die Augenbrauen. »Wo ist denn Flavia? Du wolltest sie doch mitbringen. Bist du deswegen so mies drauf, weil sie dir mal wieder einen Korb gegeben hat? Mensch, David, gib's doch einfach auf. Sie ist sowieso zu alt für dich. Oder willst du in die Fußstapfen von Macron treten? Und übrigens, Adeline ist da. Sie hat schon nach dir gefragt. Sie kommt immer noch nicht drüber weg, dass du sie wegen einer Frau, die fast fünfzehn Jahre älter ist als du, abserviert hast. Adeline ist wenigstens deine Kragenweite. Zumindest mal vom Alter her.«

David unterbrach den Redefluss seiner Freundin. »Kein Wort mehr über Flavia, hörst du. Ich bin es echt leid, dass du mir ständig wegen ihres Alters in den Ohren liegst. Außerdem kann ich dich beruhigen. Wir haben eine Beziehungspause eingelegt. Flavia meinte, wir müssen mal etwas Abstand voneinander gewinnen. Gut, den kann sie haben.«

Mit einem Schlag wirkte David wie ausgewechselt. Als hätte man in seinem Kopf einen Schalter umgelegt. Aufgekratzt und mit einem breiten Grinsen war nun er es, der Bibiche unterhakte und sie zu den Partygästen bugsierte.

»So gefällst du mir schon besser, Chéri. Und jetzt vergiss Flavia.«

Mit lautem Hallo wurde David begrüßt, und nur ein paar Minuten später fand er sich mit der blond gelockten Adeline, die ihm mit verzücktem Gesichtsausdruck um den Hals gefallen war, und einer *fée verte*, einem starken grünschimmernden Absinth, auf den Steinstufen der Treppe, die zum unteren Parterre des großzügig angelegten Gartens führten.

Bibiches Mutter hatte einen florierenden Gartenbaubetrieb, und ihr eigener Garten war der beste Beweis dafür, mit welch geschickter Hand sie die Pflanzen zu arrangieren wusste. Ganz im Sinne des Barock hatte Madame Vergier Rabatten angelegt, in denen historische Rosen mit Lavendel um die Wette wuchsen. Eingefasst waren die Beete mit weißem Zwergjasmin, dessen betörender Duft die anbrechende Nacht erfüllte. An den Ecken bildeten dunkelgrüne Keramiktöpfe aus Anduze einen besonderen Akzent, die mit dunkelroten Riesenhibisken bepflanzt waren. Zwischen den Rabatten verlief ein schnurgerader Kiesweg, der im Abstand von je dreißig Metern von kunstvoll geschmiedeten Bögen überfangen wurde, an denen üppig blühende Bougainvillea emporankten, die am Tag ein geradezu verschwenderisches Festmahl für Bienen, Hummeln und Taubenschwänzchen boten. Point de vue war ein alter Brunnen, den Madame Vergier beim Abriss eines ehemaligen Herrenhauses aus dessen Park, der ebenfalls dem Untergang geweiht war, gerettet hatte. Aus der Schnauze eines auf der Schwanzflossenspitze emportanzenden Delfins schoss das Wasser in einer meterhohen Fontäne. Ein wahres Paradies breitete sich vor den jungen Leuten aus, doch sie hatten keinen Blick für die Naturschönheiten, die durch geschickt platzierte Gartenlaternen in der Dunkelheit illuminiert wurden.

Die zweiundsiebzig Prozent Alkohol des Absinths stiegen David rasant zu Kopf, er hatte wider besseres Wissen darauf verzichtet, ihn mit Wasser zu verdünnen. Als Adeline seine Hand ergriff und sie unter ihr T-Shirt auf ihre Brust legte, verschwendete David keinen Gedanken mehr an Flavia.

Kapitel 11

Sébastien schaute noch einen Augenblick dem Traktor nach, der rumpelnd in den Weg zum Gehöft eingebogen war. Ihn überkam ein plötzliches, nicht mehr aufzuhaltendes Bedürfnis. Und hier gab es kein Klo. Wäre er doch nur noch ein Stück mitgefahren. Oder noch besser, wäre er zu Hause geblieben. Aber da wollte ihn ja niemand. Keiner da, der Zeit für ihn hatte. Sébastien verschwand hinter dem dicken Stamm einer Steineiche, um sich zu erleichtern.

Unschlüssig stand er Minuten später an der Straße. Er wusste, in welche Richtung er wollte. Weiter zu einer Autobahnraststätte. Sébastien zurrte den unteren Gurt seines Rucksacks um seinen Bauch fest und marschierte los. Wenn er einen Wagen sich nähern hörte, blieb er stehen, reckte seinen Daumen in die Luft, doch niemand hielt an. Nach einer gefühlten Ewigkeit, er war ganz sicher schon hundert Kilometer gelaufen, bremste endlich ein Auto neben ihm ab. Es war ein knallgelber Citroën Mehari, ohne Verdeck, mit heruntergeklappter Windschutzscheibe.

Sébastien konnte sein Glück kaum fassen. Er liebte diese Wellblechkisten. Wenn er endlich einen Wagen steuern dürfte, dann so einen Mehari, mit dem er über die Feldwege brettern würde.

»Hey, willst du mit?«

Ein junges Paar saß im Auto, er hatte die Hände am Lenkrad, ihre nackten Füße lagen auf dem Armaturenbrett. Ein Schreck durchfuhr Sébastien. Seine Mutter hatte ihm doch eigentlich eingebläut, nie, niemals, in einen fremden Wagen zu steigen. Ein fremder Traktor, das war eine Sache, aber ein fremder Wagen …

»Ja, was denn nun, willst du mit, oder nicht? Wir bleiben hier nicht ewig steh'n.«

Das Mädchen schob seine Sonnenbrille auf die Haare und betrachtete Sébastien eingehend. Dann schubste sie ihren Freund an und flüsterte ihm etwas ins Ohr, das Sébastien natürlich nicht verstand. Der Junge nickte, und sie stieg aus.

»Komm, steig ein. Setz dich nach hinten. Wie heißt du? Du brauchst keine Angst zu haben. Ich bin Eveline, mein Freund heißt Mathy. Wo möchtest du denn hin? Nach Hause?«

Sébastien war erleichtert. Eveline war nett. Aber nach Hause wollte er nicht. Das würde nur Ärger mit Maman geben, wenn er aus einem fremden Auto ausstieg. Und überhaupt, er wollte zu seinem Freund Martin nach Deutschland.

Eveline bemerkte sein Zögern. Sie lächelte ihn beruhigend an und nahm seine Hand.

»Komm, hüpf rein.«

Ja, das würde er machen. Reinhüpfen. Sébastien zog seinen Rucksack aus und warf ihn auf die Rückbank. Dann kletterte er selbst hinterher. Bis jetzt hatte er noch kein Wort gesagt. Er war unhöflich, sollte sich bedanken. Und er musste Eveline und Mathy sagen, wo er hinwollte. Vielleicht hatte er ja noch größeres Glück, und sie würden nach Deutschland fahren. Vielleicht bis dahin, wo Martin wohnte.

Eveline war ebenfalls wieder eingestiegen, und Mathy startete den Mehari. Das Gebrumme des Motors übertönte die Zweifel, die er gegenüber seiner Freundin aussprach.

»Also ehrlich, hältst du das für eine so gute Idee, den Mongo mitzunehmen. Wenn ihn einer vermisst, sucht ihn garantiert schon die Polizei. Wenn die ihn bei uns im Wagen erwischen, glauben die noch, wir hätten ihn entführt. Das bedeutet Ärger.«

Eveline lachte laut, dann wurde sie sofort wieder ernst. »Erstens will ich das nicht mehr hören, Mongo, und zweitens macht der Junge auf mich einen ziemlich vernünftigen Eindruck. Entführt, so ein Quatsch. Hey, wie heißt du überhaupt?« Sie drehte sich nach hinten.

»Ich heiße Sébastien. Danke, dass ich mitfahren darf. So ein Auto wünsch ich mir schon lange. Fahrt ihr mich zu meinem Freund Martin?«

Mathy stöhnte laut. »Von wegen vernünftig.« Dann fuhr er los.

Eveline knuffte ihn in die Rippen. »Wir fahren nach Nîmes. Wenn du möchtest, bringen wir dich vorher nach Hause. Wo wohnst du, Sébastien?«

»Im Château. Aber da will ich nicht hin. Ich möchte dahin …«

Von Mathy kam ein Schnauben. »Pfff, Château.«

Sébastien kramte in seinem Rucksack und zog eine Postkarte heraus, die er dem Mädchen nach vorne reichte. Sie schaute sich zuerst das Bild an – ein Fluss mit einer beleuchteten Brücke, darunter stand: Bonn – Kennedybrücke. Die Karte war adressiert an Sébastien Tailleur, Château de Boncourt. Dann las sie laut vor.

»Lieber Sébastien, in dieser Stadt wohne ich. Du kannst mich jederzeit besuchen. Grüße alle von mir. Dein Martin.«

»Seht ihr, Martin hat mich eingeladen. Und Maman hat es erlaubt. Ich habe auch seine Adresse, hier.« Noch einmal stöberte er in seinem Gepäck und beförderte einen Umschlag heraus.

»Da, Martin wohnt in Bonn, in der Auguststraße.«

Mathy meldete sich zu Wort. Ihm war nicht wohl bei dem Gedanken, jemanden, der in seinen Augen wahrscheinlich noch nicht einmal bis zehn zählen konnte, irgendwohin zu befördern. Am liebsten würde er Sébastien postwendend zu seiner Familie fahren. Doch Eveline sah das komplett anders. Für sie war Sébastien vielleicht nicht wie andere junge Männer. Aber niemand habe das Recht, sich in sein Leben einzumischen oder ihn zu bevormunden. Sie fand es toll, dass er diese Reise machen wollte, und wenn er von allen Menschen solche Unterstützung erfahren würde wie von ihnen, dann würde er es im wahrsten Sinne des Wortes weit bringen. Eveline blieb stur, und Mathy gab nach. Er kannte seine Freundin, sie würde tagelang kein Wort mehr mit ihm wechseln, und noch schlimmer, ihm im Bett auch noch die kalte Schulter zeigen.

»Gut, aber ich übernehme keine Verantwortung. Wie hast du dir das vorgestellt?«

»Wir fahren zur Aire Nîmes-Marguerittes, das ist nur ein kleiner Umweg für uns. Dort halten wir Ausschau nach jemandem, der nach Deutschland fährt, am besten natürlich gleich in Sébastiens Richtung. Wir lassen uns die Ausweispapiere von den Leuten zeigen, damit wir wissen, mit wem wir ihn losschicken. Dann benachrichtigen wir seine Familie, damit die sich keine Sorgen macht. So einfach ist das, nicht wahr, Sébastien?«

Eveline drehte sich zu ihm um. Die Idee gefiel Sébastien. Maman würde keine Angst mehr haben, dass ihm etwas passierte, und er würde gemütlich weiterfahren, zu Martin nach Bonn. Zufrieden lehnte er sich im Fond zurück.

Mathy fuhr zügig, und nach einer halben Stunde hatten sie den Rastplatz erreicht. Eveline hätte nicht damit gerechnet, dass ihr Plan sich so schnell umsetzen ließ. Reisende Familien kamen eher doch nicht in Frage, sie würden wahrscheinlich zu viele Fragen stellen, und meist waren die Fahrzeuge so mit Gepäck vollgestopft, dass Sébastien keinen Platz gefunden hätte. Eveline sprach ein paar Fernfahrer an, und schon der vierte Trucker, dessen LKW auch am Sonntag fahren durfte, da er verderbliche Ware geladen hatte, erklärte sich bereit, Sébastien fast bis nach Bonn mitzunehmen. Der Spanier belieferte den Großmarkt in Köln mit Obst und Gemüse, und würde dort nach zehn Stunden Fahrt in der späten Nacht eintreffen. Die Reise ging von Frankreich über Luxemburg nach Deutschland, und in Köln würde Luis Zapatero Diaz dafür sorgen, dass Sébastien sein Ziel in Bonn erreichte, darauf könnten sich Eveline und Mathy verlassen, bei allem, was ihm heilig sei und beim Namen seiner verstorbenen Mutter. Mit der Bonner Adresse in der Tasche würde er ganz sicherlich diesen Martin finden.

Sébastien verabschiedete sich von seinen neuen Freunden, drückte sie an sich und küsste sie auf die Wangen. Dann kletterte er in die Fahrerkabine, schnallte sich an und konnte es kaum erwarten, dass es endlich losging.

Kapitel 12

Kaum waren Luis und Sébastien abgefahren, nicht ohne ein Hupgeräusch, das einem Ozeandampfer alle Ehre gemacht hätte, überkamen Eveline Zweifel, ob sie nicht vielleicht doch einen Fehler gemacht hatten. Sie hatten Sébastien einem wildfremden Mann anvertraut. Sébastien, der doch eigentlich in dem Moment, als er zu ihnen ins Auto gestiegen war, so etwas wie ein Schutzbefohlener geworden war. Kleinlaut gab sie Mathy im Nachhinein recht.

»Ich hätte auf dich hören sollen. Sébastien gehört nach Hause. Ruf Luis an. Er soll am nächsten Rastplatz anhalten, wir holen den Jungen wieder ab.«

»Ach ja? Hast du dir vielleicht seine Telefonnummer geben lassen? Ich nicht!«

»Zut. Daran hab ich überhaupt nicht gedacht.« Tränen traten ihr in die Augen.

»Nicht auszudenken, wenn er Sébastien irgendwas antut. Er war so schnell bereit, ihn mitzunehmen.« Evelines Stimme überschlug sich, und jetzt liefen ihr Tränen die Wangen hinunter. Der kurze Triumph, rechtbehalten zu haben, verpuffte.

Mathy legte tröstend die Arme um seine Freundin. »Ach was. Jetzt beruhig dich. Wir haben die Personalien von Luis. Er war uns sympathisch. Da wird nichts passieren. Außerdem hab ich mir auch noch das Kennzeichen seines Lkws aufgeschrieben. Wir geben alles an Sébastiens Familie weiter. Und komm bloß nicht auf die Idee, Sébastiens Mutter mitzuteilen, dass du dir Sorgen machst, Luis würde sich an ihrem Sohn vergreifen. Hörst du? Das ist ausgemachter Blödsinn. Sébastien wird jetzt gemütlich nach Bonn geschaukelt, wie er es sich gewünscht hat.«

Eveline schniefte, und Mathy zog ein mindestens dreimal benutztes Papiertaschentuch aus seiner Hosentasche.

»Iihh, schmeiß das in den Müll. Das sind ja nur noch Fetzen. Gib mir ein frisches.«

»Na also, Madame reagiert wieder normal. Hier, nimm das.«

Mathy zog ein sauberes Taschentuch aus der anderen Hosentasche und reichte es seiner Freundin, die sich über die tränennassen Augen fuhr und dabei ihre Wimperntusche vollständig verschmierte. Dann schnäuzte sie kräftig hinein.

»Okay, dann rufen wir mal auf dem Schloss an und sagen Bescheid. Oh nein, so ein Mist, von denen haben wir ja auch keine Nummer.«

»Aber wir wissen, wie das Schloss heißt, und kennen auch Sébastiens Familiennamen. Château de Boncourt, er heißt Tailleur.«

»Meinst du, solche Leute, Schlossherren, sind einfach so im Telefonbuch zu finden?«

»Kommt auf einen Versuch an.« Mathy grinste und sauste mit flinken Fingern über die Tastatur seines Handys. »Et voilà, da haben wir's schon. Die haben dort ein Weingut. Alles da, Adresse, Telefonnummer. Ich ruf gleich an, ist besser, ich red mit denen.«

Mathy wählte die auf der Homepage des Weingutes angegebene Nummer.

»Bonjour, mein Name ist Mathy. Wenn Sie diese Nachricht abgehört haben, rufen Sie mich bitte zurück.« Langsam gab er seine Handynummer durch. »Sébastien geht es gut, machen Sie sich keine Sorgen. Er ist auf dem Weg nach Deutschland zu seinem Freund Martin Endress aus Bonn. Ich gehe davon aus, dass Sie ihn ke…«

Kennen, wollte er eben sagen, doch die Zeit, die er hatte, um aufs Band zu sprechen, war vorbei.

»Jetzt wissen Sie Bescheid. War nur der AB dran. Ich befürchte allerdings, das war eine reine Geschäftsnummer, aber irgendwann, spätestens morgen früh, wird ja mal einer die Anrufe abhören. So, steig jetzt ein. Wenn wir noch was von unserem Nachmittag in Nîmes haben wollen, sollten wir uns so langsam auf den Weg machen.«

»Meinst du nicht, du hättest ein wenig mehr erklären können?«

»Ach was. Die Zeit war rum. Und jetzt wissen sie, dass es ihm gut geht. Mehr war nicht drin. Wenn sie mehr wissen wollen, sollen sie anrufen.«

Kapitel 13

David erwachte mit unsäglichen Kopfschmerzen. In den frühen Morgenstunden hatte er sich zweimal aus dem Bett gequält. Das erste Mal, um sich zu übergeben, das zweite Mal, um erfolglos nach einer Kopfschmerztablette zu suchen. Was ihn jetzt vielleicht retten konnte, war ein starker schwarzer Kaffee mit drei Löffeln Zucker. Sonst nichts. Wenn er nur an eine feste Mahlzeit dachte, kam ihm das, was in seinem Magen darauf wartete weiterzuwandern, wieder hoch.

Als ihn gegen vier die ersten tirilierenden Gartenbewohner geweckt hatten, wusste David nicht, wo er überhaupt war. Nach und nach dämmerte es ihm. Er hatte auf Bibiches Party zu viel Absinth getrunken und war mit Adeline im Bett gelandet. Das wäre kein Drama gewesen, wenn er nicht im Augenblick höchster Ekstase mit gequälter Stimme ›Flavia‹ gekeucht hätte, was Adeline als die größte Schmach ihres Lebens empfunden hatte. Von ihrem Wutanfall würde sein geschwollenes Auge wahrscheinlich noch einige Zeit zeugen.

David stöhnte auf. Sein Kopf würde jeden Moment explodieren, in seinem Darm rumorte es mittlerweile krampfartig, und der Gedanke an Flavia gab ihm den Rest. Adeline hatte natürlich keifend das Bett verlassen. Keine Ahnung, wo sie abgeblieben war. Er versuchte, sich im Bett aufzurichten. Alles drehte sich, und das schneller als das große nostalgische Karussell auf der Esplanade Charles-de-Gaulle in Nîmes. Er versank wieder im Kissen.

Es klopfte an der Zimmertür, ein Geräusch, als würde jemand versuchen, sie mit einem Presslufthammer zu öffnen. Einen Moment später spazierte Bibiche herein, strahlend wie der junge

Morgen. Sie balancierte auf einer Hand ein Tablett. Kaffeeduft erfüllte das Zimmer. Auf einem Teller lagen zwei geröstete Toastscheiben, die dünn mit Orangenmarmelade bestrichen waren. Ein hohes Glas, in dem es gefährlich sprudelte, zog Davids ganze Aufmerksamkeit auf sich.

»Na, wie geht's uns denn heute?«

Sie stellte das Frühstück mit Schwung auf den Nachttisch, sodass es aus Glas und Kaffeebecher spritzte.

»Geht's nicht ein bisschen leiser, mir ist kotzübel, lass mich in Ruhe.«

Bibiche schüttelte amüsiert den Kopf. »Geschieht dir ganz recht, wenn dir heute schlecht ist. Du hast gesoffen wie ein Loch, und dann hast du die arme Adeline abgeschleppt, die heute Morgen heulend in mein Bett gefallen ist. Was hast du denn mit ihr angestellt? Du bist echt ein Kotzbrocken, weißt du das. Und alles nur, weil die Alte dich versetzt hat. Wenn du wieder gerade laufen kannst, komm runter. Wir sind am Aufräumen. Dann bist du wenigstens zu was nützlich.«

David hob vorsichtig den Kopf. Erst jetzt registrierte seine Freundin das geschwollene Auge.

»Adeline hat ja einen echten Treffer gelandet. Du solltest da Eis draufmachen. Ist jetzt schon ganz blau. Morgen sieht's aus wie ein Pavianarsch.« Sie lachte laut. »Pavianarsch, genau, und du bist auch einer.«

David grunzte nur, griff nach dem Glas Alka-Seltzer und kippte es in einem Zug hinunter. Dann folgte als Wachmacher ein heißer Schluck Kaffee. Kein Zucker drin, das war ihm aber egal. Er verbrannte sich fast den Rachen.

Bibiche blieb auf den Fußspitzen wippend vor dem Bett stehen. »Hör mal, wenn du reden willst. Ich bin da. Jetzt im Ernst. So wie gestern hab ich dich noch nie erlebt. Du warst vollkommen daneben. Hast jeden angemacht, der sich Adeline auch nur genähert hat. Den Absinth geschluckt, als wär's Wasser. Ist ein Wunder, dass du offenbar keine Alkoholvergiftung hast. Hörst du mir überhaupt zu?«

David hatte sich unter der Bettdecke verkrochen. Nur ein leises Stöhnen war zu vernehmen.

»Okay, besser du bleibst noch im Bett. Wenn die anderen weg sind, reden wir, verstanden?«

Bibiche erwartete keine Antwort. Leise verließ sie das Zimmer.

Kapitel 14

»Wo bleibt denn Madame le juge?« Ungeduldig schaute der Gerichtsmediziner erneut auf die Wanduhr, die im Vorraum zum Sektionssaal hing. »Wir waren doch für halb neun verabredet, oder irre ich mich?«

Docteur Regis wusste genau, dass er sich nicht irrte. Er irrte sich nie. Und er wusste, dass es kaum einen zuverlässigeren Menschen als Mathilde de Boncourt gab.

»Ich schlage vor, wir fangen an. Sind Sie immer noch immun gegen die Gerüche?«

Commandant Bouraada zuckte mit den Schultern. »Was heißt immun. Ich rieche wahrscheinlich dasselbe wie Sie. Aber ich kann es einfach ausblenden. Das funktioniert. Und Sie? Sie haben sich doch sicher nach all den Jahren dran gewöhnt. Auf jeden Fall ist mir noch nie aufgefallen, dass sie sich Eukalyptussalbe oder sonst was unter die Nase schmieren.«

Regis schmunzelte. »Soll ich Ihnen ein Geheimnis verraten? Ich mache es wie Sie. Ich blende es auch einfach aus. So wie ich einfach nicht hinhöre, wenn dummes Zeug geredet wird, oder nicht hinschaue, wenn mir etwas peinlich oder unangenehm ist. Eukalyptus unter der Nase. Bahh. Das lenkt nur ab. Manchmal ist es nämlich notwendig, auch die Nase ihre Arbeit machen zu lassen. Sie glauben nicht, was meine mir schon alles verraten hat.«

Bernadette, die Assistentin des *médecin légiste*, klopfte an die Scheibe und zeigte auf die Uhr. Dann wies sie auf die Kühlschubladen, in denen weitere Tote darauf warteten, dass Regis dem Geheimnis ihres Todes auf die Spur kam.

Regis nickte. »Tut mir leid, Commandant. Wir müssen anfangen. Ich glaube, es wird Mathilde nicht weiter stören, wenn sie nicht dabei ist. Wir werden protokollieren, dass die Untersuchung ohne Madame le juge stattgefunden hat.«

In diesem Augenblick klingelte das Handy des Polizisten.

»Mathilde, wo stecken Sie denn? Regis wartet.« Bouraada machte eine kurze Pause, und sein Gesicht verzog sich sorgenvoll.

Regis schaute fragend und formte lautlos mit den Lippen »Was ist passiert?«. Doch er erhielt keine Antwort.

Bouraada lauschte noch ein paar Minuten gespannt, was Mathilde berichtete. Dann ergriff er das Wort. »Mathilde, wenn ich im Moment nicht helfen kann, werde ich hierbleiben. Es ist wirklich nicht notwendig, dass Sie von Anfang an dabei sind. Kommen Sie, wenn Sie alles erledigt haben. Und wenn sich irgendetwas ergibt, wenn Sie mich brauchen, melden Sie sich bitte. Dann bis später.«

»Jetzt sagen Sie schon, was los ist, Bouraada.« In Regis' Stimme schwang Besorgnis mit.

»Sie können mit der Obduktion beginnen. Mathilde wird später zu uns stoßen. Eine familiäre Angelegenheit. Sébastien, ihr Cousin, ist verschwunden. Schon seit gestern Nachmittag.«

»Was heißt verschwunden?«

»Verschwunden eben. Er hat wohl was zu Essen eingepackt und ein paar Kleidungsstücke. Die Familie hat zuerst das ganze Anwesen abgesucht. Er hat dort so seine Verstecke, aber da war er nicht. Ich weiß nicht, ob Mathilde Ihnen schon von Sébastien erzählt hat. Er hat das Downsyndrom. Sébastien hat viele erstaunliche Fähigkeiten, aber sich alleine auf eine Reise zu machen ist undenkbar. Und jetzt kommt seine Mutter natürlich fast um vor Angst, es könnte ihm etwas zugestoßen sein. Und nicht nur sie. Die ganze Familie ist in Sorge.«

»Na, es wird schon nicht gleich was Schlimmes passiert sein. Wenn er etwas zum Anziehen eingepackt hat, will er doch sicher ein bestimmtes Ziel erreichen. Was könnte das denn sein? Ein Freund, jemand, den er besonders mag? Hat Mathilde Hunde angefordert, um seine Spur aufnehmen zu können?«

»Die Familie besitzt selbst zwei Jagdhunde mit ausgezeichneten Nasen. Einer von ihnen hat tatsächlich eine Witterung aufgenommen, die an der Straße endete. Jemand muss den Jungen von dort mitgenommen haben. Mathilde hat alle Hebel in Bewegung gesetzt, ihn, hoffentlich unversehrt, wiederzufinden. Suchmeldung im Radio, die Polizei ist benachrichtigt, alles Menschenmögliche ist getan. Allerdings steht Sébastiens Mutter kurz vor einem Nervenzusammenbruch. Mathilde kümmert sich um sie.«

Noch einmal klopfte Bernadette, nun allerdings weniger zurückhaltend, an die Glasscheibe, die sie von den Männern trennte.

»Gut, fangen wir an.«

*

Mathilde hatte Bouraada darüber informiert, sie erwarte ihn nach der Obduktion in ihrem Büro im Palais de Justice. Die Familie hatte sich Viviennes angenommen, und der Hausarzt ihr ein Beruhigungsmittel verabreicht. Im Moment konnten alle nur abwarten und hoffen, dass sich jemand auf die Suchmeldung nach Sébastien bei der Polizei oder vielleicht auch direkt bei der Familie melden würde.

Rachid Bouraada klopfte an die Tür zu Mathildes Arbeitszimmer. Er hörte ein Rascheln, dann ein »Kommen Sie rein«.

Mathilde saß an ihrem Schreibtisch, und man sah ihr die Sorge um Sébastien an. Sie war ungeschminkt, und ihre rotblonden Haare waren mit einem einfachen schwarzen Gummi nachlässig im Nacken zusammengebunden. Im Zimmer roch es nach Zigaretten, obwohl das Rauchen im gesamten Gebäude verboten war. Mathilde hatte das Fenster geöffnet, damit der stinkende Qualm abziehen konnte.

»Bonjour, Mathilde. Gibt es was Neues von Sébastien?«

Etwas unbeholfen stand der Commandant in der Tür. Es kam nicht oft vor, dass er die Untersuchungsrichterin, die mit ihren einen Meter achtzig Körpergröße und ihrem stolzen und eleganten Aussehen so manchen bewundernden Blick auf sich zog, so bekümmert sah.

»Nein, Rachid. Gar nichts. Odile macht sich Vorwürfe, weil sie nicht nachgefragt hat, was er mit dem Essen will, Vivienne ist vollkommen von der Rolle, und ich bin wahrscheinlich schuld an seinem Verschwinden. Er wollte mit mir eine Runde Pétanque spielen. Ich hab ihn permanent abgewimmelt, bis es ihm zu viel wurde, bin dann zu allem Überfluss auch noch kurz eingenickt. Und als ich wach wurde, war er weg, also nicht mehr in meiner Nähe. Und wo sollte er denn schon sein? Vielleicht im Schloss, hinter Rémy her, ein kleiner Ausflug mit seiner Mutter, keine Ahnung. Ich war, ehrlich gesagt, froh, dass er mich nicht weiter genervt hat. Der arme Junge. Vivienne ist vorerst versorgt, und wir müssen einfach abwarten und hoffen, dass er heil wieder nach Hause kommt.«

Mathildes Handy klingelte. Die Handynummer ihres Großvaters wurde auf dem Display angezeigt. Mit zitternden Fingern nahm sie den Anruf entgegen. »Grand-père, was Neues von Sébastien?« Sie lauschte Rémys Worten, und nach und nach machte sich Erleichterung auf ihrem Gesicht breit. »Mon dieu, dieser Junge. Was hat er uns einen Schrecken eingejagt. Aber nun wird ja alles wieder gut.« Mathilde beendete das Gespräch.

»Gute Neuigkeiten, wie ich vermute?« Rachid sah sie fragend an.

»Sie werden es nicht glauben. Grand-père hat die Anrufe, die übers Wochenende auf dem Geschäfts-AB eingegangen sind, wie immer am Montagvormittag abgehört. Darunter war die Nachricht eines jungen Mannes. Er und seine Freundin haben gestern Nachmittag Sébastien mitgenommen. Er wollte nach Bonn zu Martin. Sie haben ihn bis zu einem Rastplatz gebracht und dort einem LKW-Fahrer anvertraut, der ihn wohlbehalten in Köln abgesetzt hat. Dort hat man sich seiner angenommen, bis Martin ihn abgeholt hat. Er bringt uns Sébastien in den nächsten Tagen wieder zurück.« Sie lächelte breit. »Und wissen Sie was, ich bin unheimlich stolz auf den Jungen.«

Mathilde seufzte zufrieden. Dann straffte sie die Schultern.

»Alors, Commandant, nun zu unserem Fall. Wie verlief die Obduktion? Die kurze Version reicht mir.«

»Burking.«

»Burking?«

»Burking. Das ist die kurze Version. Flavia Leone ist erstickt worden. Eindeutig Mord. Und ich muss zugeben, auf eine Art und Weise, die mir so noch nicht begegnet ist. Und der Terminus technicus der Gerichtsmedizin ist Burking. Ich glaube, ich habe den Begriff zuletzt im Rahmen meiner Ausbildung gehört, und das ist eine Ewigkeit her.«

Mathilde überlegte einen Moment. Auch in ihrer Laufbahn war ihr bis dato kein solches Tötungsdelikt begegnet. Aber sie wusste, von was der Commandant sprach. Beim Burking wird eine Person gewaltsam durch Thoraxkompression zu Tode gebracht, das heißt durch Sitzen oder auch Knien auf dem Brustkorb und dem gleichzeitigen Verschließen von Mund und Nase des Opfers, das qualvoll erstickt.

Commandant Bouraada zog ein zusammengefaltetes Stück Papier aus seiner Jackentasche. »Ich hab das hier mal ausgedruckt. Vielleicht kommen wir dem Mörder über seine Art des Tötens näher.«

Er hielt Mathilde einen Computerausdruck hin, und sie las laut vor.

»Burking ist ein rechtsmedizinischer Begriff, der eine spezielle Form des Tötens durch Ersticken beschreibt. Der Begriff geht auf William Burke, einen Serienmörder in Edinburgh Anfang des 19. Jahrhunderts, zurück. Dieser pflegte den Opfern der West-Port-Morde genannten Serie Augen, Mund und Nase zuzuhalten, während er rittlings auf ihrem Brustkorb saß. Der Tod tritt bei diesem Vorgehen durch Asphyxie ein. Dabei kommt es zu relativ geringen Zeichen eines gewaltsamen Todes. Burke war daran besonders gelegen, da er die Leichen an anatomische Institute verkaufte. Burking wird in der militärischen Kampfausbildung als Nahkampf-Technik vermittelt. Auch als Folter- und Tötungsmethode wird es eingesetzt, da Burking bei perfekter Anwendung nicht nachweisbar ist.«

Die Untersuchungsrichterin faltete das Blatt wieder zusammen und gab es Bouraada zurück. »Gut, das ist ein Ansatz. Heutzutage sind ja Gott sei Dank auch, wie heißt es in der Beschreibung, ›relativ geringe Zeichen‹, für den Rechtsmediziner zu erkennen.«

»Ja, neben den Merkmalen des Erstickungstodes waren zwei Rippen gebrochen, dort, wo der Mörder auf ihr kniete.«

»Also, in diesem Fall eher keine perfekte Anwendung. Der Mörder wird es wohl kaum darauf angelegt haben, den perfekten Mord zu begehen. Sonst hätte er nicht die Maske auf Flavias Gesicht gelegt. Wozu aber das mit der Maske? Ich glaube, wir sollten uns bald mit Persephone Titeux unterhalten. Sie war für diesen ›Scherz‹ verantwortlich. Wenn ich mir so vorstelle, ich betrete einen Raum und sehe plötzlich diese Maske samt Mantel vor mir, ich kann Ihnen sagen, Rachid, ich hätte mich zu Tode erschrocken. Nein, ich glaube kaum, dass Flavia darüber gelacht hätte. Das war ein ganz übler Scherz. Und Felix soll sich bitte darum kümmern, was genau es mit diesen Totenmasken auf sich hat. Die Restauratorin kann ihm sicher mehr dazu erzählen. Doch zurück zu Flavia. Heute Nachmittag schauen wir uns in ihrer Wohnung um. Und hat sich Regis schon zum Todeszeitpunkt geäußert? Oder wollte er sich noch immer nicht festlegen?«

Rachid schmunzelte. Geduld war wirklich nicht Mathildes stärkste Seite. »Doch. Ich soll Ihnen von ihm ausrichten, ein alter Mann sei kein TGV, aber für Sie hätte er Überstunden gemacht. Und die seien mindestens eine Flasche von Ihrem Roten wert. Also, Regis grenzt den Zeitpunkt auf zwischen zehn und elf Uhr ein.«

Mathilde lachte. Es wäre nicht die erste Flasche, die als Dankeschön für Überstunden auf dem Sektionstisch des Gerichtsmediziners landete. Der Commandant hatte sich in der Zwischenzeit auf dem Besucherstuhl niedergelassen und warf nun einen, wie es Mathilde schien, sehnsüchtigen Blick zur Kaffeemaschine hinüber, die auf einem runden Tischchen neben dem Fenster darauf wartete, ihren Dienst zu tun.

»Entschuldigen Sie, Rachid, wie unhöflich von mir. Einen Kaffee?«

»Gerne. Steht die Maschine sonst nicht bei Ihrer Sekretärin?«

»Da steht jetzt eine neue. Ein wahres Wunderwerk. Diese Maschine kann alles. Christine hat mir das alte Ding vermacht. Mit dem kenne ich mich wenigsten aus.«

Mathilde füllte Kaffeepulver in den Filter und Wasser in den durchsichtigen Tank. Schon ein paar Sekunden später zischte die Maschine das erhitzte Wasser auf das Pulver, und der kleine Raum füllte sich mit dem Duft des aufgebrühten Kaffees.

Mathilde stellte zwei Becher auf den Schreibtisch und ein Plastikschälchen mit Würfelzucker. »Ich hab leider nur einen Löffel.«

»Kein Problem, ich habe gelernt zu teilen.«

Ein Lächeln, das Mathilde nur selten auf dem Gesicht von Rachid Bouraada sah, ließ winzige Fältchen um die braunen Augen des Commandant erscheinen. Sie tranken schweigend ihren Kaffee, dann nahm Mathilde den Faden wieder auf.

»Et bien, wir haben die Totenmaske, die uns weiterbringen kann, die Mordmethode, das Burking, die einen Anhaltspunkt auf den Täter gibt. Was glauben Sie, kann auch eine Frau eine solche Tat begehen?«

»Das habe ich Regis auch gefragt. Das ist überhaupt kein Problem, wenn diese Person schwer genug ist. Sowohl ein Mann als auch eine Frau kommen für diese Tat in Frage.«

Mathilde machte sich ein paar handschriftliche Notizen. »Sonst noch was, das uns weiterhilft?«

»Ich glaube nicht, dass es uns weiterbringt. Aber haben Sie gewusst, dass Flavia Leone ein Kind geboren hat?«

Mathilde war sprachlos. Flavia war Mutter gewesen? Ihr kam wieder das plötzliche Verschwinden ihrer Freundin in den Sinn. Sollte Flavia in der Zeit zwischen dem Schulabschluss und dem Beginn des Studiums etwa schwanger gewesen sein und ein Kind zur Welt gebracht haben? Wer war dann der Vater gewesen? Und wie alt wäre ihr Sohn oder ihre Tochter heute?

Kapitel 15

Für kein Geld der Welt hätte Mathilde hier wohnen wollen. Sie hatte sich mit Commandant Bouraada und Lieutenant Tourrain für den Nachmittag in La Grande-Motte verabredet. Abertausende von Touristen bevölkerten in den Ferienmonaten den Ort, der lediglich rund achttausendsechshundert Einheimische zählte. Diese Ferienhochburg war 1974 zu einer eigenständigen Gemeinde erklärt worden, nachdem ab den 1960er-Jahren quasi aus dem Nichts aus Agrar-, Sumpf- und Weideflächen der Touristenort La Grande-Motte mit Yachthafen, Ferienwohnungen und Campingplätzen entstanden war. Wahrzeichen wurden die von Jean Balladur geschaffenen *Pyramides*, Hochhäuser, die durch ihren gestaffelten Aufbau an die aztekischen Stufenpyramiden erinnerten. Ein verstorbener Freund von Mathildes Großvater Rémy hatte mit dem Bau solcher Ferienappartements ein Vermögen gemacht.

Nun standen sie im sechsten Stock eines solchen Hochhauses und warteten darauf, dass die Concierge mit einem Zweitschlüssel die Wohnungstür öffnete.

»Wenn Sie uns den Schlüssel bitte überlassen würden. Sie bekommen eine Quittung.« Auffordernd hielt Felix Tourrain die offene Hand hin, in die nach kurzem Zögern der Schlüssel fiel.

»Was ist denn passiert? Warum wollen Sie da überhaupt rein?«

Bis jetzt hatte die Concierge die Fragen noch nicht gestellt, doch nun siegte ihre Neugierde. Doch ohne eine Antwort abzuwarten, gab sie zunächst bereitwillig Auskunft über die Bewohnerin des Appartements.

»Madame Leone war die meiste Zeit entweder auf Reisen oder hat in ihrem Büro oder auf den Grabungen gearbeitet. Sie kam eigentlich nur zum Schlafen her. Eine ruhige Frau, sehr höflich, sehr vornehm. Ihr ist doch hoffentlich nichts zugestoßen?«

Rachid Bouraada schüttelte mit einem Ausdruck des Bedauerns den Kopf. »Flavia Leone ist tot. Mehr können wir Ihnen nicht sagen. Mein Kollege, Lieutenant Tourrain«, er nickte Felix zu, »würde Ihnen gerne noch ein paar Fragen stellen. Vielleicht haben Sie etwas beobachtet, einen Streit gehört, Personen in der Begleitung von Madame Leone gesehen, die Ihnen merkwürdig erschienen sind. Denken Sie schon mal darüber nach. Wenn Sie jetzt jedoch so freundlich wären und uns unsere Arbeit machen lassen. Vielen Dank, Madame …«

Die ältere Frau stand mit offenem Mund da. Fassungslos stammelte sie: »Mon dieu, Madame Leone tot. Wie das denn? Mein Name ist Santos, Maria Santos. Nein, ich kann es einfach nicht glauben. Tot. Mon dieu! Wann wollten Sie denn mit mir sprechen? Ich muss nämlich noch ins Hospital. Mein Mann hatte eine Prostataoperation, ich möchte ihm frische Wäsche bringen und etwas bei ihm bleiben. Er wird es nicht glauben, dass Madame tot ist. So eine nette Person, immer höflich …«

Rachid unterbrach den Redefluss der Concierge. »Das ist kein Problem, Madame Santos. Fahren Sie nur ins Krankenhaus. Lieutenant Tourrain kommt morgen bei Ihnen vorbei. Bonne journée, Madame.«

Er bedeutete der Frau, dass man sie nun wirklich nicht mehr benötigte.

»Ja, dann will ich mal … Furchtbar, Madame Leone tot.« Seufzend ging die Concierge zum Aufzug und drückte auf den Knopf.

Die Untersuchungsrichterin und die beiden Polizisten betraten die Wohnung.

Das Appartement war knapp sechzig Quadratmeter groß und hatte einen, das musste Mathilde zugeben, fantastischen Blick auf den Yachthafen von La Grande-Motte.

»Ich habe selten eine Wohnung gesehen, die bewohnt ist und doch so steril, so leblos wirkt. Schaut euch das an. Kein Stäubchen, nichts liegt herum, keine Zeitschrift, kein Buch. Und die Möbel, alles so unpersönlich. Aber eine tolle Aussicht.«

Lieutenant Tourrain dachte an das Sammelsurium, das seine Wohnung zu einem individuellen und gemütlichen Lebensmittelpunkt machte. Ein Spiegel, den jemand als Müll an der Straße abgelegt hatte, zwei Stühle vom *marché aux puces* in Sommières, eine Kommode, von der Großmutter geerbt. Nichts passte eigentlich zusammen und bildete doch ein harmonisches Ganzes. Felix fehlte jetzt nur noch die passende Frau, dann wäre sein Traum vom häuslichen Glück erfüllt. Vor drei Monaten war er eingezogen. Mathilde und Rachid waren seine ersten Gäste gewesen. Sie hatten ihm einen kleinen Feigenbaum für den Balkon mitgebracht. Mittlerweile trug er bereits seine ersten beiden Früchte.

Das Zuhause der Untersuchungsrichterin kannte Felix mittlerweile. Natürlich kein Vergleich zu seinem bescheidenen Domizil, dieses Weingut, das eigentlich ein echtes Château war. Nur wie sein Kollege Rachid Bouraada lebte, davon hatte er nicht die leiseste Ahnung. Noch nie war er bei ihm zu Gast gewesen, und auf neugierige Fragen, wie groß sein Appartement sei oder ob er in einem Haus leben würde, hatte Rachid entweder gar nicht oder ausweichend geantwortet. Natürlich hätte Felix einfach vorbeifahren können, die Adresse kannte er schließlich. Aber das war nicht sein Stil. Wenn Rachid nicht wollte, dass er ihm auch privat etwas näherkam, dann respektierte Felix dies. Ob Madame le juge wohl mehr über Rachids Privatleben wusste?

»Felix, was starrst du aus dem Fenster? Zieh deine Handschuhe an, die Arbeit ruft. Knöpf dir den Wohnzimmerschrank vor.«

Commandant Bouraada war bereits dabei, die Schubladen eines Schreibtischs zu öffnen, der direkt vor dem Panoramafenster stand. Mathilde nahm sich die kleine Küche vor. Sie war modern – weiße Lackfronten – und nüchtern, kein gemütliches Accessoire wie eine bunte Keramikschale oder Vase mit Blumen. In den Schränken das Nötigste, um zu kochen und zu essen. Nudeln, Tomatensoße in der Flasche, keine frischen Lebensmittel bis auf ein Stück Käse, das offen auf einem Teller im Kühlschrank lag, eine gelbe Paprika und drei Zucchini. Auch das Badezimmer barg keine Geheimnisse. Hygieneartikel, Handtücher, alles, was man für die Körperpflege so brauchte.

Mathilde schaute sich zuletzt im Schlafzimmer um. Das Bett war einen Meter vierzig breit, zwei Kopfkissen, zwei Decken. Im Kleiderschrank und der hellblauen Kommode nichts Auffälliges. Die Kleidung von Flavia war praktisch. Eine ganze Reihe von Cargohosen und Shorts, jede Menge T-Shirts. Allerdings hingen in Plastikhüllen gegen Motten geschützt drei außergewöhnlich elegante Kleider namhafter Couturiers im Schrank. Zusammen der Wert eines Kleinwagens, schätzte Mathilde. Die Wäsche in der Kommode war ebenfalls praktisch, Baumwolle, keine Seide, keine Synthetik.

Mathilde ging ins Wohnzimmer. Lediglich einige große Hochglanzfotografien, die Flavia und ihre Kollegen zeigten, gaben einen Hinweis darauf, dass in diesen vier Wänden eine Archäologin gelebt hatte.

Felix betrachtete die Bilder eingehend. »Haben Sie eine Vermutung, wo das aufgenommen sein könnte, Madame le juge?«

Mathilde ging näher an die Fotos heran, zuckte mit den Schultern. »Keine Ahnung. Ich schätze, sie sind schon älteren Datums. Flavia war vielleicht um die Dreißig, als die Aufnahmen gemacht wurden. Von den Männern kenne ich niemanden.«

Vorsichtig nahm sie ein Foto, das mit Klebepunkten an der Wand befestigt war, ab und drehte es um. Laut las sie vor. »Mit den Kollegen des EFR in Sidi Jdidi.«

Schon hatte Felix sein Handy gezückt und drückte auf den Tasten herum. »EFR, *l'École française de Rome*, das sind Archäologen aus Frankreich, die in einem Institut in Rom arbeiten. Einen Moment, da hab ich's, in Sidi Jdidi gab es eine Grabungskampagne 2011, liegt in Tunesien.«

Commandant Bouraada betrachtete ebenfalls eingehend das Foto. »Sie war wirklich eine außergewöhnlich schöne Frau. Irgendwelche Erkenntnisse, Mathilde?«

Mathilde legte das Foto auf den Schreibtisch. »Felix, nehmen Sie die anderen bitte von der Wand und packen Sie sie ein. Erkenntnisse? So gut wie keine. Flavia lebte sehr spartanisch, jedenfalls kurz vor ihrem Tod. Keine Luxussachen, bis auf ein paar extravagante Kleider. Kaum Schmuck. Sie hat offenbar das Bett mit jemandem geteilt. Alles frisch bezogen, die Bettwäsche ist auf den ersten Blick unbenutzt. Aber alles doppelt. Es muss einen Partner, vielleicht auch eine Partnerin in ihrem Leben gegeben haben. Allerdings gab es im Bad keinen Hinweis auf eine zweite Person, die hier lebt. Was haben Sie zu bieten, Felix?«

»Gläser, an denen noch Preisetiketten kleben, vier Kriminalromane von Fred Vargas. Die ist doch auch Archäologin? Und keinerlei Fachbücher. Nichts Persönliches, nichts, was einen Hinweis auf ihr Leben geben würde. Es kommt mir vor, als wäre Flavia Leone in ihrer eigenen Wohnung nur zu Gast gewesen.«

Commandant Bouraada schob die letzte Schublade der drei Schreibtischschübe zu. »Das ist gar keine so schlechte Idee, Felix. Vielleicht ist dieses Appartement eine Art Zweitwohnung. Auch wenn diese Adresse offiziell in ihrem Ausweis angegeben ist. Nur hilft uns der Gedanke im Moment auch nicht weiter. Gearbeitet hat Flavia Leone wohl ausschließlich in ihrem Büro. Hier weist auf jeden Fall nichts darauf hin, dass eine Archäologin am Schreibtisch gesessen hat. Zwei Kugelschreiber, Notizblöcke, ein uralter Straßenatlas von Frankreich, einige ausgeschnittene Zeitungsartikel und Werbezettel in dieser Mappe.«

Er legte den gewöhnlichen dunkelblauen Schnellhefter aus Pappe, den er in der Hand gehalten hatte, zu den Fotos.

»Ein Artikel über den Fund eines römischen Mosaikfußbodens in Uzès, Werbung für eine Schönheitsklinik und für ein Fitnessstudio F & S, ein Artikel aus dem letzten Jahr über die Regionalmeisterschaften im Savate und die Speisekarte eines Pizzalieferservices Diavolo. Da scheint sie öfter bestellt zu haben, so abgegriffen, wie der Zettel ist. Das war's.«

»Ob Flavia selbst in den Ring gestiegen ist? Ich habe keine Savate-Bekleidung im Schlafzimmerschrank gesehen. Weder Boxhandschuhe, Schuhe und auch keinen Intégrale-Anzug. Gut, so was bewahrt man wahrscheinlich auch eher im Spind des Sportclubs auf. Alors, packen wir das wenige, was wir haben ein. Felix, Sie kümmern sich morgen um die Geschichte mit der Maske und reden mit der Concierge. Morgen Vormittag habe ich noch eine Anhörung und einen Termin bei der Staatsanwaltschaft. Das Dossier Lambert ist abgeschlossen. Rachid, wir beide treffen uns morgen Nachmittag in Montpellier an der Uni in Flavias Büro. Vielleicht entdecken wir an ihrem Arbeitsplatz irgendeinen Hinweis darauf, warum sie ermordet worden ist. Und wir können zwei Fliegen mit einer Klappe schlagen, wenn wir uns auch mit Persephone Titeux unterhalten.«

Kapitel 16

Mathilde war von La Grande-Motte aus direkt zum Château de Boncourt gefahren. Normalerweise übernachtete sie unter der Woche in ihrer Wohnung in Nîmes, doch normal war im Moment gar nichts. Eine alte Schulfreundin lag ermordet in einer Kühlkammer der Gerichtsmedizin, Sébastien hatte den ersten Ausbruchsversuch hinter sich. Denn davon war Mathilde überzeugt: Der Junge war kein Junge mehr, er war ein junger Mann, wollte selbstständig sein, seine eigenen Entscheidungen treffen. Und Vivienne, seine Mutter, behandelte ihn nach wie vor wie ein kleines Kind.

Sie fuhr zwischen den hochgewachsenen Pinien und Zypressen, die eine dichte Allee bildeten, zum Schloss, das heute Mittelpunkt des gut gehenden Weinbaubetriebs war. Hier regierte ihr Großvater Rémy de Boncourt im Hintergrund, die Geschäfte verwaltete offiziell sein Neffe Philippe, der mit seiner Frau Lucette und den Kindern in der umgebauten Remise des Schlosses lebte. Philippe war der ältere Bruder von Vivienne, und beide die Kinder von Rémys längst verstorbener Schwester.

Mathilde war sich täglich des Privilegs bewusst, in einer solch traumhaften Umgebung und Landschaft groß geworden zu sein. Dieses Land hatte sie geprägt, und ihr Großvater, der ihr eine unbändige Lebensfreude vererbt und einen durch nichts zu erschütternden Gerechtigkeitssinn mit auf den Weg gegeben hatte, hatte ihrem Charakter den letzten Schliff gegeben.

Im April hatte sich Mathilde einen neuen Wagen zugelegt. Für einen Moment schloss sie die Augen. Der leichte Fahrtwind umspielte ihre rotblonden Haare, die sie mit einem dunkelgrünen

Schal bändigte, den sie wie ein Stirnband um den Kopf geschlungen und gebunden hatte. Die Farbe des Schals war auf die des Peugeot 304 S Cabriolets abgestimmt, der mit seinem Baujahr 1979 etwa so alt war wie Mathilde. Der Wagen hatte auf der Ausstellungsfläche eines Gebrauchtwagenhändlers gestanden und nur auf sie gewartet. Für neuntausend Euro wechselte er den Besitzer, und Mathilde genoss nun seit dem ersten warmen Apriltag die freie Sicht auf den azurblauen südfranzösischen Himmel.

Als sie auf den gekiesten Hof fuhr, hupte sie zweimal laut. Sie wusste, dass Odile dann aus der Küche, oder wo sie sich sonst aufhielt, flitzte, getrieben von Neugierde, um als erste zu sehen, wer da kam. Meist war es allerdings Henri, der schwarze Labrador der Familie und Jagdbegleiter Rémys, der noch etwas schneller war, um Gäste wie Familienmitglieder zu begrüßen. Und da rannte er auch schon herbei, verharrte hechelnd neben der Fahrertür. Mathilde stieg aus, beugte sich zu dem Hund, der brav sitzen blieb, und strich liebevoll über das von der Nachmittagssonne gewärmte glatte Fell.

»Na, mein guter Junge, wo hast du denn Babou gelassen, hmm?«

Der Hund hatte »Babou« verstanden und trabte schwanzwedelnd zur Terrasse, wo Babou, der schon dreizehn Jahre zählte, wahrscheinlich gemütlich auf seiner alten Decke im Schatten lag. Auch Odile, seit Jahrzehnten Perle und guter Geist im Haushalt der Familie de Boncourt, ließ nicht lange auf sich warten, kam eiligen Schrittes durch die schwere große Eichentür, die im Sommer meist offen stand. Zwischen den beiden geschnitzten Türflügeln verharrte sie und stemmte die Hände in die Hüften.

»Jetzt reicht's aber allmählich, Mademoiselle. Noch mal falle ich auf dein Gehupe nicht mehr rein. Du machst dir wohl einen Spaß daraus, eine alte Frau aufzuscheuchen, und das wegen nichts und wieder nichts.«

Odile war ernsthaft verärgert, wie Mathilde feststellen musste. Jetzt entdeckte sie auch, dass ihre Hände voller Mehl waren. Wahrscheinlich war sie eben noch beim Backen gewesen, als das

Hupkonzert ihre Neugierde entfacht hatte und sie alles stehen und liegen ließ.

»Tut mir leid. Aber wenn du nicht so furchtbar neugierig wärst, dann …«

»Was dann?«

»… dann würde dir auch kein Kuchen anbrennen.« Mathilde schnüffelte wie ein Hund, der Witterung aufgenommen hatte.

»Mon dieu, meine Apfeltarte.«

Mit wehender Kittelschürze verschwand Odile im Inneren des Schlosses. Jetzt hatte Mathilde tatsächlich ein schlechtes Gewissen. Aber sie konnte es einfach nicht lassen, ärgerte Odile von Zeit zu Zeit wie ein ungezogenes kleines Mädchen. Sie schlürfte laut ihren heißen Kaffee, rauchte heimlich in den Zimmern und trank den Wein des Hauses auch schon mal aus der Flasche, was Odile auf die Palme brachte. Sie musste sich entschuldigen und folgte ihr in die große Küche.

Auf dem langen Refektoriumstisch standen bereits drei Kuchen.

»Du hast noch mal Glück gehabt. Ich konnte die Tarte noch retten.«

»Da hat ja wohl eher die Tarte Glück gehabt, meine liebe Odile.« Mathilde zog die ältere Frau an sich und drückte sie fest, ohne Rücksicht darauf, dass deren bemehlten Hände weiße Spuren auf ihrem Blazer hinterließen.

»*Coquin*.«

»Was? Ich? Ein Frechdachs? Aber sag mal, für wen sind denn die ganzen Kuchen? Erwarten wir Gäste?«

»Nein, Lucette nimmt die Kuchen morgen mit in die Schule der Zwillinge. Zum Verkaufen. So ein Wohltätigkeitsbasar für Flüchtlingskinder. So, und jetzt lass mich weitermachen.«

Mathilde ließ Odile wieder los und knibbelte vom Rand einer Tarte etwas von dem knusprig gebackenen Mürbeteig ab, den sie sich in den Mund schob.

»Willst du wohl aufhören. Jetzt schau dir das mal an. Wie sieht der Kuchen denn jetzt aus!«

Ehe sich Mathilde versah, gab Odile ihr einen Klaps auf die

Finger. Doch dabei schmunzelte sie und sah Mathilde liebevoll an. Urplötzlich wurde Odile wieder ernst. »Du musst unbedingt bei Vivienne vorbeischauen. Sie ist, obwohl sie weiß, dass Sébastien bei Martin in guten Händen ist, vollkommen außer sich. Richtig hysterisch. Aber jetzt sollte sie dem Jungen endlich mal das bisschen Freiheit gönnen. Sie rennt wie ein aufgescheuchtes Huhn durch die Gegend und jammert uns vor, was hätte passieren können. Aber es ist doch alles gut gegangen. Allmählich übertreibt sie es mit ihrem Geglucke.«

Odile seufzte resigniert. Wie Mathilde und Rémy war sie der Meinung, dass Sébastien sich endlich vom Rockzipfel seiner Mutter lösen musste. Aber das war einfacher gesagt als getan. Rémy de Boncourt hatte ihn im Jahr davor bereits zur Jagd mitgenommen, doch auch dieses Vergnügen hatte Vivienne ihrem Sohn, nach einem dramatischen Unfall während der Jagd, nun ganz und gar verboten.

»Ja, ich werd mit ihr reden. In einer Woche ist er ja schon wieder da. Und auf Martin kann sie sich verlassen. Er wird Sébastien ganz sicher keinerlei Gefahren aussetzen oder ihn zu Dummheiten anstiften. Hast du übrigens eine Ahnung, wo Grand-père steckt? Dann muss ich nicht ewig nach ihm suchen.«

»Er ist mit Philippe in seinem Büro. Es geht um die Verträge mit den Erntehelfern für dieses Jahr.«

»Zumindest müssen die beiden sich keine Gedanken mehr darüber machen, wo sie die Leute unterbringen.«

Odile schnaubte. »Ich würde die Villa verkaufen. Sie ist doch mindestens ihre vier Millionen Francs wert.«

»Odile, du weißt, dass er das niemals machen wird. *Les trois figues* werden irgendwann seine Urenkel erben. Dazu hängt er viel zu sehr an der Villa. Er hat sie geerbt, und er wird, so lange er lebt, durch sie das Andenken an Vincent bewahren.«

Mathildes Gedanken kehrten für einen Moment zu den dramatischen Ereignissen des letzten Sommers zurück. Vincent, einer der ältesten Freunde ihres Großvaters, war ertrunken im Pool im Garten seiner Villa entdeckt worden. Sein Tod sollte nicht das letzte unglückselige Geschehen in diesem Sommer bleiben. Sie schüttelte die trüben Gedanken ab.

»Und falls du es noch nicht gemerkt hast, Odile, auch bei uns hat der Euro Einzug gehalten. Ich werde Grand-père fragen, ob Martin, so lange er hier ist, in der Villa wohnen kann.«

»Wir haben hier doch genug Platz.«

»Schon. Aber Martin möchte die Zeit nutzen, um zu arbeiten. Er schreibt an einem neuen Buch. Und in der Villa hat er einfach mehr Ruhe. Du kennst doch Sébastien. Er wird Martin belagern, und der hat ein so großes Herz, er kann Sébastien nichts abschlagen. Et bien, überlassen wir *Les trois figues* doch Martin.«

Mathilde warf einen letzten sehnsüchtigen Blick auf die Apfeltartes. Odiles rechter Zeigefinger erhob sich warnend. »Wenn du es wagst, auch nur das kleinste Eckchen abzubrechen, kannst du was erleben. Aber du hast recht, Martin ist wirklich ein außergewöhnlich netter und charmanter junger Mann. Und wenn man ihn so mit Sébastien sieht, er wäre ganz bestimmt auch ein guter Vater. Apropos charmant. Wann beehrt uns denn der Commandant mal wieder? Ein wirklich gut aussehender Mann. Genau wie Martin. Beide sind im Moment noch zu haben, Mathilde. Aber wer weiß, wie lange zwei solche Prachtexemplare noch frei herumlaufen. Und du endest irgendwann als alte Jungfer, lass dir das gesagt sein. Ich weiß, wovon ich rede.«

Mathilde brach in lautes Gelächter aus. Odile wollte sie schon seit Jahren unter die Haube bringen. Und Martin und Rachid waren im Moment ihre Favoriten.

»Ach, meine liebe Odile.« Sie drückte die alte Haushälterin noch einmal fest an sich und küsste sie dann auf beide Wangen. »Irgendwann kannst du in deiner Küche kneten und backen, schnippeln und kochen und das für eine Hochzeitsgesellschaft von mindestens hundert Personen. Aber noch ist es nicht so weit.«

Kapitel 17

Bibiche hätte es besser wissen müssen. Dieser Feigling war einfach verschwunden. David war so ein Arsch. Mit Adeline ins Bett gehen und ihr gleichzeitig wieder mal den Laufpass geben, das war so eine miese Art. Und als alle mithalfen, das Chaos nach der Geburtstagsparty zu beseitigen, hatte er einfach weitergeschnarcht und sich dann, ohne sich zu verabschieden, vom Acker gemacht. Diese Flavia brachte David noch um den letzten Rest seines sowieso kaum noch vorhandenen Verstandes. Einfach so verduften. Nicht mit ihr. Sie würde ihn sich vorknöpfen. Das war sie ihm als Freundin schuldig. Wahrscheinlich hatte er sich zu Hause verkrochen. Sie wählte Davids Nummer. Nichts. Nur die Mailbox mit einem seiner flotten Sprüche.

David bewohnte ein Zweizimmerappartement in der Nähe der Uni. Früher hatte Bibiche einen Schlüssel zu der Wohnung gehabt. Früher. Das war einmal. Er hatte sich den Schlüssel zurückgefordert, kaum dass er mit dieser alten Schachtel zusammen war. Was fand eine erfahrene und zugegeben attraktive Frau wie Flavia Leone an David? Gut, er sah nicht übel aus, sein Sixpack konnte sich sehen lassen. Doch im Kopf war er doch ein kleiner Junge geblieben. Für jeden Blödsinn zu haben, nur seinen Sport im Kopf, sei es fürs Studium oder in seiner Freizeit. Das Surfbrett griffbereit, wenn es ihn an den Atlantik verschlug, Kajakfahren und Klettern in den Cevennen. Und seit letztem Sommer? Flavia hier, Flavia da.

Die Archäologin war Mitglied in einem Fitnessstudio und David so etwas wie ihr persönlicher Trainer geworden. Wann genau das Verhältnis zwischen den beiden begonnen hatte, wusste

Bibiche nicht. Wahrscheinlich kurz bevor David seinen Trip mit der Clique zum Kanufahren auf dem Tarn abgesagt hatte. Von heute auf morgen war er für niemanden mehr zu sprechen gewesen, reagierte auf keinen Anruf, ließ die Tür geschlossen, wenn man bei ihm klingelte. Bibiche war daraufhin kurzerhand bei ihm aufgekreuzt. Kaum hatte sie die Tür aufgesperrt, nahm sie einen Geruch wahr, den ihre Nase niemals zuvor in Davids Bude gerochen hatte. Blumig, aber irgendwie ungesund blumig. Wie Blumen, die bereits verwelkt waren. Wie die Blumen, die ihre Mutter auf den Kompost beförderte. Sie war laut Davids Namen trompetend ins Wohnzimmer marschiert. Niemand war da. Auch nicht im Schlafzimmer, wo der merkwürdige Duft überall zu hängen schien. Und das Bett war eindeutig zerwühlt. Von zwei Personen, ganz sicher. Doch nichts deutete auf eine Frau hin. Kein Kleidungsstück, kein abgelegter Schmuck auf dem Nachttisch. Neugierig war Bibiche dann ins Bad gegangen, wo sie die wirklich verdächtigen Spuren entdeckte. Haarbürste, allerdings ohne Haare drin, zweite Zahnbürste. Und dieses unsägliche Parfum. *Rêve de Pharao*. Traum des Pharaos. Ja, aber eines vor Hunderten von Jahren einbalsamierten Pharaos. Welche Frau sprühte sich denn mit so etwas ein?

Als sie David zur Rede gestellt hatte, verwandelte sich sein Gesicht in eine dümmlich-verklärte Miene. Ja, er wäre da seit einigen Wochen mit einer Frau – einer wirklichen Frau! – zusammen. Etwas älter als er, aber eine Wucht. Unglaublich gebildet, wunderschön. Sie brachte ihn zum Lachen, ohne kicherndes Getue, sie nahm ihn ernst, glaubte an seine Träume, ohne gleich von Heirat und Kindern zu sprechen, wie es Adeline in letzter Zeit unablässig gemacht hatte. Nur mit dem Namen wollte David nicht herausrücken. Doch Bibiche konnte sehr hartnäckig sein. Und dann verkündete er, nicht ohne eine große Portion Stolz und Selbstbewusstsein, die Frau an seiner Seite sei Archäologin, eine sehr renommierte Wissenschaftlerin, Flavia Leone. Der Name hatte Bibiche nichts gesagt. Natürlich hatte sie diese Frau im Internet gesucht und gefunden. In der Tat, sie sah umwerfend aus. Ein wenig konnte sie ihren Freund verstehen. Aber Flavia Leone war mindestens fünfzehn Jahre älter als David. Das konnte doch auf Dauer nicht gut gehen. Und es war offenbar nicht gut gegangen.

Bibiche fand auf Anhieb eine Parklücke für ihren kleinen Mini vor dem Haus in Bouttonet, einem Stadtteil Montpelliers, der ganz von der Universität und ihren Fakultäten bestimmt wurde. Davids Wohnung lag im dritten Stock. Sie schaute nach oben. Das Küchenfenster stand einen Spalt offen. Die alberne gelbe Gardine mit den Kochlöffeln darauf hatte sich eingeklemmt. Sie drückte auf den Klingelknopf. Einmal, zweimal, dreimal. Kein Summen signalisierte ihr das Öffnen der Tür. Dann eben über die Nachbarschaft. Die steinalte Madame Riche war ganz sicher zu Hause. Bibiche klingelte. Tatsächlich summte es, und mit einem Ruck stieß sie die Eingangstür auf.

»Madame Riche, ich bin's, eine Freundin von David. Bitte entschuldigen Sie, aber er hat das Klingeln wohl nicht gehört«, rief sie nach oben, als das Öffnen einer Wohnungstür zu vernehmen war.

Sie stieg die Stufen hinauf. Madame Riche, pensionierte Sekretärin der Fakultät für Pharmazie, spähte in den Flur. »Sie brauchen sich nicht zu entschuldigen, mein Kind. Er hat wohl tatsächlich nichts gehört. Denn er ist ganz sicher zu Hause. Ich hab eben noch seine Toilettenspülung gehört.« Mit diesen Worten zog sie sich diskret in ihre Wohnung zurück.

Bibiche gab sich erst gar nicht mit dem Versuch ab, die Klingel zu betätigen. Sie klopfte gleich mehrfach mit der Faust wummernd an die Tür. »Ich weiß, dass du da bist. Mach sofort die Tür auf.«

Sie wartete einen Moment, horchte angestrengt. Nichts regte sich im Innern des Appartements. Noch einmal trommelte sie mit der Faust auf das Holz der Tür, rief Davids Namen und verpasste zu guter Letzt der Tür einen ordentlichen Tritt.

»Hörst du das, ich trete die Tür ein, wenn du nicht SOFORT öffnest.«

Schlurfende Schritte näherten sich, ein Schlüssel wurde im Schloss gedreht, die Tür ging einen Spalt auf. »Komm rein, aber hör mit dem Krach auf. Du machst ja das ganze Haus verrückt.«

Nur in Boxershorts, die Haare verstrubbelt, wankte David mehr, als dass er ging, zur Küche. Kopfschüttelnd zog Bibiche die Wohnungstür zu und folgte ihm. Er stand über das Spülbecken gebeugt und ließ kaltes Wasser in ein Glas laufen.

»Auch eins? Was anderes kann ich dir nicht anbieten. Nix mehr da.«

»Das sehe ich. Wann hast du das denn alles runtergekippt? Doch wohl nicht, nachdem du einfach, ohne was zu sagen, bei mir abgehauen bist?«

Bibiche zählte auf Anhieb vier leere Weinflaschen und eine Flasche Wodka, der David wohl ebenfalls den Garaus gemacht hatte.

»Nein, im Moment kann ich das Zeug noch nicht mal riechen. Hab seit gestern Nacht überhaupt nichts mehr getrunken. Mir ist immer noch kotzübel.« Er kippte mittlerweile das dritte Glas Wasser hinunter.

»Du siehst echt scheiße aus. Aber egal, wir müssen reden. Was ist los? Und jetzt behaupte bloß nicht, alles sei in Ordnung. Nichts ist in Ordnung, und ich will endlich wissen, warum es dir so beschissen geht.«

Sie setzte sich auf einen Küchenstuhl, von dem sie ein paar Tennissocken befördert hatte. Einladend klopfte sie auf den Stuhl daneben. David ließ sich schwer darauf plumpsen.

»Sie hat mich verlassen. Einfach so. Hat gesagt, es wäre Schluss. Sie hat keine Zeit mehr, irgendeine dämliche Grabung steht an. In Ägypten, ganz was Großes, internationales Team. War ihr wichtiger als ich, als unsere gemeinsame Zukunft.«

David schnaubte durch die Nase und wischte ein paar Baguettekrümel vom Tisch.

»Und weißt du, was sie gesagt hat, als ich nur das Wort ›Zukunft‹ ausgesprochen hab? *Zukunft, mein armer Junge.* Mein armer Junge hat das Luder mich genannt. Junge. Vom Alter her könnte ich doch glatt ihr Sohn sein, hat sie noch draufgesetzt. Als ob das heutzutage irgendeinen interessieren würde. Vor ein paar Monaten hat es sie doch auch nicht interessiert. Und dann noch

Albert Camus zitieren. *Die wahre Großzügigkeit der Zukunft gegenüber besteht darin, in der Gegenwart alles zu geben.*«

Er äffte eine hohe Frauenstimme nach.

»*Und ich lebe in der Gegenwart. Ich hab dir vielleicht nicht alles gegeben, aber immerhin so viel, wie ich zu geben bereit war. Und das hat dir doch eine Menge Spaß gemacht, mon petit coq*. Mein armer Junge, mein kleiner Gockel.«

Oh là là. Bibiche kannte ihren Freund David. Nicht nur sein Ego war angekratzt, er hatte echte Blessuren davongetragen. Da halfen auch tröstende Worte nichts. Am besten, sie hielt die Klappe. Sie räusperte sich, griff nach Davids Hand und hielt sie für einen Moment fest. »Und jetzt?«

»Nichts, und jetzt. Für mich geht das Leben weiter. Flavia ist für mich kein Thema mehr.«

Tränen funkelten in Davids Augen. Bibiche hatte den Eindruck, dass er sich noch mehr von der Seele reden wollte. Doch mit einem Ruck zog er seine Hand zurück und sprang auf.

»Ich will jetzt allein sein. Geh bitte.«

Zögernd stand Bibiche auf. Konnte sie David in diesem Zustand wirklich alleine lassen? »Wenn du mich brauchst, du weißt, wo du mich findest.«

David stand jetzt mit dem Rücken zu ihr am Küchenfenster, zog die eingeklemmte Gardine herein und schloss es. Er nickte. Dann begannen seine Schultern zu zucken. Bibiche verstand. Er würde seinen Kummer, seine Trauer, seine seelischen Verletzungen oder wie auch immer man es nennen wollte, nicht mit ihr teilen. Sie ging und zog die Wohnungstür leise hinter sich zu.

Schon auf den ersten Treppenstufen drang ein Schrei an ihre Ohren, der so voller Schmerz und Wut war, dass es ihr eiskalt den Rücken herunterlief.

Kapitel 18

Als Rachid Bouraadas Mutter vor sechs Jahren überraschend gestorben war, hatte er seinem Vater vorgeschlagen, nach Nîmes zu ziehen. Nicht zu ihm, aber in seine Nähe. Er hatte die Antwort seines Vaters schon vorher gekannt.

»Was soll ich in Nîmes? Da kenne ich keinen, und du hast sowieso keine Zeit. Ich bleib in Frontignan. Hier war ich mit deiner Mutter glücklich, hier habe ich meine gewohnte Umgebung, kenne die Nachbarn.«

Tayeb Romain Bouraada war ein Sturkopf. Und mit seinen siebenundsiebzig Jahren geistig rege und körperlich gesund. Also hatte Rachid nicht weiter auf einem Umzug bestanden. Sollte der Vater irgendwann nicht mehr alleine leben wollen oder können, wäre ein Umzug nach Nîmes immer noch eine Option.

Einmal im Monat versuchte Rachid, sich die Zeit zu nehmen, Tayeb in Frontignan zu besuchen. Sein Vater führte dort ein bescheidenes Leben in einem Häuschen mitten in der kleinen Stadt. Von außen betrachtet, hatte man den Eindruck, seine Mauern würden jeden Moment in sich zusammenfallen. Drinnen hatte Rachids Mutter das Haus in ein gemütliches Heim verwandelt. Häkeldeckchen, Plastikblümchen in einer Vase auf einem Holztisch mit einer Wachstischdecke mit verblichenem und zerkratztem Olivenmuster, Zierkissen auf dem Sofa. Und daran hatte Tayeb Bouraada nichts geändert. Zwischen all dem Zierrat und Wandschmuck – hauptsächlich Keramikteller von Orten, die die Familie Bouraada bereist hatte – gab es erstaunlicherweise keinen einzigen sichtbaren Hinweis auf ihre algerische Abstammung.

Rachids Großvater Farid war als Bursche eines französischen Offiziers nach dem Ende des Zweiten Weltkriegs mit nach Frankreich gekommen, wo Colonel de Casse-Pompon im Hinterland von Sète große Besitztümer sein Eigen nannte. Farids Vorgesetzter, der Colonel, war ein Mann, der seine Verantwortung gegenüber den ihm Anvertrauten ernst nahm und der keinen geringen politischen Einfluss besaß. Er hatte dafür gesorgt, dass Farid Bouraadas Ehefrau und sein kleiner Sohn Tayeb ihm folgen durften und sein ehemaliger Bursche eine bescheidene Rente erhielt. Das Häuschen in Frontignan gab es obendrein als Geschenk für dessen Treue.

Den katastrophalen Krieg um die Unabhängigkeit Algeriens von 1954 bis 1962 verfolgte Farid mit Bestürzung und Ohnmacht. Dann kam der Tag, an dem er Frankreich verließ, um als Harki auf Seite der Franzosen gegen die Unabhängigkeit Algeriens zu kämpfen. Warum er überhaupt gegangen war, was in Algerien geschehen war und warum er bereits nach einem Jahr wieder zurückkehrte, darüber hatte er niemals auch nur ein einziges Wort verloren. Von da an zog er sich jeden Tag ein wenig mehr in sein Schneckenhaus zurück. Rachid konnte sich nicht erinnern, dass sein Großvater je innerhalb der Familie über seine Gefühle oder seine politische Einstellung gesprochen hatte. Jahre später hatte der alte Mann den Tod seiner Frau zu beklagen, aber auch die Freude, die Hochzeit seines Sohnes Tayeb und die Geburt seines Enkels Rachid zu erleben. Zehn Jahre später war er hochbetagt gestorben.

Rachids Vater besaß als vor dem Jahr 1962 in Algerien Geborener die französische Staatsbürgerschaft. Während Tayebs Vater noch als Kämpfer für Frankreich im Weltkrieg eine gewisse Anerkennung gefunden hatte, war es für den Sohn um ein Vielfaches schwieriger gewesen, sich als Maghrebien, als jemand, der aus Nordafrika stammte, zu behaupten. Verächtliche Blicke oder unhöfliches Benehmen ihm gegenüber waren noch die harmlosesten Reaktionen auf sein fremdländisches Aussehen. Nicht in seiner Straße, nicht in seiner kleinen Stadt, aber überall sonst. Mehrmals hatte er mit dem Gedanken gespielt, nach Algerien, in das Land, das er als Kleinkind verlassen hatte, zurückzukehren. Doch da hatte Rachids Mutter nicht mitgespielt. Wenn der Junge, ihr einziger Sohn, eine Chance auf ein gutes Leben haben wollte, dann hier in Frankreich. Und so waren sie in Frontignan geblieben.

Nicht nur Tayeb wurde älter, sondern auch die Nachbarn. Es war ein verträgliches Miteinander, manche Freundschaft war in den vielen Jahren gewachsen. Er wollte hier nicht weg. Ihn konnten verächtliche Blicke, die er von Zeit zu Zeit immer noch spürte, nicht mehr aus der Ruhe bringen. Im Gegensatz zu Rachid. Wann immer der das Gefühl hatte, aufgrund seiner nordafrikanischen Wurzeln benachteiligt zu werden, reagierte er verletzt und bisweilen auch schroff. Aber er arbeitete an sich, und es gelang ihm immer öfter, auf eine beleidigende Geste oder ein kränkendes Wort einfach nur eine undurchdringliche Miene aufzusetzen.

Rachid war schon seit fast zwei Monaten nicht mehr bei seinem Vater gewesen. Mathilde hatte einen Gerichtstermin. Am Nachmittag wollten sie sich in Montpellier treffen, und Felix spürte dem Geheimnis der Totenmasken nach. Rachid hatte sich entschlossen, den Vormittag zu nutzen, um seinem Vater den schon lange geplanten Besuch abzustatten. Von Frontignan aus wäre er dann in einer halben Stunde in Montpellier. Er musste mit einer guten Stunde Fahrt von Nîmes nach Frontignan rechnen. In der Bäckerei, über der er im Quartier Gambetta wohnte, hatte er vier Eclairs und ein Dutzend bunte Macarons gekauft. Madame Fleury hatte ihm die Leckereien in einen Pappkarton gepackt, den sie mit einer gelben Schleife zum Tragen umband. Sein Vater liebte vor allem das kleine handgemachte pastellfarbene Baisergebäck, das, als eine Spezialität des Hauses, mit einer leichten Ganache aus weißer Schokolade gefüllt war.

Rachid wohnte gerne in seinem Viertel. Er wusste nicht, ob er je hier wegziehen wollte. Vor einigen Jahren war das Gerücht umgegangen, ein ganzer Straßenzug solle geopfert und die alten, aus dem frühen 20. Jahrhundert stammenden Häuser abgerissen werden, um an ihrer Stelle Bürogebäude zu errichten. Doch das

Gerücht blieb letztlich nur ein Gerücht. In Bouraadas Straße wohnten Junge und Alte, Studenten und Intellektuelle, Farbige und Weiße, und alle meist in einem harmonischen Miteinander.

Ungeduldig trommelte er mit der flachen Hand aufs Lenkrad. Immer wieder musste er abbremsen. Auch wenn man durch die Verkehrskreisel normalerweise zügig vorankam, so waren die Straßen in Nîmes jetzt, kurz vor der Mittagszeit, dicht, und er musste eine Menge Geduld aufbringen, bis er endlich durch die Zahlstation auf die Autobahn fuhr.

Er hatte keine feste Zeit mit seinem Vater ausgemacht. Meist war dieser zu Hause, saß bei schlechtem Wetter vor dem Fernseher, bei gutem Wetter werkelte er in seinem kleinen Garten oder im Schuppen herum. Wenn er dort nicht steckte, saß er in der Bar Central, beobachtete die Leute, hielt ein Schwätzchen und trank seinen Tee.

Die Ferienzeit war noch nicht offiziell angebrochen, und doch schoben sich Wohnwagengespanne und Campingmobile auf der äußersten Spur in Richtung Westen, behäbig und stockend wie die Lastwagen, die sich mit ihnen abwechselten. Rachid zog auf die Überholspur und gab Gas. Bei Poussan verließ er mit vielen anderen, die nach Sète oder nach Frontignan-Plage an den Strand wollten, die Autobahn. Rachid warf einen zweifelnden Blick auf den Karton mit den süßen Köstlichkeiten. Sein Wagen war zwar klimatisiert, doch lagen die Patisserien nun bereits seit mehr als einer Stunde auf dem Beifahrersitz. Garantiert war der Zuckerguss auf den Eclairs zu einer klebrigen Masse geschmolzen.

Das Haus seines Vaters lag in der Nähe des Bahnhofs. Das niedrige, gelb gestrichene Gebäude besaß nach hinten einen kleinen Garten, rechts vom Haus schirmte ein hohes eisernes Tor das Grundstück vor neugierigen Blicken ab. Nicht, dass dahinter etwas Besonderes verborgen gewesen wäre. Nur der Schuppen, in dem Tayeb Bouraada seinem Hobby nachging. Er sammelte Treibholz am Strand, bemalte es kunstvoll oder verarbeitete es zu kleinen Holzskulpturen. Eine Nachbarin, die einen Souvenirladen unterhielt, verkaufte die Holzarbeiten für ihn, und Tayeb besserte seine Rente damit ein wenig auf.

Reges Treiben herrschte in der kleinen Stadt. Noch in wärmere Kleidung eingepackte Einheimische eilten durch die Straßen, und sommerlich gekleidete Feriengäste strebten dem Strand zu. Der sieben Kilometer lange Sandstrand, der sanft ins Meer hineinführte, war vor allem bei Strandbesuchern mit Kindern beliebt. Geduldig wartete Rachid an einem Zebrastreifen, den eine Familie mit einem kleinen Mädchen überquerte, das in aller Seelenruhe seinen Puppenbuggy vor sich herschob und nicht zögerte, mitten auf dem Überweg anzuhalten, um die Stoffpuppe aus dem Wagen zu heben, sie kurz an sich zu drücken, um sie dann wieder in den Buggy zu setzen. Bouraada schien es, als würde die Kleine ihn dabei nicht aus den Augen lassen. Er schmunzelte, winkte dem Kind zu und war eine Minute später vor dem Haus seines Vaters.

Als er die Fahrertür öffnete, wehte eine angenehm kühle Brise vom Meer durch die schmale Straße. Rachid nahm den Pappkarton und stieg aus. Er besaß zwar einen Haustürschlüssel, aber vorsichtshalber klingelte er doch lieber. Nichts tat sich. Ein zweites Mal drückte er auf den schäbigen Plastikknopf. Wieder nichts. Er schloss auf.

»Papa? Ich bin's, Rachid.«

Keine Antwort. Sein Vater war nicht schwerhörig. Und wenn keine Antwort kam, war er auch nicht im Haus. Rachid zog die Haustür zu. Er stellte den Pappkarton im Kühlschrank ab und ging durch die Küche in den Hof. Dann war sein Vater wahrscheinlich im Schuppen. Rachid zog an der Holztür, die, wie immer, klemmte. Er steckte den Kopf in die düstere Werkstatt.

»Papa?«

Alles blieb still. Dann war er doch in der Bar beim Teetrinken. Rachid zögerte. Plötzlich glaubte er, ein pfeifendes Atmen zu hören. Es kam von rechts der Werkbank, wo ein kleiner, niedriger Verschlag aus Brettern abgetrennt war, in dem Tayebs Hühner, als er noch welche gehalten hatte, die Nacht verbracht hatten. Augenscheinlich versteckte sich dort jemand. Mit drei großen Schritten war Rachid an der kaum mannshohen klapprigen Tür und zog sie auf. Im Verschlag war es noch dunkler als im Schuppen. Alte

Säcke, in denen sein Vater das Holz vom Strand nach Hause transportierte, hingen vor der ehemaligen Hühnerleiter.

»Ist da jemand? Kommen Sie raus. Raus jetzt, ich bin von der Polizei.«

Der Schlag auf Hinterkopf und Hals traf Rachid unvermittelt. Goldene Punkte tanzten vor seinen Augen, dann ging er zu Boden, und tiefste Schwärze umgab ihn.

Kapitel 19

Lieutenant Felix Tourrain hatte sich die wichtigsten Informationen zu der Totenmaske, die jemand auf Flavia Leones Gesicht gelegt hatte, notiert. Sowohl der deutsche Tourist wie auch der Archäologe Maxime Berchwyler hatten erste Informationen gegeben, was es mit solchen Masken auf sich hatte. Er war nun auf dem Weg zu Sabine Chong, einer der Restauratorinnen des archäologischen Instituts in Montpellier.

Die Werkstatt der Archäologen war in einem separaten Komplex untergebracht, den sie sich mit Wissenschaftlern anderer Fakultäten, die Laboruntersuchungen, Messungen oder handwerkliche Arbeiten durchführten, teilten.

Die Tür zur Werkstatt stand sperrangelweit auf, von drinnen ertönte laute Radiomusik. Ein französischer Schlager, der im Moment auf allen Sendern rauf und runter lief.

Mit dem Rücken zu Felix saß eine zierliche Frau mit schwarzen kurzen Haaren. Sie trug einen weißen Kittel und beugte sich an ihrem Arbeitstisch über etwas, das Felix nicht sehen konnte. Er räusperte sich.

»Hallo, Madame Chong?«

Die Frau zuckte zusammen, als hätte man sie bei etwas Verbotenem ertappt, und drehte sich um. Felix Tourrain blieb die Luft weg, in seinem Magen kribbelte es, und er fing an zu stottern. So etwas war ihm noch nie passiert. Er war von dieser Frau vom ersten Augenblick an wie verzaubert.

»Ja, ähhm, ich bin Tourrain, Felix, Felix Tourrain, der Lieutenant, Lieutenant Felix Tourrain. Ich komme wegen der Totenmaske.«

Das Lächeln, das eben noch das Gesicht von Sabine Chong zum Leuchten gebracht hatte, erlosch. »Ich weiß. Maxime hat mir gesagt, dass noch jemand von der Polizei vorbeikommen würde. Furchtbar, ganz furchtbar, das mit Flavia. Wissen Sie schon Näheres? Ich denke seit zwei Tagen an nichts anderes. Maxime hat uns alle sofort informiert.«

Die junge Frau war aufgestanden und kam auf Felix zu. Sie reichte ihm die Hand.

»Ich bin Sabine Chong. Nennen Sie mich Sabine. Was genau kann ich für Sie tun? Wollen wir uns setzen?«

Sie machte eine einladende Geste zu der kleinen Kaffeeküche, die in einer Ecke eingerichtet war.

»Gerne. Und ein Kaffee wäre nicht schlecht.«

Felix hatte zu seiner gewohnten Ruhe zurückgefunden. Trotzdem konnte er den Blick nicht von der aparten Halbchinesin, denn das war sie ganz offensichtlich, lösen. Sie war knapp einen Meter fünfzig groß, die mandelförmigen braunen Augen blickten ruhig und sanft. Zu ihrer asymmetrisch geschnittenen Kurzhaarfrisur passte der winzige Diamantstecker in ihrem rechten Nasenflügel. Mit ein paar Handgriffen hatte sie die Espressomaschine in Gang gesetzt.

»Zucker?«

»Ja, bitte.«

Schon lief der aromatisch duftende starke Kaffee in die kleinen Tässchen, die Sabine mit einer anmutigen Bewegung auf den Tisch stellte. Felix zog seine Notizen aus der Jackentasche und legte sie neben seine Tasse. Er schaufelte zwei Löffel Zucker in die Tasse, nippte am Kaffee und verbrannte sich prompt die Oberlippe. Verlegen fuhr er sich mit der Hand über den Mund. Sabine saß ihm abwartend gegenüber.

»Et bien. Sie wissen es ja bereits. Flavia Leone ist am Sonntag tot aufgefunden worden. Sie ist keines natürlichen Todes gestorben, es war auch kein Unfall.« Meine Güte, warum drückte er sich nur so kryptisch aus. »Also, sie ist ermordet worden. Und dann hat ihr jemand, wahrscheinlich der Täter, diese Totenmaske aufs

Gesicht gelegt. Die Maske, die Sie auf Wunsch Ihrer Chefin angefertigt haben. Wenn Sie mir etwas über diese Maske im Speziellen und Totenmasken im Allgemeinen erzählen würden. Wie sie hergestellt wurden, wer sie in Auftrag gab und so weiter. Vielleicht gewinnen wir dadurch ein Bild des Täters, wenn wir nachvollziehen können, welche Bedeutung es hat, einem Verstorbenen eine solche Maske aufs Gesicht zu legen. Ist es vielleicht eine kultische Handlung gewesen, ein Ritual?«

»Ein solcher Kult, einem Toten eine Totenmaske aufzulegen, ist mir aus der Antike nicht bekannt. Es wäre auch ungewöhnlich, denn die Maske steht schließlich stellvertretend für den Toten, ist sein Abbild, durch das sich die Lebenden an den Toten erinnern können. Ob es für die Person, die Flavia die Maske aufgelegt hat, ein persönliches Ritual gewesen ist, diese Frage kann ich Ihnen beim besten Willen nicht beantworten.«

Felix ergänzte seine Notizen. »Bevor Sie mir Genaueres über die Maske erzählen, was war Flavia Leone für eine Frau? Hatte sie Feinde?«

»Was für eine Frau sie war? Das kann ich Ihnen auch nicht so wirklich sagen. Ich kannte nur die Archäologin Flavia Leone, und die war genial. Studium der klassischen Archäologie, also römische und griechische Antike, Fachfrau für die galloromanische Zeit, Spezialistin für das Alten Ägypten. Ich habe kaum einen Wissenschaftler kennengelernt, der über so viel breit angelegtes und dabei tiefes Wissen verfügte. Normalerweise spezialisiert man sich auf ein Gebiet. Können Sie sich das vorstellen? Nachdem sie das erste Studium abgeschlossen hatte, hängte sie noch Ägyptologie dran. Und das alles in Rekordzeit. Fast unheimlich. Und dies alles nicht an der Oberfläche kratzend, sondern tiefschürfende Studien haben sie ausgezeichnet. Die Fachwelt hat durch ihren Tod einen großen Verlust erlitten. Jeder hat Flavia Leone als Archäologin geschätzt und ihr Respekt gezollt. Und Feinde? Nein, eher nicht. Soweit ich das beurteilen kann.«

»Und Flavia Leone als Mensch?«

Sabine Chong zögerte einen Moment. »Wie heißt dieser Spruch

über die Toten und was man reden soll, oder auch nicht? Flavia konnte an einem Tag der entzückendste Mensch sein, den man sich nur vorstellen kann. Sie lobte deine Arbeit, verschaffte dir einen Vortrag vor Fachpublikum, ermunterte dich, deine Ergebnisse zu publizieren. Am nächsten Tag ließ sie dich auflaufen, stellte deine Ergebnisse infrage, machte dich vor Kollegen lächerlich. Sie hatte zwei Gesichter. Kennen Sie diese Theatermasken? Lachende Maske für die Komödie, weinende Maske für die Tragödie. In der griechischen Antike wurden alle Personen eines Theaterstücks grundsätzlich nur von Männern gespielt. Sie trugen Masken. Lachen, Weinen, Männer, Frauen, Helden, Götter, alles durch die Maske dargestellt. Und Flavia besaß mehrere davon.«

Felix machte sich weitere Notizen. So wie Sabine Chong Flavia Leone schilderte, hatte diese wahrscheinlich nicht nur Freunde gehabt.

»Masken. Damit wären wir wieder beim Thema. Was hat es mit dieser Maske denn nun genau auf sich?«

Sabine Chong stand auf. »Kommen Sie mit.«

Sie ging zu einem breiten Wandschrank, den sie öffnete. Darin verbarg sich ein Tresor. In Sekundenschnelle hatte sie eine Zahlenkombination eingegeben und öffnete ihn. Dann streifte sie ein paar weiße Handschuhe über, die sie aus der Tasche ihres Arbeitskittels gezogen hatte. Vorsichtig griff sie in das Innere der Stahlbox. Mit leuchtenden Augen präsentierte sie dem Lieutenant etwas, was auf den ersten Blick wie eine alte, graue, mittelgroße Schüssel aussah.

»Das ist sie. Neben den Resten des Mosaikfußbodens das Kostbarste, was wir bei der Grabung entdeckt haben. Sie ist fantastisch erhalten und einzigartig. Nur unten am Kinn fehlt ein Stück.«

Jetzt erkannte Felix, dass die Restauratorin eine Art Hohlform eines Gesichts in Händen hielt. Stirn, Augen, Nase, Mund, alles da. Der Abdruck eines menschlichen Antlitzes, das eine unglaubliche Ruhe in sich trug. Sabine Chong drehte das Stück vorsichtig, sodass Felix auch die andere Seite betrachten konnte. Dann legte sie die Maske zurück in den Tresor und schloss diesen wieder.

»Und so was ist tatsächlich selten?«

Sabine lächelte. »Wie ich sagte, nicht selten, einzigartig. Ich erkläre Ihnen, was es mit diesen Masken auf sich hat, dann werden Sie verstehen.«

Die beiden gingen zurück in die Kaffeeecke. Sabine Chong brühte zwei neue Espressi auf, und als diese in den Tässchen vor ihnen standen, fing sie an, Felix voller Eifer mit der Tradition der römischen Totenmasken vertraut zu machen. Dabei nannte sie Namen, von denen Felix in seinem ganzen Leben noch nichts gehört hatte. Fasziniert hörte er zu und notierte, was ihm nützlich erschien.

»Plinius der Ältere hat in seiner *Historia naturalis* im 35. Buch über die Malerei und die Farben festgehalten, wer zuerst Gesichter und andere Bilder von Personen abgenommen hatte. Laut Plinius war diese Technik eine Erfindung des Lysistratos, eines Bruders des Lysipp. Er nahm den Abdruck vom Gesicht mit Gips ab, danach wurden die gewonnenen Gipsformen mit Wachs ausgegossen und überarbeitet. Von diesen Wachsmasken aus römischer Zeit haben sich welche erhalten, sie sind beispielsweise im Archäologischen Museum in Neapel zu bewundern.«

Felix schrieb mit wie ein eifriger Schüler im Unterricht. Er hob die Hand, um eine Frage zu stellen. »Und warum hat man diese Masken angefertigt?«

»Da helfen uns schriftliche Quellen weiter, die belegen, dass diese Masken Teil des Ahnenkultes gewesen sind. Also, sie waren keine Grabbeigaben, sondern die Abdrücke der Gesichter wurden kurz nach dem Tod in Wachs gegossen, und diese Masken stellte man dann bei sich zu Hause an einem besonderen Platz auf. Wohlgemerkt, die Wachsmasken. Die Gipsabdrücke waren nur das Model, und wenn man den Abdruck in Wachs hatte, brauchte man die Gipsform nicht mehr. Warum diese Form überlebt hat, keine Ahnung.«

»Das ist ja unglaublich spannend. Und diese Masken stellte man dann im Haus auf, wie wir heute ein Foto des Verstorbenen?«

»Ja, genau. Die Erinnerung an den Verblichenen war kostbar,

wurde in großen Ehren gehalten. Und an Festtagen stellte man die Abgüsse zur Schau und schmückte sie. Oder sie wurden als Gesichtsmaske von Familienangehörigen bei anderen Todesfällen im Leichenzug getragen. Warten Sie. Ich hole eben meine Aufzeichnungen.«

Sabine Chong ging zu einem Schreibtisch. Sie öffnete eine Mappe und suchte etwas. Felix kam nicht umhin, ihre grazile Gestalt, die fließenden Bewegungen und nicht zuletzt ihren sexy Hintern, der sich unter dem schlichten Kittel abzeichnete, zu bewundern. Die Restauratorin kam mit ein paar ausgedruckten Blättern zurück.

»Wir haben zum Beispiel die Beschreibung einer sehr aufwendigen Bestattung aus dem zweiten Jahrhundert vor Christus. *Wenn sie nun begraben und die üblichen Gebräuche vollendet haben, stellen sie das Bild des Verstorbenen in den sichtbarsten Raum ihres Hauses in hölzernen Kapellchen auf. Es ist ein ausgezeichnetes, ähnliches, plastisch und malerisch ausgearbeitetes Porträt. Diese Bilder öffnen und schmücken sie ehrerbietig an den öffentlichen Festen, und wenn ein angesehener Familienangehöriger stirbt, so bringen sie sie in den Leichenzug, indem sie sie Leuten anlegen, die an Größe und sonstigem Äußeren dem Betreffenden möglichst ähnlich sind.* Diese Masken hatten eine enorme kultische Bedeutung. Aber nicht nur im Totenkult spielten sie eine gewichtige Rolle. Sie waren ein Zeichen des Ansehens der Familie. Sie wurden im Haus präsentiert, Namen und Inschriften, die die Person beschrieben, wurden hinzugefügt und so die Bedeutung dieser Person, ihrer Familie, ihres Geschlechts, sichtbar und für alle ablesbar gemacht.«

»Glauben Sie, die Maske ist ein Hinweis auf die Bedeutung von Flavias Familie?«

»Nein, ganz sicher nicht. Denn das Bildnis hat ja nichts mit ihr oder ihrer Familie zu tun.«

»Warum hat man sie eigentlich in Wachs gegossen? Wachs vergeht doch eher als Ton oder Gips.«

»Diese Frage haben wir uns auch gestellt. Wahrscheinlich ist die Farbe maßgebend. Gips oder Ton sind weiß bis rötlich. Das

Wachs dagegen beige, honigfarben, also dem natürlichen Hautton des Menschen am ähnlichsten, also lebendiger. Und diese Lebendigkeit, dieses dem Leben Zugewandte sollte ganz sicher eine Rolle spielen.«

Felix überflog seine Notizen. Alles sehr interessant. Aber ob diese Ausführungen sie weiterbringen würden? »Wirklich spannend, was ich heute erfahre. Nach all dem, was Sie mir erzählt haben, haben Sie nicht vielleicht doch noch spontan eine Idee, warum jemand Ihrer Chefin die Maske aufs Gesicht gelegt hat?«

»Ehrliche Antwort? Nein. Wenn wir den antiken römischen Totenkult zugrunde legen, müsste es am ehesten ein Familienmitglied gewesen sein, der sie benutzt und aufgelegt hat. Aber warum? Die Maske stellt ja nicht Flavias Gesichtszüge dar, sondern die einer ihr völlig fremden Person.«

Felix Tourrain ließ nicht locker. »Aber irgendeine Erklärung muss es geben.«

Sabine Chong wollte eben nochmals bekräftigen, dass ihr keine Lösung zu diesem Rätsel einfallen wolle, als eine Idee in ihrem Kopf Gestalt annahm. Doch sie zögerte zunächst, sie auszusprechen. Dann holte sie tief Luft. »Vielleicht konnte die Person, die es getan an, es nicht ertragen, Flavia ins Gesicht zu schauen. Hat mit der Maske das abgedeckt, was sie nicht ertragen konnte anzuschauen.«

Kapitel 20

Die Anhörung war zügig verlaufen, und die Akte Benoit Lambert, der Mann, der sich durch seine Katzenliebe verraten hatte, lag im Büro des Staatsanwalts. Er würde sicherlich der Empfehlung der Untersuchungsrichterin folgen und den Prozess gegen Lambert eröffnen.

Mathilde verließ das Palais de Justice. Wie immer, wenn sie auf den Stufen stand, die zum Boulevard des Arènes führten, hielt sie einen Moment inne. Der Blick von hier auf die antike Arena von Nîmes überwältigte sie jeden Tag aufs Neue. Vor ihr lag ein Ort einer ganz anderen Art der Gerichtsbarkeit. Wenn ein Verurteilter innerhalb der dicken Mauern der Arena von einem Löwen zerrissen wurde, war dies ein Urteil der Götter. Heute fällte man das Urteil nach akribisch durchgeführten Ermittlungen der unabhängigen Untersuchungsrichter und ihres Polizeiteams, einer Staatsanwaltschaft, einem Richter und nicht zuletzt den Geschworenen, die von den Ermittlungsergebnissen überzeugt waren. Oder auch nicht.

Bruno Garcia, der Wachmann, der heute Dienst im Anmeldebereich des Palais de Justice hatte, wusste genau, warum Mathilde hier stehen blieb und was sie als Nächstes machen würde. Er hätte jeden Sou darauf gewettet, dass Madame le juge sich jetzt sofort eine Zigarette aus der Packung ihrer geliebten Gauloises blondes klopfte, sie zwischen die Lippen schob und die Zigarette mit einer kleinen ungeduldigen Bewegung anzündete, da der Wind wahrscheinlich das Flämmchen des Feuerzeugs erst einmal löschte. Dann würde sie sich zu ihm umdrehen, kurz winken und wie die personifizierte Justitia die Treppe hinunterschreiten. Ja, das war sie für ihn, die menschgewordene Gerechtigkeit.

Heute hatte Mathilde ihre rotblonden Haare wieder hochgesteckt. Meist löste sie die Haare, wenn sie aus dem Palais de Justice trat, und Bruno liebte diesen Augenblick, wenn sie ihre Mähne schüttelte. Jemand, der sie nicht kannte, hätte die hochgewachsene Untersuchungsrichterin vielleicht für arrogant gehalten, so aufrecht und stolz, wie sie in ihrem eleganten schmal geschnitten grauen Kostüm die Stufen hinunterschritt.

Der Wachmann schmunzelte. Er hätte auch tausend Euro einsetzen können. Die Zigarette steckte bereits zwischen den Lippen, die Hand schirmte das Feuerzeug ab. Dann inhalierte Mathilde tief den Rauch ein, ihren Blick auf die Arena gerichtet, vor der eine Touristenschlange stand, die geduldig darauf wartete, am Kassenhäuschen ein Ticket zu lösen. Über ein Jahr war es bereits her, dass die Attentäter auf einem Motorrad an ihr vorbeigerast waren. Eine der Kugeln hatte Mathildes Kopf nur knapp verfehlt. Sie war mit dem Leben davongekommen. Die Untersuchungsrichterin verharrte noch kurz auf der untersten Treppenstufe. Dann drückte sie ihre Zigarette auf dem Trottoir aus und verstaute gewissenhaft die Kippe in einer kleinen Dose, halb Aschenbecher, halb Abfallbehältnis, die sie stets in ihrer Handtasche mit sich trug.

Zut alors. Als sie den Dosendeckel, den ein verschlungenes Muster aus zartgrünem Cloisonné zierte, herunterdrückte, passierte es. Der Nagel des Zeigefingers ihrer rechten Hand brach ab. Und das, obwohl er nicht besonders lang oder spitz gewesen war. Verdammt ärgerlich. Mathilde betrachtete kritisch ihre Hände mit den gepflegten Nägeln und fasste spontan einen Entschluss. Ja, sie würde die Nägel einer Erneuerung unterziehen. Zeit genug dafür hatte sie noch.

In den letzten Jahren waren die Nagelstudios wie Pilze aus dem Boden geschossen. Asiatinnen, vor allem Vietnamesinnen, mit geschickten Händen feilten und formten, lackierten und verzierten und verwandelten brüchige Fingernägel in kleine Kunstwerke. Warum nicht einmal ein solches Studio aufsuchen, sich eine kleine Typberatung in puncto Fingernägel gönnen.

Mathilde steuerte den ersten Laden an, an dem sie vorbeikam.

Wie Hühner auf der Stange saßen vor allem junge Mädchen vor den Nageldesignerinnen und ließen sich verschönern. An einem Schreibtisch, der als Rezeption diente, saß eine ältere Frau, ihr schwarzgraues Haar war zu einem dicken Zopf geflochten. Mitleidig fiel ihr Blick auf Mathildes abgebrochenen Nagel.

»Ich sehe schon, ein Notfall. Wenn Sie sich eine Minute gedulden, Thao ist gleich frei für Sie. Nehmen Sie schon mal Platz, der vierte Stuhl.«

Mathilde bedankte sich und setzte sich auf den angewiesenen bequemen Polsterstuhl. Sie legte ihre Hände auf den Tisch vor sich. Links und rechts von ihr wurden eben künstliche Nägel aufgeklebt. Ein Mädchen, vielleicht vierzehn Jahre alt, erhielt einen Satz französischer Nägel. Mathilde schauderte. Lang, mit weißen Spitzen. Spitze Spitzen! Wenn man sich mit diesen Dingern versehentlich etwas fester kratzte, fügte man sich garantiert selbst die schlimmsten Wunden zu.

Vor ihr lag auf dem Tisch ein Katalogheft mit Verschönerungsvorschlägen. Noch war von Thao nichts zu sehen, und Mathilde blätterte darin herum, bis sie auf ein Foto der Nägel stieß, die aussahen wie die, die dem jungen Mädchen eben angesetzt wurden. Französische Maniküre nannte sich dies. Und die weiße Gestaltung der Nagelspitze hatte ihren Ursprung tatsächlich im Frankreich des 18. Jahrhunderts, wo es Mode wurde, die Nagelspitzen weiß zu färben, um den dunklen Rand, der durch Schmutz unter den Nägeln entstand, zu verdecken.

Mathilde schmunzelte. Wie so ein verdreckter Fingernagel doch eine lang anhaltende Mode prägen konnte. Aber das war nichts für sie.

Vor ihr nahm jetzt eine junge Frau Platz. »Ich sehe, Sie studieren unsere French Nails, wäre das etwas für Sie?«

Mathilde zuckte zusammen. French Nails. Wo es doch die gleiche Bezeichnung in der französischen Sprache gab. Allmählich nahmen die Anglizismen überhand, obwohl man sich in Frankreich durchaus bemühte, das französische Wort dem englischen vorzuziehen.

»Nein, lieber etwas schlichter. Die Nägel so natürlich wie möglich. Meine Länge ist so in Ordnung, vielleicht etwas runder gefeilt und eine pfiffige Farbe, die zu mir passt.«

Sie zögerte einen Moment. Sollte sie es wagen? Warum nicht!

»Und dann bitte auf dem rechten Zeigefinger einen winzigen Stein. Etwas in grün, smaragdfarben.«

Thao nickte und schlug einen weiteren Katalog auf, den sie wohlweißlich mitgebracht hatte. Manche Kundin musste erst auf den Geschmack gebracht werden. »Wie wäre es damit? Ein klein wenig Metallic-Look. Er würde zu Ihnen passen. Etwas kühl, aber sehr elegant. Wir setzen zuerst als Untergrund eine helle, cremefarbene Nuance, dann lackieren wir die Metallic-Farbe darüber, und zuletzt wird ein Topcoat aufgetragen. Die Nagelform passt jetzt schon hervorragend.

»Topcoat?« Mathilde ahnte zwar, was dies war, aber sie wollte es genau wissen.

»Ein Nagelüberlack, er schützt Ihre Fingernägel nach dem Lackieren vor Kratzern und dem Abplatzen des Nagellackes, und er verleiht Ihren Fingernägeln einen schicken Glanzeffekt.«

»Das hört sich sehr gut an. Welche Farbe würden Sie empfehlen?«

»Wenn Sie einen smaragdgrünen Stein wünschen und ich Ihre rotblonden Haare sehe, diese ins Pastell gehende Metallic-Farbe, unauffällig auf den ersten Blick, aber ein Eyecatcher auf den zweiten.«

Mathilde musste sich zusammenreißen. Aber der Vorschlag gefiel ihr. Sie legte ihre Hände auf den Tisch. »Dann legen Sie mal los.«

Thao nickte zufrieden und stand auf, um das notwendige Verschönerungsmaterial zu bringen. In der Zwischenzeit war der Stuhl neben Mathilde frei geworden. Eine zuvorkommend lächelnde Asiatin erwartete ihre nächste Klientin. Und da kam sie auch schon. Eine zierliche Blondine mit kurzem Pferdeschwanzstummel, gewandet in eine rosafarbene Jogginghose und farblich passendes T-Shirt. Sie wandte Mathilde kurz den Rücken zu, um ihren ebenfalls rosafarbenen Rucksack abzustellen. Mathildes Blick fiel auf den Aufdruck auf der Rückseite des Shirts. Club F & S. Flavia Leone hatte einen Prospekt oder Flyer des Fitnessclubs in ihrer Wohnung gehabt.

Mittlerweile war Thao mit einer Schachtel zurückgekehrt, in der Nagellackfläschchen, Feilen, Wattepads, Pinzette, Kleber und eine durchsichtige rechteckige Dose mit funkelnden Strasssteinchen auf ihren Einsatz warteten. Mathilde legte ihre Hände auf ein weißes Handtuch, und Thao begann mit ihrer Arbeit. Mathilde entspannte sich. Neugierig schaute sie zu ihrer Nachbarin, die ebenfalls ihre Nägel in die Hände der Nagelexpertin gegeben hatte.

»Entschuldigen Sie bitte, aber Ihr T-Shirt. Der Aufdruck. Club F & S. Das ist doch dieses Fitnessstudio, nicht wahr? Arbeiten Sie dort?«

Spontan hatte Mathilde die Frage gestellt. Vielleicht war Flavia Kundin des Clubs gewesen. Vielleicht hatten sich die junge Frau und Flavia gekannt.

»Ja, wie man's nimmt. Ich bin die Inhaberin. Beim Hanteln ist mir der Nagel abgebrochen. Eigentlich sollte ich sie mir ganz kurz schneiden lassen. Aber das bring ich einfach nicht übers Herz.«

Die Blondine grinste und wedelte mit der linken Hand, deren Nägel noch auf ihre Verschönerung warteten. Mathilde nickte verständnisvoll.

»Ich möchte nicht allzu neugierig erscheinen. Aber war in Ihrem Club eine Frau namens Flavia Leone Mitglied?«

»War. Da treffen Sie den Nagel auf den Kopf. Ich hab heute Morgen im *Midi Libre* gelesen, dass sie tot ist. Also, wenn Sie nach ihr suchen, kommen Sie leider zu spät. Flavia ist ermordet worden.«

Die letzten Worte kamen flüsternd über die Lippen der jungen Frau, und sie schauderte. Die beiden Vietnamesinnen hatten dem Dialog gelauscht, ihre undurchdringlichen Mienen ließen jedoch nicht erkennen, ob dieses Thema sie interessierte.

»Können wir uns später auf einen Kaffee zusammensetzen? Mein Name ist Mathilde de Boncourt, ich bin die ermittelnde Untersuchungsrichterin in diesem Fall. Vielleicht können Sie mir ein, zwei Fragen beantworten?«

Nun waren die beiden Asiatinnen doch hellhörig geworden. Eine Untersuchungsrichterin als Kundin.

Die Blondine nickte. »Gerne. Ich bin Linda Polanski, Polanski wie der Regisseur.«

*

Eine Dreiviertelstunde später saßen Mathilde und Linda Polanski in einem kleinen ruhigen Bistro, nur vier Häuser weiter. Es war keiner dieser neumodischen Coffee-to-go-Tempel, sondern ein klassisches Bistro mit kleinen Tischen im Lokal und davor direkt an der Straße. Bei gutem Wetter wurden die Glaselemente zwischen Innenraum und dem Trottoir beiseite geschoben. Vor der langen Theke, an der die meisten Gäste ihren *petit café* oder ihren *Café crème* tranken, lagen leere Zuckertütchen, die achtlos auf den Boden geworfen wurden. Niemand scherte sich darum. Sie wurden irgendwann zusammengefegt, und das war's.

Mathilde bestellte einen *petit café*, das Glas Wasser wurde direkt dazu geliefert, Linda Polanski nahm mit Rücksicht auf ihr noch bevorstehendes Trainingspensum ein Glas Mineralwasser.

»Viel Zeit habe ich leider nicht. Ich habe die Mittagspause für meine Nägel genutzt. Um zwei muss ich wieder im Club sein. Schrecklich, das mit Flavia. Was ist denn genau passiert?«

»Dazu kann ich Ihnen leider nichts sagen. Sie ist Opfer eines Gewaltverbrechens geworden. Mehr wissen auch wir noch nicht. Es war eine spontane Idee von mir, Sie nach ihr zu fragen. Hatten Sie auch persönlichen Kontakt zu Madame Leone, oder beschränkte sich Ihre Bekanntschaft allein darauf, dass sie sich in Ihrem Club fit hielt? Seit wann kam sie denn in Ihr Fitnessstudio?«

Linda Polanski trank einen Schluck Mineralwasser und dachte nach. »Seit einem Dreivierteljahr? Sie kam regelmäßig zweimal die Woche. Arbeitete an allen Muskeln, Bauch, Beine, Po. Obwohl sie schon eine außerordentlich sportliche Figur hatte. Persönlichen Kontakt? Nein, den hatten wir nicht. Es kommen so viele Kunden zu uns, ich habe überhaupt keine Zeit, mich persönlich um jeden zu kümmern, zumal ich selbst wohl meine beste Kundin bin. Ich trainiere für die nationalen französischen Bodybuilding-Meisterschaften.«

Mathilde schaute erstaunt. So ein zierliches Persönchen eine Bodybuilderin? Linda interpretierte Mathildes Blick richtig. Verstohlen hob sie ihr T-Shirt wenige Zentimeter. Darunter kam ein winziges Stück eines absolut durchtrainierten muskulösen Körpers zum Vorschein. Jetzt erst fielen Mathilde auch Lindas muskelbepackte Oberarme auf.

»Aber auch, wenn ich mich nicht um sie gekümmert habe«, fuhr Linda fort, »so hatte Flavia, wir duzen uns alle untereinander, doch ihren Personal Trainer. David Chabal. Ein sehr, sehr *persönlicher* Trainer.«

Mathilde wurde hellhörig. Ihr war der Unterton nicht entgangen. So wie Linda das Wort »persönlich« betont hatte, steckte wohl mehr dahinter als eine einfache Trainer-Sportlerin-Beziehung. Sie hob fragend die Augenbrauen.

»David ist ein netter junger Mann. Studiert in Montpellier an der *Faculté des Sciences et Techniques des Activités Physiques et Sportives*. Er hat jetzt schon einen Trainervertrag für die Krokodile in Nîmes in der Tasche. Ein netter Junge. Und ein dummer Junge. Er hat ein Verhältnis mit Flavia angefangen. Das steht fest. Und wenn Sie mich fragen, hat sie ihn ganz schön ausgenutzt. Er hatte nur noch Augen für Flavia, und sie hat ihn um den kleinen Finger gewickelt.«

»David Chabal. Arbeitet er noch in Ihrem Club? Sie können mir sicherlich seine Adresse geben.«

Linda bückte sich nach ihrem Rucksack und zog einen Prospekt heraus. »Druckfrisch, mit Bildern meiner Mitarbeiter. Können Sie behalten. Hier, Seite zwei, das ist David. Er hat mich übrigens gestern versetzt, kam einfach nicht zum Abendkurs. Hat auch auf meine Anrufe nicht reagiert.«

Neugierig betrachtete Mathilde das Foto des jungen Mannes. Er wirkte wie zwanzig, dunkelhaarig, ein echter Sonnyboy. »Sehr jung, dieser David Chabal.«

»Allerdings, er hätte Flavias Sohn sein können. Ich schreib Ihnen seine Privatadresse auf, sie ist in meinem Handy notiert.«

Linda kramte einen Kugelschreiber aus dem Rucksack und schrieb die Adresse auf die weiße Papierserviette, die neben Mathildes Tasse lag. Sie schob die Serviette zu Mathilde. »Glauben Sie, David hat etwas mit dem Tod von Flavia zu tun?«

»Darüber möchte ich nicht spekulieren. Wir müssen auf jeden Fall mit David reden. Wenn er ein Verhältnis mit Madame Leone hatte, kann er uns zumindest etwas über sie erzählen. Vielleicht auch etwas, was unsere Ermittlungen unterstützt. Auf jeden Fall danke ich Ihnen für Ihre Informationen. Hier ist meine Karte, falls Ihnen noch etwas einfällt.«

Mathilde zog ihr Portemonnaie aus der Handtasche und entnahm einem der kleinen Plastikfächer eine Visitenkarte mit ihrer Dienstnummer.

»Lassen Sie nur, die Rechnung übernehme ich.«

Mathilde winkte ab, als Lindas Hand erneut in den Rucksack griff. Die Untersuchungsrichterin stand auf und bezahlte an der Theke die beiden Getränke. An der Straße verabschiedeten sich die Frauen voneinander.

»Hätten Sie nicht Lust, ein wenig in meinem Club Ihre Bauchmuskeln zu trainieren?«

Mathilde war perplex. Ihre Bauchmuskeln? Bis eben hatte sie geglaubt, ihre Figur wäre tadellos. Mit einer unbewussten Geste drückte sie sich mit ihr frisch manikürten Hand auf den Bauch. Der smaragdgrüne Strassstein funkelte in der Mittagssonne. Alles fest und straff. Oder?

Linda lachte. »Das bringt mein Beruf so mit sich. Mein Blick fällt automatisch auf die Problemzonen. Nicht, dass Sie wirklich eine hätten. Aber bevor es dazu kommt, unser Club steht Ihnen offen, sie zu vermeiden.«

Das leichte Gefühl von Verärgerung, das Mathilde empfunden

hatte, war sofort wieder verflogen. Linda hatte recht. Wehret den Anfängen.

»Mal schauen. Vorerst noch mal vielen Dank für den Hinweis auf David Chabal. Au revoir.«

Mathildes Weg führte zurück zum Palais de Justice.

»Einen Moment, Madame le juge, warten Sie.«

Linda Polanski hatte Mathilde bereits wieder eingeholt.

»Flavia stand wohl auf junge Männer. David war nicht der Einzige. Den anderen hab ich nur ein einziges Mal gesehen. Er hat auf Flavia gewartet, an unserer Bar. Ist vielleicht fünf, sechs Wochen her. Und es hat zwischen den beiden einen Riesenstreit gegeben. Sie sind dann nach draußen verschwunden. Mehr kann ich leider nicht dazu sagen.«

Mathilde hakte nach. »Also kein Bekannter aus dem Club. Wie sah der junge Mann aus, können Sie ihn beschreiben?«

»Ich habe ihn ja nur flüchtig gesehen. Um die zwanzig. Aber eins ist mir tatsächlich aufgefallen. Er hätte ein Bruder von David sein können, die gleich Art Mann, jung, durchtrainiert, mittelgroß, dunkelhaarig. Vielleicht etwas kleiner, stämmiger. Detaillierter geht's leider nicht. Aber ganz offensichtlich das Beuteschema von Flavia. Oh, das hätte ich jetzt vielleicht nicht sagen sollen, es hört sich gemein an.«

»Linda, das ist Ihre Betrachtung der Dinge. Sollte Ihnen noch mehr dazu einfallen, Sie haben ja meine Karte.«

Kapitel 21

»Da, schon wieder. Jetzt musst du es doch mit eigenen Augen gesehen haben. Jules hat wieder dieses komische Gesicht gemacht. Und Jim auch. Heute Morgen war es nur Jules, und jetzt auch noch Jim.«

Valérien seufzte tief und gottergeben. Jules und Jim, die Hunde seiner Frau, ihre Möpse, der eine schwarz wie die Nacht, der andere beige mit schwarzer Maske. Beide benannt nach den Protagonisten im gleichnamigen Film von François Truffaut.

»Ha, schau. Jules verzieht das Gesicht. Immer wenn wir an der Wohnung vorbeigehen, schnüffelt er so merkwürdig. Er riecht etwas, das ihm ganz und gar nicht gefällt.«

Jules war ein moderner, sportlicher Mops. Langbeinig und mit einer etwas ausgeprägteren Nase. Er roch alles ein bisschen eher als sein Kumpel Jim, der einer altehrwürdigen Linie entstammte, in der man noch eine Schnauze hatte, die flach wie ein Brett war. Und tatsächlich, auch die Plattnase Jim schnüffelte jetzt, was allerdings eher an ein Röcheln erinnerte.

»Wir klingeln einfach. Vielleicht ist der Kapitän ja zu Hause. Sie habe ich schon seit zwei Wochen nicht mehr gesehen. Schon merkwürdig, die Beziehung, die die beiden führen, aber egal. Hier stimmt was nicht, und wenn keiner da ist, sollten wir uns kümmern. Womöglich ist da drin der Kühlschrank ausgefallen, und Fleisch gammelt vor sich hin.«

»Glaubst du, die Hunde riechen das durch zwei oder drei geschlossene Türen?«

»Was glaubst du denn. Ein Hund riecht vierzigmal besser als ein Mensch.«

»Aber nur, wenn er gebadet wurde.«

»Valérien, sei nicht albern. Du weißt genau, was ich meine.«

Jeanne hatte mittlerweile den Klingelknopf zum Appartement im Erdgeschoss bedient. Das viergeschossige Haus aus dem späten 19. Jahrhundert lag am Quai Léopold Suquet, direkt am Kanal mit seinen Ausflugs- und Fischereibooten. Von der obersten Etage, in der die Wohnung von Jeanne und Valérien lag, genoss man einen wunderbaren Blick auf den Mont Saint Clair. Der hundertfünfundsiebzig Meter hohe Kalksteinhügel, Wahrzeichen von Sète, bot eine Aussicht auf Stadt und Hafen bis zum Bassin du Thau, *dem* Austernzuchtplatz Südfrankreichs.

Jeanne presste ihren Zeigefinger nochmals nachdrücklich auf den Klingelknopf. Drinnen rührte sich nichts. Als das Gebimmel, das die Türglocke verursachte, aufhörte, fingen beide Hunde gleichzeitig an, ein schrilles Gejaule anzustimmen. Valérien blickte ratlos zu seiner Frau. Er versuchte, durch den Spion nach innen zu spähen, was natürlich nichts brachte. Dann hielt er seine Nase an den Spalt zwischen Türrahmen und Tür. Er schnupperte geräuschvoll schnorchelnd, was die Möpse zum Anlass nahmen, ihr Gejaule zu verstärken.

»Ich glaube, die Hunde haben recht. Ich rieche auch was. Ein merkwürdiger Geruch. Süß und eklig zugleich.«

Triumphierend schaute sich Jeanne um, als wolle sie Beifallsbekundungen entgegennehmen. »Siehst du, ich hab's dir doch gesagt. Wir haben für den Notfall vom Vorbesitzer doch noch den Schlüssel zum Appartement. Und dies ist ganz sicher ein Notfall. Lauf nach oben. Der Schlüssel liegt in der Schublade des kleinen Sekretärs, unter unseren Reisepässen. Die Jungs und ich warten.«

Jeanne bückte sich zu den Möpsen und strich ihnen lobend über das glatte Fell, was Jules und Jim mit begeistertem Lecken ihrer Hand beantworteten.

Nach kaum einer Minute war Valérien wieder mit dem Schlüssel bei seiner Angetrauten. Er zögerte einen Moment, dann steckte er den Schlüssel in das Schloss.

»Abgesperrt«, murmelte er und drehte den Schlüssel zweimal

um. Valérien schob die Tür ein Stück auf und steckte den Kopf in den Flur. Neugierig blickte ihm Jeanne über die Schulter. Jules und Jim begannen zu knurren, ein Geräusch, das Jeanne so von den zwei Möpsen noch nie gehört hatte.

»Bleib hier stehen und halt die Hunde an der Leine. Irgendwas stimmt hier nicht.«

Das Knurren der Hunde wurde intensiver, und Jeanne zog sich mit ihnen zurück. Valérien ging nach rechts in die Küche. Alle Wohnungen in dem Haus waren gleich geschnitten. Er kam wieder heraus, schüttelte den Kopf. Auch nichts zu berichten aus dem Schlafzimmer und dem Bad. Geradeaus ging es zum großzügigen Wohn-Esszimmer. Er öffnete die Tür. Heizungswärme schlug ihm entgegen, und ein sattes Brummen und Schwirren drang an sein Ohr. Ungläubig starrte er auf das, was ehemals Kapitän Roger Creteuil gewesen war.

*

In einer Woche würde sie in Pension gehen. Sie hatte für die Kollegen bereits Champagner kaltgestellt, genügend Champagner, denn ihre Truppe konnte beherzt zugreifen. In jeder Hinsicht.

Capitaine Berthe Monet war seit ihrem zwanzigsten Lebensjahr Polizistin mit Leidenschaft. Und es wäre ihr lieber gewesen, acht Tage vor ihrem Weggang bei der Gendarmerie Nationale in Sète nicht noch einen Leichenfund untersuchen zu müssen. Sie hatte versucht, einen Kollegen in das Appartement mit dem toten Kapitän zu entsenden, aber irgendwie war die Geschichte dann trotzdem an hier hängen geblieben.

Nun saß sie mit dem Ehepaar Valérien und Jeanne Lamarre in dessen Wohnzimmer. Zwei Möpse lagen schnarchend auf ihren Samtkissen, erschöpft von der Aufregung des Tages. Die Leiche von Kapitän Roger Creteuil war mittlerweile abtransportiert worden. Die Spurensicherung hatte ihre Arbeit beendet, und die Wohnung war versiegelt. Gespannt warteten die Eheleute darauf, was die Polizistin von ihnen wissen wollte, und noch gespannter waren sie darauf, was es mit dem Tod ihres Nachbarn wohl auf sich hatte. Capitaine Monet saß ihnen mit einem aufgeschlagenen Notizblock gegenüber. Auf dem Tisch standen eine Karaffe mit eisgekühltem Wasser und Zitronenscheiben und drei Gläser.

»Madame, Monsieur. Seit wann sind Sie Nachbarn in diesem Haus mit Kapitän Cretueil?«

»Wir sind vor sechs Jahren hierhergezogen. Wir betreiben ein kleines Optikergeschäft nur zwei Straßen weiter. Der Kapitän hat sein Appartement vor zwei Jahren gekauft. Er und seine Frau. Aber wir hatten nicht viel Kontakt. Beide sind immer unterwegs.«

Valérien und Jeanne rutschten unruhig auf ihren Sesseln herum. Capitaine Monet verzog keine Miene, ja, ihr Tonfall schon bei dieser ersten Frage war schroff, ungemütlich. Wollte sie ihnen etwa einen Vorwurf machen, dass man die Leiche nicht früher entdeckt hatte? Oder schlimmer noch, lag in dieser Stimme nicht eine gewisse Anklage, eine Beschuldigung? Jeanne tastete nach der Hand ihres Mannes, die er beruhigend drückte. Capitaine Monet entging die kleine Geste nicht.

»Keine Sorge, ich muss all diese Fragen stellen. Was können Sie mir über den Toten erzählen?«

Jeanne ergriff das Wort. »Nun, Roger war Kapitän auf einem Cargo-Schiff. Von Nador nach Sète und wieder zurück. Ein paar Mal die Woche. Eine Fahrt dauert schon sechsunddreißig Stunden, hat er uns mal erzählt.«

»Und wann ist er zuletzt von seiner Reise aus Marokko zurückgekehrt?«

Die Antwort kam wie aus einer Kehle. »Keine Ahnung, wir wussten überhaupt nicht, dass er da war.«

Und Jeanne fügte hinzu: »Wahrscheinlich lag der arme Mann schon ein paar Tage tot auf dem Boden. So wie es gestunken hat.«

»Es war also der Geruch, der Sie veranlasst hat, sich Zugang zur Wohnung zu verschaffen.«

»Ja, wir hatten doch noch den Schlüssel von Monsieur Arnaud, dem Vorbesitzer des Appartements. Für den Notfall, er war ja schon so alt.«

»Und Sie haben vergessen, den Schlüssel zurückzugeben?«

Jeanne wurde rot. »Ja, es kam uns ganz aus dem Kopf, nachdem Monsieur Arnaud verstorben war. Zum Glück, würde ich sagen.«

Sie zögerte einen Moment, aber von der Polizistin kamen keine Vorwürfe, was Jeanne ermunterte, mit fester Stimme weiter zu berichten.

»Nun, die Hunde haben so ein komisches Gesicht gemacht und geschnüffelt. Wir dachten natürlich zunächst, der Kühlschrank sei vielleicht der Kühlschrank ausgefallen. Verdorbenes Fleisch riecht doch auch so eklig, nicht wahr, Valérien?«

Erneut griff Jeanne nach seiner Hand.

»Ja, ma chérie, genau so war es. Und als wir ihn dann entdeckt hatten, haben wir postwendend die Polizei angerufen und das Appartement verlassen. Wir wollten ja keine Spuren verwischen, das war doch richtig so?«

»Seien Sie ganz beruhigt, Sie haben vollkommen korrekt gehandelt. Noch drei letzte Fragen. Ist Ihnen etwas eigenartig vorgekommen am Verhalten von Kapitän Creteuil, als Sie ihn das letzte Mal gesehen hatten? Haben Sie Geräusche, einen Streit oder sonst etwas aus seiner Wohnung vernommen? Und zu guter Letzt, wie kann ich die Frau des Toten erreichen? Sein Handy ist offenbar verschwunden, und es gibt kein Festnetztelefon. Auf dem Namensschild zur Wohnung steht nur sein Name, und doch gab es ja offensichtlich eine Frau in seinem Leben.«

Das Ehepaar Lamarre überlegte einen Moment, dann schüttelten beide gleichzeitig den Kopf. »Also, mir ist gar nichts aufgefallen. Dir auch nicht Valérien, oder? Wir haben ihn vor knapp zwei Wochen gesprochen. Aber das war noch nicht mal hier im Haus, sondern am Samstag vor der Boulangerie. Es wartete eine ordentliche Schlange davor, und wir haben uns übers Wetter ausgetauscht, weil es auf dem Meer einen ziemlichen Sturm gegeben hatte, der seine Schiffsladung wohl in Gefahr gebracht hat. Das war's. Und gehört haben wir auch nichts. Totenstill war's in seiner Wohnung. Mon dieu, wie schrecklich, totenstill.«

Valérien mischte sich ein. »Dürfen wir erfahren, woran der

Kapitän gestorben ist? Eines natürlichen Todes? Aber, er war ja noch keine fünfzig. Da hat man doch normalerweise keinen Herzinfarkt.«

Er zögerte mit seiner nächsten Frage. Jeanne kam ihrem Mann jedoch zuvor.

»Ist er etwa ermordet worden? Valérien, sind wir überhaupt noch sicher hier?«

Ihre Stimme hatte einen schrillen Ton angenommen. Die Möpse erwachten aus ihrem Schlummer und wackelten schnorchelnd zu ihrem Frauchen.

»Wir können im Moment noch überhaupt nichts über die Todesursache sagen. Weder, ob der Kapitän eines natürlichen Todes gestorben ist, noch, ob es ein Unfall war oder er Opfer eines Gewaltverbrechens wurde. Machen Sie sich bitte keine Sorgen, Sie haben doch zwei wachsame Hunde im Haus. Schließlich haben die beiden sogar einen Toten entdeckt.«

Capitaine Monet beugte sich zu Jules hinunter und kraulte ihn zwischen den Ohren, was der Hund mit einem freundlichen Blick aus seinen Glupschaugen zu würdigen wusste. Jim kletterte derweil wieder auf sein Kissen. Der Blick der Polizistin folgte ihm. Vielleicht wäre ein Mops ja etwas für den Ruhestand.

»Mir fällt auf, Madame, Monsieur, Sie besitzen keinen Fernseher, zumindest nicht hier im Wohnzimmer. Das findet man selten heutzutage.«

»Weder einen Fernseher, noch ein Radio. Es ist doch unerträglich, was man sich anhören muss. Wir haben den *L'Express* abonniert und erfahren einmal die Woche, was es Neues in der Welt gibt. Ansonsten hören wir nur klassische Musik oder besuchen das Theater. Altmodisch vielleicht, aber wir haben unsere Ruhe.«

Mit diesen Worten stand Jeanne auf und kramte in der oberen Schublade einer filigranen Kommode mit geschwungenen Beinen, auf der das Telefon stand. Sie kehrte mit einem Zettel zurück. »Hier ist die Telefonnummer von Rogers Frau. Ich habe sie notiert, für alle Fälle.«

Capitaine Monet hob fragend die Augenbrauen.

»Wir haben Madame nur ganz selten gesehen. Wir gehen am frühen Morgen in unser Geschäft, kommen nie vor sieben, halb acht nach Hause. Der Kapitän ist unterwegs gewesen, und Madame kam auch immer sehr spät zurück. An manchen Tagen gar nicht, und auch sie war zum Teil wochenlang unterwegs. Aber unter dieser Nummer müssten Sie sie erreichen. Schrecklich, einfach schrecklich. Sie weiß noch gar nicht, dass ihr Mann tot ist. Ja, und die Nummer hat sie mir auch nicht selbst gegeben. Vor ein paar Monaten rief sie an, sie erwarte ein ganz wichtiges Paket, ob ich es annehmen würde. Auf dem Display erschien ihre Nummer, und ich habe sie aufgeschrieben, falls mal irgendetwas wäre. Aber es ist ja sicher nicht meine Aufgabe, sie über den Tod ihres Mannes zu informieren. Oder?«

Die Polizistin schrieb die Nummer auf. »Nein, das ist nicht Ihre Aufgabe, da gebe ich Ihnen recht. Es ist leider unsere. Und glauben Sie mir, ich bin froh, wenn ich solche Gespräche nicht mehr führen muss.«

Kapitel 22

Von Montpellier war Lieutenant Felix Tourrain direkt nach La Grande-Motte gefahren. Er hatte sich zuvor vergewissert, dass die Concierge, Maria Santos, auch zu Hause war.

Maria hatte den Polizisten in ihr Wohnzimmer gebeten. Eigentlich passe es ihr überhaupt nicht, und sie wisse auch gar nicht, was sie noch erzählen solle, ließ sie Lieutenant Tourrain wissen. Doch der Polizist bedachte sie mit einem strahlenden Lächeln. Eine Concierge, bei der alles so akkurat und wohlgeordnet und dabei so außerordentlich gemütlich sei, habe bestimmt auch ein Händchen für das ganze Haus, ein Gespür für seine Bewohner. Und wer weiß, vielleicht habe sie etwas beobachtet, dem sie keine Bedeutung beimesse, was aber überaus wichtig für die Ermittlungen sein könne.

In der Tat, wenn die Concierge in diesem Appartementhaus so auf Ordnung achtete wie in ihren eigenen vier Wänden, dann machte sie ihren Job mustergültig. Am meisten beeindruckten den jungen Lieutenant die gehäkelten Deckchen, die in Kopfhöhe an den beiden Sesseln und dem Sofa, auf dem er sich niedergelassen hatte, befestigt waren.

»Selbstgemacht? Wunderschön.«

Er wusste, wie man das Herz älterer Damen gewinnen konnte. Eine feine Röte überzog das Gesicht von Madame Santos.

»Ja. Mein Mann sitzt abends bei seinen Sudokus, und ich häkle. Auch Kleinigkeiten für meine Enkel. Diese Schühchen sind für Carla, sie ist drei Monate alt. Die Jüngste in unserer Familie.« Sie zeigte auf ein Knäuel aus rosa Garn.

»Und Monsieur Santos geht es wieder gut?«

Ein netter junger Polizist mit hervorragenden Manieren. Die Concierge taute auf. »Ach wissen Sie, er hatte schon lange Probleme mit seiner Prostata. Dreimal in der Nacht musste er raus. Und dann hat er immer gejammert. Ich hab ihm gesagt, Jorge, du musst zum Arzt. Und als er dann endlich ein Einsehen hatte, ja, da war es schon fast zu spät. Ich hab gebetet, zur Heiligen Jungfrau, und es hat geholfen.«

Maria Santos nickte und wies auf eine Ecke im Wohnzimmer. Auf einem niedrigen Tischchen war eine Art Grotte aufgebaut. Sie war aus Strandkieseln, diese zusammengefügt mit grauem Mörtel. Davor lag ein Bukett aus künstlichen Nelken. Und in der Grotte stand eine bleiche Jungfrau Maria in himmelblauem Gewand. Segnend hob sie die Arme in Richtung Sofa, in dessen Tiefen Felix fast zu verschwinden drohte, da die Federung in den Jahren der Abnutzung nachgegeben hatte. Abwartend schaute er zur Concierge, die ihm mit gefalteten Händen im Schoß gegenübersaß.

»Nun, ich habe Ihnen und Ihren Kollegen ja schon gesagt, dass Madame Leone sehr unauffällig war. Es gab nie Beschwerden. Weder über sie, noch von ihr. Kein Gemaule über ein Treppenhaus, das dreckig wäre – was natürlich nie der Fall ist. Sie kam und ging. Immer ein nettes Wort für mich, wenn wir uns mal über den Weg liefen.«

»Hatte sie Kontakt zu ihren Nachbarn?«

»Das ist hier kaum möglich. Falls es Ihnen noch nicht aufgefallen ist, wir sind ein Ferienort. Auch dieses Haus ist ganz auf Urlaubsgäste ausgerichtet. Das heißt, mehr als achtzig Prozent der Wohnungen sind in der Saison an Feriengäste vermietet. Es ist eher die Ausnahme, dass jemand hier seinen festen Wohnsitz hat. Na ja, sie hat wohl die Ruhe gesucht. Und in den Urlaubsmonaten war Madame Leone sowieso meist weg. Grabungen und so. Sie bekam ja auch kaum Post, soweit ich das beurteilen kann. Der Briefträger hat mich darauf angesprochen, dass Madame hier doch ständig wohne und er nie etwas für sie dabeihabe. Kam ihm eben merkwürdig vor. Ging bestimmt alles an die Uni.« Maria Santos seufzte tief. »Sie war eine ruhige und wohlerzogene Frau.

Nicht mehr und nicht weniger. Ich habe sie nur ein einziges Mal wütend erlebt.«

Aha. Felix Tourrain richtete sich auf, soweit dies aus den Tiefen seines Sofas möglich war. Er schaute die Concierge fragend an.

»Ja, jetzt wo Sie mich daran erinnern.«

Felix hatte sie zwar an nichts erinnert, aber er schwieg abwartend.

»Da war tatsächlich mal eine merkwürdige Geschichte. Ich hatte ja schon länger den Verdacht, dass ein Mann, der nicht hier wohnte, sie über Nacht besuchte. Hab ihn aber nie zu Gesicht bekommen. Und dann eines Tages, also, es war am frühen Morgen, vielleicht so gegen halb sechs, da hör ich doch einen Streit. Zuerst habe ich die Stimme von Madame Leone nicht erkannt. Sie war so schrill. Aber dann wusste ich doch, dass sie es war. Sie hat manchmal so ein wenig durch die Nase geschnaubt, wie ein Pferd. So etwa.«

Felix zuckte zusammen. Maria Santos schnaubte durch geblähte Nüstern wie ein in Aufregung versetztes Camargue-Pferd. »Und was war der Grund für diesen Streit?«

»Ja, das wollte ich Ihnen eben doch erzählen. Sie hat einen jungen Mann aus ihrem Appartement geworfen. Samt Rucksack. Und der wollte nicht gehen. Aber Madame hat ihm gesagt, es sei Schluss. Mehr habe ich nicht verstanden. Schließlich lausche ich ja nicht. Und dann ist der Mann gegangen. Das ganze Haus hat gewackelt, als er die Tür hinter sich zugeworfen hat.«

»Wie lange ist das jetzt her?« Felix hatte in der Zwischenzeit seinen kleinen Spiralblock aus der Jacke gezogen. »Könnte ich vielleicht einen Stift haben. Meiner ist irgendwie weg.«

Maria Santos hob eine Fernsehzeitung, die auf der Ablage unter dem Couchtisch lag, hoch, zog einen Bleistift hervor und reichte ihn Felix. »Er radiert oft die Zahlen wieder aus, also Jorge, wenn er sein Sudoku macht. Brauchen Sie auch den Radiergummi?«

Felix schüttelte den Kopf. »Danke, ich schreib nur das auf, was auch wichtig ist und auf dem Zettel bleiben soll. Also, wann war das, und wie sah der Mann aus?«

»Das ist vielleicht eine Woche her, also, wenn ich genau überlege, war das letzten Dienstag. Genau, letzten Dienstag. Und wie der Mann aussah, weiß ich nicht, ich hab doch nur die Stimmen gehört.«

»Madame Santos, wie kommt es dann zu Ihrer Beobachtung, dass er einen Rucksack hatte, mit dem er vor die Tür gesetzt worden ist?«

Jetzt wurde die Concierge dunkelrot. Wie peinlich. Sie war doch tatsächlich bei einer Lüge ertappt worden. Entschuldigend schaute sie zur Statuette der Jungfrau Maria.

»Ich habe für einen winzigen Moment durch den Türspion geschaut. Ich musste mich doch vergewissern, dass es Madame Leone gut ging. Und da konnte ich tatsächlich einen kurzen Blick auf den Mann werfen. Er war jung, sehr jung, viel jünger als Madame. Mindestens fünfzehn Jahre. Schlank, groß, dunkelhaarig. Mehr kann ich Ihnen aber beim besten Willen nicht sagen. Wirklich nicht.«

Felix Tourrain machte seine Notizen und schob sich aus dem Sofa. »Madame Santos, herzlichen Dank. Damit haben Sie uns sehr weitergeholfen. Sehen Sie, wenn man ein wenig nachdenkt, kommt doch so manches zum Vorschein. Und wenn Sie nun noch ein wenig mehr nachdenken – war dieser Mann öfter bei Madame Leone zu Gast?«

Die Concierge nickte, ihr Gesicht nun tiefrot. »Ganz zufällig habe ich ihn gesehen, als er an einem Morgen, es war mitten in der Woche, mit einer Tüte vom Bäcker kam. Wohl die Frühstückscroissants für sich und Madame Leone. Also, was ich damit sagen will, es geht mich ja auch wirklich nichts an, aber es sah für mich so aus, als hätte er dort übernachtet. Und wenn ich genau überlege, war er wohl öfter über Nacht bei ihr. So, aber mehr weiß ich nun wirklich nicht.«

Die Concierge begleitete Lieutenant Tourrain zur Wohnungstür. Sie öffnete, um ihren Gast zu verabschieden. Dann schloss sie plötzlich die Tür wieder und packte den Polizisten am Arm. »Da fällt mir noch was ein. Er war nicht der Einzige. Vor ein paar Wochen war schon mal ein junger Mann hier. Ein ganz ähnlicher Typ, aber es war nicht derselbe Mann. Auch jung, dunkelhaarig, etwas kleiner als der andere, würde ich schätzen. Mein Mann meinte noch, er hätte eine Figur wie ein Ringer. Wissen Sie, wir schauen gerne Sport. Also der eine, der, den sie rausgeworfen hat, war mehr so ein Typ wie Christophe Lemaitre, der Hundertmeterläufer, der andere eher so ein Kraftprotztyp. So ein bisschen wie Christophe Besnard. Aber jünger.«

Lieutenant Tourrain hatte beide Christophes vor Augen. Lemaitre, der typische Sprinter, Besnard, der ehemalige Judoka, ein muskelbepacktes Kraftpaket.

»Und der hat nach Madame Leone gefragt. Sie war aber nicht da. Sie war auf einer Tagung in Rom. Daran erinnere ich mich genau, weil unsere Enkelin in derselben Woche dort auf Klassenfahrt war. Sie hat mir einen geweihten Rosenkranz mitgebracht. Also, meine Enkelin. Der junge Mann ist dann wieder abgezogen. Hat nichts für Madame hinterlassen. Nun ja, vielleicht hilft Ihnen das ja auch noch weiter.«

*

Lieutenant Tourrain schlenderte zu seinem Wagen, den er am Quaies George Pompidou abgestellt hatte. Die Luft roch salzig mit einem Hauch von Diesel, in dieser Kombination für Felix' Nase gar nicht unangenehm. Er musste einem älteren Mann, er schätzte ihn auf über siebzig, ausweichen, der links und rechts je eine vollbusige Schönheit im Arm hatte, die auf High Heels und in superknappen Shorts neben ihm herstelzten. Wahrscheinlich würde der Skipper, uniformiert in weißer Leinenhose, blauen Seglerschuhe, dunkelblauem Polohemd mit hochgestelltem Kragen, mit den beiden Damen seine Yacht entern und im Licht der untergehenden Sonne mit einem Glas Champagner auf die Leichtigkeit des Seins anstoßen.

Schon wollte Felix auf den Knopf seiner Fernbedienung drücken, um seinen Wagen zu öffnen, als sein Blick auf die Auslage einer Buchhandlung fiel. *Librairie Isis.* Isis, ägyptische Göttin der Geburt, der Magie, aber auch des Todes. So viel war bei Felix aus dem Geschichtsunterricht noch hängen geblieben. Aber kaum mehr. Mitten im Schaufenster stand ein Gladiator aus Pappe, um ihn herum lagen Bücher über die Archäologie des Landes. Keine schwere Kost für Wissenschaftler, auch keine der üblichen Touristenführer mit bunten Bildern, auch nicht die semiwissenschaftlichen Begleiter für die, die sich als Bildungsbürger für Archäologie interessierten. Nein, es waren Bücher für Kinder, deren comichafte Cover Felix' Aufmerksamkeit auf sich zogen. War er nicht mit Asterix dem Gallier und dessen unzähligen Abenteuern groß geworden? Aus diesen *bandes dessinées*, kurz BD, hatte er sein Wissen über den Umgang der Gallier mit den Römern bezogen.

Kurz entschlossen betrat er die Buchhandlung. Auf einem Tisch lagen die Geschichtsbücher für Kinder mit knallbunten Einbänden zum Durchblättern und Entdecken bereit. Ein Besuch in einer römischen Stadt, wie kämpften die Gladiatoren, was aßen die Römer, wo wohnten die Griechen in Südfrankreich, eine Reise über die Via Domitia, wie die Römer das Wasser über Brücken transportierten und vieles mehr. Felix vergaß die Zeit um sich herum. Er blätterte und schmunzelte und legte dann drei Bücher zur Seite, die er mitzunehmen gedachte. Besonders das Abenteuer Archäologie erschien ihm vielversprechend. Nicht nur die wichtigsten antiken Zeugnisse im Süden Frankreichs waren auf einer Karte verzeichnet, auch die wichtigsten Fachtermini waren in einem Glossar aufgeführt und mit kleinen erklärenden Zeichnungen versehen. Genügend Material, um sich schnelles Wissen anzueignen.

»Darf ich Ihnen die Bücher als Geschenk einpacken?« Die Buchhändlerin zeigte auf eine Rolle Geschenkpapier, das mit den kleinen Elefanten, um deren Rüssel farbenfrohe Luftballons geschlungen waren. Felix errötete.

»Nein, danke. Das ist nett, aber packen Sie sie einfach in eine Tüte. Mein Neffe wird sich schon heute Abend auf die Bücher stürzen, da ist kunstvolles Einpacken nicht notwendig. Auch keine Schleifen oder so.«

Du lieber Himmel. Was plapperte er denn da! Er musste doch keine Erklärung abgeben. Aber irgendwie war es ihm peinlich, womöglich als Leser der Kinder- und Jugendbücher erkannt zu werden.

Die Bücher wanderten in eine Tüte, Felix bezahlte und verließ mit seinen Schätzen die kleine Buchhandlung, gerade noch rechtzeitig, als eine Horde deutscher Schüler, die wohl auf Klassenfahrt waren, sich um die Aufsteller mit Ansichtskarten drängte. Erstaunlich. Also nicht nur Handyfotos wurden an Freunde und Familie geschickt, auch die schöne altmodische Ansichtskarte mit Flamingos und Camargue-Pferden, dem Pont du Gard oder der Arena von Nîmes waren immer noch gefragt.

Felix legte die Papiertüte auf den Beifahrersitz. Kein Neffe, er hatte noch nie einen gehabt, sondern er höchstselbst würde sich dem Inhalt der Bücher heute Abend bei einem kühlen Bier widmen. Erst jetzt bemerkte er sein Handy, das er unvorsichtigerweise auf dem Armaturenbrett hatte liegen lassen. Er konnte von Glück sagen, dass die Autoscheibe noch heil und das Telefon noch da war. Gut, am helllichten Tag besaß wohl niemand die Unverfrorenheit vor den Augen der Vorübereilenden ein Auto zu knacken. Trotzdem. Ein blinkendes rotes Licht signalisierte ihm den Eingang einer oder mehrerer Nachrichten. Felix scrollte die Mails und WhatsApp hinunter. Nichts wirklich Wichtiges. Und dann noch eine SMS. Wer verschickte das denn noch? Ihm wurde heiß und kalt gleichzeitig. Und beim Antworten vertippte er sich gleich fünfmal. Doch dann konnte er auf Senden drücken. Ein Rendezvous mit Sabine Chong. Was für ein toller Tag.

Kapitel 23

Mathilde schaute zum wiederholten Mal auf ihre Armbanduhr. Das war ganz und gar nicht die Art von Commandant Bouraada, sie warten zu lassen. Der Polizist war die Pünktlichkeit in Person. Sie waren für vier Uhr in Flavia Leones Büro verabredet. Felix war bereits am Vormittag in der Werkstatt des archäologischen Instituts gewesen. Er hatte sich kurz bei Mathilde gemeldet und ihr mitgeteilt, dass er im Anschluss zur Befragung der Concierge nach La Grande-Motte fahren würde.

Bereits zwanzig nach vier. Sie würde noch fünf Minuten warten und dann alleine nach oben gehen. Mathilde zündete sich eine neue Zigarette an, die dritte, seitdem sie auf den Commandant wartete, hielt sie zwischen Mittel- und Zeigefinger und streckte die Hand von sich. Chic. Die Farbe war wirklich chic. Und der kleine Stein verlieh dem Ganzen das besondere Etwas. Sie hatte sich an die Fahrertür ihres Cabrios gelehnt und genoss die Sonnenstrahlen, die sie wärmten. Keine Wolke verlor sich am geradezu unverschämt blauen Himmel. Regen war auch für die nächsten Tage nicht zu erwarten. Ihr Großvater und Philippe hatten sich schon besorgt gezeigt. Die langfristigen Wetterprognosen für diesen Sommer sahen eine Regenwahrscheinlichkeit voraus, die gegen Null tendierte. Wenn dieser Fall eintreffen sollte, müsste die Bewässerung der Felder durch den Maire der Gemeinde genehmigt werden, die Schwimmbadbesitzer mussten darauf verzichten, ihre Pools neu zu befüllen, und das Autowaschen auf dem Grundstück war strengstens verboten.

Gerade wollte Mathilde das Universitätsgebäude betreten, als der Wagen von Rachid Bouraada auf den Parkplatz fuhr. Er stellte sein Auto direkt neben ihrem ab. Die Fahrertür öffnete sich, und ihr schien es, als würde sich der Commandant etwas mühselig aus dem Inneren des Fahrzeugs herausquälen. Langsam drehte er sich auf dem Sitz, setzte seine Beine auf dem geteerten Boden ab und zog sich mit einer Hand an der Aussteighilfe aus seinem Wagen. Diesen Griff hatte er im Leben noch nicht benutzt. Er stöhnte leise.

»Rachid, was ist Ihnen denn zugestoßen?« Das spöttische Lächeln auf Mathildes Gesicht verschwand, als sie registrierte, dass der Polizist offenbar unter starken Schmerzen litt.

»Nichts. Ich bin ausgerutscht und auf die Hüfte gefallen. Es wird schon wieder.«

Eine Sonnenbrille verdunkelte Rachids ohnehin schon dunkle Augen. Mathilde hielt ihm ihre Hand hin. »Wollen Sie sich ein wenig bei mir aufstützen?«

Rachid winkte ab.

»Es geht schon. Das Sitzen macht mir ein wenig Probleme. Wenn ich aufstehe, fühle ich mich wie gerädert. Doch dann geht's wieder.«

»Waren Sie beim Arzt? Wo ist das denn passiert?«

»Mathilde, Sie sind aber gar nicht neugierig.« Wider Willen musste der Commandant grinsen, obwohl ihm überhaupt nicht danach zumute war. »Passiert ist es heute früh im Bad, nach dem Duschen ausgerutscht. Und nein, ich war nicht beim Arzt. Etwas Pferdesalbe auf die Stelle, und morgen bin ich wieder fit.«

»Na gut, dann wollen wir mal. Felix hat angerufen. Viel Neues hat er von der Restauratorin, die die Maske angefertigt hat, nicht erfahren. Vielleicht hilft uns das Gespräch mit der Concierge weiter. Allerdings, viel Hoffnung habe ich da auch nicht. Flavia hat, so wie es aussieht, ja offenbar sehr zurückgezogen in diesem Appartement gelebt.«

Sie betraten das Universitätsgebäude, die Büros der Archäologen lagen im vierten Stock.

»Wir nehmen den Aufzug.«

Das war keine Frage von Mathilde, sondern ein Befehl.

Doch ein nicht zu übersehendes Pappschild mit der Aufschrift »Vorübergehend außer Betrieb« zwang sie, doch die Treppe zu nehmen. Mathilde blieb auf der Stufe hinter dem Commandant, so konnte er das Tempo bestimmen. Und er würde auch nicht bemerken, dass ihr Bein beim Treppensteigen immer noch schmerzte.

»Warum gehen Sie hinter mir, ich bin ein fortschrittlicher Moslem.«

Mathilde grinste. Typisch Bouraada. »Wenn Sie ins Straucheln kommen, kann ich Sie auffangen.«

Rachid verzog das Gesicht zu einem breiten Lächeln, auch wenn ihm aufgrund seiner Schmerzen nicht danach zumute war. Mit seinen fünfundachtzig Kilo Lebendgewicht hätte er die Untersuchungsrichterin selbst zu Fall gebracht, aber es berührte ihn, welche Sorgen sich Mathilde um ihn machte. Er versuchte, sich nicht anmerken zu lassen, wie schwer es ihm fiel, die Stufen zu bewältigen. Mühsam zog er sich am Geländer hoch. Wie stark mussten wohl die Schmerzen sein, die Mathilde zu erdulden hatte. Immer noch bemerkte er von Zeit zu Zeit das leichte Hinken. Das Projektil, das ihre Beinarterie zerrissen hatte, hatte ganze Arbeit geleistet.

»Geht's?« Der Commandant drehte sich um, und Mathilde, leicht außer Atem, nickte nur und hielt sich tapfer genau eine Treppenstufe hinter ihm.

Was war das denn? Erst jetzt bemerkte sie die blau-violett verfärbte Schwellung zwischen Ohr und Hals des Polizisten. Scharf sog sie die Luft ein. Das war wohl kaum eine Verletzung, die von einem Sturz in der Dusche herrührte. Jemand hatte Rachid einen Schlag versetzt. Und das mit solcher Wucht, dass der Commandant wahrscheinlich gestürzt war. Eine Sekunde lang überlegte Mathilde, ob sie ihn direkt danach fragen sollte. Aber wenn Bouraada nicht erzählen wollte, was wirklich passiert war, würde er schweigen wie ein Grab. Nichts würde sie aus ihm herausbekommen.

In der vierten Etage angekommen, blieben sie kurz zum Verschnaufen stehen.

»Wer hätte gedacht, dass mir nach vier Stockwerken so die Puste ausgeht. Ich muss mir wohl einen rutschfesten Duschvorleger anschaffen.«

Er war ein schlechter Lügner. Was verbarg er nur vor ihr? Mathilde hatte keine Zeit zum Grübeln, denn schon standen sie vor der Tür, die in Flavias Büro führte. Sie war nur angelehnt, das Polizeisiegel durchtrennt. Was hatte das zu bedeuten? Commandant Bouraada hatte noch am Sonntag einen Mann zum archäologischen Institut geschickt. Berchwyler hatte die Bürotür abgeschlossen, den Schlüssel dem Polizisten übergeben, der dann das Siegel angebracht hatte. Und diesen Schlüssel hatte Rachid dabei. Berchwyler und seine Kollegen hatten strengste Anweisungen, das Büro von Flavia Leone nicht zu betreten.

Rachid schob die Tür auf. Vor ihnen stand ein sichtlich erschrockener Maxime Berchwyler, einen Stapel Papiere in der Hand. »Sie legen diese Unterlagen sofort auf den Schreibtisch. Und dann erklären Sie uns bitte, was das Ganze hier soll.«

Rachid konnte seinen Ärger kaum zügeln. Beruhigend fasste Mathilde nach seinem Arm.

Der Archäologe fing an zu stottern. »Ich brauche diese Unterlagen. Unbedingt. Es geht um dringend benötigte Forschungsgelder. Das ist der Antrag, den ich geschrieben habe, Flavia sollte ihn lesen und absegnen. Er muss heute noch raus, sonst verfällt alles. Es geht immerhin um zweihunderttausend Euro.« Flehend schaute Berchwyler auf die Papiere, die er auf dem Schreibtisch abgelegt hatte.

»Das wussten Sie doch schon am Sonntag, dass die Unterlagen hier sind. Wir hätten das klären können. Das geht beim besten Willen nicht, das Siegel zu beschädigen und sich Zutritt zum Büro der Ermordeten zu verschaffen.« Mathilde hatte sich vor dem gut einen Kopf kleineren Archäologen aufgebaut, dessen Gesicht rot angelaufen war. Vor Scham oder vor Wut vermochte sie nicht einzuschätzen.

Plötzlich traten Berchwyler Tränen in die Augen. »Bitte, schauen Sie in die Unterlagen, Madame le juge. Es ist wirklich nur ein Antrag. Aber ich bin geliefert, wenn er heute nicht aus dem Haus geht. Ich mache Ihnen eine Kopie davon, lege die zu den Sachen von Flavia. Dann ist doch alles in Ordnung, oder?«

Es lag im Ermessen der Untersuchungsrichterin, auf diesen Wunsch einzugehen. Sie seufzte. »Gut. Ich überfliege die Unterlagen kurz, Sie machen im Beisein des Commandant die Kopien. Ich könnte Sie drankriegen, Monsieur. Aber ich lasse ausnahmsweise Gnade vor Recht ergehen. Haben Sie verstanden? Sie haben heute großes Glück.«

Maxime Berchwyler schluckte. Dankbar griff er nach seinem Antrag und verließ, gefolgt von Rachid Bouraada, das Büro.

Zwei Stunden später mussten Mathilde und Rachid erkennen, dass sie die Durchsuchung des Arbeitsplatzes von Flavia Leone keinen Millimeter weitergebracht hatte. Ein Laptop war nicht vorhanden. Es gab auch keinen Dienstcomputer, dessen Dateien hätten ausgewertet werden können. Wie in der Grabungsbaracke standen einige Holzkisten mit Scherben herum. An einer Wand stand ein breites Bücherregal, von unten bis oben gefüllt mit Fachliteratur. Auf dem Schreibtisch und in seinen Schubladen war nichts außer einigen leeren Schnellheftern, Kugelschreiber, Büroklammern und ältere gelbe Haftnotizzettel, auf denen Flavia notierte hatte, welche Zeitschriftenaufsätze zu bestellen wären. Wahrscheinlich eine Aufgabe für eine der studentischen Hilfskräfte. Das Material aus fünf Aktenordnern hatte bei der Überprüfung ergeben, dass es sich bei ihrem Inhalt um Grabungsberichte, Bettelbriefe und Presseartikel handelte. Auf den ersten Blick also nichts von Belang.

»Mit irgendwas muss Flavia doch gearbeitet haben. Kein Computer am Arbeitsplatz, weder in ihrer Wohnung noch hier. Da bleibt nur noch ein Notebook. Und das ist weg.«

Rachid saß auf dem Schreibtischstuhl und klappte den letzten Ordner zu. »Der Täter hat es. Und das bedeutet, es ist Material darauf zu finden, das uns das Mordmotiv liefern könnte.«

Der Commandant rieb sich den Nacken, zuckte kurz zusammen, als er mit der Hand über die Schwellung strich.

Mathilde wartete. Nichts. Rachid sagte nichts. Sie schaute auf ihre Uhr. »Dann wollen wir Persephone Titeux mal einen Besuch abstatten. Ich hab uns für fünf Uhr angekündigt. Es ist zwar etwas später geworden, aber sie wird ja wohl noch da sein.«

Das Büro von Flavias Kollegin war zwei Türen weiter. Rachid klopfte. Keine Reaktion. Er drückte die Klinke herunter. Die Tür war abgeschlossen.

»Da hat Madame wohl doch nicht länger warten wollen. Vielleicht weiß Berchwyler, wo sie steckt.«

Berchwylers Büro lag direkt gegenüber dem von Persephone Titeux. Aus dem Zimmer drang die Stimme des Archäologen, als Mathilde an der Tür pochte.

»Kommen Sie rein. Ich hab mir schon gedacht, dass Sie noch zu meiner Kollegin wollen. Sie musste dringend weg. Noch bevor Sie hier angerückt sind. Sie bekam gegen drei einen Anruf aus Uzès. Wegen des römischen Mosaiks hinter der alten Gendarmerie. Sie haben vielleicht davon gehört. Ein Wahnsinnsfund. Ein Fernsehteam von arte hat kurzfristig um einen Dreh gebeten. Und jetzt wo Flavia keine Interviews mehr geben kann, macht das Persephone. So was lässt die sich natürlich nicht entgehen.«

In Maxime Berchwylers Stimme hatte sich eine kleine gehässige Nuance geschlichen. Die Archäologen schienen unter sich einige Rivalitäten auszutragen, schoss es Mathilde durch den Kopf.

»Wir wollen nur mit Ihrer Kollegin reden. Dann eben auf der Grabung.«

»Ganz ehrlich? Verschieben Sie das besser auf morgen. Persephone wird dann den ganzen Tag in Uzès sein. Sie werden Sie dort garantiert antreffen. Wenn Sie jetzt dort aufkreuzen, wird sie so sauer sein, dass sie überhaupt nichts sagt.«

Die beiden Beamten waren perplex. Riet der Archäologe ihnen also, wie sie vorgehen sollten? Aber eigentlich hatte er recht. Mittlerweile war es nach sechs. Neunzig Minuten bis nach Uzès. Und das alles wegen einiger Fragen. Mathilde und Rachid sahen sich an und nickten. Das Gespräch mit Madame Titeux konnte bis morgen warten.

»Eine Frage noch, Monsieur Berchwyler. Auch im Büro von

Flavia Leone war kein Laptop. Auch kein fester Computer. Mit was hat sie gearbeitet?«

Ratlos kratzte sich der Archäologe am Kopf. »Natürlich hatte sie einen Laptop. Er war immer in der großen Umhängetasche. Und er war ihr einziges Arbeitsmittel. Es sei denn, sie hatte noch einen zu Hause. Wenn das dann alles war …?«

Mathilde und Rachid verabschiedeten sich von Maxime Berchwyler und verließen das Büro. Der Archäologe packte seine Arbeitstasche. Feierabend. Der Antrag auf die Forschungsgelder war auf dem Weg. Flavia hatte die besten Kontakte gehabt, auch wenn es darum ging, Sponsoren an Land zu ziehen. Wie es nun ohne sie weitergehen würde? Berchwyler war schon an der Tür, als sein Telefon klingelte. Seufzend legte er seine Tasche auf dem Besucherstuhl ab und nahm den Anruf entgegen.

»Ja, das ist korrekt, das ist diese Nummer. Allerdings ist es die meiner Kollegin, Docteur Leone. Ihre Gespräche werden zu mir durchgestellt.« Er machte eine Pause. »Nein, Sie können sie nicht sprechen. Flavia Leone ist tot.«

Der Archäologe lauschte noch einen Moment, zog ein Blatt Papier heran, schrieb etwas nieder und legte mit einem kurzen »bonne soirée« auf. Aus seinem Gesicht war alle Farbe gewichen. Leise murmelte er vor sich hin. »Das kann doch wohl alles nicht wahr sein. Noch eine Leiche. Und ich wusste noch nicht mal, dass Flavia einen Mann hatte.«

Kapitel 24

Als Mathilde und der Commandant von ihrem Besuch bei den Archäologen in Montpellier nach Nîmes zurückgekehrt waren, hatte Mathilde vergeblich versucht, Rachid Bouraada zu einem Glas in der Petite Bourse, einem Bistro gegenüber der Arena, zu bewegen. Der Commandant, der als Moslem Schweinfleisch ablehnte, hatte gegen ein Glas Wein nichts mehr einzuwenden, seitdem er in einem Zeitungsartikel, der sich einer hitzigen Debatte zum vermeintlichen Alkoholverbot im Koran widmete, gelesen hatte, dass es eben in diesem heiligen Buch in der Sure 16, Vers 67 hieß: *»Und wir geben euch von den Früchten der Palmen und der Weinstöcke, woraus ihr euch ein Rauschgetränk macht und einen schönen Lebensunterhalt. Darin liegt ein Zeichen für Leute, die Verstand haben.«*

Doch Rachid hatte Kopfschmerzen vorgegeben, er wolle früh ins Bett und eine drohende Erkältung abwenden. Mathilde hatte ihm die Ausrede nicht abgenommen. Gerne hätte sie nachgebohrt, welche Bewandtnis es mit der Verletzung an seinem Hals hatte. Doch Rachid war stur wie ein Maulesel geblieben, und so saß Mathilde mit ihrem Glas Weißwein und einer Schale Erdnüsse alleine vor dem Lokal und beobachtete die Menschen, die eilig vorbeigingen, flanierten, sich küssten, eine alberne Grimasse für ihr Selfie zogen, einen Hundehaufen eintüteten, herzhaft lachten, den Feierabend genossen.

Eine Stunde später lag sie mit einem Roman gemütlich im Bett. Mathilde hatte Elena Ferrantes *Poupée volée* schon dreimal begonnen – nicht, dass der Roman sie gelangweilt hätte, aber wenn mehr als eine Woche zwischen den raren Minuten lag, in denen sie überhaupt las, dann hatte sie schon wieder vergessen, worum es in einem Buch überhaupt ging.

Ihr Handy begann, summend auf dem Nachttisch zu tanzen, zu einer kleinen Melodie, die sie jüngst Martin zugeordnet hatte. Es waren die ersten Klänge von Mozarts Kleiner Nachtmusik. Sie telefonierten eine halbe Stunde, in der Martin erzählte, was er mit Sébastien unternommen hatte. Mathilde musste bei dem Gedanken lachen, was die Familie sagen würde, wenn Sébastien von seinen Abenteuern in Deutschland berichtete. Am Donnerstagabend würden die beiden im Château de Boncourt eintreffen. Mathilde spürte, dass Martin noch etwas auf dem Herzen hatte.

»Da ist noch was, Mathilde …« Doch nach einem kurzen Zögern endete der Satz mit »… vielleicht doch nicht am Telefon«, und Mathilde schlief, ohne Seite vier des Romans erreicht zu haben, mit der Frage ein, was das nur für eine Neuigkeit sein könnte, die Martin ihr am Handy nicht verraten wollte.

Am nächsten Morgen eilte sie ohne Frühstück in ihr Büro im Palais de Justice. Sie hatte den Wecker zwar gehört, sich jedoch noch einmal in ihr Kopfkissen gekuschelt. Ein Fehler. Heute allerdings musste El Nimeño auf sie verzichten. Fast jeden Morgen, wenn sie zur Arbeit ging, hielt sie ein kurzes imaginäres Zwiegespräch mit dem Matador, der Auftakt zu einem, so hoffte sie, glücklichen Tag. Christian Montcouquiol, genannt El Nimeño, war ein französischer »Matador de toros«, gewesen, der seinem Leben im November 1991 mit nur siebenunddreißig Jahren ein Ende gesetzt hatte. Nach seinem Tod hatte die Stadt ihrem großen Sohn eine überlebensgroße Bronzefigur gewidmet, die, wo auch sonst, bei der Arena aufgestellt worden war.

Mathilde war keine Anhängerin des blutigen Stierkampfes, ganz im Gegenteil. Doch sie achtete die Traditionen ihres Landes und schätzte die Prinzipien des Matadors El Nimeño. Dieser wurde in Speyer in Deutschland geboren und war später nach Nîmes, der Heimatstadt seiner Mutter, zurückgekehrt. Von dort hatte er seinen Siegeszug als gefeierter Stierkämpfer angetreten. Mathilde hatte El Nimeño persönlich kennengelernt, als sie – sie war noch ein kleines Mädchen gewesen – mit ihrem Großvater bei dessen Freund, dem Stierzüchter Guillaume Rossignol, zu Gast war und der Matador sich bei diesem von der Qualität der Kampfstiere überzeugt hatte. Er war ein Mann gewesen, dessen ganze Leidenschaft seinem Beruf gehörte, und genauso empfand Mathilde ihre Aufgabe als Untersuchungsrichterin – als Passion.

Rachid Bouraada und Felix Tourrain warteten bereits auf die Untersuchungsrichterin und hielten einen kleinen Schwatz mit Christine, Mathildes Sekretärin. Christine hatte schon ihre neue Kaffeemaschine in Gang gesetzt. Commandant Bouraada hielt eine Tüte in der Hand, die Papierecken noch zum Verschließen der Tüte zusammengezwirbelt, aus der es verlockend nach frischen buttrigen Croissants duftete.

»Rachid, Sie sind mein Retter. Und Christine, Sie und Ihr Kaffee natürlich auch. Ich bin wieder eingeschlafen, nachdem der Wecker mich aus dem Schlaf gerissen hat. Ich glaube, heute habe ich einen neuen Rekord aufgestellt von zu Hause bis ins Büro. Die Sportschuhe passen zwar nicht zum Kostüm, aber Christine, wenn Sie so lieb wären, die grauen Pumps stehen im Karton im Wandschrank. Ich hab noch einen Termin mit Maître Dulac. Das hatte ich gestern ganz vergessen.«

Christine schaute durch ihre runde Brille erstaunt auf Mathildes Äußeres. So etwas hatte sie noch nie gesehen. Die roten Laufschuhe schon. Aber sonst. Sie räusperte sich. Sollte sie eine Bemerkung machen? Den beiden Männern schien es nicht aufzufallen. Typisch. Die Sekretärin fasste sich ein Herz.

»Madame le juge, wenn ich bemerken darf, Sie haben Ihre Jacke falsch geknöpft. Und …« Sie zeigte auf den Rock des hellgrauen Kostüms, in das Mathilde in aller Eile geschlüpft war.

Mathilde schaute an sich herunter und brach in lautes Gelächter aus. Tatsächlich bemerkten erst jetzt auch die Polizisten, was Christine so fassungslos gemacht hatte. Der unterste Knopf der Kostümjacke hatte nicht das passende Knopfloch gefunden, während das oberste Knopfloch ebenfalls einsam blieb. Nonchalant brachte Mathilde die Knöpfe in die richtige Reihe und widmete sich dann unter dem Schmunzeln von Rachid und Felix und dem ungläubigen Blick ihrer Sekretärin ihrem Rock. Da dieser hinten mit einem Reißverschluss und zwei kleinen Haken geschlossen wurde und dieses Häkchenschließen eine ziemliche Fummelei war, hatte Mathilde den Rock nach vorne gedreht. Und hatte dann schlichtweg vergessen, das enge Kleidungsstück wieder in seine korrekte Position zu bringen. Dies wäre vielleicht nicht weiter aufgefallen, wenn, ja wenn das gute Stück nicht hinten einen zwanzig Zentimeter langen Gehschlitz gehabt hätte, der nun eben vorne war und Mathildes braun gebrannten Beinen besondere Geltung verlieh.

Die Untersuchungsrichterin hatte in einer Minute das Malheur behoben. Sie entledigte sich der roten Sportschuhe und schlüpfte in die grauen hochhackigen Pumps, die Christine ihr hingestellt hatte. Hocherhobenen Hauptes marschierte sie zu ihrer Bürotür, öffnete und hielt sie für die beiden Männer auf.

»Alors, Messieurs. Von mir aus können wir beginnen. Christine, bringen Sie uns bitte drei Tassen Ihres wunderbaren Kaffees.«

Sie setzte sich hinter ihren Schreibtisch, Bouraada und Tourrain machten es sich auf den Besucherstühlen bequem.

»Als Erstes möchte ich den Gedanken aufgreifen, den Sie Lieutenant in der Wohnung von Flavia Leone hatten. Wie sagten Sie noch? Es kommt mir vor, als wäre sie in der eigenen Wohnung nur zu Gast gewesen. Wenn dies also eine Zweitwohnung gewesen sein soll, wo ist dann der Hauptwohnsitz?«

Felix zog seinen kleinen Notizblock hervor. »Absolute Fehlanzeige. Sie ist gemeldet in La Grande-Motte, sonst nirgendwo, Wasser, EDF, alle Verbrauchsrechnungen an diese Adresse. Allerdings ist der Concierge, Madame Santos, und auch dem Briefträger aufgefallen, dass sie nur wenig Post erhalten hat. Madame Santos ist, obwohl sie es nicht zugeben wird, eine aufmerksame Beobachterin. Vielleicht nicht unangenehm neugierig, aber sie behält alles, was in ihrem Haus vor sich geht, genau im Blick. Wie es sich für eine gute Concierge gehört. Sie schildert Flavia Leone nach wie vor als absolut unauffällig, keine Beschwerden, weder über sie, noch von ihr.«

Rachid Bouraada ergriff das Wort. »Unauffällig. Sie war in jeder Hinsicht, zumindest in dem privaten Umfeld, das wir kennen, unauffällig. Aber vielleicht sollte es ja genauso sein. Einfach nicht auffallen. Kein Kontakt zu den Nachbarn, keine Post, kein Schwatz im Treppenhaus. Wenn sie nicht auffällt, kann auch niemand etwas über sie erzählen. Absolute Anonymität. Auch das würde darauf hindeuten, dass es ein anderes Leben gab, das sich nicht in diesem Appartement in La Grande-Motte abspielte.«

Die Untersuchungsrichterin biss in ihr Croissant und fegte die Krümel, die auf dem Schreibtisch landeten, mit einer eleganten Handbewegung in den danebenstehenden Papierkorb. »Köstlich. Die sind aus der Bäckerei in Ihrem Haus? Wie viel Butter mag dort drinstecken? Wie viele Kalorien?«

Mathilde dachte an die Fitnesstrainerin, die sich wahrscheinlich höchstens einmal im Monat ein solch buttriges Exemplar zum Frühstück gönnte.

»Das passt zu Flavia. Wir kannten uns seit der Schulzeit. Eigentlich waren wir sogar befreundet. Allerdings empfand ich unsere Freundschaft in den letzten Monaten, bevor sie von der Bildfläche verschwand, als sehr einseitig. Sie war fröhlich und hat auch gerne gefeiert, wir waren viel zusammen unterwegs. Aber unsere Freundschaft scheint ihr nicht wirklich viel bedeutet zu haben, sonst hätte sie sich mir doch anvertraut. Dass sie schwanger ist, ein Kind bekommt. Wo mag dieses Kind abgeblieben sein? Ob sie es zur Adoption freigegeben hat?«

Felix Tourrain räusperte sich. »Wenn, dann nicht unter ihrem Namen. In dem in Frage kommenden Zeitraum hat keine Frau mit dem Namen Flavia Leone in Frankreich ein Kind zur Adoption gegeben. Hab ich bereits überprüft.«

Mathilde kritzelte etwas auf ihren Block, dann schob sie mit dem Kugelschreiber eine Haarsträhne, die ihr ins Gesicht fiel, hinter das rechte Ohr. »Nun, Flavia hatte italienische Wurzeln. Vielleicht haben ihre Eltern dafür gesorgt, dass das Kind in Italien zur Welt kommt, und dort ist es dann von einer Familie angenommen worden. Wenn Sie das bitte noch überprüfen würden, Lieutenant.«

Felix nickte zustimmend. »Ich werde mich umgehend darum kümmern. Madame Santos hat allerdings zwei interessante Beobachtungen gemacht, die uns vielleicht weiterbringen. Ich zitiere: *Flavia Leone hat einen jungen Mann aus ihrem Appartement geworfen. Samt Rucksack. Und der wollte nicht gehen. Aber Madame hat ihm gesagt, es sei Schluss.* Und das war Dienstag vergangener Woche. Wie es aussieht, hat sie eine Beziehung beendet. Zumindest hat ein Mann einige Male die Nacht im Appartement der Archäologin verbracht. Und der war wohl nicht begeistert von seinem Rauswurf. Madame Santos konnte sogar einen Blick auf diesen Typen erhaschen. Rein zufällig natürlich.« Felix grinste. »Und dieser Mann war, so sagt die Concierge, jung, sehr jung, viel jünger als Madame. Mindestens fünfzehn Jahre. Schlank, groß, dunkelhaarig. Aber das ist noch nicht alles. Es gab noch einen zweiten Mann, der allerdings nur nach Flavia Leone gefragt hat und dann wieder verschwunden ist, als Madame Santos ihm mitteilte, die Archäologin sei nicht zu Hause. Das war vor ein paar Wochen. Der Concierge ist jedoch aufgefallen, dass auch dieser Typ sehr jung, dunkelhaarig und etwas kleiner als der war, den Madame Leone aus der Wohnung geworfen hat. Beide wären sich im Grunde gar nicht so unähnlich gewesen, sehr sportlich, gut aussehend. Die Concierge hatte gleich zwei passende Vergleiche parat. Der, ich nenne ihn mal den Entsorgten, war *ein Typ wie Christophe Lemaitre, der Hundertmeterläufer, der andere eher so ein Kraftprotztyp. So ein bisschen wie Christophe Besnard. Aber jünger.* Auch das O-Ton der Concierge.«

»Vielleicht hat sie nicht genau hingeschaut, trägt sie eine Brille? Kann es sein, dass es ein- und derselbe Mann war?«, warf der Commandant ein.

Noch ehe Felix zu einer Antwort ansetzen konnte, meldete sich Mathilde zu Wort.

»Augenblick, ich hab hier was für Sie.« Die Untersuchungsrichterin kramte in ihrer Handtasche und zog einen Prospekt hervor, den sie vor den Polizisten aufblätterte.

»Ich habe zufällig die Bekanntschaft der Inhaberin eines Fitnessstudios gemacht. Erinnern Sie sich an den Flyer in Flavias Wohnung? Es war ein Werbezettel für das Fitnessstudio Club F & S. Und hier der passende Prospekt dazu. Druckfrisch. Und das hier ist David Chabal, einer der Trainer.« Mathilde tippte auf das Foto eines jungen Mannes auf Seite zwei. »Ein noch sehr junger Mann, um die zwanzig, Student und offenbar der ganz persönliche Trainer von Flavia Leone, wenn nicht sogar mehr.«

»Das ist unser Christoph-Lemaitre-Typ. Allerdings fehlt uns nun noch der zweite Mann, wenn er überhaupt existiert.« Rachid blieb hartnäckig.

»Aber ganz sicher existiert er. Linda Polanski, die Inhaberin des Studios, hat nämlich ebenfalls von einem zweiten jungen Mann gesprochen, der Flavia im Club getroffen hat. Und mit diesem soll sie einen Streit gehabt haben. Also, mit Nummer eins, David Chabal, eine Auseinandersetzung in ihrem Haus, mit Nummer zwei, Monsieur Unbekannt, einen Streit an der Bar des Clubs. Wenn es nicht noch einen dritten gibt, so ist unsere Nummer zwei der Typ, den die Concierge gesehen hatte, der, der nach Flavia gefragt hat, als diese in Rom war. Beide Männer sehr jung und ganz offensichtlich im Streit mit unserem Opfer. Felix, nehmen Sie den Prospekt mit und zeigen Sie das Foto von Chabal Madame Santos. Seine Adresse habe ich. Wenn er der Mann ist, den Flavia aus ihrem Appartement geworfen hat, sollten wir uns anhören, was er dazu zu sagen hat.«

Das Telefon auf Mathildes Schreibtisch klingelte. Sie hob ab und schob gleichzeitig Lieutenant Tourrain den Prospekt zu.

»Ja, ganz richtig. Mathilde de Boncourt. Ja, auch das. Ich bin die ermittelnde Richterin im Fall der ermordeten Archäologin Flavia Leone.«

Die Untersuchungsrichterin lauschte noch einige Augenblicke, dann riss sie die Augen auf und stellte das Telefon auf laut, sodass die Polizisten das Gespräch verfolgen konnten. Noch wussten sie nicht, wer am anderen Ende der Leitung war. Es war die Stimme einer Frau.

»Wie ich Ihnen bereits sagte, Madame le juge, die Leiche von

Kapitän Roger Creteuil ist gestern von seinen Nachbarn entdeckt worden. Er ist seit Sonntag tot. Ich warte noch auf das endgültige Ergebnis unseres Gerichtsmediziners. Aber, so wie es aussieht, ist er erstickt worden. Und seine Lebenspartnerin war die Archäologin Flavia Leone. Ihr Fall. Ich rede nicht lange um den heißen Brei. Ich denke, es macht Sinn, wenn Sie, Madame le juge, auch den Kapitän übernehmen. Und damit würde ich gerne auch die weiteren Ermittlungen in die Hände Ihrer Leute geben. Ich selbst gehe in wenigen Tagen in Pension. Von Kompetenzgerangel halte ich nichts. In meinen Augen sind die beiden Toten Teil einer einzigen Geschichte. Die zwei waren übrigens nicht miteinander verheiratet, sie hatten sich für einen PACS entschieden. Ich selbst halte ja nichts von diesen Partnergemeinschaften, aber so ist die Mode heute. Pardon, ich schweife ab. Nun, wie sieht es aus? Wann können Sie mir jemanden schicken, den ich mit den Details vertraut mache und dem ich das Material übergeben kann?«

»Ihr Kollege, Commandant Bouraada, wird Freitag nach Sète kommen. Quai de Bosc, nicht wahr? Ich bin gespannt auf das, was er uns von Ihnen mitbringen wird. Und Sie haben recht, Capitaine Monet. Es ist eine Geschichte. Nur, wie alles zusammenhängt, das müssen wir erst noch herausfinden. Wir werden Sie auf dem Laufenden halten.«

»Das können Sie gerne machen. Aber nur noch in den nächsten acht Tagen. Wissen Sie, Madame le juge, ich bin … war Polizistin mit Leib und Seele. Aber für mich ist der Punkt gekommen, wo ich mich mit Freuden in den Ruhestand verabschiede und das Feld den Jüngeren überlasse. Et bien, ich erwarte Bouraada am Freitag um zehn. Au revoir, Madame le juge.«

Im Büro von Mathilde herrschte einmütiges Schweigen.

Rachid ergriff als Erster das Wort. »Monet ist ja eine Freundin der klaren Worte und kurzen Wege. Wahrscheinlich ist sie froh, den Fall auf so elegante Weise loszuwerden. Ihren Lebenspartner hat Madame Leone ja sehr gut versteckt gehalten, wenn noch nicht einmal die engsten Mitarbeiter etwas von ihm wissen. Zumindest hat Berchwyler den Kapitän nicht erwähnt. Auch haben wir keinen Hinweis auf einen Mann, der dauerhaft in ihrem Leben eine Rolle spielte, im Appartement in La Grande-Motte entdeckt. Damit wäre dann wohl auch die Frage geklärt, ob sie einen weiteren Wohnsitz hatte. Ich werde mir die Wohnung in Sète anschauen, nachdem ich die Unterlagen bei Monet abgeholt habe.«

»Beide Mordopfer am Sonntag getötet. Wer wohl als Erster dran glauben musste?«, warf der junge Lieutenant ein.

Mathilde breitete ihre Hände in einer ratlosen Geste aus und zuckte mit den Schultern. »Das werden wir wissen, wenn wir alle Details von Capitaine Monet vorliegen haben, inklusive des Berichts der Gerichtsmedizin. Fest steht, Flavia Leone ist zwischen zehn und elf Uhr am Vormittag gestorben. Aber Ihre Frage setzt voraus, dass wir es nur mit einem Täter zu tun haben? Was meinen Sie, Rachid?«

»Auch das Opfer in Sète ist erstickt worden. Es wäre also ein geradezu unglaublicher Zufall, wenn hinter den beiden Tötungsdelikten tatsächlich zwei Täter stecken. Mein Instinkt sagt mir, wir dürfen uns bei der Suche nach dem Mörder ziemlich sicher auf eine Person konzentrieren. Warten wir ab, was ich aus Sète mitbringen werde. Felix, mach dich auf den Weg nach La Grande-Motte zu Madame Santos. Vielleicht bringt uns das Foto in diesem Prospekt des Fitnessstudios weiter. Ich werde mir zunächst Persephone Titeux vorknöpfen. Wie Berchwyler meinte, wird sie in Uzès auf der Grabung zu finden sein. Bis jetzt hat sie es ja geschafft, uns gepflegt aus dem Weg zu gehen.«

Mathilde erhob sich. »Ich komme mit. Mein Rendezvous mit Maître Dulac soll Christine verschieben. Ich habe schon einiges über den römischen Mosaikfußboden, den man dort entdeckt hat, gehört und gelesen. Vielleicht können wir ja einen Blick darauf werfen. Und ich bin gespannt, was uns Madame Titeux zu erzählen hat. Wie sagte Berchwyler? Das Verhältnis zwischen den zwei Frauen war angespannt, so angespannt, dass sich die eine diesen vielleicht kindischen, aber dennoch sehr üblen Scherz gegenüber der anderen geleistet hat.«

Rachid warf einen skeptischen Blick auf das Kostüm der

Untersuchungsrichterin, der an den hohen Pfennigabsätzen der dunkelgrauen Pumps an Mathildes Füßen endete. Mathilde verstand. Sie öffnete die Tür eines der Wandschränke, griff nach ein paar Kleidungsstücken, die auf einem Regalbrett lagen, und einer Baumwolltasche, in der ihre roten Sportschuhe steckten, und stöckelte mit den Worten »Geben Sie mir zwei Minuten« aus dem Zimmer. Nach immerhin weniger als fünf Minuten kam sie wieder herein, drehte sich in Jeans, kurzärmeliger karierter Bluse und den roten flachen Schuhen einmal um die eigene Achse. Ihre rotblonde Mähne hatte sie zu einem hohen Pferdeschwanz gebunden.

»Besser so?«

Mathilde hängte Kostüm und Bluse auf einem Bügel ordentlich in den Schrank, die Schuhe wanderten in einen Karton auf dem Schrankboden, auf dem vier weitere Schuhschachteln mit hochhackigem Inhalt verstaut waren.

»So, wir können. Dulac muss warten.«

Mathilde warf ihren Schlüsselbund und eine Packung Zigaretten in ihre Tasche. Mit Schwung öffnete sie ihre Bürotür, als das Handy des Commandant klingelte. Er blieb in der Tür stehen und nahm das Gespräch an. Sein Mienenspiel verriet nichts. Nur ein kurzes »Interessant« und ein noch kürzeres »Aha« waren zu hören. Mathilde und Felix konnten daraus weder schließen, mit wem der Commandant telefonierte, und noch weniger, um was es in diesem Gespräch ging. Bouraada bedankte sich und steckte in aller Ruhe sein Handy wieder ein.

»Das Labor. Auf der Maske fand sich nur eine einzige brauchbare DNA-Spur. Aufschlussreich, aus was sie gewonnen wurde. Jetzt fehlt uns nur noch der dazugehörige Träger.«

Kapitel 25

Rachid und Mathilde fuhren im Cabrio der Untersuchungsrichterin in Richtung Uzès. Allerdings zwei Stunden später als geplant. Maître Dulac hatte auf dem Termin mit der Untersuchungsrichterin bestanden und sie persönlich in ihrem Büro abgefangen. Dulac war ein kleiner Mann, der sein langes schütteres Haar zu einem ebenso dünnen Pferdeschwänzchen gebunden hatte. Unter den Kollegen wurde er hinter vorgehaltener Hand *Monsieur toujours prêt* genannt, da man ihn nur selten ohne seinen schwarzen Umhang sah, der ihm, so Dulacs eigene Einschätzung, Größe und Würde verlieh. Mathilde mutmaßte, dass er sogar in seiner Robe schlief, so verknittert, wie das Gewand an seinem dürren Körper hing. Und nichts war der Untersuchungsrichterin mehr ein Dorn im Auge, als die Robe schlampig zu tragen.

Nach einem Blick auf Mathildes Outfit und einem süffisanten »Geht es jetzt schon in den Feierabend, Madame le juge?«, hatte sich Dulac bei Mathilde eingenistet und das Gespräch – Dulac sah überhaupt nicht ein, dass die Untersuchungsrichterin den beiden Jungs aus bestem Hause wegen Drogenhandels den Prozess machen wollte – erst nach fast zwei Stunden für beendet erklärt.

In der Zwischenzeit hatte Bouraada mit Felix Tourrain telefoniert, der ihm mitteilte, die Concierge Maria Santos habe ohne das geringste Zögern den Mann auf dem Foto wiedererkannt.

Noch saß Rachid entspannt auf dem Beifahrersitz und genoss die Fahrt in dem offenen Wagen. Die Temperaturen gaben auch heute wieder einen Vorgeschmack auf den bevorstehenden Sommer. Nur das Abrollgeräusch der Reifen war zu hören. Die

Zikaden, die die Alleebäume bewohnten, hatten noch nicht das Bedürfnis, sich lautstark bemerkbar zu machen, dazu war es ihnen bei zweiundzwanzig Grad trotz strahlendem Sonnenschein dann doch zu kühl.

»Wenn Madame Santos unseren Mann anhand des Fotos in diesem Prospekt wiedererkannt hat, dann dürften wir mit David Chabal einen ernst zu nehmenden Verdächtigen haben.«

Statt eines Kommentars bat Mathilde um ihre Sonnenbrille, die im Handschuhfach lag. Kaum waren ihre Augen vor den blendenden Sonnenstrahlen geschützt, gab sie Gas. Sie fuhr zügig, um nicht zu sagen, sie raste. Und Rachid Bouraada begann sich zu fragen, ob das in seinen Augen altersschwache Gefährt nicht in einer nächsten scharfen Kurve mindestens ein Rad einbüßen könnte. Mit einer Hand zog Mathilde eine Haarsträhne, die sich zwischen Gesicht und Sonnenbrille verfangen hatte, hinter ihr Ohr, mit der anderen lenkte sie auf die Überholspur, um einen nicht gerade langsam fahrenden Kleinlaster, auf dessen Ladefläche ausrangierte Kühlschränke abenteuerlich geladen waren, zu überholen. Rachid sog tief die Luft ein und stieß sie zischend wieder aus. Gott sei Dank war das entgegenkommende Wohnwagengespann nur langsam unterwegs. Doch er enthielt sich bis jetzt jeden Kommentars.

Mathilde schaute zur Seite und grinste fröhlich. »Keine Sorge, Rachid. Ich kenne hier jede Kurve. Ich werd Sie schon sicher an unser Ziel bringen.«

»Ich glaube Ihnen gerne, dass Sie jede Kurve kennen. Allerdings sind Sie keine Hellseherin, die weiß, was hinter diesen Kurven lauert. Und ich darf Sie vielleicht darauf aufmerksam machen, dass die Geschwindigkeit im Moment auf siebzig Stundenkilometer begrenzt ist. Oder kennen Sie auch jeden Blitzer?«, fragte er trocken zurück.

»Und ob ich jeden Blitzer auf dieser Strecke kenne. Am gemeinsten ist der hinter Garrigues. Kein Hinweis drauf, gut versteckt. Und hinterhältig ist auch der bei …«

Weiter kam die Untersuchungsrichterin nicht. Ein rotes grelles

Licht zuckte auf, und Mathildes erschrockenes Konterfei würde in einigen Tagen mit einer saftigen Rechnung ins Haus schneien.

»Verdammt! Was war das denn?«

Rachid konnte nur mühsam ein lautes Lachen unterdrücken, als Mathilde mit überhöhter Geschwindigkeit an dem hellgrauen Kasten vorbeigeflitzt war. »Das, Madame le juge, nennt man eine mobile Radarkontrolle.«

»Zut. Das ist mir schon lange nicht mehr passiert. Ich brauch sofort eine Zigarette.«

Sie griff mit dem rechten Arm nach hinten, wo auf dem Rücksitz ihre Tasche lag. Das Cabrio geriet leicht ins Schlingern.

»Wenn wir heil nach Uzès kommen wollen, dann lassen Sie das mal schön sein, Mathilde. Sie bekommen Ihre Zigarette. Aber nur, wenn Sie sich jetzt brav an die Verkehrsregeln halten. Und brav die Hände am Steuer lassen.«

Mathilde setzte eine Unschuldsmiene auf, umfasste das Lenkrad mit zwei Händen und bremste ab. »Gut so? Wo bleibt meine Belohnung?«

Rachid zog die Schachtel mit den Gauloises aus der Handtasche und klopfte eine Zigarette heraus. Er steckte sie sich in den Mund und zündete sie mit dem wageneigenen antiquierten Anzünder an. Dann hielt er sie Mathilde an die Lippen. Für einen ganz kurzen Moment war sie verwirrt. Eine solche Geste hätte sie von Rachid nicht erwartet. Sie inhalierte tief, warf einen fragenden Blick auf den Mann neben sich, der ergeben nickte und grinste.

»Okay, Sie dürfen das Lenkrad kurz loslassen.«

Mathildes Zigarette wanderte vom Mund zwischen ihre Finger, und das Cabrio rollte gesittet an Weinfeldern vorbei, deren Reben mit ihren jungen Blättern die Landschaft in ein grünes Gewand hüllten, und durch Dörfer, die um diese Zeit wie ausgestorben wirkten.

»Das ist schon eine sehr merkwürdige Geschichte mit dieser Maske«, kam der Commandant wieder zum Ausgangspunkt ihres Gesprächs zurück. »Nur eine einzige verwertbare DNA-Spur darauf. Und keine Person dazu. Nichts was beim FNAEG* hinterlegt wäre. Wir brauchen unbedingt eine Probe von David Chabal.«

»Nur, dass der wie vom Erdboden verschluckt ist. Seit Tagen nicht mehr zur Arbeit erschienen, seine Wohnung verlassen. Wenn wir Glück haben, kommt er von alleine wieder zurück. Dann heißt es, sofort zugreifen.«

Rachid hatte umgehend nach der Mitteilung von Felix Tourrain, Madame Santos habe David Chabal auf dem Foto wiedererkannt, zwei Kollegen aus Montpellier zum Appartement des jungen Mannes beordert, um ihn vorerst in Polizeigewahrsam zu nehmen. Doch der Vogel war ausgeflogen. Nun stand die Wohnung bis auf Weiteres unter Beobachtung.

»Was glauben Sie, Rachid? Warum die paar Tropfen Nasensekret auf der Maske? Und sonst nichts.«

»Die Maske wurde von allen nur mit Handschuhen angefasst. Der Täter, oder die Person, die Leone die Maske aufs Gesicht gelegt hat, musste vielleicht niesen oder hatte einen starken Schnupfen. Und schon landeten die Tropfen auf der Maske.«

Die Untersuchungsrichterin und der Commandant schwiegen eine Weile. Mathilde rauchte ihre Zigarette zu Ende und drückte den Stummel in den Aschenbecher des Cabrios, dessen Fassungsvermögen beinahe ausgeschöpft war. »Oh là là, voll. Sind die Aschenbecher im Auto eigentlich größer oder kleiner geworden?«

Rachid sah Mathilde verblüfft an. Er war sich sicher, dass sie keine Antwort von ihm erwartete. Und schon fuhr die Untersuchungsrichterin übergangslos fort.

»Jetzt schauen Sie sich das mal an, ein Wagen nach dem anderen kommt uns entgegen. Heute war Markt in Uzès, da platzt das Städtchen bis zur Mittagszeit aus allen Nähten. Und jetzt sind alle wieder auf dem Heimweg. Apropos Markt in Uzès. Morgen kommen Martin und Sébastien.«

* FNAEG Fichier national automatisé des empreintes génétiques – Zentraldatenbank für genetische Fingerabdrücke in Frankreich, in der die DNA – in Frankreich ADN – gespeichert wird.

Rachid wusste, dass Mathilde und Martin Endress sich in Uzès kennengelernt hatten. Der deutsche Reiseschriftsteller war ein sympathischer Typ, und Rachid war im letzten Sommer nicht entgangen, dass Martin für die Untersuchungsrichterin geradezu schwärmte. Er ertappte sich bei der Frage, ob bei dem Deutschen womöglich noch größere Gefühle im Spiel waren. Und wenn ja, dann nur von dieser Seite?

»Rachid, wo sind Sie denn mit Ihren Gedanken? Chabal war um Jahre jünger als Flavia. Doch so was spielt heutzutage keine Rolle mehr. Ich frage mich, wenn Chabal der Täter war, welche Gründe mögen ihn zu der Tat veranlasst haben? Für mich steht ein *crime passionnel* ganz oben auf der Liste. Obwohl wir in Flavias Wohnung keinen einzigen brauchbaren Hinweis auf eine Liaison zwischen den beiden gefunden haben, spricht die Aussage der Concierge dafür.«

»Und die Einschätzung der Fitnessclubbesitzerin, Chabal sei mehr als ein persönlicher Trainer gewesen. Es ist das älteste Motiv der Welt. Eifersucht. Flavia ist seiner überdrüssig geworden, der gekränkte Liebhaber tötet sie. Creteuil muss sterben, weil er hinter all das gekommen ist. Oder andersherum, der Kapitän ist seiner untreuen Lebenspartnerin auf die Schliche gekommen, hat den Liebhaber ausfindig gemacht, ihn zur Rede gestellt, bezahlt dies mit dem Leben, denn Chabal lässt sich doch nicht von dem Alten vorführen, ist nicht gewillt, seine Geliebte gehen zu lassen. Leone ist entsetzt über diese Tat, sagt sich von ihm los, und schon haben wir die zweite Leiche.«

Mathilde seufzte. »Es wäre eine saubere und einfache Erklärung. Aber bis jetzt alles leider nur Spekulationen.«

Bouraada zuckte mit den Achseln. »Auch Spekulieren gehört zu unserem Job. Wir ziehen Schlussfolgerungen. Ob sie richtig oder falsch sind, erweist sich im Laufe unserer Arbeit. Wie gesagt, Eifersucht ist ein starkes Motiv. Sie haben es selbst gesagt, Mathilde, das *crime passionnel*, das Verbrechen aus Leidenschaft, ist eine unserer Optionen. Wenn wir den Jungen haben, werden wir mehr wissen. Ihn hat vielleicht die Eifersucht getrieben, die aus der Leidenschaft geboren ist. Doch was ist mit der Eifersucht, geboren aus tiefstem Neid? Eifersucht auf Erfolg, Anerkennung, Ansehen? Ebenfalls ein starkes Motiv.«

»Sie sprechen von Flavias Kollegin. Berchwyler hat es ja unumwunden gesagt, dass Persephone Titeux nicht gut auf Flavia zu sprechen war. Wir werden es sehen. Wussten Sie, dass Persephone eine Göttin des Totenreichs ist? Wie kann man einem Kind nur einen solch schrecklichen Namen geben. Ich bin echt gespannt auf die Königin der Unterwelt. Wir sind da.«

Mathilde lenkte ihren Wagen in eine winzige Lücke, aus der sie vorher mit lautem Hupen eine Katze verscheucht hatte, die es sich zwischen zwei Autos unter einem schattenspendenden Maulbeerbaum, dessen Wurzeln den Teerbelag des Trottoirs sprengten, bequem gemacht hatte. Die archäologische Ausgrabung lag hinter der ehemaligen Gendarmerie Nationale von Uzès, einem beeindruckenden dreiflügeligen Bau aus dem Jahre 1905.

»Dann machen Sie uns mal schlau Rachid. Was haben wir zu erwarten?« Mathilde lehnte sich entspannt in ihrem Autositz zurück.

Bouraada hatte einen kleinen Zeitungsartikel aus dem *Midi Libre* kopiert, ein Interview mit Flavia Leone, das geführt worden war, als die Ausgrabung erstmals der Öffentlichkeit zugänglich gemacht wurde.

»Den ganzen Artikel?«

»Den ganzen Artikel.«

Archäologische Sensation in Uzès. Wie sich die Zeiten doch geändert haben. Anfang des 20. Jahrhunderts war die Archäologie in Frankreich noch eine ehrenamtliche Tätigkeit, heute nicht mehr wegzudenken, um unser kulturelles Erbe zu bewahren. 2001 wurde in Paris das INRAP, das Nationale Institut für archäologische Präventivgrabungen, gegründet, dessen Mission es ist, archäologisch wertvolle Funde zu retten. Und eine die-*

* Institut national de recherches archéologiques préventives

ser Retterinnen unserer Vergangenheit ist Flavia Leone, die, wie ihr Team, an der Universität von Montpellier ansässig ist und mit profundem Wissen und Fingerspitzengefühl die Grabungen begleitet.

»Docteur Leone, Sie stehen hier inmitten einer der spannendsten Ausgrabungen im Languedoc der letzten Jahre. Wie fing hier alles an?«

»Im Rahmen der Errichtung eines Internats für die beiden Gymnasien Gide und Guynemert in Uzès haben wir unsere Arbeit aufgenommen und erste Grabungen in diesem Bereich der ehemaligen Gendarmerie in Uzès durchgeführt. Das Ergebnis nehme ich gleich vorweg, es ist sensationell. Wir haben ein außergewöhnliches Mosaik entdeckt, datieren es auf das 1. Jahrhundert vor Christus.«

»Docteur Leone, erklären Sie uns als Chefarchäologin dieser Grabung, wie gehen Sie vor?«

»Nun, das Prozedere ist zu Beginn immer das gleiche. Seit dem Jahre 2001 erlaubt oder vielmehr fordert das Gesetz Grabungen in Gebieten, die einen archäologischen Fund erwarten lassen dürfen. Dabei legen wir zunächst circa zehn Prozent dieser Fläche frei. Wir arbeiten uns dabei schichtweise nach unten vor. Wir zeichnen alles gewissenhaft auf, machen Fotografien, registrieren jeden Fund, dokumentieren an Ort und Stelle, wo wir was freigelegt haben.«

»Und was ist das Besondere an diesem Platz?«

»Dieser Ort zeichnet sich durch zwei verschiedene Siedlungsschichten aus. Wir gehen davon aus, dass wir hier auf das alte, das römische Uzès – Ucetia – gestoßen sind, eine Besiedlung aus dem 1. Jahrhundert vor Christus. In den folgenden beiden Jahrhunderten ist die Stadt dann sukzessive aufgegeben worden, schätzungsweise um 100/120 nach Christus. Eine zweite Besiedlungsphase datiert dann ins 5. Jahrhundert, wie vor allem Münzen beweisen. Diese zweite Besiedlungsphase umfasste ebenfalls etwa zwei Jahrhunderte. Warum diese dann aufgegeben wurde, ist bis jetzt noch unklar.«

Die Augen der Chefarchäologin Flavia Leone beginnen zu leuchten, als sie von DEM Fund, ihrem Fund, dem Mosaik erzählt.

»Das Mosaik ist in die hellenistische Phase zu datieren. Es umfasst sechzig Quadratmeter und ist außergewöhnlich gut erhalten. Seine geometrischen Muster sind für diese Zeitstellung typisch. Umso erstaunlicher ist das zusätzliche Vorhandensein von Tierdarstellungen innerhalb des geometrischen Ornaments. Eule, Adler, Ente und ein Rehkitz umgeben ein mittig angelegtes Sonnenmotiv. Das Mosaik ist vierfarbig angelegt – weiß, schwarz, rot und orange.«

»Wer mag diese Villa bewohnt haben, Docteur Leone?«

»Wir haben im Mosaik eine Namensinschrift gefunden. Lucius Cornelius, ein römischer General, der die Stadt gegen die Angriffe der Germanen verteidigen sollte.«

»Spannend und außergewöhnlich. Was erwarten Sie noch, was wird die Erde noch freigeben?«

»Das weiß ich nicht. Aber ich bin sicher, wir sind noch nicht am Ende unserer Recherchen«, strahlt Flavia Leone. »Wir sind sicher, dass hier noch viel mehr zu entdecken ist.«

Rachid Bouraada faltete die Kopie zusammen und legte sie auf den Rücksitz. Gerüstet für ihr Gespräch, stiegen sie aus und näherten sich der Ausgrabung. Das Grabungsgelände war nicht einsehbar. Auf der einen Seite war es durch den mächtigen Bau der alten Gendarmeriekaserne geschützt, ein hoher Drahtgeflechtzaun verbarg es auf den übrigen Seiten vor neugierigen Blicken.

»Kennen Sie die ehemalige Gendarmerie, Mathilde?«

»Nicht wirklich. Ich bin zwar oft auf dem Markt in Uzès, aber ich glaube, in dieser Ecke war ich noch nie. Der Bau gleicht ja eher einem Schloss als einer Gendarmerie.«

Das dreiflügelige Gebäude besaß in der Tat einen schlossähnlichen Charakter. Schlicht, aber mit bemerkenswerten architektonischen Akzenten, wie eine Rahmenrustika um jedes Fenster oder der die Mittelachse betonende Balkon.

»Und schauen Sie, da unten. Hinter den halb runden Öffnungen im Sockelgeschoss lagen die Kerker.«

Mathilde stand vor einer Schautafel, die die Kaserne auf der Vergrößerung einer alten Ansichtskarte zeigte. Ein kurzer Text klärte über die Geschichte des Gebäudes und die zukünftigen Planungen für das Internat auf. Darunter dokumentierten Fotos den aktuellen Zustand der Grabung, und eine Reihe von Namen zeigte an, wer für die Bauplanung auf der einen Seite und für die archäologischen Belange auf der anderen Seite zuständig war.

»Nicht zu fassen. Sogar eine akkurate Gartenanlage vor der Kaserne. Mit Sitzbänken. Früher hat man seinen Staatsdienern wenigstens noch was gegönnt.« Mathilde klopfte mit ihrem steinchengeschmückten Fingernagel vehement auf die Tafel.

»Aber das hier ist noch viel interessanter. Schauen Sie, Mathilde.«

Die Untersuchungsrichterin richtete ihren Blick auf den Namen der archäologischen Leitung, auf die Rachid wies.

»Die Dame hatte es aber eilig. Gestern stand hier wahrscheinlich noch Flavia Leone an erster Stelle. Sie hat es einfach überklebt. Persephone Titeux. Ganz ehrlich, ein bisschen mehr Respekt vor der Toten hätte man aber erwarten dürfen.«

»Et rota temporis spacium girabit ad continues.«

Persephone Titeux tauchte wie aus dem Nichts auf. Ihre Stimme hatte ein angenehmes Alttimbre, klang jedoch beim Zitieren der lateinischen Worte barsch. Sie überragte Mathilde de Boncourt um wenige Zentimeter. Im Körperumfang jedoch hätte man mindestens zwei Untersuchungsrichterinnen hinter der Archäologin verstecken können. Sie bediente jedes Klischee, das Mathilde mit einem Archäologen verband, zumindest seit sie Indiana Jones als *den* Vertreter dieser Spezies im Fernsehen gesehen hatte. Beige Cargohose mit mindestens sechs aufgenähten Taschen, kakifarbenes Hemd, hochgekrempelte Ärmel, darüber eine ärmellose Weste. Auf dem Kopf ein breitkrempiger Hut, der vor Sonne und Regen schützte. Es fehlte nur noch die Lederpeitsche.

»Das Rad der Zeit dreht sich weiter. Wir stehen hier unter enormem Druck. Die Grabung muss in wenigen Wochen beendet sein.

Wir haben keine Zeit zu verlieren. Wir arbeiten weiter, ich habe die Leitung übernommen. Und dies ganz in Flavias Sinn. Sie sind die ermittelnden Beamten? Maxime hat mir Bescheid gesagt, dass Sie vorbeikommen werden. Madame le juge, Commandant, fassen Sie sich kurz. Für ein Plauderstündchen habe ich keine Zeit.«

Ohne Mathilde und Rachid auch nur die Hand zu reichen, drehte sich Persephone brüsk um und stapfte auf einen Baucontainer zu, der den Eingang zum Grabungsareal markierte. Den beiden blieb nichts anderes übrig, als ihr zu folgen. Die Archäologin riss die Tür mit Schwung auf, die mit einem Knall an der Wand landete, und verschwand im Container. Als die Untersuchungsrichterin und der Commandant das Behelfsbüro betraten, goss sich Madame Titeux gerade ein Glas Wasser in einen Plastikbecher. Ihren Hut hatte sie auf den Tisch gelegt, das kurz geschnittene mausbraune Haar klebte an ihrem Kopf.

»Wollen Sie auch?«

Sie wartete die Antwort nicht ab und füllte zwei Becher mit Wasser.

»Heiß heute. Dehydrieren ist gefährlich. So, was wollen Sie von mir? Ich kann es mir schon denken. Es tut mir leid um Flavia. Niemand sollte so sterben. Aber ich bin offen, wir waren keine Freundinnen. Sie war ein Karriere- und Machtmensch. Eine gute Archäologin. Aber es war ihr egal, wenn andere auf der Strecke blieben. Dies hier war meine Grabung, und sie ist es jetzt auch wieder. Und sie bleibt es. Jetzt, wo Flavia mir aus den Füßen ist. War's das? Dann trinken Sie aus. Ich muss wieder an die Arbeit.«

Persephone zerknüllte ihren Becher und warf ihn in einen Papierkorb. In der Tür erschien ein Schatten. Eine zaghafte Stimme fragte: »Chefin, wie steht es mit Sektor 2b? Sollen wir …?«

Weiter kam die junge Frau nicht, die sich mit hochrotem Kopf lediglich einen Schritt in den Container gewagt hatte. »Seid ihr denn von allen guten Geistern verlassen? 2b ist unwichtig, der kommt zuletzt. Es gibt Wichtigeres zu tun. Kümmert euch um 3a bis 3d, das hat Priorität. Muss ich euch alles hundertmal erklären?«

Persephone sprach nicht, sie brüllte. Hätte diese Szene Eingang in einen Comic gefunden, die Haare der schüchternen archäologischen Mitarbeiterin wären wie von einem Orkan aus dem Munde Persephones waagerecht nach hinten geweht worden. Sie machte, dass sie aus dem Container kam.

»Sehen Sie, Sie halten mich auf. Nichts funktioniert.« Die Archäologin machte Anstalten, den Container zu verlassen.

»Halt, stopp. Nicht so schnell, Madame Titeux.« Rachid Bouraada trat der Archäologin in den Weg. »Ein, zwei Fragen haben wir da schon noch. Sie machen aus Ihrem Herzen keine Mördergrube. Gut, Sie waren keine Freundinnen. Dürfen wir daraus schließen, dass Sie Flavia als Rivalin betrachtet haben?«

Mathilde hatte dem Monolog Persephones ungläubig gelauscht. Selten hatte jemand ein so klares Mordmotiv von sich gegeben. Und aufbrausend ohne Ende war die Dame auch noch.

»Natürlich war sie eine Rivalin. Das habe ich Ihnen doch eben klar und deutlich gesagt. Sie hat mir diese archäologische Sensation aus der Hand genommen. Kein schöner Zug. Aber Sie glauben doch wohl nicht im Ernst, dass ich sie deswegen töten würde. Seien Sie nicht albern, Commandant. Da gibt es ganz sicher andere Motive, stärkere, die jemanden veranlassen, zu morden. Suchen Sie weiter, ich bin nicht die Richtige. Und wenn Sie Zweifel haben und mir etwas anhängen wollen, wenden Sie sich an meinen Anwalt. Bonjour.«

Wieder drängte die Archäologin ins Freie. Und wieder versperrte Bouraada ihr den Ausgang.

»Wir wollen Ihnen gar nichts anhängen. Bitte setzen Sie sich einen Moment.«

Mathilde hatte nun das Wort ergriffen. Persephone zögerte einen winzigen Augenblick, dann ließ sie sich schwer auf einen Holzstuhl fallen, der unter ihrem Gewicht ächzte.

»Wir werfen Ihnen nichts vor. Wir brauchen lediglich Klarheit darüber, wer ein Motiv gehabt haben könnte, Flavia Leone zu töten. Ist die Rivalität unter Kollegen ein starkes Motiv, Madame Titeux? Sagen Sie es mir.«

Die Archäologin schwieg und legte ihre breiten sonnengebräunten Hände mit geöffneten Handflächen auf den Tisch. Dann holte sie tief Luft. »Madame le juge, ich bin Archäologin mit Leib und Seele. Diese Grabung ist mein Kind. Flavia hat es mir weggenommen, jetzt habe ich es wieder. Es gibt neue Aufgaben nach dieser, die auf mich warten. Wir retten, was zu retten ist, schützen, konservieren, erhalten unserer Nachwelt ein unschätzbares Erbe. Es ist meine Passion, aber ich töte nicht dafür. Reicht Ihnen das? Mehr habe ich nicht zu sagen.«

Persephones Stimme war jetzt ruhig, gelassen.

»Wo waren Sie in der Zeit, als Ihre Kollegin ermordet wurde, Madame Titeux?«

Die Archäologin wandte sich zu Rachid Bouraada. »Wenn Sie mir auf die Minute genau sagen, wann Flavia das Zeitliche gesegnet hat, kann ich Ihnen auch genau sagen, wo ich war. Et bien, ich gebe zu, ich weiß von Maxime, wann Flavia in etwa gestorben ist. Und da war ich zu Hause. Alleine. Wahrscheinlich am Computer. Unsere Arbeit kennt keine Sonntage. War's das jetzt endlich?«

Der Commandant wollte etwas entgegnen, doch Mathilde war schneller.

»Sie halten sich bitte für weitere Fragen zur Verfügung. Und Sie haben auch nicht vor, in den nächsten Tagen das Land zu verlassen?«

Die Archäologin blies ihre dicken Backen auf und ließ mit einem lauten Pfff die Luft entweichen. »Sie werden mich in den nächsten Wochen von morgens bis abends hier antreffen.«

»Noch eine letzte Frage. Warum haben Sie Flavia Leone den Streich mit der Maske gespielt?«

Persephone zuckte mit den Schultern. »Keine Ahnung. War einfach nur ein Streich. Wie Sie selbst sagen. Sie hat sich so auf diese Maske kapriziert. Als wäre es der Fund des Jahrhunderts. Die Masken der ägyptischen Könige waren ja ein Dreck dagegen, so hat sie sich aufgeführt. Albern, ich weiß, aber ich wollte sie einfach nur ärgern, ihr einen kleinen Schrecken einjagen. Nicht mehr und nicht weniger.«

Mathilde nickte. »Dürfen wir uns ein wenig auf der Grabung umschauen. Einfach so, aus persönlichem Interesse?«

Die harten Gesichtszüge der Archäologin wurden ein wenig weicher. »Gerne, aber bleiben sie hinter den Absperrungen. Und wenn Sie Fragen haben …« Sie verließ den Container, der Satz hing unvollendet in der Luft.

»Was glauben Sie, Rachid? Könnte sie Flavia auf dem Gewissen haben?«

»Kräftig genug ist sie jedenfalls. Haben Sie diese Hände gesehen, Mathilde? Allerdings sind wir nicht wirklich weiter als vor einer halben Stunde. Es ist eben die Frage, ob die Rivalität zwischen den beiden Frauen Grund genug war zu morden? Madame Titeux sagt, Nein. Sie ist eine merkwürdige Person. Sie lebt in ihrem Elfenbeinturm. Ist mit ihrer Arbeit darin eingesperrt. Eine DNA-Probe von ihr würde uns weiterhelfen.«

Gedankenverloren nahm Mathilde eine Keramikscherbe mit den Resten einer grünlichen Glasur in die Hand, die mit anderen kleinen Scherben in einem Karton auf dem Tisch lag. Sie betrachtete sie von allen Seiten. Dann legte sie sie vorsichtig wieder zurück.

»Vielleicht hat Persephone Flavia den Tod gewünscht. Wir können nicht in sie hineinschauen. Aber vom Wunsch bis zur Ausführung, da gehört schon einiges dazu. Ich kann die Anordnung einer DNA-Probe zu diesem Zeitpunkt leider nicht vertreten. Wir brauchen mehr.«

Die Untersuchungsrichterin und der Commandant traten ins Freie. Die Sonne stand gleißend am Himmel, und Bouraada setzte seine Sonnenbrille auf. Sie betraten das eigentliche Grabungsgelände. Das Mosaik war bereits abgetragen worden. Gräben, Mauern, Sand und Dreck. Markierungen, Metermaße für Höhenangaben, Grabungsmitarbeiter, die in der Hitze des Tages auf den Knien mit kleinen Schaufeln und Spachteln Dinge freilegten, deren Wichtigkeit und Bedeutung der Untersuchungsrichterin und dem Commandant verborgen blieben.

Mathilde bückte sich. »Oh, schauen Sie, Rachid, ist das nicht so eine Scherbe, wie sie drin in diesem Karton lag? Vielleicht passt sie ja dazu, ergänzt sie.«

Eifrig kratzte Mathilde unter dem kritischen Blick Rachids an ihrem Fund. Dann sah sie enttäuscht auf. Es war nur eine Glasscherbe, grünes Glas, mit dem Rest eines eingeprägten Schriftzugs. Sie hielt sie Rachid entgegen, der sie mit einem Lächeln in die Hand nahm.

»Ein seltenes Stück. Aus dem Jahr 1664.«

»Rachid, veralbern Sie mich nicht. Ich sehe selbst, dass hier ein Fläschchen Kronenbourg-Bier zu Bruch gegangen ist.«

Mathilde brach in ein helles Lachen aus, das von einem spitzen Schrei abgelöst wurde. »Nein, Rachid, er ist weg.«

»Wer ist weg?«

»Der kleine grüne Stein, von meinem Fingernagel. Er muss sich gelöst haben, als ich meinen Schatz bergen wollte. So ein Ärger.«

Nun war es der Commandant, der in lautes Gelächter ausbrach. »Da werden die Archäologen in ein paar Hundert Jahren ein Rätsel zu lösen haben. Was mag es wohl mit diesem winzigen kleinen grünen Stein auf sich haben? Ein Edelstein aus einer Krone? Der Krone einer Königin?«

Er verstummte, und eine feine Röte überzog sein Gesicht.

Kapitel 26

»Wo steckt denn Christine heute?«

»Die Kleine hat Fieber. Christine ist mit ihr zum Kinderarzt. Ich hoffe, der Kaffee schmeckt Ihnen trotzdem.«

Mathilde hatte dem Commandant und Lieutenant Tourrain zwei Kaffeebecher auf den kleinen Besprechungstisch gestellt. Auf den Bechern prangte das Kreuz der Camargue, während die Tasse von Mathilde den Aufdruck *I love Nîmes* trug. Sie schob einen dritten Sessel an den Tisch und setzte sich.

»So, dann wollen wir mal. Fassen wir zunächst die wesentlichen Fakten zusammen. Die Archäologin Flavia Leone ist am Sonntag auf dem Gelände der Ausgrabung bei Villetelle eines gewaltsamen Todes gestorben – Burking. Am selben Tag starb ihr Lebenspartner, Kapitän Roger Creteuil, in der gemeinsamen Wohnung in Sète. Tatverdächtig ist David Chabal, zurzeit nicht auffindbar. Hätte er ein Motiv? Ja. Er ist offensichtlich von Flavia Leone als Liebhaber abserviert worden, um es mal locker auszudrücken. Ebenfalls in unseren Fokus geraten ist die Archäologin Persephone Titeux, Kollegin und Rivalin von Leone, ohne Alibi. Reicht die Rivalität zwischen den zwei Frauen als Tatmotiv aus? Nicht viel bis jetzt. Rachid, Capitaine Monet hat Ihnen ihre Ergebnisse im Fall Creteuil vorab bereits zukommen lassen.«

Rachid legte eine blaue Mappe auf den Tisch und öffnete sie. »Wir haben die Aussagen der Nachbarn, Valérien und Jeanne Lamarre. Sie wohnen seit sechs Jahren im selben Appartementhaus, in dem sich die Wohnung der beiden Opfer befindet. Creteuil und Leone haben ihr Appartement vor zwei Jahren gekauft. Der Kapitän ist bei der TAM-Cargo-Shipping angestellt, TAM für

Tunesien-Algerien-Marokko. Sie bedient ausschließlich diese Länder, sowohl im Fracht- wie auch im Fährverkehr. Creteuil befuhr hauptsächlich die Linie Nador – Sète und wieder zurück. Meist hielt er sich lediglich zwei Tage die Woche in der Wohnung auf. Einlass in diese verschaffte sich das Ehepaar Lamarre mit einem Schlüssel, den noch der Vorbesitzer der Wohnung, Monsieur Victor Arnaud, für den Notfall bei ihnen hinterlegt hatte. Den beiden Möpsen von Madame war ein unangenehmer Geruch, der aus der Wohnung drang, aufgefallen, und man entschloss sich nachzuschauen.«

Bei diesen Worten lief Felix Tourrain rot an und konnte ein Kichern nicht unterdrücken. Auch Mathildes Mundwinkel zogen sich nach oben. Verständnislos schaute Rachid in die Runde und hob fragend die Augenbrauen.

»Nichts, Rachid, machen Sie bitte einfach weiter.«

»Als die Lamarres die Leiche entdeckten, riefen sie umgehend die Polizei. Beiden ist nichts aufgefallen, alles war ruhig, sie wussten noch nicht einmal, dass der Kapitän im Haus war. Auf Nachfragen konnten sie Capitaine Monet eine Telefonnummer geben, die sich als die von Flavia Leones Büro in Montpellier herausstellte. Das Handy von Creteuil war allerdings, ebenso wie das seiner Frau, nicht auffindbar. Interessant ist noch die Angabe der Eheleute, sie hätten Madame Leone so gut wie nie zu Gesicht bekommen. Heute Morgen habe ich auch das Gutachten der Gerichtsmedizin erhalten. Creteuil ist erstickt worden. Allerdings sind in diesem Fall keine Rippen gebrochen. Aber jemand hat auf ihm gekniet. Hämatome im Bereich des dritten bis sechsten Rippenbogens. Der zuständige *médecin légiste* hat den Begriff Burking in seinem Bericht zwar nicht benutzt, aber er schreibt, das Opfer sei gewaltsam durch Thoraxkompression getötet worden, gleichzeitig sind Mund und Nase wohl mit den Händen verschlossen worden. Also Burking. Wir können somit vom selben Täter ausgehen. Der Mörder von Flavia Leone und der von Roger Creteuil ist aller Wahrscheinlichkeit nach ein- und dieselbe Person. Beide Opfer zeigen übrigens keine Abwehrspuren. Dies legt nahe, dass der Mörder sie überrumpelt hat. Sie kamen gar nicht mehr dazu, sich groß zu wehren. Der Täter muss eine Person sein, die nicht nur kräftig und relativ schwer ist, sondern auch sehr behände. Denn spätestens, wenn der Mörder das Opfer niedergerungen hat und auf ihm kniete, wird es doch versucht haben, sich zu entwinden, was aber weder Leone noch Creteuil gelungen ist. Weiter. Die Handys sind verschwunden. Gab es auf diesen Handys Hinweise auf den Täter? Adressen? Telefonnummern? Kalendernotizen? Schriftverkehr? Angaben, die ihn verraten würden? Wir wissen es nicht. Die Kollegen in Sète gehen davon aus, dass es sich bei Creteuils Handy um ein Prepaidhandy gehandelt hat mit einer bereits freigeschalteten und aktivierten SIM-Karte. Sie konnten rein gar nichts nachverfolgen. Weder Kontakte, noch ein- oder ausgehende Anrufe.«

Bouraada schloss die Mappe. Die Untersuchungsrichterin ergriff das Wort.

»Richtig. Das Handy von Flavia ist ebenfalls verschwunden. Und angeblich ging sie nie ohne Handy irgendwohin. Etienne hat versucht, dem Telefon auf die Spur zu kommen. Ebenfalls bis jetzt ohne Ergebnis. Auch er geht von einem Prepaidhandy aus, oder der Akku war leer. Oder beides. Bis jetzt ist es ihm weder gelungen, es zu orten, noch irgendwelche Gesprächspartner ausfindig zu machen. Wir müssen abwarten, ob wir in diesem Punkt noch weiterkommen. Gut. Dann zu David Chabal und Persephone Titeux. Beide verfügen über genügend Kraft für diese Tat. Titeux haben wir kennengelernt. Von eher aufbrausendem Temperament, großer Statur, muskulös. Aus ihrer Animosität zu Leone macht sie keinen Hehl. Chabal ist Sportler und Sportstudent, muskulös, behände. Doch was haben die zwei mit dem Kapitän zu tun?« Mathilde spielte mit ihrem Kugelschreiber, ließ die Mine ein- und ausklicken und beantwortete sich dann ihre Frage selbst. »Chabal kann als Liebhaber von Flavia ein Motiv gehabt haben. Weg mit dem störenden Ehemann. Aber Persephone? Warum sollte sie den Kapitän töten?«

»Er hat entdeckt, dass Persephone Titeux seine Frau ermordet hat. Daher hat sie ihn beseitigt«, schlug Felix vor.

»Dann hätte er sie also unter irgendeinem Vorwand zu sich bestellt? Sie beschuldigt? Warum hat er sie nicht einfach angezeigt? Bien, möglich ist dieses Szenario. Rachid, wie sehen Sie das? Oder bleibt Chabal unser Hauptverdächtiger? War Eifersucht das Motiv? War es tatsächlich ein Verbrechen aus Leidenschaft?«

Der Commandant öffnete wieder die blaue Mappe. »Der Todeszeitpunkt der Opfer – er macht mir zu schaffen.« Er zog den Bericht der Gerichtsmedizin wieder hervor. »Es ist einfach nicht logisch. Flavia Leone starb zwischen zehn und elf am Vormittag. Creteuil wurde nach Angaben der Gerichtsmedizin in Sète zwischen Mittag und Abend ermordet. Die Maden haben geholfen, den Zeitraum zumindest so weit einzugrenzen. Er starb also mindestens zwei, drei Stunden später. Umgekehrt würden die Morde mehr Sinn ergeben. Chabal bringt zuerst seinen Nebenbuhler um, Leone weist ihn danach weiterhin ab, ihr Todesurteil. Warum sollte Chabal den Kapitän dann noch töten, wenn er nie mehr die Chance hat, seine Geliebte zurückzugewinnen, da diese ja tot ist, eigenhändig von ihm vorher ermordet? Und Felix, was du gesagt hast. Wie soll Creteuil so schnell vom Mord an seiner Frau erfahren und Titeux als Mörderin entlarvt haben?« Er schüttelte den Kopf.

»Und wenn wir zwei Täter haben?«, wandte Felix ein.

Mathilde hatte ihrem Kugelschreiber für ein paar Minuten Ruhe gegönnt. Nun klickte die Mine wieder aus und ein. Sie biss sich auf die Unterlippe. »Wir können im Moment gar nichts ausschließen. Zwei Mörder, die nach demselben Muster arbeiten oder Chabal, der beide auf dem Gewissen hat. Und letztendlich können wir Persephone Titeux auch nicht von der Liste streichen. Ja, körperlich ist sie ganz sicher dazu in der Lage, auf diese Weise zu töten. Auch mir bereitet dann der Mord an Creteuil Bauchschmerzen. Hatte sie vielleicht Gewissensbisse, wollte den Mord an Flavia dem Ehemann beichten? Es kam zu einer Auseinandersetzung zwischen ihnen, die für den Kapitän tödlich endete? Oder war sie aus ganz anderen Gründen in der Wohnung in Sète? Wollte sie nach dem Mord an Flavia dort vermutete archäologische Unterlagen sicherstellen, die Flavia ihr vorenthalten hatte? Sie forderte das Material ein, der Ehemann rückte dieses nicht heraus, Persephone wurde wütend und hopp, der zweite Mord geschah? Wir stehen immer noch mit fast leeren Händen da. Wir brauchen endlich ein schlüssiges Motiv und vor allem Beweise. Rachid, was sagt denn die Spurensicherung in Sète?« Mathilde stieß einen Seufzer aus.

»In der Wohnung gibt es keinerlei Spuren. Der Mörder hat vermutlich geklingelt, ist eingelassen worden und hat Creteuil getötet. Ob diese Person tatsächlich etwas gesucht und vielleicht auch gefunden hat, wissen wir nicht. Es gibt keine Hinweise darauf. Und es gibt tatsächlich nur vier verschiedene Fingerabdrücke. Die von Creteuil, Leone und die der Lamarres.«

»Unser Mörder hat Handschuhe getragen, hat genauestens darauf achtgegeben, keine Spuren zu hinterlassen. Passt das zu einem Mord im Affekt, wie wir ihn eigentlich bei Chabal oder Titeux unterstellen würden?«

Mathilde hatte den Kugelschreiber, dessen malträtierte Mine nun eingeklemmt war, in die Stiftebox verfrachtet. Sie schenkte Kaffee nach und legte aus einer angebrochenen Packung Madeleines auf einen Teller. »Vorsicht, trocken, die liegen schon ein paar Tage herum.«

Sie biss ein Stück des Gebäcks ab, und Krümel segelten in ihre Tasse. Mathilde verschluckte sich, und nach einem kurzen Hustenreiz, den sie mit einem Schluck Kaffee verjagte, ging sie auf den Einwand von Lieutenant Tourrain ein. »Gute Frage, Felix. Passt das zu einer Persephone Titeux, die vielleicht voller Wut tötet. Wir begeben uns jetzt kurz in den Bereich der wildesten Spekulationen. Sie tötet also, weil man ihr wichtige Unterlagen vorenthält. Nein, Titeux würde Spuren hinterlassen haben, da bin ich mir sicher. Sie ist außergewöhnlich impulsiv. Rachid und ich haben sie kennengelernt. In der Wohnung des Kapitäns wäre keine Schublade mehr an ihrem Platz, kein Buch mehr im Regal, kein Ordner mehr dort, wo sein Besitzer ihn hingestellt hat. Diese Frau ist wie eine Sturmgewalt. Vergessen wir das also wieder und begeben uns zurück zu den Fakten.«

Plötzlich schlug sich Rachid Bouraada mit der flachen Hand auf die Stirn. »Zut, apropos Fakten. Wir haben bis jetzt eine Sache komplett übersehen. Flavia Leone war in La Grande-Motte gemeldet. Woher wusste Chabal, der sie dort auch besuchte, dann von der Wohnung in Sète? Das Gleiche gilt für Titeux.«

Mathilde griff nach einer neuen Madeleine und stippte sie, in ihren Kaffee, bevor sie ein Stück abbiss. »Stimmt, aber es ist keine große Kunst, jemandem zu folgen, aus welchem Grund auch immer, um dann festzustellen, dass es eine zweite, eine Hauptwohnung gibt. Chabal ist ihr aus Eifersucht gefolgt, Titeux vielleicht nur aus Neugierde.«

Sie schaute auf ihre Armbanduhr. Schon nach sieben. Sie waren dabei, sich in eine Sackgasse zu manövrieren. Alle hatten sich ihren baldigen Feierabend verdient.

»Gut, fahren wir fort. Felix, Ihr Besuch bei der Concierge war erfolgreich. Sie hat David Chabal zweifelsfrei identifiziert. Jetzt fehlt uns nur noch Chabal höchstpersönlich, der uns unsere Fragen beantwortet. Irgendwo muss er doch untergekrochen sein. Felix, wenn Sie sich bei seinen Freunden umhören, vielleicht bekommen wir ja einen Tipp, wo er sich aufhalten könnte. Rachid, sind wir nun mit dem Inhalt Ihrer blauen Mappe vertraut? Wenn ja, würde ich gerne unsere Besprechung beenden.«

Der Commandant nickte. »Von meiner Seite aus war's das für heute.«

Mathilde ließ die restlichen Madeleines, die Rachid und Felix verschmäht hatten, zurück in ihre Verpackung gleiten. Wenn sie sich beeilte, wäre sie noch vor der Ankunft von Martin und Sébastien im Château. Aber zuerst brauchte sie eine Zigarette, ein Genuss, den sie sich bei Dienstgesprächen grundsätzlich verkniff.

Der Commandant war bereits aufgestanden, nur der junge Lieutenant saß noch wie festgewachsen in seinem Sessel. »Da ist noch was. Ich weiß, ich hätte damit früher rausrücken sollen. Aber ich habe mir gesagt, das Beste zum Schluss.«

Mathilde, die bereits das Fenster geöffnet und eine Zigarette aus der Verpackung gezogen hatte, verharrte in ihrer Bewegung, der Commandant setzte sich wieder. Diesen Ausdruck auf Felix' Gesicht kannten sie. Stolz und Vorfreude auf das, was er ihnen gleich mitteilen würde.

»Ich habe mir eine vergrößerte Kopie von diesem Artikel gemacht, den wir in der Wohnung der Archäologin gefunden haben. Erinnern Sie sich, dieser Zeitungsbericht über die Regionalmeisterschaften im Savate. Wir haben uns gefragt, ob Flavia Leone selbst diesen Sport betrieben hat, es waren jedoch keine passenden Klamotten in ihrem Appartement. Und im Fitnessclub wird Savate nicht angeboten. Also, warum hat sie diesen Artikel aufgehoben? Wir haben fast nichts Persönliches bei ihr gefunden, also muss dieser Bericht doch eine Bedeutung für sie haben. Zum Artikel gehört ein Foto auf dem die drei Erstplatzierten der Meisterschaft abgebildet sind.« Er legte eine Kunstpause ein. »Und der Typ mit dem Siegerpokal in der Hand ist der, den uns Madame Santos ebenfalls beschrieben hat, der junge Mann, der sie an einen Ringer erinnert hat. Er wollte Flavia Leone besuchen, hat sie aber nicht angetroffen. Die Concierge hat ihn ebenfalls wiedererkannt.«

Kapitel 27

Das Gleichnis vom verlorenen Sohn kam Mathilde in den Sinn, als sie die große Eingangshalle des Châteaus de Boncourt betrat. Obwohl es noch hell war, hatte Odile die Kerzen in den großen fünfarmigen Leuchtern auf den Marmorkonsolen angezündet. Aus der Küche drang der Duft von Gebratenem. Mathilde schnupperte. Morcheln, Odile hatte für Martin und Sébastien ihre berühmten gefüllten Rebhühner vorbereitet. Die lagerten, bis sich Odile ihrer annahm, tiefgekühlt in der großen Truhe, waren die Reste der letzten Jagdsaison des vergangenen Herbstes. Eine Jagdsaison, an die Mathilde nur mit großem Schmerz zurückdachte. Ein guter Freund war gestorben, Sébastien der fahrlässigen Tötung beschuldigt worden. Sie schüttelte die trüben Gedanken ab und stieg die breite geschwungene Treppe ins erste Geschoss, wo sich ihre Wohnung befand.

Mathilde schlüpfte aus ihren Kleidern und sprang unter die Dusche. Unter dem prasselnden heißen Wasser trällerte sie den neusten Ohrwurm *Un peu de rêve* vor sich hin, tanzte dazu in kleinen Schritten auf dem rutschigen Duschboden. Sébastien hatte sein Abenteuer gut überstanden, und mit Martin besuchte sie ein Freund, der ihr mittlerweile sehr nahestand.

Als sie aus dem Badezimmer kam, hatte die Abendsonne den Himmel in ein sanftes Rot getaucht, das sich wie ein Schleier über die Landschaft legte. *Ciel rouge le soir laisse bonne espoir* – roter Himmel, gute Hoffnung. Ein positives Zeichen. Mathilde entschied sich für eine leichte beige Jeans und einen hellgrünen dünnen Baumwollpullover. Noch einmal überprüfte sie ihr Make-up. Zu ärgerlich, dass der kleine Zierstein verloren gegangen war. An seiner Stelle war nun auf ihrem Fingernagel eine winzige Delle. Sie zuckte mit den Schultern. Es würde keinem auffallen. Ihre Haare waren noch feucht, und Mathilde schlang ein Seidentuch locker darum. Fertig. Vielleicht brauchte Odile noch etwas Hilfe in der Küche. In einer knappen Stunde wurden Sébastien und Martin erwartet, die nach einem Stau zwischen Valence und Orange nun flott vorankamen, wie Martin Mathilde per WhatsApp mitgeteilt hatte.

»Odile, brauchst du Hilfe?«, rief sie laut, noch bevor sie die Küche betrat. »Riecht das köstlich, ich glaube, ich bin am Verhungern. Aber sag mal, Sébastien und Martin kommen doch erst in einer Stunde. Werden da deine Rebhühner nicht trocken?«

Odile kam aus dem an die Küche grenzenden Vorratsraum, in der linken Hand einen Korb mit Kartoffeln, unter dem rechten Arm drei dicke Stangen Porree.

»Du kannst die Kartoffeln schälen, während ich den Porree putze. Tss, typisch, du hast noch nichts vom Niedriggaren gehört, ma petite. Ich werde langsam älter, ein wenig Erleichterung in der Küche kann nichts schaden. Die Hühnchen sind angebraten, gefüllt und schmoren jetzt langsam bei niedriger Temperatur im Backofen. Du wirst staunen, wie zart und saftig sie sein werden. Hier, nimm eine Schürze.«

Artig griff sich Mathilde eine Schürze und begann, die Kartoffeln von ihrer Schale zu befreien. »Was wird das? Püree?«

»Von wegen Püree. Das wird ein Gratin, lecker mit Rahm und geriebenem Gruyère, zur Feier des Tages. Ja, sag mal, was ist das denn? Neue Nägel, und schon gleich einer ruiniert? Da fehlt doch schon die Farbe an dem Fingernagel.«

»Von wegen alt, du hast immer noch Augen wie ein Adler. Ja, da war ein kleiner Stein angeklebt, grün. Ich hab ihn bei der Jagd nach antiken Schätzen verloren.«

Noch ehe Odile Fragen stellen konnte, fuhr Mathilde fort. »Wo stecken denn schon wieder alle? Immer werkelst du alleine hier rum, keiner da.«

Odile schnaufte und hielt den Porree unter den Wasserhahn,

um den Sand zwischen den Blättern herauszuwaschen. »Philippe und Lucette versorgen noch die Kinder. Sie kommen dann zum Essen, dein Großvater ist noch mit den Hunden unterwegs, und Vivienne, du kennst sie ja. Räumt zum hundertsten Mal Sébastiens Zimmer auf, bezieht sein Bett neu, putzt das Bad oder was weiß ich. So eine Glucke. Ich bin gespannt, ob sich Sébastien in den paar Tagen ein wenig von seiner Mutter abgenabelt hat. Zu wünschen, wäre es.«

Die beiden Frauen putzten schweigend das Gemüse weiter, bis Odile sich räusperte. »Mathilde, so ganz unter uns. Wie geht es dem Commandant?«

War also Rachid Bouraada zum absoluten Favoriten in Sachen Männer, die zu Mathilde passen würden, gekürt worden? Er sah, wie Odile sich schwärmerisch eingestand, unglaublich gut aus, war wohlerzogen, immer chic gekleidet, ein vollendeter Gentleman. Und er wusste ihre Küche zu schätzen, wenn nicht gerade *saucisses de porc*, Schweinswürste, auf dem Teller lagen. Mathilde hatte Odile sogar dabei ertappt, dass sie sich extra eines Lippenstifts bediente, wenn der Commandant, was selten der Fall war, beruflich die Untersuchungsrichterin zu Hause aufsuchte.

»Gut. Wieso?«

Mathilde dachte an die Schwellung in Rachids Nacken. Sie hatte es noch nicht über sich gebracht, nachzufragen, was passiert war. Und sie wusste, wenn man Rachid zu sehr bedrängte, würde er sich verschließen wie eine Auster.

»Nur so.« Kurzes Schweigen. »Freust du dich, wenn Martin kommt?« Kandidat Nummer zwei.

»Natürlich freue ich mich. Wir sind Freunde.«

»Aha, Freunde.«

In diesem Moment ertönte ein Poltern und Henri, der junge Labrador, stürmte in die Küche, gefolgt von Babou, dem älteren und weisen Jagdhund, der mit gemessenen Schritten einen zerrupften stinkenden Tennisball hereintrug und ihn schwanzwedelnd Mathilde vor die Füße legte. Sie begrüßte die Hunde überschwänglich, warf die Arme in die Luft und beugte sich dann zu ihnen herab, die nun, von ihrer Freude über das Geschenk angesteckt, aufgeregt ums sie herumsprangen.

»Da sind ja meine Jungs, meine Besten. Wer braucht da einen Mann, wenn er so tolle Kumpel hat. Ja, gibt's denn auch was Feines für euch?«

Was Feines. Darauf hatten die zwei nur gewartet. Es war das Kommando, das Zauberwort, das alte Küchenbuffet zu stürmen, in dessen oberster Schublade die kleinen Köstlichkeiten wie Hundekekse, Büffelhautknochen und Würfel aus getrockneter Lunge lagen, das absolute kulinarische Highlight, das sie nun vorsichtig aus Mathildes Hand entgegennahmen.

»So, jetzt aber raus mit euch. Wo habt ihr denn Grand-père gelassen?«

Ein kurzes Hupen ertönte, und die Labradore stürmten wieder hinaus. Die Stimme Rémy de Boncourts drang in die Küche. »Sie sind da. Sébastien und Martin sind da.«

Im Obergeschoss wurde eine Tür zugeschlagen, und Vivienne lief mit klappernden Absätzen die Treppe hinunter.

»Langsam, du brichst dir noch das Genick.« Rémy de Boncourt schüttelte den Kopf. Ein aufgescheuchtes Huhn war gar nichts gegen seine Nichte.

*

Eine Stunde später saßen alle an einer reich gedeckten Tafel. Odile hatte den Tisch mit dem herrschaftlichen Porzellanservice – es war angeblich erstmals auf den Tisch gekommen, als Napoleon Bonaparte im Château übernachtet hatte – und edlen Kristallgläsern zur Feier des Tages gedeckt.

Nach einer ausgelassenen Begrüßung, dreifachen Wangenküsschen, mehrfachen Schlabberküssen der Hunde, Henri, der mit seinen dreckigen Pfoten begeistert Mathilde ansprang, festen Umarmungen und Freudentränen von Vivienne, hatte Odile in der Halle Champagner und winzige Blätterteighäppchen serviert. Sébastien erzählte aufgekratzt von seiner abenteuerlichen Reise, und Martin hatte nur Augen für Mathilde. Sie war noch schöner, als er sie von seinem letzten Besuch auf Château de Boncourt in Erinnerung hatte. Ihre grünen Augen blitzten, die ersten Sommersprossen zeigten sich auf ihrem Gesicht, und die Spuren der Dreckpfoten von Henri auf ihrer hellen Hose kümmerten sie keinen Deut.

Sébastien war der Held des Abends. Immer wieder stieß er mit den anderen an, leerte sein Glas mit dem Rotwein schneller, als seiner Mutter lieb war. Doch sie ließ ihn gewähren. Selten hatte sie den Jungen so glücklich und so selbstbewusst erlebt.

Odile hatte sich selbst übertroffen, und nahm die Komplimente für ihr Menü mit großem Stolz entgegen. Bis zum Dessert war jeder am Tisch über die Vorzüge der Niedriggarmethode informiert und auch davon überzeugt. Der absolute Höhepunkt jedoch war das Dessert, Profiterols mit einer Creme aus süßem Dessertwein, garniert mit schokolierten Rosinen. Dazu kredenzte sie einen weißen Vin doux, den sie auch in der Creme verarbeitet hatte.

In das angeregte Stimmengewirr der Gespräche mischte sich Sébastiens fröhliches Lachen. »Martin, weißt du noch, Minette, Miiineeehett.«

Als niemand reagierte, am allerwenigsten Martin, der so tat, als hätte er nichts gehört, fing Sébastien mit einem selbst kreierten Singsang an, in dem er das Wort Minette endlos aneinanderreihte. Auffordernd blickte er zu Martin, der ihm gegenübersaß und Sébastien ganz offensichtlich ignorierte, indem er sich noch weiter in sein Gespräch mit Philippe vertiefte. So zumindest kam es Mathilde vor, die ahnte, dass sich hinter den ausgelassen hervorgebrachten Minette-Rufen Sébastiens eine besondere Botschaft verbarg.

»Chérie, was hast du nur mit Minette? Minette, Kätzchen, wie das Kätzchen aus deinem alten Kinderbuch?« Viviennes Stimme klang nervös. Ihr Sohn war ein Ausbund an Ausgelassenheit. Sie hätte nicht zulassen dürfen, dass er Champagner und Wein in solchen Mengen trank.

Ahh, endlich bot ihm jemand die Aufmerksamkeit, die er sich

erhofft hatte. Sébastien hörte auf zu singen und kicherte. »Maman, ich weiß, was Minette auf Englisch heißt, nicht wahr Martin, das weiß ich?«

Nun blickte Martin endlich in Sébastiens Richtung. Mit hochrotem Kopf. Mathilde verschluckte sich fast an ihrem Wein. Da braute sich tatsächlich etwas zusammen.

»Minette, Minette, Kätzchen, Kätzchen, Pussycat, Pussycat.« Ein wilder Singsang.

Sébastien hatte eindeutig einen ordentlichen Schwips. Der erste in seinem Leben.

»Und alle Pussycats hatten flauschige Ohren, obwohl manche von ihnen nackicht waren, das war wirklich toll, nicht wahr, Martin?«

Jetzt verschluckte sich Martin und fing an zu husten.

»Martin, die waren doch alle nett zu uns, alle Kätzchen waren nett zu uns, alle Miezen maunzten, alle Miezen maunzten.«

Nun hatte Sébastien die ungeteilte Aufmerksamkeit der gesamten Familie. Rémy und Philippe blickten Martin fragend an, dessen Hustenanfall in eine neue Runde ging. Lucette grinste von einem Ohr zum anderen, und Mathilde unterdrückte nur mühsam einen Lachanfall.

»Was hat das zu bedeuten Martin? Was will Sébastien uns damit sagen?« In Vivienne keimte ein unglaublicher Verdacht auf.

»Ähm, nicht viel. Er meint die Bar, in der wir in Köln waren. Haben uns da ein Kölsch gegönnt, das ist das typische Bier dort. Es wird in ganz kleinen Gläsern serviert. Kaum Alkohol drin, also dazu sind die Gläser einfach zu klein.«

Mein Gott, was plapperte er denn da? Es war doch nichts dabei gewesen. Sébastien war erwachsen, warum sollte der Junge nicht mal eine Striptease-Bar besuchen. Martin nahm all seinen Mut zusammen. »Wir waren zusammen in einer Striptease-Bar, in Köln, Pussycat-Bar. Ganz harmloser Schuppen. Wir sind dran vorbeispaziert, Sébastien hat die Bilder von den Mädchen gesehen und gefragt, ob wir da mal rein wollen. Es war wirklich nichts dabei. Ein Kölsch, ein kleiner Strip, das war's. Wir hatten dann genug gesehen und sind wieder gegangen. Und es hat uns gefallen, nicht wahr Sébastien?«

»Ja, es war ganz große Klasse, die Minettes waren so nett.«

Vivienne fiel die Gabel, die sie bis dahin mit weißen Knöcheln umklammert hatte, scheppernd auf den Teller. Mathilde hielt sich die Serviette vor den Mund, um nicht laut loszubrüllen. Rémy und Philippe nickten zustimmend – ja, was war denn dabei, wenn der Junge in einem solchen Lokal ein Bierchen trank.

»Jemand einen Cognac?« Odile stand bereits mit der Kristallkaraffe am Tisch, und Lucette erhob sich, um die Schwenker aus der Vitrine zu holen.

»Den können wir jetzt alle gebrauchen. Wir stoßen auf Sébastien an, unser Kleiner ist erwachsen geworden, nicht wahr Vivienne?«

Immer noch unter Schock nickte Vivienne Mathilde zu. Sie hatte recht, Sébastien war erwachsen geworden.

Kapitel 28

Capitaine Monet überreichte ihrem Kollegen aus Nîmes die Originalunterlagen.

»Bis auf die Tatortfotos ist das das gleiche Material, das ich Ihnen bereits geschickt habe. Den Obduktionsbefund haben Sie auch schon. Interessant, diese Burking-Geschichte. Unser Mediziner hatte von dieser Methode offensichtlich keine Ahnung. In diesem Punkt waren Sie uns schon gleich einen Schritt voraus. Wer weiß, vielleicht entdecken Sie ja noch etwas in der Wohnung des Opfers. Unsere Spurensicherung hat sie auf den Kopf gestellt. Nichts, einfach nichts. In diesem Appartement lebten zwei Personen, ein Paar. Kleidung, wenige Wertgegenstände, Bücher zur Archäologie, Romane, Bankauszüge, die uns nicht weiterbringen. Ein wenig Schmuck, Bilder an der Wand, sehr schön, aber nicht wertvoll. Keine durchwühlten Schränke oder Schubladen. Fingerabdrücke von vier unterschiedlichen Personen. Das Handy von Creteuil fehlte. Und einer der Haustürschlüssel ist weg. Die Tür war abgesperrt. Das kann unmöglich der Kapitän gewesen sein.«

»Hat der Täter den Schlüssel vielleicht schon vorher in seinem Besitz gehabt, musste also gar nicht erst an der Haustür klingeln?«

»Nein, wohl kaum. Der Schlüsselbund lag auf dem Boden im Flur vor einer Kommode. Der Täter hat sich die Mühe gemacht, den Haustürschlüssel von dem Karabinerhaken, an dem alle hängen, zu lösen. Vielleicht wollte er zu gegebener Zeit wieder in die Wohnung. In einer Holzschale auf der Kommode lagen noch andere Schlüssel. Einer zum Kellerraum, ein zweiter, wie wir jetzt wissen, zu Leones Büro in Montpellier. Es hing ein Anhänger dran mit Aufschrift.«

»Und wozu hat er die Tür hinter sich abgeschlossen, unser Mörder? Er hätte sie doch einfach hinter sich zuziehen können?«

Capitaine Monet zuckte mit den Achseln. »Das haben wir uns auch gefragt. Wir wissen es nicht. Das hier ist der Schlüssel, den die Lamarres hatten. Sie müssen ja in die Wohnung können.« Monet übergab Bouraada den Wohnungsschlüssel in einer kleinen Plastiktüte. »Und ich habe Ihnen noch etwas Arbeit abgenommen, Commandant Bouraada. Einer meiner Leute war gestern bei Creteuils Arbeitgeber. Der war voll des Lobes für seinen Mitarbeiter. Ebenso die Kollegen. Der Kapitän war umgänglich und freundlich, allerdings war er ein Einzelgänger. Den Kontakt beschränkte er auf das Notwendigste, aber niemand hat ihm das übel genommen. Sein Handwerk hat er von der Pike auf gelernt. Maritimes Studium, schon in jungen Jahren sein Kapitänspatent, untadeliger und zuverlässiger Mann in all den Jahren bei diesem Cargo-Shipping. Aus seinem beruflichen Umfeld stammt der Täter ziemlich sicher nicht, eher aus dem privaten. Ist allerdings nicht mehr als ein Bauchgefühl. Wie sieht das im Fall seiner ermordeten Partnerin aus?«

Rachid Bouraada unterrichtete seine Kollegin über die Überlegungen, die sie in Nîmes angestellt hatten.

»Dann sind Sie bis jetzt auch nicht viel schlauer als wir«, konstatierte Monet.

»Und worauf beziehen Sie das private Umfeld von Creteuil, Capitaine?«

»Das weiß ich selbst nicht so ganz genau. Laut Aussage der Eheleute Lamarre gab es keine Freunde, die das Paar besucht hätten, auch die Nachbarn hielten sie auf Distanz. Nähere Verwandte hatte Creteuil keine. Er ist mit sieben Jahre Waise geworden, seine Großeltern, beide verstorben, haben ihn großgezogen. Das war's. Keine Geschwister, Onkel oder Tanten.«

Bouraada schmunzelte. »Damit ist Ihr privates Umfeld aber gegen Null geschrumpft.«

Monet lachte gutmütig. »Wo Sie recht haben, haben Sie recht. Wie gesagt, ein Bauchgefühl. Alors, mehr haben wir im Moment wohl nicht zu besprechen. Ich wünsche Ihnen gutes Gelingen bei der Tätersuche. Sie melden sich, wenn Sie etwas entdeckt haben.«

Capitaine Monet erhob sich von ihrem Schreibtischstuhl und reichte Bouraada die Hand. »Und beeilen Sie sich, ich bin bald nicht mehr auf meinem Posten. In zwei Wochen sitze ich im Flieger nach Quebec, mein Sohn lebt dort mit seiner Familie. Und meinen jüngsten Enkel habe ich noch nicht kennengelernt. Ich begleite Sie noch nach draußen, Commandant.«

Vor der Eingangstür erwartete die Polizisten ein Dutzend aufgeregt gestikulierender Menschen, einige mit einem Handy bewaffnet, das sie bereits zum Fotografieren in Position gebracht hatten, drei Frauen waren noch zusätzlich mit Blöcken und Stiften bewaffnet.

»Hallo, Madame, Monsieur, das ist doch überhaupt nicht das Kommissariat, in dem Candice arbeitet!«, rief einer aus der Schar den Beamten empört zu.

Monet seufzte, und Bouraada schaute sie fragend an. »Candice Renoir. Ein Filmflic. Kennen Sie die Serie nicht? Spielt hier in Sète. Übrigens, Sie würden einen tollen Antoine abgeben.«

Rachid Bouraada verstand überhaupt nichts.

»Ja, eine Erfolgsserie. Und alle Fans kommen zuerst mal hierher. Aber weit gefehlt. Die drehen unten am Quai Vauban. Ein schönes altes Gebäude als Location, nicht unser moderner unscheinbarer Bau, in dem wir hier sitzen. Die Leute kommen natürlich zuerst zu der richtigen, also eher falschen Adresse, die sie im Internet oder was weiß ich wo gefunden haben, und wir schicken sie dann weiter. Sie glauben nicht, was wir uns da manchmal von den Fans anhören müssen. Brigadier Venturi wird gleich rauskommen, warten Sie einen Moment. Da ist er schon.«

Ein junger Polizist positionierte sich auf der obersten Treppenstufe. Mit einer knappen Handbewegung brachte er die maulende Menge zum Schweigen. »Ah, Mesdames, Messieurs, bienvenues. Aber Candice arbeitet ein paar Straßen weiter, Quai Vauban. Und wenn Sie sich beeilen, bekommen Sie sie noch hautnah zu sehen. Und Antoine und Chrystelle und Jean-Baptiste …«

Weiter kam Venturi nicht. Schon zogen die Fans in Windeseile weiter. Nicht auszudenken, wenn sie wirklich ihren verehrten Stars begegnen würden.

»Monet – Renoir, haben Sie etwa Pate gestanden?« Bouraada kam aus dem Staunen nicht mehr raus.

Capitaine Monet lachte herzlich. »Sie kennen Candice tatsächlich nicht. Sie ist ein wenig jünger, etwas schlanker und auch, man mag es kaum glauben, sogar hübscher als ich. Die Frau würde Ihnen gefallen, da bin ich mir sicher. Et bien, Commandant, dann verabschiede ich mich jetzt. Viel Glück bei der Jagd nach dem Mörder. Und, wie gesagt, lösen Sie den Fall binnen der nächsten zwei Wochen.«

Mit diesen Worten drehte sich Capitaine Monet um und verschwand im Kommissariat.

Rachid Bouraada ließ seinen Wagen stehen und machte sich zu Fuß auf den Weg zu der Wohnung von Roger Creteuil. Er kannte in Sète jede Straße, jeden Weg. Als Junge war er die sieben Kilometer von Frontignan nach Sète oft mit dem Fahrrad gefahren, hatte den Espace George Brassens besucht, sich im Hafen, der bereits seit 1666 bestand, herumgetrieben, von einer der vielen Brücken die Fischerboote beim Ausfahren oder der Heimkehr beobachtet. Die Lieder von Brassens berührten ihn. Er war nicht wirklich verrückt nach dem französischen Chanson, doch viele der Texte, ob von Brassens, Ferrat oder den anderen Barden, drückten eine Sehnsucht aus, eine Sehnsucht nach Heimat, Liebe, Gerechtigkeit, Worte, die nie ihren Sinn verlieren würden. Rachids Lieblingsplatz jedoch war der Mont Saint-Clair am südlichen Stadtrand. Von dem Kalksteinfelsen hatte man bei guter Sicht einen Rundumblick in alle Himmelsrichtungen. Als 2012 der Hügel als eine der Bergwertungen der dreizehnten Etappe der Tour de France diente, war kein Durchkommen mehr gewesen. Rachid hatte den Fehler gemacht, mit dem Auto in die Stadt zu fahren, um sich das Spektakel nicht entgehen zu lassen. Als sich der Knoten des Staus, in den er dann hineingeraten war, endlich gelöst hatte, waren die Spitzenfahrer schon längst davongeradelt.

Erst jetzt merkte Bouraada, dass er zum Frühstück nur einen einzigen Toast mit etwas Marmelade gegessen hatte. Bei Monet hatte er einen Kaffee getrunken, und von den Pralinen, die sie ihm in einer bunten Bonbonniere angeboten hatte, hatte er lediglich zwei genommen. Auf jeden Fall nicht genug, um die Zeit bis zum Abendessen zu überstehen. Und wenn er schon mal in Sète war, würde er sich ganz sicher nicht eine der berühmten *tielles sétoises* entgehen lassen, *die* kulinarische Spezialität der Stadt. Mittlerweile gab es diese Köstlichkeiten in jedem Supermarkt im Languedoc, aber ihren unnachahmlichen Geschmack erhielten sie nur hier, wo diese Pasteten seit vielen Jahrzehnten beheimatet waren. Die Tradition besagte, dass Fischer aus Gaeta im Norden von Neapel das Rezept für eine Tintenfischpastete im Gepäck hatten, als sie nach Sète kamen, um sich hier niederzulassen. Adrienne Virduci war die Erste, die die *tielles sétoises* herstellte und verkaufte. Und noch heute fabrizierten die Nachfahren von Adrienne, die Familie Dassé, die Teigstücke mit ihrer pikanten Füllung. Auf dem Rückweg wollte Rachid in der Rue de Copenhague haltmachen und sich mit ein paar Pasteten eindecken. Ihm lief jetzt schon das Wasser im Mund zusammen, wenn er an die Füllung aus Tintenfisch, Tomaten, Knoblauch, Zwiebeln und Petersilie dachte, die von knusprigem Teig umhüllt wird. Doch zuerst wartete die Arbeit.

Rachid blieb vor dem viergeschossigen Haus aus dem späten 19. Jahrhundert am Quai Léopold Suquet stehen. Eine schöne Lage direkt am Kanal mit den Ausflugsbooten, die wie ihre etwas heruntergekommen aussehenden Nachbarn, die Fischereiboote, auf dem Wasser in der Sonne schaukelten. Bouraada sog tief die Luft ein und glaubte, den Geruch des Étang de Thau, dem Sète vorgelagert war, mit seinen Austernbänken wahrzunehmen. Nicht weit lag Frontignan, und er überlegte, ob er nicht im Anschluss mit seinen Pasteten seinem Vater einen Besuch abstatten sollte. Es gab noch einiges an Redebedarf.

Im Haus war es ruhig. Bouraada löste mit dem Schlüssel das Polizeisiegel, das an der Wohnungstür angebracht worden war. Der Schlüssel glitt ins Schloss.

*

Nach einer Stunde verließ Commandant Bouraada die Wohnung wieder. Die Kollegen aus Sète hatten ihre Arbeit – wie zu erwarten – gewissenhaft erledigt. Im Gegensatz zum Appartement in La Grande-Motte war diese Wohnung auch wirklich bewohnt gewesen, von einer Frau und einem Mann. Rachid hatte sämtliche Schränke und Schubladen geöffnet. In einer Kassette aus dunkelrotem Leder lag Flavia Leones Schmuck. Ob etwas davon fehlte, vermochte niemand zu sagen. Auf dem Schreibtisch ein Notizblock mit leeren Blättern. Keine Schrift, die sich auf ein nächstes Blatt durchgedrückt hatte, wie man es so gerne in Detektivgeschichten las. Archäologische Fachbücher nahmen den größten Teil der Regale im Wohnzimmer ein. An den Wänden Fotografien von Grabungen, Radierungen, die alt aussahen, von Pyramiden und der Sphinx. In einem Regal in der Küche standen Gefäße mit Salz und Kräutern, Töpfe, die, so schätzte Bouraada, wirklich antik waren. Es waren einfache Gefäße aus Ton mit einem eingeritzten Muster aus auf der Spitze stehenden Dreiecken. Die Wohnung barg in jeder Ecke, in jedem Schrank, in jeder Schublade persönliche Dinge, eine Lesebrille, ein Buch mit einem Lesezeichen, Hausschuhe, die unter einem Beistelltisch standen, Einkaufszettel, mit einem Magneten – einer Miniaturgondel – am Kühlschrank befestigt, Herrensocken mit dem Konterfei von Micky Maus in einer Wäschekommode. Und doch hatte ihm kein einziger dieser Gegenstände wirklich etwas über die Persönlichkeit der beiden Toten verraten.

Kapitel 29

Als Rachid seinen Wagen in der Nähe des Hauses seines Vaters parkte, schmerzte ihn sein Nacken, als ob der Schmerz ihn daran erinnern wollte, dass es hier und jetzt einiges an Klärungsbedarf gab. Er nahm die Tüte, in denen die *tielles sétoises* eingepackt waren, und stieg aus. Was sein Vater sich nur dabei gedacht hatte? Doch eigentlich stellte sich die Frage gar nicht. Rachid wusste, was im Kopf von Tayeb Romain Bouraada vorging. Dieses Mal klingelte er nicht. Er schloss die Haustür auf und marschierte direkt in die Küche, verstaute die Pasteten im Kühlschrank. Aha, so genau schien es der Gast mit der Religion auch nicht zu nehmen. Mehrere kleine Flaschen Bier standen zum Kühlen im Getränkefach. Sein Vater rührte Alkohol nicht an. Also war er noch da, der Gast. Sein Vater akzeptierte Alkohol im Haus!

Unglaublich. Als Rachid, weil er nicht ausgegrenzt werden wollte, im Alter von vierzehn, fünfzehn Jahren einen Schluck Wein aus der Flasche getrunken hatte, hatte sein Vater das sofort gerochen. Es setzte eine Ohrfeige, an die sich Rachid noch heute mit Schrecken erinnerte. Mittlerweile sah er es gelassener, ein Glas Wein zu trinken – wem schadete das schon? Aber dass sein Vater seine ehernen Regeln brach? War ihm dieser Besucher, wohl eher Eindringling, so wichtig? Es musste wohl so sein, und Rachid fragte sich, ob dies etwas mit dem Alter seines Vaters zu tun hatte. Wann war Tayeb das letzte Mal in Algerien gewesen? Rachid konnte sich kaum erinnern. Und dann stand urplötzlich ein Mitglied der weitverzweigten Sippe vor seiner Tür. Begehrte Einlass und Schutz. In Tayeb mussten sich die unterschiedlichsten Gefühle Bahn gebrochen haben. Ob man sich, wenn das Ende des Lebens fast in greifbare Nähe gerückt ist, schmerzlich seiner eigenen Wurzeln nicht nur erinnerte, sondern sie auch vermisste?

Bouraada kam das Chanson von Georges Brassens in den Sinn : *Supplique pour être enterré sur la plage de Sète*. Und er war in Sète begraben worden. Zu seinem Grab, der Friedhof lag gegenüber dem Espace Georges Brassens, pilgerten die Anhänger des Künstlers und des Chansons.

Wieder fand Rachid niemanden im Haus vor. Doch aus dem Schuppen drangen jetzt Geräusche durch die geöffnete Tür zum Hof. Sein Vater bearbeitete ein Stück Holz. Mit seinem weißen Kufi aus Baumwolle auf dem Kopf und einem dunkelgrauen Jabador, der bis kurz unter die Knie reichte. So traditionell gekleidet hatte Rachid Tayeb schon lange nicht mehr gesehen.

Tayeb hatte ihn gehört, aber er drehte sich nicht um, bearbeitete weiter das spröde Holz. Rachid erkannte, dass sich bereits ein Delfinkopf herausschälte. Ein auf der Schwanzflosse tanzender Delfin war Tayebs Lieblingsstück, und es verkaufte sich außerordentlich gut im Souvenirladen.

»Papa, ich habe Tielles mitgebracht. Wir können nachher zusammen essen. Du, ich, und …« er machte eine Pause, »… Djamel.«

Tayeb hielt einen Moment inne, dann arbeitete er weiter, ohne ein Wort zu sagen.

»Papa. Wo ist er?«

Statt einer Antwort auf die Frage, sagte Tayeb: »Wie geht es deinem Nacken. Und deiner Hüfte? Tut es noch weh?«

»Nur wenn ich lache, und das kommt zurzeit nicht oft vor«, entgegnete Rachid trocken.

Langsam legte sein Vater das Werkzeug und das Holz auf die Werkbank. »Wir essen, und wir reden. Komm.«

Schweigend gingen die beiden Männer in die Küche. Rachid packte die Tielles in den Backofen, um sie etwas aufzuwärmen. Tayeb setzte Wasser für den Tee auf. Zehn Minuten später saßen sie am Tisch. Die Tielles dufteten köstlich, doch Vater und Sohn aßen zögerlich, sahen einander gespannt an.

»Rachid, du weißt, wie es in den Lagern zugeht. Auch deine Kollegen fackeln da nicht lange, schlagen zu, ohne nach dem Warum zu fragen. Calais, Grande-Synthe, alles Dreckslöcher, unvorstellbare Hygienezustände, Krankheiten, Übergriffe. Die Flüchtlinge schlagen sich mittlerweile gegenseitig die Köpfe ein. Der Staat ist doch komplett überfordert. Dass ich nicht lache, bis zum Ende des Jahres soll niemand mehr auf der Straße leben. Macron ist noch vollmundiger als sein Vorgänger. Und was passiert? Nichts! Es ist unsere Pflicht, unserem Bruder Djamel zu helfen.«

»Er ist nicht unser Bruder …«

»Lass die Wortklauberei, Rachid. Du weißt genau, was ich meine. Er ist der Sohn einer Cousine, er hat um Hilfe gebeten. Ich werde sie ihm nicht verwehren.«

»Bist du da eigentlich ganz sicher, Papa? Ich meine, dass er ein Verwandter ist?«

»Natürlich. Er kennt Namen, hat ein Foto des Dorfes dabei, in dem deine Urgroßmutter gelebt hat. Natürlich gehört er zur Familie.«

»Papa, du musst vernünftig sein. Wenn Djamel einer der Flüchtlinge wäre, die Schutz vor dem Krieg suchen, oder von mir aus auch der Armut entfliehen wollen, das alles wäre gut und schön. Aber er hat ein Verbrechen begangen. Und dass er nicht gerade zimperlich ist, hat er ja bewiesen.« Rachid fuhr sich über den Nacken, der immer noch bläulich schimmerte.

»Ja, und das tut ihm auch leid. Djamel hatte Angst. Du weißt, was passiert, wenn er wieder in Algerien ist und in die Finger der Polizei gerät. Sie machen ihn einen Kopf kürzer. Willst du das verantworten, mein Sohn?«

»Du übertreibst. In Algerien ist seit Jahrzehnten niemand mehr hingerichtet worden. Zum Tode verurteilt, ja. Aber sie vollstrecken nicht.«

»Rachid, sie werden ihn zum Tode verurteilen. Und irgendwann wird der Tag kommen, an dem sie auch vollstrecken. Glaub mir. Noch wissen sie nicht, dass Djamel das Auto gemietet hat, mit dem das Attentat geplant war. Er hat glücklicherweise einen falschen Namen angegeben. Und er hat nicht gewusst, was seine Freunde vorhatten. Er hat es bei Allah geschworen. Du weißt, was das heißt. Ein heiliger Eid.«

»Papa, du glaubst doch selbst nicht die Geschichte, die der Cousin uns aufgetischt hat. Der Wagen sollte einem Mädchen imponieren, für das sich sein Freund Farid interessiert. Sollte mit Blumen gefüllt werden und vor ihre Haustür rollen. Und warum dann der falsche Name?«

Rachid schüttelte den Kopf. Sein Vater schob sich ein Stück Pastete in den Mund und kaute energisch. Erneutes Schweigen breitete sich aus. Dann räumte Tayeb den Tisch ab, fegte ein paar Krümel auf den Boden und stellte eine Schale mit getrockneten Feigen auf den Tisch. Wie ein Friedensangebot schob er die Früchte zu Rachid.

»Hör zu, Papa. Er soll sich stellen. Jetzt. Man wird ihn nicht ausliefern. Nicht, solange die Gefahr einer Verurteilung zum Tode besteht. Ich werde dafür sorgen, dass ihm hier nichts passiert. Und dann sehen wir weiter.«

»Nein.« Das Wort kam wie ein Donnerschlag. »Nein, und wieder nein. Er ist von unserem Blut. Er hat sich nichts zuschulden kommen lassen. Er ist nur ein dummer Junge. Djamel bleibt, wo er ist, er steht unter meinem Schutz, in meinem Haus wird ihm nichts geschehen.«

»Er ist noch hier?«

Tayeb nickte und schaute hoch zur Zimmerdecke. »Auf dem Dachboden. Und da bleibt er. Wenn's sein muss, so lange ich lebe.«

»Wie stellst du dir das vor? Er ist ein junger Mann. Glaubst du ernsthaft, er bleibt den Rest deines Lebens da oben hocken? Und dann? Was ist mit diesem Rest seines Lebens? Ich will mit ihm reden. Er muss zur Vernunft kommen.«

Rachid wollte aufstehen, um nach oben zu gehen. Tayeb legte ihm die Hand auf den Arm und hielt ihn zurück. »Mein Sohn, ich bitte dich. Gut, sprich mit ihm. Aber nimm ihm nicht die Hoffnung, hierbleiben zu dürfen.«

Die Verzweiflung in der Stimme seines Vaters erschütterte Rachid zutiefst. Das Gesicht des alten Mannes war noch zerfurchter, die Hände noch runzeliger als vor ein paar Tagen. Tayeb Bouraada trug eine große Last auf der Seele, und Rachid erkannte, dass er hoffte, diese mit seinem Sohn, dem Menschen und Polizisten, teilen zu können.

Kapitel 30

Lieutenant Felix Tourrain war auf dem Weg nach Lavérune. Er hatte die Adresse Bibiane Vergiers, der engsten Freundin von David Chabal, von ihren Kommilitonen erhalten. Sein Besuch in der *Faculté des Sciences et Techniques des Activités Physiques et Sportives* der Universität Montpellier hatte ihn nicht weitergebracht. Einige Studenten der höheren Semester waren zwar mit David befreundet, aber angeblich nicht so eng, dass sie Felix etwas über dessen Aufenthaltsort hätten berichten können. Oder wollen. Da war sich Felix nicht ganz sicher. Aber immer wieder fiel der Name Bibiche.

»Versuchen Sie's bei Bibiche.«

»Also, wenn jemand weiß, wo der Kerl steckt, dann Bibiche.«

»Waren Sie schon bei Bibiche? Die zwei stecken doch dauernd zusammen.«

Die Nachfragen des Lieutenants nach Flavia Leone im Zusammenhang mit David Chabal wurden dagegen lediglich mit einem Kopfschütteln quittiert. Von einer Flavia hatte noch niemand etwas gehört. Wer sollte das sein? Eine kleine Freundin von David? War das nicht Adeline? Adeline Pérois? Ein neuer Name im Zusammenhang mit Chabal. Adeline war allerdings übers Wochenende zu ihrer Familie in die Champagne gefahren, wusste eine Studentin zu berichten, die im selben Wohnheim lebte. Am Montag sei sie ganz sicher wieder da. Felix machte sich eine Notiz und dann auf den Weg zu Bibiane Vergier.

Das Haus in Lavérune war von der Straße aus nicht zu sehen. Felix näherte sich über eine von Nadelzypressen gesäumte Einfahrt der Villa. Das Tor stand offen, und er fuhr auf einen kiesbedeckten Platz vor einer alten Remise, die zu einer Garage umfunktioniert worden war. Eine üppig wuchernde Glyzinie umrankte das Gebäude wie ein Bilderrahmen. Wohin sein Auge blickte, erkannte man die Hand eines begnadeten Gärtners oder einer Gärtnerin. Nichts war dem Zufall überlassen, aber dennoch alle Sträucher, Stauden, Büsche und Rosen so angepflanzt, dass es wie von der Natur so gewollt erschien. Ein Paradies. Felix seufzte. Wenn er es einmal in eine höhere Besoldungsgruppe gebracht haben sollte, wäre ein solches Haus in einem Park wie diesem sein großes Ziel. Vielleicht da hinten, wo der schmiedeeiserne Pavillon stand noch eine Schaukel und ein Sandkasten für die Kinder, die er in ferner Zukunft vielleicht einmal haben würde. Vielleicht ein Junge und ein Mädchen mit feinen asiatischen Gesichtszügen.

Felix kehrte zurück in die Gegenwart. Links vom Haus gurgelte in diesem Moment die Filteranlage eines großen Pools, dessen azurblau erscheinendes Wasser in Höhe der Skimmer Luftblasen verwirbelte. Der Pool war von einer dunklen Holzterrasse umgeben, auf der eine Lounge aus weißem Rattan stand. Neben dem Poolhaus, das eine Seite des Beckens einnahm, entdeckte Felix eine Sommerküche mit Grill und einem Kühlschrank. Auf der Terrasse neben dem Pool lag eine Frau auf dem Bauch auf einer Luftmatratze. Sie hatte Felix noch nicht gehört. Er räusperte sich.

»Mademoiselle Vergier? Bibiane Vergier?«

Erschrocken drehte sich die Frau um. Sie war jung, vielleicht Mitte zwanzig. Sie hielt sich die rechte Hand über die Augen, schirmte die Sonne ab. Dann nickte sie.

»Lieutenant Felix Tourrain. Kann ich Sie vielleicht kurz sprechen? Es geht um einen Freund von Ihnen, David Chabal.«

Bibiche erhob sich von der Luftmatratze. Ihr jetzt schon sonnengebräunter Körper steckte in einem dunkelroten Badeanzug. Er war raffiniert geschnitten, versteckte die Problemzonen der eher pummeligen jungen Frau geschickt. Sie trat auf den jungen Polizisten zu.

»Hat Matteo das Tor wieder offen gelassen, oder wie konnten Sie sich hier so einfach reinschleichen?«

»Keine Ahnung, wer Matteo ist, aber ja, das Tor war offen. Und ich bin nicht geschlichen. Sie haben mich einfach nur nicht gehört.«

»Schon gut. Setzen wir uns. Trinken Sie einen Schluck Wasser?«

Ohne eine Antwort abzuwarten, stolzierte Bibiche zur Sommerküche und kehrte mit einer beschlagenen Flasche Mineralwasser und zwei Gläsern zurück. Dann schlang sie ein großes Stück leichten Baumwollstoff, der mit afrikanischen Mustern bedruckt war, um ihren Körper, band ihn mit einem Knoten an der rechten Schulter und der rechten Seite.

Wie eine römische Tunika, schoss es Felix durch den Kopf, der durch die Lektüre der für junge Wissensdurstige geschriebenen Bücher zum antiken Altertum in kurzer Zeit zu einer Art Fachmann herangereift war.

»Ganz schön heiß heute.« Bibiche schenkte sich und dem Lieutenant ein Glas perlendes Mineralwasser ein. »Und Sie wollen mit mir über David sprechen? Vermutlich wegen Flavia. Stimmt's?«

Bibiane Vergier kam also gleich zur Sache, was Felix das Gespräch mit ihr hoffentlich erleichterte. Denn beste Freundinnen konnten auch schon ganz schön stur sein oder im äußersten Fall auch Lügen auftischen, wenn es darum ging, den besten Freund vermeintlich zu schützen.

»David hat mit dem Tod von Flavia nichts zu tun, da bin ich mir sicher. Er hat sie geliebt.«

»Sehr schön, Mademoiselle Vergier. Dann sind wir ja schon genau an dem Punkt, den ich klären wollte.«

»Nennen Sie mich bitte Bibiane, dann redet es sich für mich leichter«, unterbrach ihn Bibiche und trank ihr Glas in einem Zug leer.

»Okay, Bibiane. Flavia Leone ist tot und David Chabal verschwunden. Das sind im Moment unsere Fakten. Wann haben Sie David zuletzt gesehen?«

David war verschwunden! Bibiches Magen krampfte sich vor Ärger zusammen. Oder war das eiskalte Wasser schuld, das sie heruntergekippt hatte? Es würde ihm ähnlich sehen, diesem Feigling. »Er war am Sonntagabend hier, auf meiner Geburtstagsparty. David hat nach dem Fest im Gästezimmer übernachtet. Er hatte sich ganz schön die Kante gegeben. Aber zuletzt gesehen habe ich ihn am Montagabend. Er war einfach verschwunden, und ich wollte wissen, ob es ihm gut geht. Er war am Boden zerstört, Flavia hatte ihm den Laufpass gegeben. Ich hab ihm von Anfang an gesagt, dass diese alte Schachtel, entschuldigen Sie bitte, aber das war diese Frau, eine alte Schachtel, ihn ausnutzt, um ihn dann, wenn sie seiner überdrüssig wird, fallen zu lassen wie eine heiße Kartoffel. Und so ist es dann ja auch gekommen.«

Bibiche stand auf, marschierte zu der Luftmatratze, unter deren Kopfteil sie eine zerdrückte Schachtel Zigarillos und ein Feuerzeug hervorkramte. Sie zog ein Zigarillo heraus, das, weil vollkommen zerknautscht, in der Mitte durchbrach. Bibiche zuckte mit den Schultern und schob sich den halben Glimmstängel in den Mund, die zerfranste Seite steckte sie an. Dann setzte sie sich wieder zu Felix in die Lounge.

»Das sind harte Worte, Bibiane. Sie konnten Flavia Leone also nicht leiden?«

»Phh, was heißt, nicht leiden. Sie war mir egal. Aber es war mir nicht egal, was sie mit David veranstaltete. Ich hab sie auch nur ein einziges Mal gesehen. Und das war reiner Zufall. Ich wollte David vom Fitnessstudio abholen, in dem er arbeitet. Und dann sah ich die zwei rauskommen. Es war dunkel, ich glaube, es war im Februar. Er hat sie geküsst, und sie hat sich ganz erschrocken umgeschaut. Als wäre es ihr gar nicht recht, dass er sie in der Öffentlichkeit abschlabbert. Ich hab ihn darauf angesprochen. Zu dem Zeitpunkt hat er auch noch ein wenig von seiner neuen Flamme erzählt, da hat der Idiot auch noch gemeint, es könnte was Ernstes draus werden. Ich hab ihm auf den Kopf zugesagt, dass Madame nur mit ihm spielt. Aber er wollte ja nichts davon hören. Und letzte Woche hat er wohl dann seine Entlassungspapiere von ihr bekommen. Das war's.«

»Und Sie haben Flavia Leone nie persönlich kennengelernt?«

»Nein, sie hat darauf bestanden, dass er in ihr Appartement

kommt, wenn es ihr gerade gepasst hat. Sie muss auch mal in seiner Wohnung gewesen sein, da bin ich mir sicher. Aber garantiert nicht oft. Am Anfang hab ich noch versucht, David zu überzeugen, dass sie sich auch mit ihm in der Öffentlichkeit blicken lässt. Es wäre doch einfach Scheiße, wenn sie sich nicht zu ihm bekennt. Doch dann war mir klar, dass sie es gar nicht wollte. Überdies war sie wohl mit jemandem liiert. Das hat David dann irgendwann rausbekommen. Sie hatte noch ein zweites gemütliches Nest in Sète. Damit kam David gar nicht klar, und er hat sie wohl unter Druck gesetzt. So nach dem Motto, er oder ich. Und das war dann das Ende der großen Liebe.«

Felix legte seinen Notizblock auf den Rattantisch. Das waren allerdings interessante Informationen, die Bibiane Vergier in ihrem Ärger auf Flavia Leone und wohl auch auf David Chabal preisgegeben hatte. Chabal hatte also von Leones Lebenspartner gewusst. »Wann haben Sie David zuletzt gesehen?«

»Wie gesagt, das war am Montagabend. Ich hatte mich über ihn geärgert, weil er einfach verschwunden war, ohne sich zu verabschieden. Und ich wollte wissen, wie es ihm geht.«

»Und wie ging es ihm?«

»Beschissen. Er ist damit rausgerückt, dass es zwischen ihm und Flavia aus ist. Er hat darunter gelitten. Mann, ich sag Ihnen, es ging ihm total schlecht. Er war voll verzweifelt. Nie hätte er Flavia etwas angetan. Sie war seine große Liebe.«

Bibiche steckte sich die andere Hälfte des Zigarillos zwischen die Lippen, zog ihn dann sofort wieder heraus und spuckte ein paar Tabakkrümel auf den Boden. Sie hatte die falsche Seite erwischt. Felix musste unwillkürlich grinsen. Bibiane Vergier gefiel ihm. Sie war impulsiv und offen. Und sie war wirklich von der Unschuld ihres Freundes überzeugt, obwohl sie mit allem, was sie bis jetzt erzählt hatte, den Verdacht gegen David Chabal nur noch weiter erhärtet hatte.

»Welchen Eindruck hat David auf Sie gemacht, als er am Sonntagabend hier ankam?«

»Eher einen normalen. Am Anfang war er etwas schlecht drauf.

Ich hatte ihn nach Flavia gefragt. Im Laufe des Abends hat er sich wieder sehr intensiv mit seiner alten Flamme Adeline beschäftigt. Ist sogar mit ihr ins Bett. Er hat Flavia wohl vergessen wollen. Doch so wie ich ihn dann Montagabend erlebt habe, ist das wohl nicht ganz gelungen. Aber jetzt mal ehrlich. Glauben Sie allen Ernstes, so benimmt sich einer, der gerade eben seine Geliebte umgebracht hat? Taucht putzmunter auf meiner Feier auf und macht dann mit seiner ehemaligen Freundin rum?«

»Keine Ahnung. Sagen Sie's mir, Bibiane. David ist Ihr bester Freund, Sie kennen ihn seit Jahren.«

»Niemals. Er ist verletzlich, ja. Aber wenn er wirklich was Schlimmes angestellt hätte, wäre er zu mir gekommen, hätte sich bei mir ausgeheult.«

»Sind Sie da ganz sicher? Warum ist er verschwunden, wenn er nichts mit dem Tod von Flavia Leone zu tun hat?«

»Weil er ein Feigling ist. Und das beweist doch auch seine Unschuld, oder nicht? Ein Feigling tötet nicht, er haut ab, wenn die Situation unangenehm oder brenzlig wird.«

Bibiche schlug sich die Hand vor den Mund. Was hatte sie da nur von sich gegeben. »Wenn die Situation brenzlig wird.« War sie das nicht, nachdem jemand einen Mord begangen hatte? Brenzliger ging's doch kaum.

Felix registrierte die Geste und wartete ab.

»Ich weiß ganz einfach, dass er zu einer solchen Tat nicht fähig ist, basta. Und er ist verschwunden wie ein verwundetes Tier, das sich einen Unterschlupf sucht, weil es zur Ruhe kommen will, weil es genesen will. Ja, genauso habe ich ihn am Montag verlassen – ein verängstigtes Tier, voller Schmerz und voller Wut, Wut über das, was man ihm angetan hat, nicht über das, was es selbst angerichtet hat.«

»Bibiane, würden Sie mir sagen, wo er sich aufhält, wenn Sie es wüssten?«

»Ich weiß es aber nicht. Und wenn ich es herausfinde? Dann kann ich nicht garantieren, dass ich es Ihnen verrate.«

»Es wäre kein Verrat. Wenn David wirklich unschuldig ist,

brauchen wir ihn als wichtigen Zeugen. Er kannte Flavia Leone und offensichtlich auch Roger Creteuil. Er ist vielleicht der Einzige, der uns bei der Aufklärung von zwei Morden weiterhelfen kann.« Felix Stimme hatte einen beschwörenden Ton angenommen.

Bibiches Gesicht war ein einziges Fragezeichen. »Wer ist denn jetzt Roger Creteuil? Hab ich was verpasst? Und wieso ist der Mann tot?«

»Roger Creteuil war der Lebenspartner von Flavia Leone. Er ist in der gemeinsamen Wohnung in Sète ermordet aufgefunden worden.«

Bibiane Vergier stöhnte auf. »Das kann doch alles nicht wahr sein. Das ist ja der reinste Albtraum. Und David hatte ein Motiv, diesen Creteuil umzubringen, nicht wahr? Das wollen Sie mir doch sagen, Lieutenant. Mein Gott, David, in was hast du dich da nur reingeritten? Wenn ich was von ihm höre, sag ich Ihnen Bescheid. Versprochen.«

»Noch eine letzte Frage. Sagt Ihnen der Name Lou Gallo etwas?«

»Lou Gallo? Wer soll das sein? Nie gehört. Hört sich für mich an wie der Name einer Pizzeria.«

»Nein, Lou Gallo ist Mechaniker in einer kleinen Autowerkstatt in Sète. Hätte ja sein können, dass Sie ihn kennen.«

Kapitel 31

Felix Tourrain hatte sich mit Lou Gallo für achtzehn Uhr verabredet. Dann könne Gallo in der Werkstatt Schluss machen. Auf die Frage, um was es ging, hatte der Lieutenant ausweichend geantwortet.

Nachdem die Concierge auch den zweiten jungen Mann erkannt hatte, war es ein Leichtes gewesen, ihn ausfindig zu machen. Regionalmeister im Savate und ein Foto in der Zeitung. Der Mann war schnell gefunden: Lou Gallo, Mitglied, Vorzeigeathlet und Aushängeschild des Savate-Boxing-Clubs in Sète. Felix hatte mit dem Vorsitzenden des Clubs gesprochen. Ja klar, sie wären mächtig stolz auf Lou. Er sei erst seit einem Dreivierteljahr im Club, aber ein Meister seines Fachs. Silbergrad. Einen höheren Grad könne man als Boxer in diesem Sport nicht erreichen. Wie der schwarze Gürtel beim Judo. Ein netter Junge. Bescheiden und fleißig. Er arbeite in der Werkstatt von Theodore in Sète. Theodore sei ein Fan des Kampfsports, selbst einer der besten *tireurs*, und er habe Lou eingestellt und das bis heute nicht bereut. Mehr wisse er kaum über Lou. Eine Freundin? Jede Woche eine Neue, und meist zwei gleichzeitig. Das sei aber seine einzige Schwäche, der Verschleiß an Frauen. Aber die warfen sich Lou ja quasi an den Hals. Und da falle ihm noch ein, Lous Eltern hätten eine kleine Pension hinter Menton, kurz vor der italienischen Grenze, betrieben.

Felix war auf Lou Gallo gespannt. Vom Savate wusste er nur so viel, dass es eine Kampfsportart war, die von Matrosen in Marseille vor mehr als zweihundert Jahren entwickelt worden war, ähnlich wie Kickboxen funktionierte und lange Zeit den Ruf hatte, ein Sport für die Bandenmitglieder der Unter- und Halbwelt zu sein. Heute war es eine Sportart wie jede andere auch, mit Ausbildern, Wettkämpfen und Meisterschaften, und von Frauen wie Männern betrieben. Allerdings eine Flavia Leone war im Savate-Boxing-Club von Sète nicht bekannt.

Lou Gallo wartete bereits gegenüber der kleinen Renault-Werkstatt bei einem Glas Bier in der Bar-Thez. Wahrscheinlich ein Wortspiel in Anspielung auf den ehemaligen französischen Nationaltorwart Fabien Barthez. Die Franzosen waren eine sportbegeisterte Nation.

Felix erkannte den jungen Mann sofort. Dunkle Haare, durchtrainierter kräftiger Körper. Am auffälligsten waren jedoch seine dichten schwarzen Wimpern, die dem Gesicht einen fast femininen Zug verliehen. Kein Wunder, dass die Mädchen auf ihn flogen. Er hatte einen Laptop vor sich liegen und tippte auf den Internetseiten der *L'Équipe* herum, studierte irgendwelche Rugbyergebnisse.

Als Felix an den Tisch trat, fiel ein Schatten auf den PC, und Lou hob den Kopf. Er machte eine einladende Geste. »Auch ein Bier?«

Felix schüttelte den Kopf und bestellte beim Kellner, der an den Tisch getreten war, eine Orangina. Das Bier sah verlockend aus, aber Dienst war Dienst. Er setzte sich, und Lou klappte den PC zu.

»Nun, Mann, was liegt an? Können Sie sich überhaupt ausweisen?«

Felix zog seinen Dienstausweis hervor, hielt ihn Lou kurz unter die Nase und steckte ihn wieder ein. »Kannten Sie Flavia Leone? Sie war Archäologin, hat hier in Sète gewohnt, zusammen mit ihrem Partner. Sie ist letzten Sonntag ermordet worden. In ihrer Zweitwohnung in La Grande-Motte haben wir einen Zeitungsartikel gefunden. Die Savate-Meisterschaften. Wir haben uns gefragt, warum Madame Leone den Artikel, beziehungsweise das Foto, auf dem Sie drauf sind, aufgehoben hat. Und wir haben uns gefragt, was Sie bei ihr wollten? Die Concierge hat Sie wiedererkannt.«

Lou Gallo nahm einen Schluck Bier, wischte sich den Mund mit der Hand ab und blinzelte in die Sonne. »Lassen Sie mich überlegen, mon Lieutenant.« Der leichte Spott in seiner Stimme war nicht zu überhören.

Felix legte seinen Notizblock demonstrativ auf den wackeligen Tisch, dessen Resopalplatte ein feuchter Lappen gut zu Gesicht gestanden hätte. »Na, wie sieht's aus? Fällt Ihnen was dazu ein?«

»Aber ja doch. Ich überlege nur, wann das war.« Gallo kratzte sich am Kopf, als überlege er intensiv. »Jetzt fällt's mir wieder ein. Klar kannte ich die Frau. Ich hatte für sie an ihrem Wagen rumgeschraubt. Ölwechsel und Luftfilter. Theodore sieht es nicht gerne, aber bei mir macht er schon mal eine Ausnahme, wenn es um Kleinigkeiten geht. Also, ich hab den Luftfilter und das Öl gewechselt. Schwarz. Wollte aber keinen Scheck. Sie meinte, ich soll das Geld dann bei ihr abholen. Sie hat mir ihre Adresse in La Grande-Motte gegeben. Ich hatte mich schon gewundert, dass sie mit ihrer Karre bis nach Sète gurkt. Aber wenn sie hier gewohnt hat… War jedenfalls keine große Sache, sagte ich schon. Hundertzwanzig Euro. Ich bin dann hingefahren. Aber sie war nicht da. Die Alte sagte mir, Madame Leone sei auf einer Grabung. Da hab ich zum ersten Mal gehört, dass sie Archäologin ist. Das Geld kann ich mir jetzt wohl abschminken. Ich hab sie nicht mehr gesehen, und jetzt ist sie tot. Wissen Sie, wer's war?« Die Frage kam zögerlich, und Gallos Stimme hatte ihr eben noch großspuriges Timbre verloren.

»Bisher nicht. Und nicht nur sie ist tot, auch ihr Mann wurde ermordet. Am selben Tag. Kapitän Roger Creteuil. Haben Sie auch ihn gekannt?«

Gallo schüttelte den Kopf. »Noch nie was von dem Typen gehört. Aber um sie tut's mir leid. Sie war eine außergewöhnlich schöne Frau, hat mir gefallen. Echt schade um sie. In dem einen Moment bist du noch quicklebendig, und dann mit einem Mal futsch, alles aus. Tragisch.«

Nachdenklich leerte Gallo sein Bierglas.

»Ja, tragisch. Können Sie auch noch meine letzte Frage beantworten, Monsieur Gallo, warum Madame Leone den Zeitungsartikel über die Savate-Meisterschaften aufbewahrt hat?«

»Ich vermute mal, sie hat die Zeitung gekauft und mich auf dem Foto erkannt. Fand interessant, was ich so mache. Sie war ja eine sportliche Frau. Vielleicht wollte sie das Savate-Boxen selbst mal ausprobieren. Aber so weit ist es nicht gekommen, leider.«

Kapitel 32

»Der Prachtbursche muss gleich aufs Eis.«

Mathilde hielt die gelbe Kühltasche mit den vier gefrorenen eiskalten Akkus auf, und der Fischhändler ließ den großen Fisch in seiner Verpackung hineingleiten. Der Loup de mer wog fast vier Kilo, und Odile würde ihn am Abend, sanft in einer dicken Salzkruste gegart, auf den Tisch bringen. Aus dem geflochtenen Korb, den Martin trug, lugten dunkelgrüne Mangoldblätter mit roten Stielen heraus. Er und Mathilde hatten sich vor knapp einem Jahr auf dem Markt in Uzès kennengelernt. Keramikkünstler aus der Gegend stellten dort an diesem Tag ihre Fayencen aus. Mathilde hatte Sébastien dabeigehabt. Der Geistesgegenwart Martins war es zu verdanken gewesen, dass ein irdenes Kunstwerk nicht zu Bruch ging, als Sébastien es versehentlich hatte fallen lassen.

Martin genoss den Gang mit Mathilde über den Markt, der ausschließlich mit regionalen Produkten bestückt war. Ein halbes Dutzend cremiger kleiner Ziegenkäse wanderte ebenfalls in die gelbe Tasche. Sie würden mit Honig und eingelegten Feigen zum Nachtisch serviert werden.

»Wollen wir noch einen Kaffee trinken? Da hinten ist ein Platz freigeworden.«

Martin zeigte auf ein Bistro unter den Arkaden. An den meisten Tischen der Restaurants und Bars waren die Mitarbeiter schon damit beschäftigt, Gläser, Bestecke und Servietten hinzustellen und zu legen, ein sicheres Zeichen dafür, nur noch Platz zu nehmen, wenn man auch bereit war, etwas zu essen. Es ging auf zwölf Uhr zu, und viele der Marktbesucher würden sich zu einem Mittagessen einfinden. Daher waren die Stühle, auf denen man sich nur zu einem Getränk niederlassen konnte, heiß begehrt.

»Lieber nicht. Wenn wir noch der Grabung bei Villetelle einen Besuch abstatten wollen, sollten wir uns auf den Weg machen. Nicht dass uns der Fisch noch schlecht wird. Odile bringt uns um.«

Martin war am Morgen mit leichten Kopfschmerzen aufgewacht. Der Trubel um Sébastiens Heimkehr, die im Moment noch ungewohnten warmen Temperaturen und die zahlreichen Cognacs waren schuld gewesen. Eine eiskalte Dusche hatte ihn wieder klar im Kopf werden lassen. Als er zum Frühstück in der Küche erschienen war, musste er feststellen, dass alle anderen schon fertig waren. Odile hatte ihm frischen Kaffee zubereitet, den Brotkorb erneut mit frischem Baguette und Croissants gefüllt.

»Die musst du probieren. Lucille hat sie kreiert, Maulbeerkonfitüre, ein Genuss, sag ich dir.« Sie schnalzte mit der Zunge.

Die Maulbeerbäume waren noch ein Relikt aus der Zeit, als zahlreiche Seidenspinnereien im Languedoc betrieben wurden. Die Seidenraupen ernährten sich von den Blättern des Baumes, und heute waren die Maulbeerbäume, ebenso wie die überall gegenwärtigen Olivenbäume, aus dem Süden Frankreichs nicht mehr wegzudenken.

»Und was habt ihr heute vor?« Odile hatte Martin Kaffee nachgeschenkt und sich mit ihrer *bol* neben ihn gesetzt.

»Uzès, Markt und archäologische Grabung«, hatte Martin zwischen zwei Bissen mitgeteilt. »Und am Nachmittag ziehe ich um. Dazu war gestern ja keine Zeit mehr. Rémy hat mir *Les trois figues* angeboten. Ich nehme es gerne an. Ich wäre ja auch hiergeblieben, aber Mathilde meinte, hier könnte ich nie in Ruhe arbeiten.«

Er verzog das Gesicht. Um Mathilde nahe zu sein, hätte er gerne in Kauf genommen, in regelmäßigen Abständen von Sébastien gestört zu werden. Aber wie sollte er ihr das klarmachen?

Odile hatte wissend genickt. Bevor er wieder nach oben verschwunden war, hatte sie ihm noch einen Einkaufszettel in die Hand gedrückt.

Doch jetzt war er mit Mathilde unterwegs, und der Einkaufszettel war abgearbeitet. Wie ein altes Ehepaar hatten sie sich gemeinsam die archäologische Sensation in Uzès angeschaut. Hier wurde auch am Samstag gearbeitet, da die Zeit drängte. Das Internat musste gebaut werden, die Frist für die Archäologen lief langsam ab.

Martin war begeistert gewesen. Eine brummige, großgewachsene Archäologin mit dem einzigartigen Vornamen Persephone hatte sie zunächst eher unfreundlich begrüßt. Als sich dann aber herausstellte, dass Mathildes Besuch privater Natur und Martin nicht von der Polizei war, sondern quasi eine Art Kollege von Persephone Titeux – immerhin hatte er drei Semester Vorderasiatische Archäologie in Saarbrücken studiert –, war die Dame richtiggehend aufgetaut und hatte sie mit der Geschichte des Ortes und den Funden vertraut gemacht. Vollends von Martin angetan war sie, als dieser im Brustton der Überzeugung kundtat, dass fast nicht zu glauben sei, dass es mehr als sechzehnhundert Jahre gedauert habe, bis der Mensch – Jahrhunderte nach den römischen Errungenschaften – endlich wieder fließend warmes Wasser und eine funktionierende Klospülung entwickelt habe. Bewunderungswürdig.

Zum Abschied hatte Persephone sogar angeboten, den zweiten Grabungsleiter zu informieren, einen Kollegen namens Maxime Berchwyler, damit Martin und seine Begleitung – man beachte die Rangfolge mokierte sich Mathilde später – sich auch diese zweite außergewöhnliche archäologische Stätte in Ruhe und unter sachgemäßer Führung anschauen konnten. Mathilde war zunächst nicht begeistert gewesen, doch Martin hatte sich wie ein Kind gefreut, und sie hatte nachgegeben. Erst auf dem Weg zum Marktplatz hatte sie ihm gestanden, dass dort vor einer Woche eine Leiche gefunden worden war, die der Chefarchäologin Flavia Leone.

Auf der Fahrt zu Maxime Berchwyler und seiner Grabung entspannte sich Mathilde ein wenig. Persephone Titeux war mit keinem Wort auf die Ermordung ihrer Kollegin eingegangen. Die Archäologin war ganz offensichtlich froh darüber gewesen, dass

Mathilde als Privatperson aufgetaucht war und nichts von ihrer kostbaren Zeit mit überflüssigen Fragen vergeudet hatte. Das Areal der Grabung bei Villetelle war wieder freigegeben, und auch hier arbeiteten die Wissenschaftler unter Hochdruck, um die letzten Funde zu sichern. Nichtsdestotrotz handelte es sich um einen Tatort. Kein wirklich netter Platz, um ihn mit einem Freund zu besuchen. Andererseits war es Martin gewesen, der in Psalmody im letzten Sommer geradezu in die Ermittlungen um den Tod eines jungen Mädchens hineingeschlittert war. Ihn konnte wahrscheinlich so leicht nichts mehr aus der Ruhe bringen.

Martin saß hinter dem Steuer seines Golfs und sang gut gelaunt den Text eines Chansons von Jacques Brel mit. *La valse à mille temps*. Er wurde immer schneller, genau im Rhythmus der Musik und dem immer rasanter gesungenen Text. Mathilde staunte. Den Text hätte sie im Leben nicht im Kopf gehabt, geschweige denn, dass sie ihn in diesem Affentempo hätte mitsingen können.

Ihr Handy klingelte, und sie vernahm die sachliche Stimme von Felix Tourrain, der ihr kurz mitteilte, das Gespräch mit Adeline Pérois, einer Freundin von David Chabal, habe nichts ergeben. Er hatte sie telefonisch in der Champagne erreicht. Laut Adeline war David der letzte Idiot, ein Arsch, wie ihn die Welt noch nicht gesehen hatte. Bereits gestern Abend hatte er Mathilde über das Ergebnis der Befragungen von Bibiane Vergier und Lou Gallo informiert. Die junge Frau konnte sich beim besten Willen nicht vorstellen, dass David ein Mörder sei, und sie habe auch keine Ahnung, wo er abgeblieben sein könnte. Lou Gallo, der Savate-Boxer, habe Flavia gekannt, geschäftlich. Warum sie den Zeitungsartikel aufgehoben habe, könne er sich nicht wirklich erklären. Alles in allem sei er keinen Schritt weitergekommen.

»Und Commandant Bouraada? Haben Sie ihn erreicht? Ich habe es schon ein paar Mal versucht. Wissen Sie, wo er steckt, Felix?«

»Nein, Madame le juge. Er geht nicht an sein Handy. Ich hab ihm auf Band gesprochen. Aber es ist Wochenende, auch er muss sich mal etwas Ruhe gönnen dürfen.«

»Natürlich darf er sich Ruhe gönnen. Aber es ist einfach nicht seine Art, nicht erreichbar zu sein.« Mathilde machte eine kurze Pause, zögerte. »Felix, ist Ihnen der blaue Fleck am Hals des Commandant aufgefallen? Hat er erklärt, wie das passiert ist?«

»Ja, keine große Geschichte. Er ist im Bad ausgerutscht, hat sich irgendwo angeschlagen«, erwiderte Felix munter. Zu munter.

»Sie haben ihm das abgekauft?«

Felix blieb stumm. Keine Antwort war auch eine Antwort. Also hatte auch Felix seine Zweifel an dieser Erklärung.

»Danke Lieutenant. Zumindest ich bin jederzeit erreichbar. Und wenn Sie etwas von Bouraada hören, er soll mich anrufen. Au revoir.«

Martin hatte dem Gespräch gelauscht. Mathilde hatte eine ganz besondere Beziehung zu Rachid Bouraada, das wusste er. Es war nichts Sexuelles. Es war mehr, es war etwas Besonderes. Wie hatte sie ihn genannt? Mein Fels. Dagegen war er wahrscheinlich eher eine Art Kieselstein.

»Wir sind gleich da, Martin. Hier nach rechts, du kannst da hinten auf dem geschotterten Platz parken.«

Mathilde riss Martin aus seinen Gedanken. Er tat, wie ihm geheißen. Er war wirklich gespannt, wie es hinter dem Bauzaun, der das Grabungsgelände abschirmte, aussah.

Am Zugang zum Areal tauchte binnen einer Minute ein drahtiger Mann in Kakishorts, einem schweißdurchtränkten T-Shirt und einem Lederhut mit Kordel auf, der sie begrüßte. »Persephone hat mich angerufen. Ich habe Sie bereits erwartet. Und Sie Monsieur? Ein Kollege aus Deutschland?«

Martin war geschmeichelt. »Nicht ganz. Eher ein interessierter Laie mit einer kleinen Portion Fachwissen«, meinte er bescheiden. »Ist eine weitere Nachbildung der Maske hier zu besichtigen?« Mathilde hatte ihn über die Umstände des Todes der Archäologin kurz informiert.

»Leider nein. Das Original ist in Montpellier gut verwahrt, und eine zweite Nachbildung haben wir nicht hier. In der Grabungsbaracke haben wir allerdings Fotos. Wenn es Sie interessiert?

Madame le juge, darf ich fragen, ob Sie mit Ihren Ermittlungen schon weiter sind? Ich bin immer noch geschockt. Flavia, und dann noch ihr Mann. Was wohl hinter den Morden steckt?«

»Monsieur Berchwyler, Sie werden verstehen, dass ich zu laufenden Ermittlungen nichts sage. Ich bin heute auch ganz privat hier. Mein Freund aus Deutschland möchte sich ein wenig auf der Grabung umschauen. Wenn Sie also so nett wären.«

Leichte Ungeduld schwang in Mathildes Stimme mit, und Berchwyler nickte.

»Dann los, kommen Sie mit.«

Nach einer halben Stunde, Mathilde hatte kaum zugehört, was der Archäologe zum Besten gab, ihre Gedanken kreisten um Rachid Bouraada und sein ungewöhnliches Verhalten, schloss Berchwyler die Besichtigung ab und lud Martin ein, sich in der Grabungsbaracke umzuschauen.

»Ein paar nette Funde sind noch da. Auch die gehen in den nächsten Tagen nach Montpellier. Was an Scherben noch nicht zusammengesetzt ist, landet in der Restaurierungswerkstatt. Sie können auch einen Blick auf unsere Fotos werfen, das Mosaik ist zwar nicht so spektakulär wie das in Uzès, aber die Maske ist der Hammer.«

In der Baracke war ein Archäologe, oder eher ein Student der Archäologie, wie Martin vermutete, dabei, mit einem Pinsel eine Scherbe zu reinigen. Martin begutachtete mit Kennermiene die Fotos. Die Maske war in der Tat ein Fund, der einzigartig war. Es schauderte ihn, als er daran dachte, dass man sie einer Toten aufs Gesicht gelegt hatte. Irgendwie pervers.

»Darf ich?«

Berchwyler war kurz in ein Gespräch mit dem jungen Archäologen vertieft. Er nickte, als er sah, wie Martin auf einen Karton zeigte, der voll mit Scherben unterschiedlichster Größe, Materialien und Farben war, die noch auf ihre Säuberung warteten.

»Kramen Sie ruhig drin rum. Das sind wirklich nur Reste, die wir nirgendwo zuordnen konnten. Nicht wirklich Müll für uns, aber Müll, den die Bewohner dieser Villa produziert haben.«

Er beugte sich wieder zu dem pinselnden jungen Mann hinunter, während Mathilde geduldig darauf wartete, dass Martin seine Schatzsuche beendete. Sie hatte die Fotos der Maske intensiv studiert, aber es wollte kein Ideenfunke überspringen, der sie in diesem verzwickten Fall weitergebracht hätte.

»Hoppla, das gehört aber nicht in diese Kiste, wenn mich nicht alles täuscht.«

Alle Blicke wandten sich Martin zu. Er hielt einen kleinen länglichen, zylinderförmigen Gegenstand in der Hand, den er hochhielt.

Mit einem Satz war Berchwyler bei ihm. »Das kann doch nicht wahr sein. Wo kommt das denn her? Aus dem Karton mit den Scherben etwa?«

»Ja, es lag zuunterst.«

»Und was ist das jetzt?« Mathilde konnte sich die Aufregung, die die Männer erfasst hatte, nicht erklären. Auch der Student schien zu erkennen, dass es sich bei diesem kleinen Objekt um etwas Besonderes handeln musste. Er hatte den Pinsel beiseitegelegt und runzelte die Stirn.

»Das, Madame le juge, ist ein Rollsiegel. Aus Hämatit. Altbabylonisch um tausendachthundert vor Christus.«

Berchwyler rollte das Siegel vorsichtig über seine Handfläche, hielt es ins Licht.

Martin nickte wissend und nicht ohne eine Portion Stolz, wie Mathilde schmunzelnd registrierte. Martin, der Abenteurer und Schatzsucher, das passte zu ihm.

»Zeit des Hammurabi«, präzisierte er.

»Korrekt, Kollege. Und dazu ein wunderschönes Stück, en detail gearbeitet. Und es gehört ganz sicher nicht in diesen Karton. Was sage ich, es gehört überhaupt nicht hierher.«

Kapitel 33

Bibiche war mit einem Schlag hellwach. Natürlich, wie konnte sie nur so blöd gewesen sein.

Nachdem der Lieutenant am Freitag wieder gegangen war, hatte sie zunächst wie gelähmt in ihrem Sessel gekauert. Die Packung mit den Zigarillos lag zerknüllt auf dem Tisch, die restlichen Glimmstängel waren nicht mehr zu gebrauchen, nur noch Krümel. Sie dachte nach. War es doch möglich, dass David etwas mit dem Tod seiner Ex-Geliebten zu tun hatte? Im Leben nicht! Und wenn er nichts damit zu tun hatte, dann konnte er sich ebenso gut der Polizei stellen. Davon musste sie ihn überzeugen. Wenn sie nur wüsste, wo er steckte. Ihn auf dem Handy zu erreichen, hatte Bibiche aufgegeben. Es war abgeschaltet. Wahrscheinlich hatte er es sowieso entsorgt, um nicht gefunden zu werden. War David zu einer so cleveren Idee in einer solchen Ausnahmesituation überhaupt fähig? Oder war er einfach an einem Ort, wo das Handy überflüssig war, da er in einem Funkloch lag?

Zwei Tage hatte sie gebraucht, um auf die nahe liegende Antwort zu kommen. Bibiche wusste mit einem Mal, wo sich David versteckt hielt. Hatte sie ihm nicht selbst vor ewigen Zeiten angeboten, er könne dort jederzeit, wenn er eine seiner einsamen Kletter- und Wandertouren unternahm, übernachten? Es musste mittlerweile sechs, sieben Jahre her sein, als sie selbst zum letzten Mal in Saint-Martial gewesen war, in dem kleinen Steinhaus, das ihr Vater für einen Appel und ein Ei gekauft hatte, um ein Wochenendrefugium für die Familie daraus zu machen. Kein Lärm, kein Radio, kein Fernseher, kein Handyempfang. Und noch nicht mal direkt in Saint-Martial, wo wenigstens in den Sommermonaten noch etwas los war, sondern drei Kilometer außerhalb, mitten im Urwald. Bibiche war vor Langeweile fast gestorben. Ihr Vater wohnte mittlerweile mit seiner neuen Familie in Dijon, hatte nie mehr Interesse an dem Steinhaufen gezeigt. Und so war das Haus in Vergessenheit geraten. Wahrscheinlich zahlte er brav die Steuern jedes Jahr, sie konnten nicht hoch sein. Ob überhaupt noch ein Stein auf dem anderen stand? Bibiche wusste es nicht.

Aber David wusste, wo der Schlüssel zum Haus lag. Ihr Vater hatte das Versteck damals eingerichtet. Unter dem Küchenfenster stand auf der Terrasse ein Steintrog mit einem Loch. Im Loch lag der Schlüssel, darauf stand ein Keramiktopf, in dem ihre Mutter irgendein Salatkraut gezogen hatte. David war dort, ganz sicher.

Bibiche sprang aus dem Bett, zog sich an, putzte nur rasch die Zähne und jagte mit ihrem Wagen aus der Einfahrt. Von Lavérune nach Saint-Martial waren es knapp siebzig Kilometer, die Strecke war besonders im letzten Abschnitt unwegsam, sie musste schon mit mindestens neunzig Minuten Fahrzeit rechnen.

Als sie ihr Ziel erreicht hatte, war es schon fast Mittag. Sie musste den Wagen unterhalb des Hauses stehen lassen. Von dem Weg aus betrachtet, der nach oben führte, machte die Hütte noch einen ganz soliden Eindruck. Doch wo war Davids geliebter Sportwagen? Wie sollte er hierhergekommen sein? Weit und breit sah Bibiche keinen weiteren Wagen. Sie stapfte auf dem steilen Weg in Richtung Haus. Außer Vogelgezwitscher war nichts zu hören. Die Haustür war verschlossen, die Fensterläden zugeklappt. Bibiche ging den Pfad um die linke Hausecke herum. Und da war er. Das heißt, da lag er. Auf einem altersschwachen segeltuchbespannten Liegestuhl. Er schnarchte in der Sonne, was Bibiche nicht weiter wunderte, sollte er tatsächlich die Flasche Whisky, die leer neben ihm lag, schon heute Vormittag geleert haben. Dafür sprachen die sechs fein säuberlich im Steintrog aufgereihten leeren Flaschen, die sich mit zerknüllten Chipstüten abwechselten. Der alte Pflanztopf lag zerbrochen daneben.

»Gesunde Ernährung sieht anders aus«, flötete sie David ins Ohr, der erschrocken die Augen aufschlug.

»Wo kommst du denn her, wie hast du mich gefunden?«, grunzte er. Beim Versuch, sich aus dem Liegestuhl zu stemmen, gaben dessen Beine nach, und David landete unsanft mit dem Hintern auf dem Steinboden der Terrasse.

»Ich hab eins und eins zusammengezählt. Hat zwar ein wenig gedauert, bis ich das Ergebnis hatte, aber ganz so doof bin ich nun auch wieder nicht. Wie bist du hier rauf gekommen? Ich hab deinen Wagen nicht gesehen.«

David hatte sich mittlerweile aufgerappelt. Er setzte sich auf einen weißen Plastikstuhl. Bibiche ging in die Küche, wo drei weitere Stühle ineinander gestapelt standen, und stellte einen zweiten Stuhl in die Sonne. David hatte einen ordentlichen Sonnenbrand und sah dafür, dass er sich offensichtlich ausschließlich von Hochprozentigem und Fettigem ernährte, erstaunlich munter aus.

»Hast du ein Aspirin dabei?«

Bibiche kramte in ihrer Tasche und schüttelte den Kopf. »Nein. Also, wo ist dein Auto?«

»Ich fahr doch nicht mit dem tiefgelegten Geschoss hier hoch. Was glaubst du, was mit meiner Ölwanne passiert? Er steht unten im Heuschuppen, du musst dran vorbeigekommen sein. Die Strohballen da drin sind schon ganz gammelig, da war schon lang keiner mehr drin. Die Lebensmittel hab ich hochgeschleppt.«

»Lebensmittel, dass ich nicht lache. Aber zum Lachen ist mir echt nicht zumute. Hör zu David, wenn du unschuldig bist, musst du dich stellen. Ich weiß, was passiert ist. Und wenn du was mit der Ermordung von Flavia zu tun hast, dann erst recht. Hast du mich verstanden?«

»Du weißt es also. Aber ich war es nicht. Nur, wer glaubt mir das?«

»Ich glaub dir. Sei jetzt vernünftig. Wie hast du dir das überhaupt vorgestellt? Wie lange wolltest du hier oben bleiben? Komm schon, pack deine Siebensachen, ich fahr dich zum Kommissariat. Der Typ, der bei mir war, hat den Eindruck gemacht, als wäre er ganz okay.«

»Was, die Polizei war schon bei dir? Was haben die gesagt? Verdächtigen sie mich?«

»Sie wollen auf jeden Fall mit dir sprechen. Das ist doch logisch. Du warst ihr Geliebter. Die meinen, vielleicht weißt du was, was ihnen weiterhilft.«

David stöhnte auf. »Wenn ich was wüsste, was die Flics zum Mörder von Flavia führt, hätte ich doch schon längst was gesagt.«

»David, es geht nicht nur um einen Mord.«

»Hä, was soll das denn schon wieder? Nicht nur ein Mord?«

»Der Mann von Flavia ist ebenfalls tot.«

»Scheiße, wie das denn? Hab ich also meinen Nebenbuhler umgebracht? Glauben die das?«

»Die glauben gar nix. So, und jetzt pack deinen Kram. Je eher wir sie von deiner Unschuld überzeugen können, desto besser.«

Bibiche hatte damit gerechnet, dass sich David jetzt mit Händen und Füßen wehren würde. Doch er erhob sich, langsam und müde wie ein uralter Mann kam er auf die Beine. »Okay, wir können los. Ich hol nur noch meinen Rucksack aus dem Haus.«

Langsam trotteten sie zu Bibiches Auto. David schwieg die ganze Zeit über. Er zögerte, als seine Freundin den Wagen aufsperrte und mit einer einladenden Geste auf den Beifahrersitz zeigte. »Los, wird's bald, du steigst jetzt sofort ein. Und komm mir nicht auf dumme Ideen.«

»Und was ist mit meinem Auto?«

»Deine Karre steht für die nächsten Tage gut im Heuschober. Und wenn du auf freiem Fuß bist, fahr ich dich wieder her, und du kannst sie abholen.«

Drei Kilometer hinter Saint-Martial meldete sich Bibiches Handy. Es war bereit, wieder mit der Außenwelt in Kontakt zu treten. Sie wählte die Nummer, die auf der Karte stand, die ihr Lieutenant Tourrain gegeben hatte.

Kapitel 34

Noch ein paar Mal hatte Felix versucht, den Commandant zu erreichen. Doch es blieb still am anderen Ende der Leitung. Bouraada hatte keinen Dienst, und warum sollte er nicht mal richtig entspannen. Und dazu war ein ausgeschaltetes Handy wohl der erste Schritt. Auch wenn Felix sich nicht vorstellen konnte, ohne Handy überhaupt entspannen zu können. Was, wenn jemand ihn dringend erreichen wollte? Nein, sein Handy blieb eingeschaltet, Erholung hin, Entspannung her. Auch er hatte sich Gedanken über die kleine Verletzung an Rachids Hals gemacht. Auf seine flapsige Frage hin, wer ihm denn diesen Fleck beigebracht und was er zu bedeuten habe, hatte ihm Rachid dieselbe Antwort gegeben wie Mathilde. Ein Ausrutscher in der Dusche.

Endlich. Felix' Handy flötete. Sabine Chong. Er hatte schon die Hoffnung aufgegeben. Nachdem sie seine Einladung angenommen hatte, rief sie am Vormittag an und teilte ihm mit, eine Großtante aus Lyon käme zu Besuch und sie wüsste nicht, ob sie sich von der Familie loseisen könne. Doch nun die erlösende Nachricht, die Großtante sei aufgrund der langen Anreise ermüdet und wolle früh zu Bett. Dem Rendezvous stehe also nichts mehr im Wege. In einer Stunde wäre sie da.

Felix hatte für sieben Uhr einen Tisch in einem Restaurant in der Nähe der alten Kathedrale Notre-Dame-et-Saint-Castor bestellt und war froh, dort nun nicht absagen zu müssen. Das Lokal wurde von einem vietnamesischen Paar geführt, das die französische Küche exquisit mit der asiatischen ihrer Heimat verband. Felix hoffte, damit den Geschmack von Sabine zu treffen. Man hatte ihm auf seinen Wunsch einen kleinen Tisch im rückwärtigen Bereich des Restaurants reserviert. Die Einrichtung war schlicht und geschmackvoll. Dunkles Holz dominierte, der Verzicht auf kitschige asiatische Accessoires war eine Wohltat für die Augen. Felix erwartete Sabine an der Bar. Voller Bewunderung schaute sie sich um, ehe sie sich mit drei Wangenküsschen begrüßten.

»Wunderbar. Das gefällt mir. Warst du hier schon öfter?«

Sabine war sofort zum Du übergegangen. Felix wurde rot. Sollte er zugeben, dass er das Lokal auf der Suche nach einer passenden, für eine Halbasiatin anspruchsvollen Location im Internet entdeckt hatte? Er entschied sich für die Wahrheit.

»Das ist süß von dir. Und du hast meinen Geschmack zu hundert Prozent getroffen. Wenn die Küche jetzt noch stimmt, steht einem gelungenen Abend nichts im Weg.«

Sabine und Felix entschieden sich für einen klassischen trockenen Martini zum Aperitif. Der Tisch war bereits für zwei Personen gedeckt. In den Servietten steckte ein zarter Jasminzweig, dessen Blütenduft ganz leicht der Nase schmeichelte. Nach einem Teller Pho, einer würzigen Brühe mit Hähnchenfleisch und frischen Gemüsen, hoben sie ihre Gläser zum Anstoßen. Felix hatte sich für einen trockenen Chardonnay entschieden, während Sabine mit bekümmerter Miene abwinkte, als der Kellner ihr die Weinkarte offerierte.

»Ich muss mich nach dem Martini leider mit Wasser begnügen. Das harte Schicksal von uns Autofahrern, wenn wir den Führerschein nicht abgeben wollen.« Sie grinste Felix an.

Fast hätte er Sabine angeboten, bei ihm zu übernachten. Doch dann überlegte er es sich anders. Er war sich nicht sicher, wie die Idee bei ihr ankommen würde. Ihnen blieb noch genügend Zeit, sich besser kennenzulernen.

»Wusstest du, dass der Pho angeblich von den Franzosen nach Vietnam gebracht worden ist? Pho ist nichts anderes als unser ehrwürdiges Pot-au-feu.«

Felix hatte noch nie etwas davon gehört. Aber interessant, wo die Franzosen überall ihre Spuren hinterlassen hatten. Als nach einer angemessenen Pause das Hauptgericht serviert wurde – beide hatten sich für das Lammfilet mit asiatischen Meeresalgen und weißem scharfem Rettich entschieden –, war Felix bereits bestens über die familiären Hintergründe Sabines informiert. Er hatte sie rundheraus einfach danach gefragt.

»Du willst also wissen, warum ich a) so winzig bin und b) meine Augen anders geschnitten sind als deine und c) warum meine Haare glänzen wie schwarzer Lack? Das ist ganz einfach. Meine Mutter ist Dolmetscherin. Sie war mit einer Wirtschaftsdelegation in Shanghai. Dort hat sie meinen Vater kennengelernt, es hat gefunkt, et voilà, hier bin ich. Ich habe noch zwei jüngere Geschwister, meine Mutter übersetzt mittlerweile Sachbücher für verschiedene Verlage, und mein Vater pendelt zwischen Frankreich und China hin und her. Er ist beratender Ingenieur im Bereich der Atomenergie.«

Das Zusammensein mit Sabine erschien Felix so vertraut, als würden sie sich bereits seit Kindertagen kennen. Sie hatte Witz, konnte über sich selbst lachen. Und ein ums andere Mal stellten sie Gemeinsamkeiten fest – Felix liebte das Kino und die französischen Gangsterfilme, Sabine ließ keinen alten amerikanischen Gangsterfilm mit Humphrey Bogart oder James Cagney aus, die Leidenschaft für die Berge, sei es Wandern oder Klettern, faszinierte die beiden ebenso wie Wildwasserfahren in den Schluchten der Ardèche. Und was Felix durch seine Polizeiausbildung im Judo aufweisen konnte, machte die zierliche junge Frau mit Karate wett. Zu Felix' Erstaunen besaß Sabine den ersten braunen Gürtel. Bis nach dem Dessert hatten sie es geschafft, nicht über Felix' Beruf und auch nicht über den aktuellen Fall zu reden. Doch Sabines Neugier siegte beim Espresso. »Habt ihr schon eine heiße Spur? Es ist doch merkwürdig, da wird ein Paar fast zur gleichen Zeit ermordet. Hängen die Morde denn überhaupt zusammen?«

»Davon gehen wir aus. Aber nein, wir haben nicht wirklich eine heiße Spur. Alles eher lauwarm. Wir haben da einen jungen Mann, der uns vielleicht weiterbringen kann. Er scheint ein etwas intimeres Verhältnis zu Flavia Leone gehabt zu haben.«

Sabine riss die Augen auf. »Das ist ja ein Ding. Davon hab ich nie was mitbekommen. Du sagtest, ein junger Mann. Einer ihrer Studenten?«

»Nein, keiner von euch. Aber tatsächlich auch ein Student.«

Sabine fuhr sich mit den Fingern durch die Haare, die jetzt wie Stacheln abstanden. »Und die Sache mit der Maske. Ich hab mir noch mal den Kopf darüber zerbrochen. Es gibt nur eine Erklärung, warum jemand Flavias Gesicht damit abgedeckt hat. Ich habe recherchiert, und es gibt keinen Kult, kein Ritual, bei dem eine Totenmaske dem Verstorbenen direkt aufs Gesicht gelegt wird. Ich glaube, jemand hat Flavias Anblick nicht ertragen. Und das muss nicht unbedingt ihr Mörder gewesen sein. Gibt es denn überhaupt keine Spuren? Ich meine, ihr seid doch mittlerweile in der Lage, durch ein winziges Haar, das ihr entdeckt, den Täter ausfindig zu machen. Habt ihr keine DNA gefunden?«

»Tut mir leid, Sabine. Zu unseren laufenden Ermittlungen darf ich dir nichts sagen. Ich habe eigentlich schon viel zu viel erzählt. Aber du hast natürlich recht. Wenn wir eine verwertbare DNA haben, brauchen wir nur noch die passende Person dazu. Aber das heißt noch lange nicht, dass diese Person auch unser Täter ist. Also, alles doch nicht so einfach.«

Sabine zerbröselte einen der runden Kekse, die zum Espresso auf einem Glasteller gereicht worden waren. »Oh wie schade, kein Glückkeks. Andererseits, es hätte mich auch gewundert. Gibt es bei den Vietnamesen überhaupt Glückskekse?« Sie stopfte sich einen halben Keks in den Mund und hustete. Nach einem Schluck Wasser hatte sie sich wieder gefangen. »Zumindest sind die Dinger genau so trocken wie ihre Glücksbrüder. Was ich wohl in einem Keks gefunden hätte? *Halten Sie das Glück fest, das sich Ihnen bietet?*« Sie strahlte Felix an, der die Schmetterlinge in seinem Bauch kaum noch bändigen konnte.

Das Gespräch konzentrierte sich nun auf Sabines beruflichen Werdegang. Felix hatte ihr verschämt anvertraut, er habe sich einige Bücher zur Archäologie angeschafft. Nichts Ernstzunehmendes, mehr was für Kinder, allgemein verständlich, schön bebildert. Sabine war ganz hingerissen, wie viel Mühe er sich machte, ihrem Beruf näherzukommen, und erklärte ihm mit leuchtenden Augen, wie ausgesprochen lieb sie das fände.

»Und so weit liegen unsere Berufe ja nicht auseinander, wir suchen und finden Spuren und Antworten. Ich wusste immer schon, dass ich Archäologin werden wollte. Dann habe ich nach acht Semestern Archäologie meine Ausbildung zur Restauratorin angeschlossen. Schau, meine Finger sind geradezu dazu prädestiniert, kleine und kleinste Scherben wieder zu einer Vase oder einem einfachen Öllämpchen zusammenzufügen. Ich liebe diesen Beruf, er ist spannend und bietet jeden Tag eine neue Überraschung. Du hast doch sicher von dem merkwürdigen Fund gestern auf der Grabung bei Villetelle gehört. War es nicht sogar deine Madame le juge, die das Rollsiegel entdeckt hat? Oder war es ihr Begleiter?«

Felix schüttelte den Kopf. Das war das Erste, was er hörte. Er wusste gar nicht, dass die Untersuchungsrichterin wieder auf der Grabung gewesen war. Und zusammen mit Rachid Bouraada? Ohne ihn zu informieren? Und sie sollten ein Rollsiegel, was immer das auch war, entdeckt haben? Beim Buddeln?

Sabine lachte. »Nein, nicht beim Buddeln. Das bleibt uns Archäologen vorbehalten. Nein, so wie Maxime erzählt hat, lag das Siegel in einer Schachtel mit Scherben. Ich glaube, der Begleiter von Madame de Boncourt ist draufgestoßen und hat sofort erkannt, was es war.«

Felix verstand nun gar nichts mehr. Doch eins war gewiss. Von Rollsiegeln hatte Rachid garantiert keine Ahnung. Dann fiel es ihm wie Schuppen von den Augen.

»Ahh, verstehe. Das war ein Freund aus Deutschland. Er hat große Ahnung von Kunst, vielleicht sogar von Archäologie, ich weiß es nicht. Und, ehrlich gesagt, ich weiß auch nicht, was ein Rollsiegel ist. Was ist daran so besonders?«

»Das Besondere ist, dass ein Rollsiegel nicht in diese Schachtel gehört. Maxime hat es als ein Siegel aus der altbabylonischen Zeit, so um tausendachthundert vor Christus, identifiziert. Es ist aus

Hämatit, und die eingravierte Darstellung zeigt eine für diese Zeit ganz seltene Szene, einen Helden, der gegen ein Mischwesen aus einem Löwen und einem Greifen kämpft.«

»Und was glaubst du, wie das Stück dorthin gelangt ist?«

»Das kann jeder reingelegt haben, der Zugang zur Grabungsbaracke hat. Es lag in dem Karton mit den nicht zusammenhängenden Scherben, also eher dem Müll, wenn du so willst. Und Müll ist das Siegel ganz und gar nicht, dazu ist es viel zu selten und viel zu kostbar.«

»Und wo kommt so was ursprünglich her? Du sagtest was von Altbabylonien. Wo liegt das genau?«

»Altbabylonisch bezeichnet die Zeitstellung, und Babylonien war das Reich zwischen dem Unterlauf von Euphrat und Tigris, grob, heute das Gebiet zwischen Bagdad und dem Persischen Golf. Wir bezeichnen diese Gegend gerne als die Wiege der Zivilisation. Die Schrift wurde dort erfunden, Gesetze gemacht, es war eine hoch entwickelte Kultur. Die französischen Archäologen haben dort schon immer mit Kollegen aus aller Welt gearbeitet. Heutzutage aufgrund der politischen Verhältnisse und der Kriegsgeschehen undenkbar. Die Ergebnisse der letzten Grabung, an der französische Forscher beteiligt waren, sind 2013 veröffentlicht worden, es war die Kampagne von 2008 in Qasr Shemamok. Das liegt im autonomen kurdischen Terrain des Irak. Du hast sicher schon von den enormen Zerstörungen des Daesh gehört, die die archäologischen Stätten dem Erdboden gleichmachen. Die Bilder von Palmyra gingen um die ganze Welt. Khaled Assad war zweiundachtzig Jahre alt, als diese Terroristen ihn köpften. Er war der Chefarchäologe von Palmyra, hat sich offen gegen den Schmuggel von Antiken durch den Daesh gestellt. Heute wagt sich niemand mehr in die Gebiete, in denen sie sich aufhalten, und, auch wenn die Daesh-Milizen mittlerweile überall zurückgedrängt werden, ist die Gefahr doch einfach noch zu groß. Und das, was sie nicht zerstören, verschachern sie, um ihre dreckigen Machenschaften zu finanzieren.«

Felix hatte voller Spannung zugehört. Einiges davon war ihm

nicht neu. Doch nun signalisierte Sabine ihm, dass es Zeit für sie war, sich auf den Heimweg zu machen. Sie tippte auf ihre Armbanduhr und schüttelte bedauernd den Kopf.

»Mehr zu dem Thema gerne ein anderes Mal, wenn es dich interessiert. Ich muss jetzt los. Wie sieht es am Donnerstag bei dir aus? Lust auf einen Glückkeks bei mir zu Hause?«

»Gerne, müsste ich hinbekommen. Doch eine letzte Frage hab ich noch. Du sagtest, so ein Rollsiegel ist kostbar. Wie kostbar?«

Sabine überlegte einen Moment. »Hämatit, dazu diese seltene Szene? Ich schätze, um die zweitausend Dollar, sechzehnhundert Euro? Vor ein paar Jahren haben bei einer Auktion mehr als neunzig Rollsiegel für weit über eine Million Dollar den Besitzer gewechselt. Was wieder die Frage aufwirft, wer diese kleine Kostbarkeit so achtlos zwischen den Scherben deponiert hat.«

Sabine und Felix verabschiedeten sich am Parkplatz, wo ihr Wagen stand. Sabine saß schon am Steuer, als Felix kurz die Hand hob, um sie am Wegfahren zu hindern. »Sabine, kannst du dir vorstellen, dass das Siegel ein solches Stück ist? Eine von diesen kleinen Kostbarkeiten, die man ganz leicht schmuggeln kann? Raubkunst ist ein milliardenschweres Geschäft, und das nicht erst seit Zeiten des Daesh. Aber dann muss es doch jemanden geben, der die Sachen nach Frankreich schafft, und jemanden, der sie hier zum Verkauf anbietet. Und der dabei selber ordentlich Kasse macht.«

Sabine kaute auf ihren Lippen und nickte dann langsam. »Da ist was dran. Bis Donnerstag weiß ich vielleicht mehr.«

*

An Schlaf war nicht zu denken. Felix hatte sich mit einem Bier vor den Fernseher gesetzt. Am nächsten Tag hätte er niemandem erzählen können, was in der Kiste geflimmert war. Zu sehr waren seine Gedanken mit dem Gespräch mit Sabine beschäftigt.

Ein letztes Mal wählte er Rachid Bouraadas Handynummer. Wenn der Chef dann nicht zu erreichen war … Endlich.

»Rachid, sag mal, wo hast du denn die ganze Zeit gesteckt? Es gibt Neuigkeiten. Madame le juge versucht auch schon die ganze Zeit, dich zu erreichen. Ich habe sie bereits informiert. David Chabal hat sich gestellt. Seine Freundin hat ihn dazu überredet. Ja, er sitzt im Moment brav verwahrt in Nîmes. Er hat sich auch zu einer freiwilligen Speichelprobe bereit erklärt. Müsste schon erledigt sein. Dann weißt du auch noch nichts von dem Rollsiegel? Nein? Dann hör zu.«

Kapitel 35

Mathilde war auf dem Weg zur Küche, als von dort eine kleine Melodie, die jemand vor sich hin summte, an ihr Ohr drang. Odile wollte schon längst mit Lucette unterwegs sein, und ihr Großvater war sicher mit den Hunden in den Weinfeldern. Vorsichtshalber drückte sie ihre Zigarette in dem großen Blumenkübel aus Anduze aus, der eine Palme beherbergte. Sie scharrte ein wenig Erde über den Stummel.

»Odile, ich dachte, du wärst schon längst weg.«

Mit Schwung öffnete sie die Küchentür. Es roch nach frischem Kaffee. Doch keine Odile war zu sehen. Stattdessen saß Martin vor einem *bol* mit dampfendem Kaffee. Er tunkte eben ein Croissant hinein.

»Ah, bonjour Martin. Mit dir hab ich heute Morgen nicht gerechnet. Gut geschlafen in *Les trois figues*? Odile ist zu Lucette rüber?«

»Ja, sie ging gerade, als ich kam. Ich hatte gehofft, dich noch zu sehen, bevor du nach Nîmes fährst. Ich wollte ganz kurz etwas mit dir besprechen.«

Mathilde setzte sich Martin gegenüber, der ihr die Kaffeekanne und ein *bol* hinschob. Sie registrierte seine angespannte Miene. Er hielt seine Kaffeeschale mit beiden Händen umklammert, als wolle er sich die Finger wärmen. Entgegen seiner Ankündigung schwieg er jetzt.

»Na, was ist los?«

Mathildes Stimme klang besonders munter und auffordernd. Irgendetwas hatte Martin auf dem Herzen.

»Ähm, ich weiß nicht so recht, wie ich dich das fragen soll …«

Er nahm einen großen Schluck Kaffee und räusperte sich. »Also, Mathilde, könntest du dir vielleicht vorstellen …«

Mathilde hätte sich beinahe verschluckt, sie starrte ihren Freund mit weit aufgerissenen Augen an. Martin unterbrach seinen Satz irritiert. Dann verstand er und lachte laut los. Nun war es Mathilde, die etwas konsterniert wirkte.

»Oh nein, gib's zu. Du hattest Angst, ich würde dir einen Heiratsantrag machen, stimmt's?«

»Was gibt es denn da jetzt zu lachen. Wenn du schon anfängst mit ›Mathilde, könntest du dir vielleicht vorstellen …‹«

Mathilde saß kerzengerade, und in ihrer Stimme schwang eine Nuance von Empörung mit. Dann musste sie über sich selbst lachen.

»Ehrlich? Ich hab echt gedacht, so was in der Art kommt jetzt. Kannst du mir noch mal verzeihen? Ich befürchte, ich habe ziemlich entsetzt geguckt.«

»Nein, kann ich nicht, denn du wolltest eben ablehnen, und das ist unverzeihlich. Und entsetzt ist gar kein Ausdruck, du warst schlichtweg schockiert. Wäre die Frage denn so schlimm gewesen?«

»Was heißt schlimm. Eher überraschend. In solchen Fragen bin ich nämlich ein wenig altmodisch. Zuerst hätte ich von dir ein Sträußchen duftender *muguets* erwartet. Und zwar am ersten Mai.«

»*Muguets*? Maiglöckchen? Warum das denn?«

»Ein ganz alter Brauch in Frankreich. Maiglöckchen schenkt man an diesem Tag seiner Liebsten. Und das schon seit dem 16. Jahrhundert. Charles IX. hat das Maiglöckchen als Glücksbringer an seine Hofdamen verschenkt. Und aus der Zeit stammt auch der Ausdruck ›*mugueter*‹, was so viel heißt, wie jemandem den Hof machen. Und diese Chance hast du leider vertan.«

Mathilde und Martin grinsten sich an. Sie waren wieder bei den Wortgeplänkeln angelangt, die sie so schätzten und die ihrer Freundschaft die Leichtigkeit eines dahingleitenden Papierflugzeugs verliehen.

»Also, mon chèr, was wolltest du fragen? Ich muss gleich los. Ich erwarte Tourrain und Rachid zu einer Besprechung.«

»Ich habe mir überlegt, für eine längere Zeit hierher zu ziehen. Nicht zu euch, auch nicht nach *Les trois figues*. Ich möchte mir eventuell eine Wohnung oder ein kleines Haus zulegen. Es gibt so viele spannende Themen, über die ich schreiben möchte. Ich habe nämlich daran gedacht, mich selbstständig zu machen. Ich kenne mittlerweile viele Verlage, die meine Bücher nehmen würden. Und mit einem ordentlichen Vorschuss und den Tantiemen käme ich garantiert über die Runden. Weißt du, mit dem Cella-Verlag, das läuft irgendwie nicht mehr so rund. Frau Zimmer, die Frau des Chefs, sitzt auf dem Geld. Wenn ihr der Sinn danach steht, gibt es ein Projekt, so wie im letzten Jahr. Aber wenn Madame ein Furz quersteckt, kann sie auch ganz schön knausrig sein. Also habe ich mir überlegt, nach Frankreich umzusiedeln und von hier aus zu arbeiten.«

Mathilde klatschte in die Hände wie ein kleines Kind. »Das wäre herrlich. Mein Okay hast du. Wir reden später ausführlich darüber, in Ordnung? Nun muss ich wirklich los. À bientôt.«

Sie warf ihm einen Handkuss zu, und weg war sie.

*

»Christine, geht's Ihrer kleinen Maus wieder besser? Werfen Sie bitte schon mal die Kaffeemaschine an. Meine beiden Jungs müssten gleich auftauchen.«

Mathilde verschwand in ihrem Büro, warf die bequemen Slipper in den Wandschrank und schlüpfte in die schwarzen Pumps mit der kleinen grünen Schleife, passend zum anthrazitfarbenen Kostüm mit den dunkelgrünen Knöpfen. Sie kontrollierte vorsichtshalber den Sitz des Rocks und zog ihren Lippenstift nach. Breit lachte sie sich selbst in ihrem kleinen Taschenspiegel an. Mathilde freute sich in diesem Moment geradezu kindisch darüber, dass Martin sich entschlossen hatte, in Frankreich leben und arbeiten zu wollen. Albern, ja sie fühlte sich albern und kindisch und fröhlich. Allerdings verflog dieses Gefühl von einer Sekunde auf die andere, als sie den Taschenspiegel wieder zuklappte und dabei an ihren Fall dachte. Rachid hatte sie gestern noch spät am Abend angerufen. Felix hatte ihm von dem Rollsiegel berichtet und welchen Verdacht er nun hege. Wenn Lieutenant Tourrain recht haben sollte, würde das diesen mysteriösen Fall mit zwei Mordopfern in ein ganz neues Licht rücken.

Doch wie passte David Chabal dann hinein? Der junge Mann war in Gewahrsam, und eine erste Befragung durch Commandant Bouraada hatte bereits um acht Uhr morgens im Beisein von Chabals Anwalt stattgefunden. Auf das Ergebnis der DNA-Untersuchung warteten sie noch. Mathilde hatte darum gebeten, diese Analyse allen anderen vorzuziehen, da sie sonst Chabal garantiert nach vierundzwanzig Stunden hätte wieder auf freien Fuß setzen müssen. Dafür hätte sein Anwalt schon gesorgt.

Und am Nachmittag war Flavias Beerdigung. Ihre Leiche war seit Donnerstag freigegeben, und Flavias Eltern hatten sich umgehend bemüht, einen Termin für die Beerdigung zu bekommen. Warum man Flavia und ihren Mann nicht zusammen beisetzte, war Mathilde allerdings schleierhaft. Eine Schulfreundin, Marie-Claire, hatte sie am Samstag informiert, fast die ganze Klasse sei zur Beisetzung anwesend. Anschließend wollten alle zusammen essen gehen und über alte Zeiten plaudern. Mathilde freute sich, trotz des traurigen Anlasses, ihre ehemaligen Schulfreundinnen wiederzusehen.

Sie versuchte, das wilde Gedankendurcheinander in ihrem Kopf zu ordnen. Der Mord an einer Archäologin, ein altbabylonisches Rollsiegel, das dort nichts zu suchen hatte, wo Martin es entdeckt hatte. Beides hing zusammen, gab der Geschichte eine neue Qualität, dessen war sie sich sicher. Das Rollsiegel war eine wirklich wunderschöne kleine Preziose. Berchwyler hatte seinen Wert auf mindestens fünfzehnhundert Euro geschätzt. Und er hatte sich darüber gewundert, wie das Stück in die Scherbenkiste gelangt war. Doch der Gedanke, das Artefakt könnte ein Teil geraubter Antiken sein, war ihm nicht gekommen. Oder er hatte es nicht ausgesprochen. Ganz anders die Restauratorin, Sabine

Chong, die Felix Tourrain mit ihren Ausführungen auf diese Idee gebracht hatte.

Mathilde rieb sich die Augen. Es war alles dermaßen kompliziert. Sie riss das Fenster auf und genehmigte sich ihre erste Bürozigarette. Mit geschlossenen Augen arbeitete sie mit jedem Zug ihren Fragenkatalog ab, ohne allerdings eine einzige brauchbare Antwort zu finden. War Flavia nun Opfer eines Verbrechens aus Leidenschaft, aus Eifersucht? Oder ging es tatsächlich um etwas ganz anderes? War der Schmuggel mit antiken Kunstwerken in irgendeiner Form der Auslöser für beide Morde? War Flavia Leone darin verwickelt gewesen? Oder war die Archäologin jemandem auf die Schliche gekommen und hatte deshalb sterben müssen? Und welche Rolle spielte der Kapitän? War es möglich, dass er auf seinem Schiff die Raubkunst nach Frankreich gebracht hatte? Doch wer nahm sie in Empfang? Wer vermittelte sie? Wer verdiente daran? Und noch einmal: Was hatte David Chabal dann in dieser Geschichte verloren?

Mit Bedauern betrachtete Mathilde den Zigarettenstummel zwischen ihren Fingern. Weggeraucht wie nichts. Die Dinger wurden von Mal zu Mal kürzer, davon war sie überzeugt. Doch die Untersuchungsrichterin hatte einen Entschluss gefasst. Sie kritzelte ihre Fragen auf einen Block. Und darunter schrieb sie in großen Buchstaben FALLS ANTIKENSCHMUGGEL – FACHMANN MUSS HER. Zufrieden murmelte sie die letzten drei Worte vor sich hin.

Ein kurzes Klopfen riss sie aus ihren Gedanken. Die Tür öffnete sich, und die Polizisten traten mit ihren Kaffeebechern ein, einen dritten und die Thermoskanne stellte Christine auf den kleinen Besprechungstisch. Eine Mappe, die sie unter den Arm geklemmt hatte, legte sie auf den Schreibtisch der Untersuchungsrichterin. Die Sekretärin verschwand mit den Worten »Das Ergebnis der DNA-Analyse, auf das Sie warten. Ist eben reingekommen. Da haben sich die Laborratten aber ganz schön für Sie ins Zeug gelegt, Madame le juge.«

Mathilde begrüßte die Polizisten mit Handschlag und forderte sie auf, Platz zu nehmen. Der Unterschied zwischen den beiden Männern hätte größer nicht sein können. Auf der einen Seite Felix Tourrain, vor Energie nur so strotzend, die Aufregung stand ihm in sein jungenhaftes Gesicht geschrieben, auf der anderen Seite Rachid Bouraada, der aussah, als hätte er die letzten drei Nächte ohne Schlaf auskommen müssen. Dunkle Schatten unter den Augen, ein kurzes schmerzhaftes Zucken um seine Mundwinkel, als er sich setzte. Felix rutschte auf seinem Stuhl ein Stück nach vorne und zeigte auf die Mappe auf Mathildes Schreibtisch.

»Wollen wir damit beginnen? Ich bin gespannt, was dabei herausgekommen ist.«

Am Besprechungstisch zog Mathilde das oberste Blatt heraus und legte es für alle sichtbar auf den Tisch.

»Treffer. Die haben echt fix gearbeitet. Es ist tatsächlich die DNA von David Chabal. Also doch. Verdammt, wir haben ihn.«

Felix schlug begeistert mit der Hand auf den Tisch. Mathilde nickte nachdenklich. Nur der Commandant blieb außergewöhnlich still.

»Rachid, was ist los? Du scheinst nicht erstaunt über das Ergebnis der Analyse. Zweifelst du an Chabals Schuld? Du hast ihn heute Morgen befragt. Er kann uns doch nicht etwa ein Alibi liefern?«

Unbewusst strich sich Bouraada über den Nacken. Mathilde und Felix wechselten einen schnellen Blick, der Rachid nicht entging. Er würde mit ihnen darüber sprechen, später. »Nein, er hat kein Alibi. Und es musste seine DNA auf der Maske sein, die auf Flavia Leones Gesicht lag, denn Chabal hat sie ihr aufs Gesicht gelegt.«

»Was, er hat es zugegeben? Heute Morgen? Chabal hat gestanden?«

»So einfach ist es nicht, Felix. Ja, er hat zugegeben, die Maske auf ihr Gesicht gelegt zu haben. Und er hat den Körper mit der Plane abgedeckt. Aber nein, er hat nicht gestanden, sie getötet zu haben. Und den Kapitän auch nicht. Ganz im Gegenteil. Er hat beteuert, er sei unschuldig. Aber ich beginne von vorne. Leone und Chabal hatten ein halbes Jahr lang eine Liebesbeziehung. David wusste zuerst nichts von einem Partner, kannte Roger Creteuil nach eigenen Angaben nicht persönlich. Flavia Leone hatte von einem auf den anderen Tag überraschend mit Chabal Schluss gemacht. Und ihm gesagt, sie würde ihren langjährigen Lebenspartner nicht für ihn aufgeben. Chabal war verzweifelt, verletzt. Doch für sie war die Liaison definitiv beendet. Er wollte einen letzten Versuch wagen, sie wieder zurückzugewinnen. Als Chabal sie nicht erreichte, vermutete er sie auf dem Grabungsgelände. Und als er ankam, war sie tot.«

»Und er hat die Maske auf ihr Gesicht gelegt? Warum? Woher wusste er von der Maske?« Felix war aufgestanden und tigerte durch den Raum.

»Setz dich wieder, Felix. Du machst uns nervös.«

Der junge Lieutenant nahm wieder Platz.

»Wie gesagt, als Chabal ankam, war Flavia nach seiner Aussage tot. Er war zutiefst erschrocken, hat noch nach ihrem Puls gefühlt. Wir alle wissen, wie ein Gesicht aussieht, wenn jemand erstickt worden ist. Kein schöner Anblick. Chabal konnte es nicht ertragen. Und dann hat er etwas getan, was man nur aus dieser für ihn vollkommen irrealen Situation heraus erklären kann. Er wusste von der Maske. Erinnern Sie sich an das Sofa in der Grabungshütte, Mathilde? Auch die Hütte war eines der Liebesnester der beiden. Er hat einen Schlüssel dazu. Dort wurde die Nachbildung der Maske aufbewahrt. Chabal wusste, wie viel Flavia Leone diese Maske bedeutete. Und er wollte sich an ihr schönes Gesicht erinnern, nicht an diese Fratze. So hat er es selbst genannt. Also hat er ihr die Maske aufs Gesicht gelegt. Und dabei geweint. Es tropfte aus seiner Nase, et voilà, so kam das Nasensekret auf die Maske. Chabal hat dann das Terrain verlassen. Und weil er befürchtete, niemand würde ihm Glauben schenken, hat er auch nichts unternommen, sich niemandem anvertraut, die Polizei nicht benachrichtigt. Und vollkommen irrational war auch sein Handeln danach. Als wäre nichts gewesen fuhr er zur Geburtstagsfeier seiner Freundin Bibiane. Dort betrank er sich sinnlos, ging mit seiner Ex-Freundin ins Bett. Erst am nächsten Tag realisierte er so richtig, was geschehen war. Und wie ein verwundetes, verängstigtes Tier suchte er sein Heil in der Flucht. Das ist die ganze Geschichte, so wie David Chabal sie mir erzählt hat.«

»Und Sie glauben ihm, Rachid?«

»Ja, ich glaube ihm.«

»Et bien. Doch wenn Chabal nicht unser Täter ist, wer ist es dann? Aufgrund des DNA-Ergebnisses können wir ihn noch weitere vierundzwanzig Stunden in Polizeigewahrsam halten. Allerdings wird sein Anwalt ganz sicher Druck machen. Doch diesen einen Tag möchte ich gerne noch abwarten. Denken wir also neu.«

Mathilde trank einen Schluck Kaffee, sammelte ihre Gedanken. »Dieses Rollsiegel ist vielleicht unsere erste Spur, dass es um ganz etwas anderes geht. Keine reine Beziehungstat, bei keinem der Opfer. Vielleicht steht es stellvertretend für einen Antikenschmuggel im großen Stil. Und wenn sich dieser Verdacht erhärtet, liegt eine Verwicklung Flavia Leones in irgendeiner Form in diesen Antikenschmuggel nahe. Doch war sie lediglich Mitwisserin, oder hat sie sich aktiv daran beteiligt? Kann Creteuil die Antiken auf seinem Schiff transportiert haben? Wer kümmert sich dann in Frankreich um die Ware? Wer leitet sie weiter? Und vor allem, wer verdient daran? Diesen Punkten müssen wir nachgehen. Allerdings ist das ein Bereich, für den wir uns Verstärkung holen müssen. Ich werde mich umgehend mit dem OCBC* in Verbindung setzen. Da sitzen die Spezialisten. Sie sollen uns aus Paris einen ihrer Mitarbeiter und Kenner der Materie schicken. Rachid?«

Commandant Bouraada nickte zustimmend. Die Sonderheit OCBC beschäftigte sich mit ihren dreißig Mitarbeitern ausschließlich mit Kunstraub, national und international. In ihrer Datenbank TREIMA** war jedes Stück gelistet, das aus einem Museum, von einer Grabung, aus einer Kirche oder aus Privat-

* Office central de lutte contre le trafic des biens culturels

** Thésaurus de recherche électronique et d'imagerie en matière artistique

besitz verschwunden war und damit früher oder später im illegalen Handel landen würde.

Die Untersuchungsrichterin ließ sich mit Paris verbinden. Gespannt folgten Tourrain und Bouraada dem Telefonat. Nach knapp zehn Minuten Erklärungen und der Zusage, umgehend das Wenige, was sie wussten, nach Paris zu mailen, legte Mathilde auf.

»Wir bekommen morgen im Laufe des Tages jemanden aus Paris. Ich weiß nicht, ob Kollegin oder Kollege, aber man hat mir zugesagt, es wird jemand sein, der auf archäologische Altertümer spezialisiert ist. Felix, beschäftigen Sie sich bitte schon mal mit den Seerouten unseres Kapitäns. Und Sie Rachid würde ich bitten, mich auf die Beerdigung von Flavia Leone zu begleiten. Ich glaube zwar nicht, dass wir dort unserem Mörder begegnen, aber vielleicht fällt Ihnen noch irgendetwas oder irgendjemand auf.«

Mathilde schaute auf die zierliche Pendule, auf der eine winzige Putte thronte. Die kleine Uhr stand auf dem einzigen privaten Stück in ihrem Büro, einer Kommode aus Nussbaumholz aus dem 19. Jahrhundert. Die Uhr funktionierte wie am ersten Tag und zeigte an, dass es schon fast Mittag war.

»Messieurs, darf ich Sie zu einem kleinen Mittagessen in die Petite Bourse einladen? Ich zumindest bin fast am Verhungern.«

Kapitel 36

Schon als Mathilde, Rachid und Felix es sich vor der Bar La Petite Bourse bequem gemacht hatten, hatte ein frischer böiger Wind ein paar Wolken zusammengetrieben, die sich immer stärker verdichteten. Als die ersten Tropfen fielen, verzogen sich die drei in die Bar und warteten auf das Tagesgericht, das sie bestellt hatten. Die *blanquette de veau* wurde in kleinen gusseisernen Töpfchen serviert, dazu ein Landbrot, mit dem man die köstliche Soße des Kalbsfrikassees auftunken konnte.

»Ob ich im Büro meinen Schirm hole?« Mathilde schob sich den letzten Bissen in den Mund. »Oder hört es wieder auf? Als ob der Himmel weinen muss, wenn eine Beerdigung ansteht. Heute Morgen hat noch die Sonne geschienen. Wo kommt das schlechte Wetter denn her?«

»Aus England, so was Beschissenes kommt immer aus England.«

Felix lehnte sich zufrieden zurück. Jetzt noch einen kleinen Kaffee, und er war gestärkt für den Nachmittag.

»Meinst du das jetzt politisch oder einfach nur als Wetterfrosch?«

»Das kannst du dir aussuchen, Rachid. Aber ich habe den Eindruck, der Regen lässt nach. Aber, wenn Sie wollen, Madame le juge, lauf ich eben rüber und hol Ihren Schirm.«

»Das ist nett, aber lassen Sie nur, ich glaube, es klart tatsächlich schon wieder auf.«

Die Uhr in der Rotunde aus dem Jahr 1887, die die Ecke des Gebäudes des Lycée-Alphonse-Daudet bildete, schlug Zwei. Unterhalb der Uhr rahmten zwei im Relief ausgeführte allegorische Frauenfiguren in antiken Gewändern die Buchstaben RF für République française ein.

»Wollen wir Rachid? Die Beisetzung beginnt um halb drei.«

Zum Protestantischen Friedhof an der Route d'Alès in Nîmes waren es nur knapp zwei Kilometer. Mathilde hatte bedauernd auf ihre schwarzen Pumps gezeigt, als Bouraada gefragt hatte, ob sie zu Fuß gehen wollten.

»Die paar Meter schafft mein Bein, aber meine Füße werden büßen. Die Schuhe sind neu. Den Weg zum Friedhof bezahle ich mit den schlimmsten Blasen, glauben Sie mir, mon Commandant. Wir nehmen meinen Wagen. Sie müssten dann allerdings zurücklaufen. Ich werde mich nach der Beerdigung noch mit meinen Schulfreundinnen treffen.«

Nach genau sieben Minuten standen sie auf dem Parkplatz des Friedhofs. Während der Fahrt hatten sie sich über ihr Wissen zum Antikenschmuggel ausgetauscht, das bei beiden allerdings nicht sehr profund war. Es war ein Feld, mit dem sie noch nichts zu tun gehabt hatten. Palmyra, Daesh, die Zerstörung von Antiken, all das war eigentlich weit weg und doch so nahe. Die Terrorgefahr war unvermindert hoch, und die Polizeipräsenz in allen Städten Frankreichs unübersehbar. Selbst der Besuch eines Provinzmuseums war nicht möglich, ohne eine Untersuchung von mitgeführten Taschen und Rucksäcken. Wer den Louvre oder ähnlich hochrangige Kulturstätten aufsuchte, musste sich gar einer Leibesvisitation unterziehen.

Bouraada wies Mathilde auf die Wagen mit italienischen Kennzeichen hin. Annähernd fünfzig Trauergäste begleiteten Flavia Leone zur letzten Ruhe. Mathilde erkannte Flavias Eltern, einige Leute waren offenbar Verwandte aus Italien. Maxime Berchwyler, Persephone Titeux und Sabine Chong standen zusammen, neben ihnen eine Handvoll Menschen, wohl ebenfalls Kollegen aus der Archäologie. Aus Mathildes alter Klasse waren, außer ihr, sieben Frauen anwesend. Die Abschlussklasse des Lyzeums war nicht groß gewesen, es fehlten also nur vier, wenn Mathilde sich richtig erinnerte. Sie gesellte sich zu ihnen, während Rachid sich im Hintergrund hielt.

Die Frauen begrüßten sich zurückhaltend mit einem Küsschen, für die Wiedersehensfreude wäre später noch Gelegenheit. Am weitesten war wohl Regine angereist, von der Mathilde wusste, dass sie in der Bretagne lebte.

Marie-Claire hakte Mathilde unter. »Dein Mann?«, fragte sie und nickte in die Richtung, wo sich Rachid Bouraada neben den Stamm einer weit ausladenden Schirmpinie postiert hatte. »Gutaussehender Typ, wo hast du dir den geangelt?«

Mathilde schüttelte den Kopf. Jetzt war nicht die Zeit, große Erklärungen abzugeben.

Die Beerdigung verlief wie die meisten Beerdigungen verlaufen. Unspektakulär, ruhig, mit angemessenen Worten des Priesters, geweinten und nicht vergossenen Tränen der Angehörigen, betretenen Mienen der Kollegen, schniefenden Nasen der Freundinnen. Nach der Beisetzung sprachen alle den engsten Verwandten ihre Anteilnahme aus. Flavias Eltern nickten Mathilde mit undurchdringlichen Mienen zu. Sie hatten am Dienstag bereits zu Protokoll gegeben, der Kontakt zu ihrer Tochter sei nicht der engste gewesen. Sie hätten ihre Tochter aufrichtig geliebt, aber diese habe nur für ihren Beruf gelebt, und man könne in keiner Weise zur Erhellung des Falls beitragen. Roger Creteuil hatten sie kaum gekannt, waren ihm nur zwei, drei Mal persönlich begegnet.

Bouraada blieb weiterhin im Hintergrund. Als Mathilde ihm einen fragenden Blick zuwarf, schüttelte er den Kopf. Es hatte sich nichts Besonderes ereignet. Der Commandant machte sich auf den Rückweg.

Als würde ein Schalter umgelegt, schnatterten acht Frauen auf einen Schlag los. Marie-Claire hatte in einem Café in der Nähe des Friedhofs einen Tisch reserviert. Alle bescheinigten sich gegenseitig, sich um keinen Deut verändert zu haben, dass man sich auf Anhieb wiedererkannt hätte. Und alle hatten es irgendwie geschafft, ihren Weg zu machen. Marie-Claire, die in Lyon lebte und dort eine ergotherapeutische Praxis hatte, Regine aus der Bretagne, die die Buchhaltung im Fischereibetrieb ihres Gatten machte, die kleine dicke Sylvette, die nicht mehr dick, aber immer noch klein war, unterrichtete Physik und Mathe in Montpellier. Drei waren geschieden, insgesamt gab es zwölf Kinder und vier Unverheiratete. Ghislaine hatte nach einer mehrjährigen Beziehung zu einem Orthopäden erkannt, dass sie sich zum anderen Geschlecht hingezogen fühlte. Seitdem lebte sie mit Frau und drei Kindern in Narbonne und führte ein Delikatessengeschäft. Es wurde gelästert und gelacht, und man versprach, nicht erst wieder im Rahmen einer Trauerfeier zusammenzukommen. Erstaunlicherweise hatte kaum jemand den brutalen Mord an Flavia angesprochen. Ob aus Scheu oder Zurückhaltung, Mathilde vermochte es nicht zu sagen. Doch sie war froh darüber. Die Frauen wussten, dass sie in diesem Fall ermittelte, und es wäre nur natürlich gewesen, wenn sie sich neugierig gezeigt hätten. Auf die kurze Frage von Sylvette, ob man den Täter hätte, hatte Mathilde ebenso kurz mit »Nein« geantwortet, und dabei war es geblieben. Ansonsten hatte sie aus den Gesprächen herausgehört, dass keine der Schulfreundinnen in den letzten Jahren engeren Kontakt zu Flavia gehabt hatte, außer vielleicht Marie-Claire, die alle von Zeit zu Zeit mit einem Telefonanruf überraschte.

Beim Abschied wurden noch Karten mit Telefonnummern getauscht, ebenso Küsschen und gute Wünsche. Marie-Claire hängte sich bei Mathilde ein.

»Mathilde, kannst du mich mit in die Stadt nehmen? Ich bin mit Ghislaine gekommen, aber die fährt gleich weiter nach Narbonne.«

»Klar, steig ein.«

Marie-Claire zog ihren dunkelroten leichten Mantel aus und legte ihn vorsichtig auf den Rücksitz. Sie war die Einzige gewesen, die etwas Farbiges getragen hatte.

»Der Mantel knittert wie verrückt. Ich hab ihn mir nur wegen der Farbe gekauft. Wider besseres Wissen. Aber wie sagt man doch: Leinen knittert edel. So, und jetzt sag schon, wer ist dieser unglaubliche Typ, der dich begleitet hat? Jetzt behaupte nicht, ein Kollege und du hättest nichts mit ihm.«

»Genau so. Ein Kollege, und ich habe nichts mit ihm.«

»Ist er schwul?«

»Nein, ist er nicht.«

Marie-Claire, *la casse-pieds*, die Nervensäge der Klasse. Und daran hatte sich bis heute nichts geändert.

»Weißt du, was mich erstaunt hat, Mathilde?«

»Nein, weiß ich nicht, aber du wirst es mir gleich erzählen.«

»Mich hat gewundert, dass Flavias Sohn nicht bei der Beisetzung war. Hat ihm niemand Bescheid gesagt, oder wollte er nicht kommen? Oder hat man es ihm sogar verboten?«

Mathilde war sprachlos. Sie fuhr ihren Wagen auf den Parkplatz eines Baumarktes, den sie gerade passierten, und schaltete den Motor aus. »Was hast du da gesagt? Was weißt du über Flavias Sohn? Erzähl!«

Kapitel 37

Lieutenant Felix Tourrain war von Mathilde gebeten worden, den Kollegen aus Paris am Bahnhof in Nîmes abzuholen. Drei Stunden Fahrt mit dem TGV. Felix hatte die Handynummer von Commandant Antoine Janerand. Fünf Minuten bevor der Zug einfuhr, rief er Janerand an, um zu erfahren, wie er den Kollegen eigentlich erkennen würde.

»Ich trage eine weiße Nelke im Knopfloch meines Sakkos.«

Felix war sich sicher, der Commandant erlaubte sich einen Scherz mit ihm. Wer bitte steckte sich heutzutage eine weiße Nelke ins Knopfloch? Ins Knopfloch des Sakkos, wohlgemerkt. Felix musste grinsen. Ins Knopfloch der Hose bestimmt nicht. Er lachte laut auf, bekam dann einen echten Lachanfall, als er sich das Szenario bildhaft vorstellte. Der Kollege aus Paris mit einer Nelke unterhalb der Gürtellinie. Eine ältere Dame, die in Felix' Nähe stand, entfernte sich ein paar Schritte. Sie befürchtete wohl, sie hätte es hier mit einem Verrückten zu tun.

»Nun Lieutenant, haben wir uns wieder beruhigt?«

Felix fuhr herum. Er hatte ihn doch tatsächlich verpasst. Janerand stand vor ihm, und die weiße Nelke sprang Felix geradezu in die Augen. Er musste sich zusammenreißen, um nicht sofort wieder loszulachen. War das nicht Hercule Poirot, der in dieser englischen Serie immer eine solche Blume am Revers seiner Jacke trug? Allerdings war Antoine Janerand weit davon entfernt, ein Typ wie Poirot zu sein, diese untersetzte, dickliche Person, die meist gestelzt herumwackelte.

Der Commandant hatte einen dunkelbraunen Rollkoffer neben sich stehen, das blonde Haar war millimeterkurz geschnitten. Wahrscheinlich würde man seine Gesichtszüge aristokratisch nennen, schoss es Felix durch den Kopf, als er Janerand die Hand reichte. Keine einzige Knitterfalte verunzierte den Anzug des Pariser Polizisten. Jacke und Hose saßen an ihm wie maßgeschneidert. Das Hemd war blütenweiß, die schwarzen Schuhe staubfrei. Aus der Brusttasche des Sakkos lugte ein dunkelrotes Tüchlein. Der Mann sah aus, als wäre er einem Herrenmodenmagazin entstiegen.

»Commandant, willkommen in Nîmes. Ich habe auf den Wagen verzichtet. Es sind nur fünfhundert Meter bis zum Palais de Justice. Kennen Sie sich bei uns aus? Dann wissen Sie ja, es ist kein weiter Weg. War Ihre Fahrt angenehm?«

Janerand schob seinen Rollkoffer zu Felix Tourrain, der einen Moment zögerte. Erwartete der Commandant etwa von ihm, den Koffer zu schleppen? Tatsächlich, es war sein voller Ernst. Felix zerrte in seiner innerlichen Empörung so am Griff des Trolleys, dass dieser die ersten Schritte mehr hinter ihm her hüpfte als rollte.

»Wann war ich zuletzt in Nîmes? Ich glaube, vor zwei, drei Jahren. Es zieht mich eher selten in die Provinz. Und wenn ich die Sonne suche, bevorzuge ich Südafrika. Und ja, die Fahrt war angenehm. Ich habe mir die kurze Reise damit vertrieben, mich in die Aktenlage einzuarbeiten. Madame le juge hat mir alle Unterlagen per Mail zukommen lassen. Viel war es ja nicht. Sie und Commandant Bouraada bearbeiten die zwei Mordfälle?«

»Ja. Und Sie, Commandant Janerand, im Moment ohne einen aktuellen Fall?«

»Ich bin immer im Dienst, das Böse macht keine Pause.«

Felix rollte mit den Augen. Was war das denn für einer? Provinz, Südafrika? Eine Mischung aus Snob und Besserwisser. Das konnte ja lustig werden, wenn die beiden Commandants aufeinandertrafen.

»Und, sind Sie gebürtiger Pariser?«

Die Frage hätte sich Felix sparen können. So wie Janerand sich artikulierte, sprach nur ein Pariser, dessen Wurzeln mindestens fünf Generationen tief in der Hauptstadt lagen.

»Aber ja doch. 1782 zog einer meiner Ahnen in die Stadt, ein

Notar aus dem Umland. Und seitdem sitzen die Janerands im 5. Arrondissement.«

Nicht schlecht, zwar nicht das 16., aber immerhin. Felix fragte sich, was ein Mann aus bester Familie bei der Polizei zu suchen hatte. Ärzte, Notare, Politiker, Diplomaten kamen aus diesen Stadtteilen. Aber, warum nicht. Nur, irgendetwas irritierte ihn an diesem Mann. Oder besser gesagt, Felix kam etwas an ihm bekannt vor.

»Da sind wir. Madame le juge und Commandant Bouraada erwarten Sie bereits. Ihren Koffer lassen Sie besser gleich hier unten.«

Felix grüßte den diensthabenden Wachmann Bruno Gracia, Janerand zeigte seinen Ausweis. Für Taschen und Koffer, die abgegeben werden mussten, gab es einen eigenen kleinen Raum, in dem Felix den Trolley des Commandant verstaute.

Er klopfte kurz an die Vorzimmertür. Nach Christines »Herein« öffnete er und ließ Janerand den Vortritt. Christine, die eben noch konzentriert auf die Tastatur ihres Computers gehämmert hatte, hob den Kopf. Ihre Reaktion verwunderte Felix nicht. Dieser Beau, der lässig hereinspazierte, würde wahrscheinlich jeder Frau den Kopf verdrehen. Sein markantes Gesicht, maßgeschneiderte Kleidung, ein Selbstbewusstsein ohne Ende, so was zog Frauen magisch an. Der Commandant trat auf Christine zu, ein Lächeln auf dem Gesicht, als würde er eine alte Freundin begrüßen. Christine, die sonst nicht auf den Mund gefallen war, stammelte ein »Bonjour, Commandant Janerand«.

»Wären Sie so freundlich, mir einen Kaffee zu bringen? Sie machen mich mit etwas Koffein zum glücklichsten Mann der Welt.«

Christines Reaktion war etwa so, als hätte er gefragt, ob sie seine Frau werden wolle. Es hätte nicht viel gefehlt, und sie hätte gehaucht, »Alles was Sie wollen«, vermutete Felix. »Wir gehen dann mal rein. Bringen Sie uns bitte auch einen Kaffee, Christine?«

Ohne anzuklopfen, Madame le juge und Bouraada hatten sie

sicherlich schon gehört, öffnete Felix die Tür zu Mathildes Büro. Er nahm zwei Dinge gleichzeitig wahr. Er erkannte, was ihm an Janerand so bekannt vorgekommen war. Der Pariser war sozusagen das Negativ, oder auch das Positiv, von Rachid Bouraada. Beide hatten die gleiche Größe, die gleiche athletische Statur, die markanten Gesichtszüge, das kurz geschnittene Haar, das Faible für elegant-sportliche Kleidung. Mathilde hielt abrupt in ihrer Bewegung inne, zog die Augenbrauen hoch und betrachtete den Mann aus Paris, so zumindest kam es Felix vor, mit einer gewissen erstaunten Neugierde. Oder war es schon Faszination? Hoffentlich bemerkte sein Commandant das nicht.

Janerand begrüßte Bouraada mit einem kräftigen Händedruck. Als Kollegen waren sie im wahrsten Sinne des Wortes auf Augenhöhe. Doch was dann kam, ließ Felix fast nach Luft schnappen. Janerand beugte den Nacken vor Mathilde de Boncourt und deutete einen Kuss in Richtung ihrer dargebotenen Hand an. Dann schaute er ihr tief in die Augen. Einen Augenblick herrschte Stille. Dann öffnete sich die Bürotür, und Christine trat mit einem Tablett, das sie geschickt auf einer Hand balancierte, ein.

»Der Kaffee. Ich habe noch ganz flink ein paar Macarons organisiert, bon appétit.«

»Danke Christine.« Mathilde war wieder ganz Herrin der Lage. »Setzen wir uns. Commandant Bouraada, wollen Sie bitte Commandant Janerand ganz kurz persönlich in den Fall einführen? Sachlage, Erkenntnisse.«

Als alle Platz genommen hatten, fasste Bouraada für den Kollegen die Sachlage zusammen.

»Wir vermuten, beide Morde haben mit der illegalen Einfuhr nach Frankreich und dem Handel mit antiken Gegenständen zu tun. Wir hoffen, Sie, Commandant, können uns mit Ihrem Fachwissen und Ihrer langjährigen Erfahrung weiterhelfen«, schloss er.

Janerand hatte konzentriert zugehört. Er veränderte seine Sitzposition und schlug elegant die Beine übereinander. Mathildes Blick fiel in diesem Moment auf seine Socken. Unglaublich, sogar diese waren passend zum sonstigen Outfit gewählt worden. Wie gebannt starrte sie auf den schmalen dunkelroten Streifen, der sich kaum sichtbar und haarfein hineingearbeitet durch den schwarzen Strumpf hangelte. Sie riss ihre Augen wieder los und räusperte sich.

»Ja, vielen Dank, Commandant Bouraada. Wie schätzen Sie den Fall, oder besser, die Fälle ein, Commandant Janerand? Letztendlich hängen die Morde zusammen, da sind wir uns sicher einig. Allerdings haben wir, wie Commandant Bouraada Ihnen dargelegt hat, nach der Entdeckung des außergewöhnlichen Artefakts Beziehungstaten vorläufig ausgeschlossen. Kann in Ihren Augen dieses Rollsiegel«, Mathilde schob ihm mehrere Fotografien des Objekts hin, »Teil eines groß angelegten Antikenschmuggels sein? Wenn ja, wer und was steckt hinter solchen Aktionen?«

Janerand warf nur einen kurzen Blick auf die Fotos. »Ich würde das Rollsiegel gerne im Original sehen, wenn dies möglich ist.«

»Wir haben es wieder den Archäologen überlassen. Sie können es in Montpellier begutachten. Also, wie können wir uns eine solche Aktion vorstellen?«, kehrte Mathilde zu ihrer letzten Frage zurück.

»Wissen Sie, diese Aktionen, wie Sie es nennen, sind doch letztendlich immer das Ergebnis von Angebot und Nachfrage. Wer Antiken sammelt, ist heutzutage meist auch für Raubgrabungen verantwortlich. Nicht direkt, aber der Endabnehmer muss sich darüber im Klaren sein, dass die Antiken nicht einfach so auf Bäumen wachsen. Es ist ein Geschäft, das sich mit Drogen- und Waffenschmuggel messen kann. Wissen Sie, wie hoch der Umsatz ist? Nein? Dann verrate ich es Ihnen. Sechs bis acht Milliarden Euro pro Jahr fließen weltweit durch den Verkauf illegal erlangter Kulturgüter. Und die Gier der Sammler wird immer größer.«

Janerand bediente sich aus der Schachtel, in der die bunten Macarons lagen. Zuerst ein weißes, dann ein rosafarbenes Macaron. Er ließ seine gespannten Zuhörer warten. Mit einer Geste, als würde er eine Fliege verscheuchen, fegte er die Krümel, die das Gebäck hinterlassen hatte, von seiner Hose.

»Deliziös. Wo war ich stehen geblieben? Ach ja. Ganze Gräber inklusive vorhandener Wandmalereien werden verkauft, und es gibt Wege, sie ohne allzu großen Aufwand zum Kunden zu befördern. Der Wunsch, Außergewöhnliches für seine Sammlung zu besitzen, fördert die organisierte Kriminalität weltweit. Illegale Netzwerke von Räubern und Hehlern schaffen das Kulturgut ins Ausland: nach London, Brüssel, Paris, Zürich, München, New York. Dahin, wo die Leute mit dem ganz großen Portemonnaie und dem ganz kleinen Gewissen sitzen. Auktionshäuser, Privatleute oder Internethändler verkaufen die Ware mit gefälschten Provenienzen weiter und profitieren von den laschen Bestimmungen der einzelnen Länder. Und das Merkwürdige ist, der Kunde ist sich nur in den seltensten Fällen des Unrechts, das er unterstützt, bewusst. Oftmals erhält er die Ware auch mit »Unbedenklichkeitspapieren«. Darin heißt es, die Vase stammt aus der Sammlung Soundso, oder das Gemälde wurde von den Erben dann und dann zur Auktion gegeben. Aber, um Ihre Frage zu beantworten, ja, dieses Rollsiegel kann natürlich ein Objekt aus einer Reihe von geschmuggelten Antiken sein.«

Mathilde hakte nach. »Woher stammen solche Stücke?«

»Es wird weltweit systematisch geplündert. Syrien, Irak, Ägypten, überall im Nahen Osten, aber auch in Fernost oder in Lateinamerika. Und der Markt ist in den letzten Jahren geradezu explodiert. Kunst ist eine sichere Wertanlage. Nehmen wir als Beispiel Ägypten. Es gibt keine Stelle in diesem Land, wo nicht Raubgräber zugange sind. Die Leute graben unter ihren Häusern, wenn diese in der Nähe archäologischer Stätten stehen, so war es früher. Heute graben sie sogar auf dem Terrain der Archäologen selbst.«

»Und woher wissen diese Leute, wo sie die Schaufel ansetzen sollen? Bekommen sie Tipps von den Profis?«

Janerand lachte. »Die sind selber mittlerweile Profis in diesem Geschäft. Aber Lieutenant, Sie haben da ins Schwarze getroffen. Nicht selten arbeiten die Einheimischen mit ausländischen Experten zusammen. Die Raubgräber orten meist mit Echoloten die Grabungsschächte aus, und dann wird gebuddelt.«

»Und auf welchem Weg gelangt die Schmuggelware aus dem Land? Wie Sie wissen, war eines der Opfer, Roger Creteuil, Kapitän auf einem Cargo-Schiff, das mehrmals die Woche von Nador nach Sète und wieder zurückgefahren ist. Ich habe mit dem Zoll Verbindung aufgenommen, aber Creteuils Schiffsladung war nie auffällig«, meldete sich erneut Felix Tourrain.

Janerand zupfte sich am rechten Ohrläppchen, eine nachdenkliche Geste. »Das ist nicht so einfach zu beantworten. Es kommt eben immer darauf an, wo der Kunde sitzt. Der Schmuggel nach Frankreich kann tatsächlich ganz einfach über Marokko laufen. Zum Beispiel ist die Grenze von Ägypten nach Libyen sehr durchlässig, die in den Sudan stellenweise, das Rote Meer ist sowieso offen. Die Antiken werden vom Land auf kleine Boote geladen und dann auf größere Schiffe. Ein anderer Weg führt in den Gazastreifen und weiter durch die Tunnel nach Tel Aviv, ein sicherer Hafen für Antikenhändler. Israel hat keine Gesetze, die den Antikenhandel beschränken. Von Israel aus geht vieles in die USA. Europa wird oft direkt aus Ägypten beliefert. In den Häfen von Aihn Sukhna oder Damietta wird die Ware zum Beispiel mit Möbeln in Kisten gepackt. Schmuggelware ist Schmuggelware, ob sie Waffen, Drogen oder seltene Tiere an den Mann bringen wollen, es gibt immer einen Weg. Auch in den Häfen von Dubai, Abu Dhabi und Schardscha werden illegale Antiken umgeschlagen. Und kleinere Teile, wie ein Rollsiegel, können zu Tausenden auf dem Landweg transportiert werden. Eine weite Strecke bis, sagen wir Nador, aber es lohnt sich, das können Sie mir glauben. Ich bezweifle nicht, dass Sie bis jetzt ganz hervorragende Arbeit geleistet haben, doch um mir selbst ein Bild machen zu können, würde ich gerne morgen das Grabungsareal, auf dem man die tote Archäologin gefunden hat, anschauen, Berchwyler, Titeux und Chong befragen, die offenbar als Kollegen der Ermordeten am nächsten standen. Wenn Sie mich begleiten würden, beziehungsweise meinen Chauffeur spielen, wäre ich Ihnen sehr verbunden, Lieutenant Tourrain.« Janerand wechselte abrupt das Thema. »Wie weit ist es eigentlich zu Fuß von hier zu meinem Hotel? Ich bin im Les Mûriers abgestiegen. Und Lieutenant …« Felix befürchtete schon, Janerand würde ihn auffordern, den Koffer in Richtung

Hotel zu ziehen, doch der Commandant beendete seinen Satz mit »… wenn Sie mich dann morgen bitte um neun abholen.«

Die drei Männer erhoben sich und verabschiedeten sich von der Untersuchungsrichterin. Janerand verließ das Büro, gefolgt von Felix Tourrain, der als Letztes den schmachtenden Blick von Christine registrierte, als sich der Kollege aus Paris von der Sekretärin verabschiedete, nicht ohne die köstlichen Macarons zu loben.

In der Tür zu ihrem Büro hielt Mathilde Bouraada zurück. »Einen Augenblick noch, Commandant.« Sie schloss die Tür. »Setzen wir uns wieder. Was halten Sie von Ihrem Kollegen aus Paris? Sie haben, bis auf die Ausführungen zum Fall, nicht sehr viel gesagt.«

»Er macht einen äußerst kompetenten Eindruck. Weiß, wovon er spricht. Ich glaube, Paris hat uns einen fähigen Beamten geschickt. Und Sie, Mathilde?«

»Er ist intelligent, gebildet.« Fast hätte sie hinzugefügt »gut aussehend«. Doch dieses Eingeständnis gehörte nun wirklich nicht hierher. »Wie Sie sagten, er weiß, wovon er spricht. Und er wird auch wissen, was zu tun ist. Der Fall liegt nun in Ihren und in seinen Händen. Ich hoffe, Sie kommen miteinander klar.«

»Madame le juge, Sie zweifeln doch nicht etwa an meiner Professionalität?«

Da war sie wieder. Diese Verletzlichkeit, die Mathilde an Rachid kannte, seit sie zum ersten Mal mit ihm zusammengearbeitet hat.

»Nein, natürlich nicht. Und das wissen Sie genau. Es ist nur so, Sie sind, wie soll ich mich ausdrücken, eher ein Einzelgänger. Das können Sie nicht abstreiten. Wir drei, Sie, Felix und ich, wir arbeiten gut zusammen, vertrauen einander, sind mittlerweile ein eingespieltes Team. Ich möchte einfach nur, dass Sie auch Janerand vertrauen, ihn in diesem Fall in unserem Team mitspielen lassen.«

Der Commandant nickte. Mathilde kannte ihn besser, als er sich eingestehen wollte. Schon als Felix mit dem Kollegen aus Paris ins Büro der Untersuchungsrichterin gekommen war, wusste er, dass Janerand und er keine Freunde werden würden. Dieses affektierte Gehabe, dieses bourgoise Auftreten, der Handkuss. Er konnte nur hoffen, dass Mathilde sachlich blieb und nicht auf diesen aufgesetzten Charme hereinfiel. Mit einem dieser Machos vom Quai des Orfèvres hätte er leben können. Kunstlederblouson, Siegelring, Kette um den Hals, im Extremfall Westernstiefel mit silbernen Spitzen an den Füßen. Doch Janerand war anders. Und er, Rachid, war eifersüchtig. Das wurde ihm in diesem Moment klar. Lautlos wie ein winziges Fluginsekt hatte die Eifersucht sich ihm genähert, und dann hatte er diesen feinen Piks gespürt. Für eine Sekunde machte ihn diese Erkenntnis sprachlos. Er musste schleunigst zurück, zurück zu seiner angemahnten Professionalität.

»Kein Problem.«

»Gut, dann ist das geklärt. Auf Sie wartet eine andere Aufgabe. Wir werden einer ganz neuen Spur folgen. Wie wir ja bereits wissen, hat Flavia ein Kind geboren, einen Sohn. Ich weiß nun, dass sie dieses Kind zur Adoption freigegeben hat. Und es hat Kontakt zu ihr gesucht, den Flavia ganz offensichtlich nicht gewünscht hat.«

Kapitel 38

Martin fühlte sich beflügelt. Mathildes offensichtliche Freude darüber, dass er, zumindest für eine gewisse Zeit, nach Südfrankreich übersiedeln wollte, hatte in ihm einen ungeheuren Tatendrang freigesetzt. Er würde sich nach einer eigenen Bleibe umschauen, und das so schnell wie möglich. Ihm die Villa *Les trois Figues* zum Wohnen anzubieten, war nett gemeint, doch es war ihm unangenehm, dort kostenlos zu wohnen, und Rémy nahm keinen Cent an, so sehr Martin ihn auch bedrängt hatte. Immobilienagenturen gab es an jeder Ecke, Häuser und Wohnungen zum Kaufen und Mieten in jeder Preislage. Er würde schon etwas Angemessenes für seinen Geldbeutel finden. Angemessen und in Mathildes Nähe.

Doch heute wollte er zunächst ein Versprechen einlösen und Rose am Nachmittag einen Besuch abstatten. Rose Poignet, die alte Dame, die in der Geschichte seiner eigenen Familie eine so wichtige Rolle spielte. Er war zuletzt im Dezember bei ihr gewesen, als er ein paar Tage in Südfrankreich verbracht hatte. Rose war noch zerbrechlicher gewesen, und es war Martin ein tiefes Bedürfnis, sie so bald wie möglich wiederzusehen. Und nun waren sechs Monate vergangen. Rose hatte mittlerweile das einhundertste Lebensjahr überschritten. Sie brauche viel Ruhe, ihr Schlaf werde immer tiefer und länger, sagte man ihm am Telefon, als er seinen Besuch für den Nachmittag ankündigte. Ihre Gedanken seien jedoch lebhaft wie eh und je, und jeder Tag für sie so kostbar wie ein Diamant. Martin freute sich auf den Nachmittag, und doch beschlich ihn eine tiefe Seelenpein, wenn er an die zarte durchscheinende Person dachte und die Endlichkeit des Lebens, der Rose mit so großer Ruhe entgegenschaute.

Den Vormittag hatte er für einen ausgedehnten Spaziergang durch Arles eingeplant. Seine Sehenswürdigkeiten aus der Antike, die Kirche Saint-Trophime mit ihrem grandiosen Portal und dem überwältigenden Kreuzgang, er hatte alles schon so oft bereist und bewundert. Und doch entdeckte er immer wieder Neues. Nachdem die Kapitelle des Kreuzgangs gereinigt worden waren – Martin war allerdings der Meinung, dass die französische Denkmalpflege es mit dem Sandstrahlen so manches Mal übertrieb und der Stein darunter litt –, waren ihm tatsächlich Kleinigkeiten aufgefallen, die ihm bis dahin verborgen gewesen waren, wie das Glöckchen am Hals eines fein gearbeiteten Schafskopfes, der ein Kapitell bereicherte.

Auf einem Zettel hatte sich Martin zudem die Adressen einiger Antiquariate notierte, in denen er nach Material für sein neues Buch fahnden wollte. In den Läden der Bouquinisten, deren Zahl leider immer weiter abnahm, viele betrieben ihren Buchverkauf nur noch im Internet, hoffte er, den einen oder anderen Schatz zu entdecken, Bücher, deren Inhalt ihm dabei helfen würde, endlich sein Traumprojekt anzugehen. Martin liebte die Jagd auf seltene Bücher, abgegriffene Exemplare, den Geruch des alten Papiers, die Überraschung beim Aufschneiden der Seiten, Notizzettel, die beim Blättern herausfielen (leider meist nur Einkaufszettel des Vorbesitzers), Bücher, denen schon lange Zeit niemand mehr Aufmerksamkeit geschenkte hatte und die Wissen bargen, das seit Jahrzehnten niemand mehr abgerufen hatte. Und solche Bücher brauchte er, als Quelle, als Hilfe, als Inspiration.

Allerdings war die Ausbeute von Martins Bücherschatzjagd nicht sonderlich groß, aber er hatte doch tatsächlich eine Perle im Wust der alten Schmöker entdeckt. Unbeirrt hatte er in Kisten gewühlt, Bücher von den Regalbrettern gezogen. Seine Finger waren in kurzer Zeit dunkel vom Staub der Vergangenheit. Und da stand es, der Preis noch in Francs mit Bleistift eingetragen, der Rücken behelfsmäßig geklebt. *Mémoires historiques sur les Templiers* von Philippe Grouvelle von 1805. Martin presste das Buch an sich. Vierhundertneunzig Francs, heute rund fünfundsiebzig

Euro, ein Schnäppchen. Sein Fund wurde großzügig in eine außen angeschmutzte Uralt-Supermarkt-Plastiktüte von *Casino* gepackt, und Martin verließ den Laden unter dem Gebimmel einer altmodischen Türglocke.

Nach fünf Minuten fand er sich auf der *Place de la République* wieder, wo im schlanken Schatten der *Aiguille d'Arles*, der Nadel von Arles, ein antiker Obelisk aus rotem Granit, eine Gruppe Japaner auf ihren Fremdenführer wartete. Mit genügend Abstand verweilte Martin eine Zeit lang vor der Kirchenfassade von Saint-Trophime, um das üppig geschmückte Portal auf sich wirken zu lassen. Ähnlich wie das Portal der Abteikirche von Saint-Gilles war es geradezu verschwenderisch mit aufwendigem Skulpturenschmuck verziert. Martins Augen wanderten vom Tympanon zu den Seiten, blieben am Fuß einer Säule hängen, deren Basis mit einer Szene aus dem Alten Testament geschmückt war. Samson bezwang einen Löwen, erwürgte das Tier mit bloßen Händen, der Löwe mit nach oben peitschendem Schwanz, der Held mit wehendem Umhang. Fast schien es so, als wolle sich die Gruppe aus dem Stein lösen, das Gewand begann zu flattern, der Löwenschwanz zuckte. Martin kniff die Augen zusammen, die Gruppe kehrte zurück in den Stein, der magische Moment war vorüber, eine Sinnestäuschung durch das Wechselspiel von Licht und Schatten. Martin wandte sich nach rechts und betrat durch ein Portal den Hof des ehemaligen Bischofspalastes, von dort ging er zum Kassenhäuschen und, nach Entrichtung des Obolus, in den Kreuzgang des ehemaligen Klosters. Die steinernen Bögen, die den Blick ins Innere des Kreuzgangs erlaubten, ruhten auf zierlichen gedoppelten Säulen, deren Kapitelle, wie die Figuren des Portals, von erlesener Qualität waren. Christliche Symbolik, aber auch Mythen der Region hatten die Künstler in den Stein gehauen. So zeigte ein Kapitell den Stein gewordenen Tarasque, ein Seeungeheuer, das die Bewohner des späteren Tarascon – daher der Name – in Angst und Schrecken versetzt hatte und von Martha, der Schwester Maria Magdalenas, gezähmt worden war. Das Mischwesen mit sechs Beinen besaß eine Art Schildkrötenpanzer und einen

Löwenkopf. Bis zum heutigen Tag symbolisierte das Fabelwesen die Stadt Tarascon, fand sich in ihrem Wappen wieder.

Martin setzte sich auf eine der niedrigen Mauern, die die Säulen trugen. Der Stein war warm, die Sonne besaß genügend Kraft. Eine schillernde Eidechse flitzte in einen Mauerspalt, sie war die Erste für diese Saison, die Martin zu Gesicht bekam. Er schloss die Augen, genoss die wärmenden Sonnenstrahlen. Es war bereits nach eins. Eigentlich hatte er eine Kleinigkeit in der Stadt essen wollen, doch die Ruhe dieses Ortes, der Atem der Geschichte, den seine Steine bargen und der, wenn man genau hinhörte, manchmal wie ein Flüstern entwich, ließ ihn seinen Hunger vergessen. Er machte sich ein paar Notizen, zeichnete aus dem Gedächtnis den vorhin studierten Tarasque mit wenigen gekonnten Strichen auf ein Blatt Papier. Ein paar Minuten später war er an die Säule angelehnt eingenickt. Ein Kitzeln im Gesicht ließ ihn aufschrecken. Er öffnete die Augen, einen Moment verwirrt.

»Kann ich das behalten, Monsieur?«

Das Blatt mit dem Seeungeheuer musste ihm vom Schoß geflattert sein. Ein Mädchen, vielleicht sechs Jahre alt, hielt die Zeichnung in der Hand. »Darf ich die Schildkröte behalten?«

»Nadja, stör den Monsieur nicht. Entschuldigen Sie bitte.«

Die Mutter des Kindes wollte der Kleinen das Blatt aus der Hand nehmen und es Martin zurückgeben.

»Nein, ist schon in Ordnung. Du kannst es behalten.«

Nadja war hin und her gerissen. Maman gehorchen oder das Geschenk des Mannes annehmen? Sie zögerte.

»Weißt du, ich male mir eine neue Schildkröte, einverstanden? Und die gehört jetzt dir.«

Mutter und Tochter bedankten und verabschiedeten sich, doch dann drehte sich das Kind noch einmal um. »Aber du musst sie auch richtig malen, die hat sechs Beine, und eine Schildkröte hat nur vier.«

Sie grinste Martin an, winkte noch einmal und lief hinter ihrer Mutter her, die schon auf den Ausgang zusteuerte. Martin schaute auf die Uhr. Jetzt musste er sich sputen. In einer halben Stunde wurde er von Rose Poignet erwartet. Erneut erfüllte ihn eine tiefe Unruhe.

*

In der Seniorenresidenz *Les Tournesols* wurde Martin bereits erwartet. Das Altenheim erinnerte eher an ein Hotel als an eine Bleibe für alte Menschen. Die Gebäude lagen locker gruppiert in einem großzügig angelegten Park, der von einem hohen Zaun umfriedet war, durch den Bougainvilleas wucherten. Die ersten purpurfarbenen Blüten durchzogen das Grün der Kletterpflanze. Schon bald würde vom Grün nichts mehr zu sehen sein und der Zaun sich in ein wogendes Farbenmeer verwandelt haben. Die Springbrunnen vor dem Haupteingang plätscherten leise und friedlich vor sich hin. Auf Holzbänken, die entlang der gekiesten Wege standen, saßen die Senioren, genossen das warme Wetter, das für ihre arthritischen Gelenke eine Wohltat war.

Hinter der Theke der Rezeption tauchte das strahlende Gesicht von Marie Konneh auf. Martin kannte sie von seinem ersten Besuch bei Rose.

»Ah, bonjour Monsieur Endress. Schön, Sie wiederzusehen. Rose ist schon ganz aufgeregt. Doch bevor Sie sie besuchen, möchte der Arzt noch mit Ihnen sprechen.«

Das fröhliche Lächeln der jungen Frau wich einer ernsten Miene. Martins Magen krampfte sich zusammen, sein Gefühl hatte ihn also nicht getrogen.

»Ich sage Docteur Waltz Bescheid, dass Sie da sind. Nehmen Sie sich doch einen Kaffee, es kann ein paar Minuten dauern, bis der Doktor kommt.«

»Steht es so schlecht um Rose?«

Marie schüttelte den Kopf. »Sie hatte letzten Montag einen Schwächeanfall, seitdem muss sie das Bett hüten. Ihr Zustand hat sich dann zwar wieder stabilisiert, doch sie wird von Tag zu Tag schwächer. Rose hat ein biblisches Alter erreicht, irgendwann müssen wir uns von dieser Welt verabschieden. Und jetzt machen Sie bitte nicht so ein trauriges Gesicht, seien Sie fröhlich, wenn Sie Rose sehen, sie freut sich so auf Ihren Besuch.«

Die junge Frau nickte Martin aufmunternd zu, ergriff den Telefonhörer und informierte den Arzt, dass Roses Besuch da wäre. Martin verzichtete auf den Kaffee und blätterte kurz in einer Zeitschrift, die auf einem Tischchen im Wartebereich lag.

»Monsieur Endress? Docteur Waltz. Wenn Sie mich für einen Moment in mein Büro begleiten.«

Der Arzt, ein untersetzter Mann mit einem Rest grauer Haare, die vereinzelt aus seiner Kopfhaut sprossen, und einem Bauchansatz, schüttelte Martin die Hand und wandte sich mit einer einladenden Geste zum Flur direkt hinter der Anmeldung. Sein Büro verbarg sich im ersten Zimmer auf der linken Seite.

»Nehmen Sie doch Platz.«

Martin setzte sich auf einen der unbequemsten Stühle, auf denen er jemals gesessen hatte. Die Sitzfläche war so kurz, dass sein Hintern kaum Platz darauf fand, die Rückenlehne so niedrig, dass er befürchtete, beim geringsten Anlehnungsversuch nach hinten zu kippen. Wahrscheinlich, so mutmaßte er, wollte der gute Doktor damit seine Gäste oder Patienten daran hindern, ihm zu viel von seiner kostbaren Zeit zu rauben. Der Arzt öffnete ohne ein weiteres Wort einen kleinen Metallschrank, der in das Regalsystem, in dem ansonsten Fachbücher standen, eingefügt war. Er zog einen Umschlag heraus und schloss wieder ab.

»Der ist für Sie, Monsieur Endress. Rose bat uns, Ihnen diesen Brief zu schicken, wenn der Tag kommt, an dem sie uns für immer verlässt. Aber nun, da Sie hier sind, gebe ich Ihnen den Brief. Rose hat mir anvertraut, dass sie darin ihren letzten Willen verfügt hat. Hier, bitte.«

Waltz hielt Martin den Umschlag hin, blassblaues Papier, dem ein ganz feiner Duft anhaftete, ein ganz und gar altmodischer Duft nach Veilchen. Martin hatte Rose dieses altmodische Parfum *Rêve des violets* im Dezember mitgebracht. Sie hatte es sofort ausgepackt und einen kleinen Tropfen auf ihre Handgelenke getupft. Mit geschlossenen Augen hatte sie genießerisch den Duft inhaliert.

»Sie kennen den Weg zu Roses Zimmer. Dann darf ich mich von Ihnen verabschieden?«

»Ich bin gleich weg. Aber sagen Sie mir bitte noch, wie es um Roses Gesundheit steht.«

»Was soll ich Ihnen da groß sagen. Rose ist nicht krank, sie wird nicht vom Krebs zerfressen, wenn Sie so etwas meinen. Aber die Organe haben sich entschlossen, in diesem Leben genug gearbeitet zu haben. Das Herz wird schwächer, sie wird uns in den nächsten Tagen, vielleicht Wochen verlassen. Rose weiß es, und sie erwartet es mit großer Ruhe und Entspanntheit. Wem werden schon mehr als hundert Jahre auf dieser Erde geschenkt.« Waltz seufzte und streckte Martin die Hand hin. Die Audienz war beendet.

Martin hielt den Brief in der Hand, als er vorsichtig die Tür zu Roses Zimmer öffnete. Der Ohrensessel, in dem sie ihn noch im letzten Winter empfangen hatte, war leer. Ihr Kopf würde sich nicht mehr an das Häkeldeckchen, das das feine Polster schützen sollte, lehnen. Sie schien zu schlafen. Ihre Augen waren geschlossen, die Bettdecke endete über den Hüften, darunter lugte der schmächtige Oberkörper, gehüllt in ein altmodisches Bettjäckchen aus rosa Wolle. Ihre Finger hatte sie wie zum Gebet verschränkt. Martin hielt die Luft an.

»Nein, ich bin noch nicht tot, mein Junge. Ich bin nur eingenickt. Ich freue mich so, dich noch einmal zu sehen.«

Roses Stimme war kaum mehr als ein Flüstern. Ihre blauen Augen, ein Blau, das nichts von seiner Strahlkraft verloren hatte, blickten ihn liebevoll an. Martin beugte sich zu der alten Frau, nahm sie vorsichtig in die Arme und drückte sie sanft.

»Bonjour Rose, ich …« Er wusste nicht weiter. Sollte er fragen »Wie geht es dir?« Sollte er schwindeln »Gut siehst du aus!«?

Unschlüssig blieb er neben dem Bett stehen. Er rang um Worte. Dann brach es aus ihm heraus. »Rose, ich bin so froh, dass wir uns noch einmal sehen. Ich hatte solche Angst, zu spät zu kommen und dass du vielleicht schon … mon dieu, was sag ich denn da?« Tränen traten in seine Augen.

Die alte Frau klopfte sanft mit ihrer rechten Hand neben sich auf die Bettkante. Ein feines Lächeln umspielte ihre trockenen Lippen.

»Ja, ich bin noch da. Vielleicht für ein paar Tage. Versprich mir, nimm es dir nicht zu sehr zu Herzen, wenn ich gegangen bin. Ich habe mein Leben gelebt, und es hat ganz schön lange gedauert, dieses Leben. Und ich kann mit reinem Herzen vor meinen Schöpfer treten. Das kann nicht jeder von sich behaupten. Setz dich neben mich, Martin. Ich sehe, der Doktor hat dir den Brief gegeben. So ist es recht.«

Das viele Reden hatte Rose angestrengt. Ihre Stimme war nur noch die Ahnung eines Flüsterns. Martin hielt ihr einen Becher mit Wasser an den Mund. Rose nahm ein paar winzige Schlückchen.

»In diesem Brief ist mein letzter Wille, mein Junge, soweit er dich betrifft. Was vor so vielen Jahren mit deinen Großeltern geschah, ist durch nichts und niemanden wieder gut zu machen. Du liebst dieses Land, es ist durch deine Großmutter auch deine Heimat. Und daher möchte ich, dass das Haus in Arles dir gehört. Nein, hör mir zu«, bat Rose Martin, als sie sah, wie er sich aufrichtete, um zu protestieren. »Ich dulde kein ›Nein‹. Und mach dir keine Gedanken um meinen Neffen, dem das Haus eigentlich zufallen würde. Er erbt genug. Ich habe es ihm auch schon gesagt. Gut, er war etwas verstimmt, aber er kennt seine alte Tante. Wenn ich mir etwas in den Kopf setze, kann ich stur sein wie ein alter Esel. Und das solltest auch du dir merken. Also, keine Widerrede, das Haus wird dir gehören.«

Erneut bat Rose Martin um etwas Wasser.

»Und jetzt erzähl mir, was es an Neuigkeiten gibt. Wie geht es Rémy? Und Mathilde?«

Martin verbrachte die nächsten Stunden an der Seite von Rose. Erzählte von seinen Plänen, teilte mit ihr Erinnerungen, Erinnerungen, die sie im letzten Jahr zusammengeführt hatten, hielt ihre Hand, die trocken und welk wie ein Herbstblatt in der seinen lag, wenn Rose zwischendurch immer wieder einnickte. Er öffnete den Brief nicht. Martin wusste nun, was drinstand. Allerdings wusste er noch nicht, wie er mit diesem Erbe umgehen sollte. Am besten, er sprach mit Mathilde darüber.

Als er Rose verließ, übergab die Abendsonne den Himmel bereits der Dämmerung, und Martin ahnte, dass es sein letzter Besuch bei seiner alten Freundin gewesen war.

Kapitel 39

Lieutenant Felix Tourrain war pünktlich vor dem Hotel. Angelehnt an die Motorhaube seines Wagens wartete er auf den Commandant aus Paris. Felix war gespannt, was dieser blasierte Affe heute angezogen hatte, wo es auf staubiges Grabungsterrain ging. Fast hätte er laut gelacht, als Antoine Janerand aus der Drehtür des Hotels nach draußen schritt. Wie hieß noch mal der Typ aus dieser Uraltserie Miami Vice, die jüngst wiederholt worden war? Sonny Crocker? Oder so ähnlich. Immer in heller Hose, hellem Sakko, dunklem T-Shirt, Sonnenbrille, Slipper, wenigstens ohne Socken, an den Füßen. Genauso sah Janerand aus.

»Guten Morgen Lieutenant, ein wunderbarer Tag, finden Sie nicht auch?«

Und gut gelaunt war er auch noch. Felix konnte es sich nicht verkneifen, den Kollegen auf seinen cremefarbenen Ausgehanzug anzusprechen.

»Ja, toller Tag. Aber ich warne Sie, es ist ganz schön staubig und dreckig auf den Grabungen. Und heute weht ein ordentlicher Wind. Sie werden sich schmutzig machen.«

»Das lassen Sie mal meine Sorge sein, mein lieber Tourrain. Ich habe auch nicht vor, mich in den Dreck zu werfen, ich wühle höchstens darin, haha. Im Übrigen gehe ich davon aus, dass Sie das Terrain der archäologischen Sondierungen, auf dem Flavia Leone gefunden wurde, mit aller Sorgfalt untersucht haben. Mir geht es darum, die Wohnungen der beiden Opfer aufzusuchen und den Arbeitsplatz von Leone. Im Gegensatz zu Ihnen und Ihren Kollegen weiß ich, wonach ich die Augen aufhalten muss. Der Laptop ist ja leider verschwunden, und wenn ich das richtig verstanden habe, hatte Leone keinen Computer am Arbeitsplatz. Da heißt es also, ganz altmodisch Akten durchsehen, Korrespondenzen lesen und der kleinsten Notiz Beachtung schenken. Können Sie mir folgen, Lieutenant? Ich meine, gedanklich.«

Arrogantes Arschloch. Felix biss die Zähne zusammen. »Wir haben bereits die Akten durchgearbeitet und dem wenigen, was wir entdeckt haben, unsere volle Aufmerksamkeit geschenkt, aber wie Sie befehlen, Commandant. Wo soll es also hingehen? Nicht zu den Grabungen, wenn ich Sie richtig verstanden habe.«

»Korrekt. Wir beginnen in Sète in der Wohnung des Kapitäns und der Archäologin, dann das Appartement in La Grande-Motte, und anschließend möchte ich noch das Büro in Montpellier sehen. Ist das Ihr Wagen? Ich hoffe, er hat eine Klimaanlage.«

Die Fahrt nach Sète verlief mehr oder weniger schweigsam. Felix hatte versucht, ein unverfängliches Gespräch zu beginnen, doch der Commandant wirkte kurz angebunden.

»Wie ist das so mit dem Autoverkehr in Paris? Da stecken Sie doch wahrscheinlich fast jeden Tag im Stau?«, hatte er wissen wollen. Janerand erklärte ihm daraufhin, dass er ein Freund der öffentlichen Verkehrsmittel sei und die Metro oder den Zug jederzeit einem Auto vorzöge. Dann vertiefte er sich in die Unterlagen, die er von Bouraada erhalten hatte, machte sich hier und da eine Notiz.

Nach siebzig Minuten hatten sie die Wohnung am Quai Léopold Suquet erreicht. Janerand wies Felix an, sich irgendwohin zu setzen und ihn in Ruhe seine Arbeit machen zu lassen. Felix beobachtete ihn aus den Augenwinkeln. Janerand zog sich Handschuhe über, öffnete jede Schublade, jeden Schrank, hob Polster und Kissen an, zog Bücher aus den Regalen, hob Topfdeckel hoch und faltete Zeitungen und Illustrierte auseinander. Nichts, was nicht auch die Kollegen aus Sète und Nîmes bereits erledigt hätten.

»Ihr habt offensichtlich sehr gute Arbeit geleistet. Ich habe hier keinen entscheidenden Hinweis darauf gefunden, dass wir es bei den Opfern mit Antikenschmugglern zu tun haben könnten. Entweder sind sie äußerst diskret und sehr vorsichtig vorgegangen, oder aber, der Verdacht läuft ins Leere. Auch die Recherchen im Umfeld von Creteuil haben nichts ergeben.«

War das nun eine Frage oder eine Aussage? Felix entschied sich für die erste Option und schüttelte den Kopf. »Nein, nichts. Er hatte kein eigenes Büro in der Reederei. Wenn etwas zu finden gewesen wäre, dann hier. Und in der Wohnung in La Grande-Motte sieht es noch trister aus. Als wäre sie gar nicht bewohnt. Keine Notizen, keine Aufzeichnungen, keine Rechnungen, nichts. Wollen Sie sie trotzdem sehen?«

»Es ist ja kein großer Umweg, nicht wahr? Also, machen wir uns auf den Weg. Und sie brauchen die Klimaanlage nicht auf achtzehn Grad zu stellen, einundzwanzig genügen mir vollkommen.«

Der Lieutenant wurde rot. Janerand hatte es also gemerkt und dazu geschwiegen. Felix hatte sich gesagt, wenn der Commandant sich schon ein klimatisiertes Auto wünschte, dann bekäme er auch eins. Und wie klimatisiert! Er selbst hatte in seinem kurzärmeligen Hemd schon nach wenigen Kilometern gefroren. Doch der Commandant hatte kein Wort darüber verloren. Ein harter Knochen.

Die Durchsuchung des Appartements in La Grande-Motte verlief genauso, wie Felix es Janerand vorhergesagt hatte. Mit einem ratlosen Gesicht zog der Commandant die Wohnungstür wieder hinter sich zu. »Merkwürdig, wir haben doch nichts übersehen, oder? Dann setzen wir nun unsere ganze Hoffnung auf das Büro der Dame, nicht wahr, Lieutenant? Werden wir dort erwartet?«

»Ich habe der Restauratorin, Sabine Chong, Bescheid gegeben, dass wir kommen, und Sie das Büro von Docteur Leone und die Werkstatt inspizieren wollen. Oder wollten Sie auch mit den Kollegen von Leone sprechen? Deren Aussagen liegen Ihnen vor. Ich habe Berchwyler und Titeux nicht ausdrücklich aufgefordert, anwesend zu sein. Warum auch? Sie hatten nicht nach ihnen gefragt. Oder habe ich da was verpasst?«

Irgendwie gab Janerand Felix immer wieder das Gefühl, etwas falsch gemacht zu haben.

»Nur die Ruhe Lieutenant, Sie haben nichts verpasst. Ich habe die beiden für heute Nachmittag in das Büro von Bouraada bestellt. Vielleicht kann man etwas aus ihnen herauskitzeln, wenn sie sich im Präsidium einfinden müssen.«

»Glauben Sie etwa, einer von ihnen, oder sogar beide könnten an einem Antikenschmuggel beteiligt gewesen sein?«

»Das Glauben habe ich längst aufgegeben. Allerdings, haben Sie oder Ihre Kollegen Berchwyler und Titeux überhaupt dahingehend überprüft? Das Thema angesprochen? Nein, wohl kaum, wie ich vermute. Zumindest steht nichts in den Aussageprotokollen. Das werden wir heute Nachmittag nachholen.«

Felix glaubte, sich und Rachid rechtfertigen zu müssen. »Bis vor Kurzem hatte von uns auch niemand den Verdacht, so etwas könnte hinter den Morden stecken, also der Schmuggel von antiken Kunstgegenständen. Umso besser, dass Sie nun da sind.«

»Genau. Wie recht Sie doch haben, Tourrain.«

Der Rest der Fahrt nach Montpellier verlief unter frostigem Schweigen. Und dies hatte nichts mit der Klimaanlage zu tun. Janerand vertiefte sich in eine Akte, die er aus einer dünnen Ledermappe, die zu seinen Füßen stand, herausgezogen hatte. Felix konnte nicht erkennen, ob es sich bei ihrem Inhalt um ihren gemeinsamen aktuellen Fall handelte. Er hatte auch keine Lust, danach zu fragen. Seine Gedanken schweiften ab zu Sabine Chong, die er gleich wiedersehen würde. Rein dienstlich, aber immerhin.

Die vielen Treppen bis in den vierten Stock nahm Commandant Janerand, ohne auch nur ansatzweise außer Puste zu geraten. Felix, der sich selbst als außerordentlich sportlich bezeichnet hätte, konnte mit dem hinaufeilenden Commandant kaum mithalten. Vor der Tür zu Flavia Leones Büro entließ er den jungen Lieutenant gnädig für die nächste Zeit.

»Danke Tourrain, ich werde mich alleine umschauen.« Er fischte den Schlüssel, den ihm Bouraada ausgehändigt hatte, aus seiner Ledermappe. »Sie können Mademoiselle Chong derweil Ihre Aufwartung machen und sie auf meinen Besuch vorbereiten.

Es wird hier vermutlich etwas länger dauern, ich möchte am Ende nicht die kleinste Kleinigkeit übersehen haben.«

Janerands Blick fiel auf den Türrahmen.

»Und was ist das?« Er deutete auf den winzigen, kaum erkennbaren Rest des Polizeisiegels, der am Holz klebte.

»Einer der Archäologen, Berchwyler, hat sich Zugang zum Büro verschafft. Er brauchte dringend Unterlagen. Der Raum ist dann wieder versiegelt worden. Und wie Sie sehen, ist das neue Siegel unbeschädigt. Ich lasse Sie dann mal Ihre Arbeit machen.«

Felix drehte sich auf dem Absatz um und marschierte in Richtung Restaurationswerkstatt. Der Typ hatte Augen wie ein Adler. Es würde ihn nicht wundern, wenn Janerand tatsächlich noch etwas Relevantes im Büro der Toten entdecken würde.

Während Felix auf den Commandant wartete, schaute er Sabine Chong über die Schulter, die eine radförmige Brosche aus Bronze mit einer feinen Bürste und einem schlanken Spateldolch vom anhaftenden Schmutz befreite. Zuvor hatte das antike Schmuckstück wie eine geschlossene Scheibe ausgesehen, nachdem Sabine damit fertig war, lag ein filigran durchbrochenes kleines Meisterwerk auf der Filzunterlage.

»Ist sie nicht fantastisch? Und hervorragend erhalten. Schau, auf der Rückseite siehst du noch, wo die Nadel gesessen hat, um die Brosche an einem Gewand zu befestigen.«

Eigentlich hatte Felix nur Augen für Sabine, ihr fröhliches Gesicht, ihre grazilen Hände. Sie war wunderschön. Er beugte sich über die Brosche, war Sabines Gesicht ganz nahe, sog den Duft ihrer Haare ein. Eine exotische Mischung aus Zitrone und Weihrauch. Ein feines Räuspern riss ihn aus seiner verzückten Stimmung.

»Ich störe hoffentlich nicht, Lieutenant.« Die geschmeidige Stimme seines Vorgesetzten.

Felix erhob sich. »Nein, keinesfalls. Ich habe Mademoiselle Chong bei der Arbeit zugeschaut. Mademoiselle Chong, Commandant Janerand, Fachmann für Organisiertes Verbrechen im Bereich Antikenschmuggel.«

Sabine und der Commandant begrüßten sich.

»Sie arbeiten alleine in dieser Werkstatt?«

»Nein, wo denken Sie hin. Meine Kollegen sind zurzeit auf den verschiedenen Grabungen. Wir stehen alle unter enormem Zeitdruck, sie arbeiten vor Ort. Aber einer muss die Stellung hier halten. Und das bin ich. Und wie Sie sehen, habe ich auch hier jede Menge zu tun.«

Mit einer ausladenden Geste zeigte sie auf ihren Arbeitstisch, auf dem Kartons mit Scherben, Werkzeuge, Lupen, Lappen und ein kleiner Wassereimer standen.

»Woran arbeiten Sie im Moment?«

Sabine zeigte Janerand die Brosche, die dieser neugierig begutachtete. Vorsichtig legte er sie auf seine linke Handfläche, betrachtete sie genau. Er runzelte die Stirn, zupfte sich am Ohrläppchen, rieb daran und dachte nach.

»Etwas in der Art habe ich jüngst gesehen. Wir hatten vom Zoll einen Tipp bekommen. Broschen, Gewandspangen, Münzen, alles eingenäht in Kissen, gut versteckt in der Füllung. Wirklich, ein sehr schönes Stück. Römisch.« Er reichte Sabine die Brosche zurück und wechselte das Thema. »Was glauben Sie, Mademoiselle, wie kommt ein vorderasiatisches Rollsiegel unter diese Funde provinzieller Herkunft?«

Sabine zuckte mit den Schultern. Ließ sich Zeit mit einer Antwort. Felix hatte das unbestimmte Gefühl, als würde sie ihre Worte genau abwägen, ja, Sabine war geradezu wachsam. Wusste sie mehr über dieses Siegel, als sie bisher preisgegeben hatte? Doch schon hatte die junge Frau wieder ihr liebenswürdiges Lächeln aufgesetzt.

»Ich weiß es nicht. Wir alle haben uns Gedanken darüber gemacht, wie es in der Schachtel mit den Tonscherben gelandet ist. Ich glaube, diese Frage hätte uns nur Docteur Leone beantworten können, und die ist tot.«

»Können Sie sich vorstellen, dass Flavia Leone etwas mit dem Schmuggel antiker Gegenstände nach Frankreich zu tun hatte?«

Er hatte Felix und Sabine den Rücken zugewandt und betrachtete interessiert eine Karte der Region Occitanie, die seit dem 1. Januar 2016 das Languedoc-Roussillon und Midi-Pyrénées zusammenfasste. Nadeln mit bunten Köpfen kennzeichneten die aktuellen Grabungen.

»Flavia war eine hervorragende Archäologin mit einem ausgezeichneten auch internationalen Renommee. Ansonsten war sie eine verschlossene Person. Sie hielt alle Kollegen auf Abstand. Aber das alleine macht ja noch keinen Menschen aus, der sich eines Verbrechens schuldig macht. Ich weiß nicht, ob sie ihren guten Ruf wirklich für Geld aufs Spiel gesetzt hätte. Ich kann Ihre Frage weder mit ja noch mit nein beantworten.«

»Mademoiselle, Sie haben also noch nie den kleinsten Verdacht gehegt, Docteur Leone könnte in illegale Geschäfte verwickelt gewesen sein?«

»Nein, ich hatte nie Anlass dazu.«

»Et bien. Darf ich mich hier ein wenig umschauen? Würden Sie mir bitte alle abgeschlossenen Schränke öffnen?«

Felix hatte sich während des Gesprächs einen Kaffee eingeschenkt, der in seiner Glaskanne auf der Warmhalteplatte immer weniger und dadurch immer stärker wurde. »Für Sie auch einen, Commandant?«

Janerand winkte ab. »Ich bin hier nicht für einen gemütlichen Kaffeeplausch, Lieutenant.«

Dermaßen vor Sabine zurechtgewiesen war Felix kurz davor, Janerand eine passende Antwort zu geben. Da ihm im Moment allerdings die Worte fehlten, zog er es vor, zu schweigen und den Commandant seine Arbeit machen zu lassen.

Janerand inspizierte jeden Schrank, hob Schachteln heraus, wühlte darin herum, blätterte in Aufzeichnungen, rollte Pläne auseinander. Er trat vor den Tresor, den Sabine ebenfalls geöffnet hatte.

»Ah, die berühmte Maske. Darf ich sie mir genauer anschauen?«

Sabine nickte und reichte dem Polizisten ein Paar Baumwollhandschuhe. Vorsichtig hob er die Totenmaske aus dem Tresor und drehte sie ehrfurchtsvoll in seinen Händen.

»Eine echte Rarität. Ich habe noch nie eine solche Totenmaske in den Händen gehalten. Sie ist wunderschön, sie ist perfekt.«

Er legte die Maske zurück in den Tresor.

»Und das Rollsiegel wird ebenfalls hier aufbewahrt?« Janerand spähte neugierig in den Tresor.

Sabine nickte und zog einen kleinen Gegenstand, gut verpackt in Seidenpapier, aus der Box. Sie wickelte ihn aus und legte ihn auf die Filzmatte ihres Arbeitstischs.

»Ja, eine wirkliche Preziose. Ein seltenes Motiv und exzellent gearbeitet. Ein solches Rollsiegel hat einen Marktwert von mindestens sechzehnhundert Euro. Danke, Sie können es zurücklegen.«

Der Commandant zog die Handschuhe aus und legte sie vor Sabine auf den Arbeitstisch. Er reichte der Restauratorin die Hand, sah dann auffordernd zu Felix. »Lieutenant wir können gehen. Vielen Dank für Ihre Hilfe, Mademoiselle Chong.«

Felix kippte den Rest seines mittlerweile kalt und bitter gewordenen Kaffees hinunter. »Ja, und vielen Dank für den Kaffee.«

Er zwinkerte Sabine zu.

Janerand hatte bereits die Türklinke heruntergedrückt, als Sabine ihn zurückhielt. »Commandant Janerand? Eine Frage.«

»Ja, Mademoiselle?«

Sabine zögerte. »Ach, nichts von Belang, es war nur so ein Gedanke. Wirklich vollkommen unwichtig.«

»Sind Sie sicher Mademoiselle Chong?«

»Ja, ganz sicher. Es ist nicht von Bedeutung.«

»Alors, sollten Sie es sich anders überlegen und Ihren Gedanken doch eine gewisse Bedeutung beimessen, rufen Sie mich an. Ich lasse Ihnen meine Karte da.«

Der Commandant kehrte noch einmal an den Tisch zurück und legte seine Visitenkarte, die er aus der schmalen Ledermappe gezaubert hatte, darauf.

*

Auf der Rückfahrt von Montpellier nach Nîmes gab sich Janerand betont einsilbig. Felix hatte Fragen gestellt, aber keine Antworten erhalten, bis auf die eine, dass der Commandant weder im Büro noch in der Werkstatt irgendetwas entdeckt hatte, was den Verdacht auf Antikenschmuggel durch Leone untermauert hätte.

In Bouraadas Büro angekommen, okkupierte er dieses, als gehöre es ihm. Er zog Schubladen auf, spähte neugierig hinein, öffnete Aktendeckel, blätterte in einem Notizblock. Nach zehn Minuten bequemte sich der Commandant, die beiden Archäologen, die bereits draußen warteten, hereinzubitten.

Berchwyler machte auf Felix einen aufgeregten Eindruck, Titeux polterte mit hochrotem Kopf ins Zimmer, ihren Ärger nur mühsam im Zaum haltend.

»Hören Sie, guter Mann. Wir haben Ihren Kollegen schon alles gesagt. Sie stehlen unsere Zeit.«

Berchwyler legte seiner Kollegin die Hand in einer beruhigenden Geste auf den Arm. Titeux schüttelte sie ab wie eine lästige Fliege.

»Ich habe doch recht. Wir arbeiten unter Hochdruck, jeden Moment wird die Grabung geschlossen. Und wir sitzen hier rum, um irgendwann wieder das zu Protokoll zu geben, was alle längst schon wissen. Und wer sind Sie überhaupt? Wo ist Ihr Kollege, dem wir schon alles gesagt haben?«

»Commandant Janerand, OCBC Paris. Das sagt Ihnen etwas, nicht wahr?«

Persephone Titeux, die soeben wieder loslegen wollte, fiel geradezu die Kinnlade herunter, während Berchwyler nach Luft schnappte.

»Das Rollsiegel hat uns stutzig gemacht. Ein altbabylonisches Artefakt inmitten galloromanischer Scherben. Interessant, nicht wahr? Wie kommt es dahin, vor allem, wo kommt es her? Sie können mir da nicht weiterhelfen?«

Stumm schüttelten die beiden Archäologen den Kopf, Berchwyler langsam und bedächtig, Titeux wie ein scheuendes Pferd. Janerand wartete ab.

Als Erster ergriff der Elsässer das Wort. »Sie wollen uns damit sagen, dass Flavia Leone in so etwas verwickelt war? Unvorstellbar. Ich …«

Persephone unterbrach ihren Kollegen. »Tut mir leid, Maxime, aber wenn ich jemandem so etwas zutrauen würde, dann Flavia.«

»Wie meinen Sie das, Madame Titeux?«

»Ich weiß, über Tote soll man nicht schlecht reden. Aber Flavia war machtbesessen. Gut, deswegen schmuggelt man noch lang keine Antiken aus dem Irak. Aber sie war auch geldgierig. Jetzt schau mich nicht so entgeistert an, Maxime. Jeden Vortrag, der mehr als tausend Euro brachte, hat sie an Land gezogen, uns blieben die kleinen Geschichten, hier zweihundert, da dreihundert Euro. Wer hat die Ausstellung in Narbonne kuratiert? Bei mir auf dem Tisch ist die Anfrage gelandet. Und wer hat sich dazwischengedrängt? Madame Leone. Sechstausend Euro sind mir durch die Lappen gegangen. Sie hat ihre Position schamlos ausgenutzt, hat uns am langen Arm verhungern lassen. Sie war eine Frau ohne Skrupel, jawohl.«

Persephones Gesicht war puterrot. Sie hatte sich in Rage geredet. Und dann, als hätte man eine Nadel in einen prall gefüllten Ballon gepikst, stieß sie die Luft aus und sackte in ihrem Besuchersessel zusammen.

»Sie haben aber nie irgendwelche Gespräche mitgehört oder zufällig Unterlagen auf dem Tisch von Flavia Leone gesehen, die einen Verdacht in Ihnen geweckt hätten? Hat sie sich mit Leuten getroffen, die Ihnen, jetzt im Nachhinein, vielleicht merkwürdig vorgekommen sind?«

»Nein, nichts dergleichen, es ist einfach ein Bauchgefühl.«

»Und Sie, Monsieur Berchwyler, was meinen Sie?«

Janerand hatte mit einem umgedrehten Bleistift rhythmisch auf den Schreibtisch geklopft, eine Bewegung, der Berchwyler wie hypnotisiert mit den Augen gefolgt war. Er hob ruckartig den Kopf.

»Nichts, ich meine gar nichts. Flavia hatte ein einnehmendes Wesen, wir haben ihr nur selten widersprochen. Und sie war die

Chefin. Sie hatte in gewisser Weise ein Recht darauf, uns zuvorzukommen. Mich hat das nie gestört. Nein, ich glaube nicht, dass sie zu solch schändlichen Taten fähig war.«

»Alors, das war's für heute. Ich danke Ihnen für Ihr Kommen. Wenn ich noch Fragen habe, ich weiß ja, wie ich Sie erreichen kann.«

Persephone pumpte erneut wie ein Maikäfer vor dem Abflug. »Und dafür lassen Sie uns hier antanzen? Das ist eine Frechheit! Ich werde mich über Sie beschweren. Ich hoffe, wenn Sie uns wieder befragen wollen, lässt sich das auch telefonisch erledigen. Au revoir, Commandant.«

Sie wuchtete sich aus ihrem Sessel und verließ mit einem entschuldigend die Achseln zuckenden Berchwyler das Büro.

»Sehr viel weiter sind wir nun aber nicht gekommen, Commandant.«

»In der Tat, nicht sehr viel weiter. Außer einem sehr persönlichen Statement von Titeux, dass Leone ein Schmuggel mit antiken Gegenständen durchaus zuzutrauen wäre, haben wir nichts Neues erfahren. Und dafür hat die gute Frau noch nicht mal einen Anhaltspunkt. Es wäre uns natürlich dienlich gewesen, wenn mehr als ein Bauchgefühl aus ihr gesprochen hätte, wenn sie vielleicht sogar hätte Namen nennen können, die ihrer Meinung nach mit Leone gemeinsame Sache gemacht haben. Wäre, hätte, könnte.«

»Dem kann ich noch ein ›dürfte‹ hinzufügen. Denn wenn Leone mit jemandem gemeinsame Sache gemacht hat, dürfte sie die mit ihrem Mann, dem Kapitän, gemacht haben. Doch wie ist es dann weitergegangen? Wer hat die Ware in Empfang genommen, wer hat ihre Unbedenklichkeit bestätigt, wer hat sie in den Handel gegeben, oder auch unter der Hand verscherbelt? Und wer sind die Abnehmer? Madame le juge hat all diese Fragen bereits gestellt, doch bisher haben wir noch keine Antworten darauf erhalten.«

»Gleich so viele Fragen, Lieutenant? Und die Antworten erwarten Sie nach einem Tag von mir? Kommen Sie, ich lade Sie auf ein Bier ein, und dann werde ich Ihnen sagen, was ich von der ganzen

Geschichte halte. Ich bin kurz in meinem Hotel, um mich etwas frisch zu machen. Treffen wir uns doch dort. Sagen wir in einer Stunde.«

Eine Stunde später saßen die beiden Polizisten vor Janerands Hotel. Alle Stühle des kleinen hoteleigenen Bistros waren besetzt. Am Nachbartisch war ein wuscheliger weißer Malteser angebunden, dessen Laufleine es ihm erlaubte, immer wieder an den Tisch der Polizisten zu kommen und hingebungsvoll an der Hose von Janerand zu schnüffeln. Je mehr dieser sein Bein schüttelte, um den Hund abzuwimmeln, desto interessierter zeigte sich der kleine Kerl.

»Madame, könnten Sie vielleicht Ihren kleinen Schatz von meiner Hose fernhalten, das wäre äußerst entgegenkommend von Ihnen.«

Felix war erstaunt, mit welcher ausgesuchten Höflichkeit diese Bitte vorgetragen worden war. Er hätte gewettet, dass in Janerands Augen hinter seiner Ray-Ban-Sonnenbrille die ungezügelte Mordlust glänzte. Pariser waren Hundehasser, das war doch allgemein bekannt.

Mit einem wohligen Seufzer hob Janerand sein Glas. »Hier ist das Wetter eindeutig besser als in Sète. Lassen Sie sich Ihr Bier schmecken, Lieutenant.«

Die Männer prosteten sich zu.

»Nun Tourrain, was ist Ihre Meinung? Haben Sie sich schon ein paar Antworten auf Ihre Fragen, oder besser, die Fragen von Madame le juge, zurechtlegen können?«

Felix stellte sein Bier ab und griff in eine kleine Schüssel, in der eine Handvoll Salzmandeln lag. Er hatte Hunger. Seit dem Frühstück hatte sein Magen keine Nahrung mehr gesehen.

»In der kurzen Zeit? Nein, wie sollte ich. Das Einzige, was mir plausibel erscheint, ist eine Beteiligung von Creteuil. Alle weiteren Wege erschließen sich mir nicht. Ich habe natürlich auch keine Ahnung von dieser Art von Verbrechen. Im Gegensatz zu Ihnen.«

»Et bien, Lieutenant. Was haben wir denn überhaupt? Wir haben ein Rollsiegel, das nicht in die Schachtel gehört, in der es entdeckt wurde. Zufall? Unachtsamkeit? Wie ist es hineingelangt? Wir wissen es nicht. Kann es nicht einfach auf legalem Weg erworben worden sein? Von Flavia Leone? Alle anderen haben angegeben, das Stück noch nie gesehen zu haben. Was haben wir noch? Wir haben ein Bauchgefühl. Und zwar ein gewichtiges.« Janerand grinste. »Ich meine das jetzt wörtlich. Persephone Titeux ist wahrlich keine Elfe. Ein vages Bauchgefühl noch dazu. Und das war's auch schon. Ansonsten kein einziger Hinweis. Nicht in den Wohnungen, nicht im Büro, nicht in der Werkstatt. Nichts, was auch nur annähernd meinen Verdacht erregt hätte. Rien, niente, nada. Daher komme ich nach reiflicher Überlegung zu dem Schluss, Lieutenant Tourrain, dass wir mit dem Schmuggel von antiken Gegenständen und den damit verbundenen unangenehmen Folgen für Leone und Creteuil als Mordmotiv auf dem Holzweg sind. Meine Arbeit hier ist somit getan.«

Felix hatte mittlerweile die Schale mit den Mandeln geplündert. Er leckte seine salzigen Lippen ab und griff nach seinem Glas, um es zu leeren. Er würde Janerand keine Träne nachweinen. Im Gegenteil. In diesem Moment summte sein Handy. Als er sah, wer ihn sprechen wollte, hob er entschuldigend die Schultern und wandte sich ein wenig von Janerand ab.

»Hallo, Sabine.« Ihre warme Stimme drang an sein Ohr, und die Schmetterlinge in seinem Bauch vollführten einen Freudentanz. Er runzelte die Stirn. »Was meinst du mit ›eigenartige Beobachtung‹?« Doch bevor sie ihm antworten konnte, vernahm er am anderen Ende das Klingeln einer Türglocke. Sabine beendete kurzerhand das Gespräch, sie erwarte ein Paket, und alles andere erkläre sie am Abend. Und sie freue sich auf ihn. Dann flötete sie einen letzten Satz in Felix' Ohr und war weg. Am liebsten hätte er zum Abschied einen Kuss ins Telefon gehaucht. Doch das erschien ihm im Beisein von Janerand zu peinlich. Und außerdem waren er und Sabine noch nicht so weit, in aller Öffentlichkeit Zärtlichkeiten auszutauschen. Er starrte noch eine Weile verzückt auf sein Handy.

Ein Räuspern katapultierte ihn wieder in die Gegenwart. Janerand grinste ihn an. »Die hübsche Restauratorin hat es Ihnen angetan. Sie brauchen nicht rot zu werden. Sie sieht ja wirklich zum Anbeißen aus. Entschuldigen Sie meine Neugier. Hatte das Gespräch etwas mit unseren Fällen zu tun?«

Zum Anbeißen. Was bildete der Typ sich denn ein. Kurz angebunden und verärgert antwortete Felix mit einem knappen »Nein.«

»Sind Sie sicher?«

Was sollte das denn?

»Natürlich. Es war ein privater Anruf.« *Und der geht dich gar nichts an,* dachte Felix bei sich. »Doch zurück zu dem, was Sie eben gesagt haben, Commandant, wir wären auf dem Holzweg mit dieser Antikenschmuggelgeschichte. Sie sind der Spezialist, und wenn Sie zu diesem Ergebnis kommen, muss es wohl so sein. Ich hätte allerdings nicht damit gerechnet, dass diese Spur so schnell so kalt wird. Aber wo nichts ist … Und die Methode zu töten, das Burking? Sagt uns denn das nichts über den Täter? Wie sehen Sie das?«

»Da muss ich Sie leider enttäuschen. Diese Methode kann jeder anwenden, der kräftig genug dazu ist. Ein Mann, eine Frau, er oder sie muss nur die körperlichen Voraussetzungen mitbringen, et voilà, kann man auf diese Weise töten, ohne groß Spuren zu hinterlassen. Wenn der Täter keinen Fehler macht, finden wir weder Fingerabdrücke noch verwertbare DNA noch sonst irgendwas. Aber das ist Ihr Problem. Et bien, ich ziehe mich zurück. Sie können Commandant Bouraada vorab über das Fazit meiner Einschätzung berichten. Ich werde ihm mein Dossier zukommen lassen, es wird nicht sehr umfangreich sein. Madame le juge werde ich persönlich informieren. Ich gehe davon aus, wir alle werden uns zu einem abschließenden Gespräch bei ihr einfinden. Wenn sich nichts weiter ergibt, werde ich übermorgen zurück nach Paris fahren.«

Felix' Handy klingelte erneut. Ein Blick auf das Display sagte ihm, dass es diesmal Rachid Bouraada war.

»Commandant Bouraada«, teilte er Janerand mit. Er drückte auf den kleinen grünen Hörer und lauschte. Er sagte kein Wort, hörte nur zu.

Als er das Gespräch beendet hatte, schaute Janerand ihn gespannt an. »Das war jetzt aber dienstlich, nehme ich an. Gibt es Neuigkeiten?«

»Das kann man so sagen. Sie haben wohl recht mit Ihrer Einschätzung, dass die beiden Morde nichts mit dem Thema Antikenschmuggel zu tun haben. Ein Verdächtiger ist auf dem Weg nach Nîmes. Commandant Bouraada hat angeordnet, ihn in Polizeigewahrsam zu nehmen. Morgen soll er befragt werden.

Im Zeitlupentempo zog Janerand seine Sonnenbrille aus und legte sie auf den Tisch. Seine Augen waren zusammengekniffen. Aber nicht etwa, weil die Sonne ihn störte, sondern vor offensichtlichem Ärger. »Soll das bedeuten, Madame le juge und Bouraada haben eine weitere Spur verfolgt, ohne mich einzuweihen? Das ist kein guter Stil, wenn man Wert auf eine vernünftige Zusammenarbeit legt.«

Fast war Felix geneigt, Janerand recht zu geben. Der hatte alle Karten offen auf den Tisch gelegt und Felix gebeten, Commandant Bouraada vorab über das Ergebnis seiner Untersuchungen zu informieren.

»Commandant Janerand, Commandant Bouraada hat selbst erst heute Vormittag davon Kenntnis bekommen, dass sich eine neue Spur aufgetan hat.«

»Und heute Vormittag war keine Zeit, uns zu informieren?«

Darauf wusste Felix keine Antwort.

Kapitel 40

Zur selben Zeit, als Lieutenant Felix Tourrain und Commandant Antoine Janerand in der gemeinsamen Wohnung der Ermordeten angekommen waren, steuerte Mathilde de Boncourt ihr Peugeot-Cabrio auf einen steinigen Feldweg. Sie und Rachid Bouraada hatten Nîmes unter einem strahlend blauen Himmel verlassen, doch je näher sie Sète kamen, desto dunkler wurden die Wolkenungetüme über dem Mittelmeer. Sie stieg aus und hatte mit ein paar geschickten Handgriffen das Dach geschlossen. Rachid war ebenfalls ausgestiegen, um ihr zu helfen, doch Mathilde winkte ab.

»Danke, Rachid, das geht fix. Aber wenn wir hier schon an der frischen Luft sind, lassen Sie mich kurz eine rauchen.«

Sie bückte sich in den Wagen, wo auf dem Rücksitz ihre Tasche lag. Mit einer Zigarette zwischen den Lippen und dem Feuerzeug in der Hand tauchte sie wieder auf.

»Ich bin sicher, wenn wir ihn offiziell vorgeladen hätten, wäre er abgetaucht. Wenn wir ihn jetzt einfach überrumpeln, lockert der Überraschungseffekt ihm vielleicht die Zunge. Übrigens, ich habe David Chabal heute Morgen nach Hause geschickt. Er ist bei seiner Freundin Bibiane untergekrochen, hält sich für weitere Fragen zur Verfügung«, nuschelte Mathilde.

Bouraada nahm ihr das Feuerzeug aus der Hand und zündete die Zigarette an. Die Untersuchungsrichterin inhalierte tief und stieß dann den Rauch mit einem wohligen Schnaufen durch die Nase aus. Der Commandant staunte nicht schlecht.

»Charmant, Madame le juge. Wenn Sie jetzt noch Feuer spucken könnten, würden Ihre Gegner vor Angst erstarren, oder eher noch, sich an Ihnen die Finger verbrennen.«

»Oder ich würde sie gleich in ein Aschehäufchen verwandeln.«

Mathilde hatte zunächst die Autobahn genommen, um dann ab der Abfahrt Gallargues die Herz und Sinne ansprechende Route entlang der Petite Camargue zu fahren. Der Wind hatte mit jedem Kilometer zugenommen. Nun lehnten beide am Auto. Mathilde mit geschlossenen Augen, ihre Gauloises genießend, Rachid mit nachdenklichem Blick in die Landschaft, die ihm heute karg und trostlos erschien. Er liebte diese Weite, die den Blick bis zu den Bergen der Cevennen erlaubte. Den Moment, wenn die Sonne flirrte und Gebäude, Bäume und Sträucher, die weit entfernt für das Auge nur noch schemenhaft wahrnehmbar waren, einer Fata Morgana gleich ein Eigenleben entwickelten und, wie von einer Aura umgeben, in Bewegung gerieten. Doch heute, bei diesem grauen Wetter und dem Wind, der die losen Sandkörner vor sich her trieb, erschien ihm die Landschaft merkwürdig fremd, fast unwirtlich. Konnte man bei klarer Sicht den Mont Aigoual sehen, suchte Bouraada ihn heute vergeblich. Die Stiere einer *manade*, deren Toreinfahrt sie vorhin passiert hatten, grasten auf einer weitläufigen Weide. Wo sonst die schwarzen Leiber wie poliert in der Sonne glänzten, sich die weißen langen gebogenen Hörner vom dunklen Fell abhoben, sahen die Tiere heute wie mit einem dunkelgrauen Pinsel übertüncht aus. Rachid wurde aus seinen Betrachtungen gerissen, als Mathilde das Wort an ihn richtete.

»Wir haben einen Riesenfehler gemacht. Schon als Regis uns sagte, Flavia habe ein Kind zur Welt gebracht, hätten wir intensiver nachforschen müssen. Die Auskünfte von Flavias Eltern waren doch mehr als dürftig. Ein Sohn, der in Italien zur Welt gekommen ist und direkt zur Adoption freigegeben wurde. Er wurde im Ospedale Campo di Marte in Lucca geboren, Flavia hat ihn mehr oder weniger nie gesehen, schon zwei Tage später war er bei seinen Adoptiveltern. Das war's. Und wir hätten nie mehr erfahren, wenn sich Flavia nicht Marie-Claire anvertraut hätte. Sie hat sich angeblich von ihrem eigenen Sohn bedroht gefühlt, er hat ihr vor ihrer Wohnung aufgelauert.«

»Das ist die Version von Flavia Leone. Und wenn es in Wirklichkeit umgekehrt war? Sie hat sich doch für ihn interessiert? Warum hätte sie sonst diesen Artikel über seinen sportlichen Erfolg aufgehoben? Flavia hat sich auf die Suche nach ihrem Sohn gemacht, hat ihn tatsächlich aufgespürt, hat ihren Wagen bei ihm reparieren lassen, um ihn aus der Distanz kennenzulernen. Und irgendwas ist dann vollkommen aus dem Ruder gelaufen. Steigen wir wieder ein. Wir werden hoffentlich bald erfahren, wie sich alles abgespielt hat.«

Nachdem der Wagen wieder auf der Straße war, spann Mathilde den Faden weiter. »Ganz gleich, wie es nun war, ob er ihr nachgestellt hat, oder sie ihm. Beide Konstellationen können zum Mord an Flavia geführt haben. Er hat seine Mutter ausfindig gemacht, diese wollte nichts von ihm wissen, hat ihr Kind ein zweites Mal abgelehnt. In seiner Wut und Enttäuschung tötet er Flavia. Oder, Ihre Version: Flavia hat ihren Sohn in einem Anflug aufkeimender, lange verschütteter Mutterliebe gesucht und auch gefunden. Der Junge pfeift auf den Kontakt zu seiner Mutter, sie lässt nicht nach, lädt ihn ein, lauert ihm auf. Es wird ihm zu viel, ein Streit eskaliert, und hopp, tötet er sie. Ein idealer Verdächtiger.«

Der Commandant nickte. »In der Tat. Und auch der Mord am Kapitän würde ins Bild passen.«

»Genau. Flavia hat Creteuil reinen Wein eingeschenkt. Sie habe einen erwachsenen Sohn, zu dem sie Kontakt aufnehmen möchte. Sie erzählt dem Jungen von seinem ›Stiefvater‹, nennt dessen Namen. Als der Junge Flavia getötet hat, muss auch Creteuil dran glauben, da er die Umstände von Flavias Tod errät. Und umgekehrt, also wenn er seiner Mutter nachstellt und auflauert, ergibt der Mord an Creteuil ebenfalls Sinn. Der Junge musste befürchten, dass Flavia ihrem Mann erzählt hat, ihr eigener Sohn verfolge sie. Der Mitwisser wird ausgeschaltet.«

»Also doch eine Beziehungstat. Dann können wir Janerand ja wieder nach Hause schicken.«

»Ist er Ihnen denn so unsympathisch, Rachid?«

»Er ist ein Snob. Wie alle, die aus Paris kommen. Sie fühlen sich uns überlegen. Wir sind die Provinzler, sie kommen aus der großen Stadt, wo das wahre Verbrechen tobt. Und das lässt uns Janerand leider spüren. Ich hätte mir etwas mehr Kollegialität erhofft. Aber lassen wir das. Ich sagte Ihnen bereits, ich arbeite professionell, persönliche Gefühle haben da keinen Platz.«

Mathilde räusperte sich. »Rachid, apropos persönlich. Ich möchte Sie etwas Persönliches fragen. Und ich bitte Sie, mir ehrlich zu antworten.«

Bouraada warf einen argwöhnischen Blick in ihre Richtung. Er ahnte, was auf ihn zukam.

»Jetzt erzählen Sie mir bitte nicht die Geschichte: ›Ach ich bin im Bad ausgerutscht‹. Woher stammt der blaue Fleck, der zurzeit der am meisten leuchtende Farbtupfer im Innern meines Wagens ist? Was ist wirklich passiert?«

Der Commandant fasste sich an den Nacken. Es tat nicht mehr weh, aber wegzudiskutieren war das Hämatom nicht. Rachid traf eine Entscheidung. Er würde jetzt Mathilde die ganze Geschichte beichten. Denn das, was er zu sagen hatte, kam einer Beichte gleich. Er hatte Gnade vor Recht ergehen lassen und nachgegeben. Sein junger Verwandter – sein Vater hatte ihm noch einmal geschworen, dass wirklich das gleiche Blut in ihren Adern floss – durfte im Haus des Vaters bleiben, bis ihm eine Lösung des Problems einfiele.

»Et bien, und nun wohnt Djamel bei meinem Vater, kann das Haus nicht verlassen, und ich weiß nicht, was ich tun soll«, schloss Bouraada seinen Bericht.

»Puh, da haben Sie sich in eine äußerst prekäre Situation hineinmanövriert, Rachid. Ihnen ist klar, dass Djamel dort nicht für den Rest seines Lebens bleiben kann.«

»Ich weiß.« Rachid stöhnte gequält auf. »Aber was sollte ich im Moment tun? Ihn aus dem Haus zerren? Ihn einfach laufen lassen? Nichts von alledem hätte mein Vater zugelassen.«

Mathilde trommelte mit ihren Fingern auf dem Lenkrad herum. Sie dachte nach. Dann strahlte sie mit blitzenden grünen Augen Rachid an. »Ich hab's. Ein ehemaliger Studienfreund hat seine Kanzlei in Bobigny. Ja, ich weiß, Paris, aber immerhin Banlieue. Bobigny war schon immer die Hochburg der Einwanderer aus den ehemaligen Kolonien. Er ist übrigens ein Landsmann von Ihnen. Karim Tasfaout ist darauf spezialisiert, auch die schwierigsten Fälle vor Gericht so zu verhandeln, dass seine Schützlinge meist mit einem blauen Auge davonkommen. Ich werde ihn noch heute Abend anrufen, ihm den Fall schildern, und dann sehen wir weiter. In Ordnung?«

Rachid sah einen Lichtstreif am Horizont seines schlechten Gewissens. Er war froh, Mathilde reinen Wein eingeschenkt zu haben. Heute Nacht würde er hoffentlich wieder ruhiger schlafen können.

*

Mathilde parkte ihr Auto zweihundert Meter von der Renault-Werkstatt entfernt. In Sète war es merklich kühler als in Nîmes, und sie zog sich ihren Blazer über die cremefarbene leichte Bluse.

Aus der offenen Garage schlug ihnen der Geruch von Motorenöl und Abgasen entgegen. Ein Wagen stand hochgebockt über einer Grube, in der ein Mann mit einer Stabtaschenlampe die Unterseite einer wahren Rostlaube begutachtete.

»Mann, du bist eine Stunde zu früh. Aber ich kann dir jetzt schon sagen, mit dem Schrotthaufen kommst du nicht mehr nach Hause. Das kannst du dir abschminken, die Karre fällt auseinander. Wenn ich hier mit dem Schraubenzieher reinbohre, kommt mir das ganze Fahrgestell entgegen. Du hast Glück, dass dir die Kiste nicht auf der Straße zusammengebrochen ist«, tönte es aus dem Untergrund.

»Monsieur Gallo? Lou Gallo?«

»Hein, wer will das wissen? Bin gleich für Sie da.«

Ein Kopf mit ölverschmiertem, jugendlichem Gesicht tauchte am Rand der Grube auf. Dann kletterte der Rest über eine kleine Holzleiter heraus. Der junge Mann legte die Lampe beiseite und wischte seine Hände an einem dreckigen Lappen ab. Das Ergebnis war mehr als bescheiden. Der Lappen war noch schmutziger und die Hände noch verschmierter. Lou Gallo zog die Rechte zurück, die er eben noch zum Gruß ausgestreckt hatte. Soweit Mathilde es beurteilen konnte, hatte er kaum Ähnlichkeit mit seiner Mutter. Kurz stellte sie sich die Frage, wer Lous Vater gewesen sein mochte. Vielleicht ein Italiener? Abwegig wäre diese Idee nicht. Lou hatte einen muskulösen, eher untersetzten Körper, das dunkle Haar von der Feuchtigkeit des Schweißes leicht gewellt. Ein attraktiver junger Mann. Seine eben noch neugierige Miene wich einem misstrauischen, fragenden Ausdruck.

»Ihr seid auch von den Bullen. Da war schon mal einer hier.«

Der Commandant und die Untersuchungsrichterin zogen ihre Ausweise hervor.

»Nanu, auch noch hoher Besuch vom Gericht. Womit kann ich dienen, Madame le juge?«

Mathilde ließ sich von seiner ironisch-frechen Art nicht beeindrucken. »Können wir uns irgendwo hinsetzen? Wir wollen Ihnen ein paar Fragen stellen.«

Lou zuckte mit den Schultern und trottete zu einem Kabuff, das aus vier einfachen Bretterwänden konstruiert in die Werkstatt hineingebaut worden war. Er schob Mathilde und Rachid die beiden einzigen Stühle zu und setzte sich auf die Kante eines Tischs.

»Luca Gallo, genannt Lou, geboren in Lucca im Ospedale Campo di Marto am 3. September 1996. Sie wurden adoptiert von den Eheleuten Gallo, heute wohnhaft in Menton, wo Ihre Eltern eine kleine Pension betreiben. Soweit alles richtig?« Der Commandant schaute Lou fragend an. Der nickte. Bouraada fuhr fort.

»Sie kannten Flavia Leone, Archäologin, wohnhaft mit ihrem Partner Roger Creteuil in Sète. Beide ermordet am vorletzten Sonntag. Sie haben unserem Kollegen Lieutenant Tourrain gegenüber angeben, Sie hätten Madame Leone kennengelernt, als sie sich um deren Wagen kümmerten, und sie ihrer Wohnung in La Grande-Motte aufgesucht, um dort das Geld für ihre Arbeit abzuholen. Soweit unsere Informationen.«

»Stimmt. Na und?« Die Antwort kam trotzig, aber nicht mehr ganz so großspurig.

»Flavia Leone war Ihre Mutter. Sie hat Sie direkt nach der

Geburt zur Adoption freigegeben. Sie haben Ihre leibliche Mutter gesucht und gefunden, haben Sie mit der Tatsache konfrontiert, dass ihr eigen Fleisch und Blut in derselben Stadt lebte. Sie haben ihr nachgestellt. Und als Sie erkannten, dass Ihre Mutter immer noch nichts von Ihnen wissen wollte, was ist dann passiert? Oder war es genau andersherum? Flavia Leone hat Sie ausfindig gemacht? Sie allerdings wollten nichts mit Ihrer Mutter zu tun haben, die jedoch hartnäckig weiter den Kontakt zu Ihnen suchte?«

Die Worte des Commandant waren nur so auf Lou Gallo eingeprasselt. Er hob die Arme vors Gesicht, als wolle er sich vor Schlägen schützen. Sein Oberkörper bebte, seine Schultern zuckten. Als er die Arme wieder herunternahm, hatten Tränen Schlieren auf seinem ölverschmierten Gesicht hinterlassen. Bestürzt schauten sich Mathilde und Rachid an. Mit einer solchen Reaktion hatten sie nicht gerechnet. Mit einer kindlichen Bewegung wischte Lou die Tränen mit dem Ärmel seines Arbeitshemdes weg.

»Lou, was ist wirklich passiert?« Mathildes Stimme war eindringlich und zugleich sanft.

Gallo schniefte. »Ich hab Flavia gesucht. Hab meine Eltern so lange gelöchert, bis sie mir die Wahrheit sagten. In der *mairie* in Menton war vor anderthalb Jahren eine Blutspendenaktion. Ein Kumpel von mir ist an Leukämie erkrankt. Fast das ganze Dorf hat sich typisieren lassen. Meine Eltern und ich haben Blut abgegeben. Und so ist es rausgekommen. Ich hatte weder die Blutgruppe meines Vaters noch die meiner Mutter. Und dann sind sie damit rausgerückt. Dass ich adoptiert bin. Ich hab mit dem CNAOP* Kontakt aufgenommen, aber meine echte Mutter wollte ihre Identität nicht preisgeben. Ich war vollkommen verzweifelt. Und dann hat Maman es mir gesagt. Als meine Eltern mich im Krankenhaus abgeholt haben, hat Maman zufällig den Namen meiner leiblichen Mutter erfahren. Und sie hat ihn mir genannt. Dann war es ein Leichtes, Flavia ausfindig zu machen. Ich hab angefangen, hier zu

* Conseil national d'accès aux origines

arbeiten. In ihrer Nähe. Den Rest kennen Sie. Sie hat mich abgewimmelt, als ich ihr sagte, wer ich bin. Zuerst wollte sie es nicht glauben. Und als ihr dann nichts anderes mehr übrig blieb, hat sie mich ein zweites Mal zum Teufel geschickt. Kein Interesse. Als sie mir das unverblümt ins Gesicht gesagt hat, hab ich sie gehasst. Doch eine Minute später war sie mir egal, scheißegal. Ich hab sie auf jeden Fall nicht umgebracht, und ihren Macker auch nicht.«

Commandant Bouraada erhob sich. »Monsieur Gallo, wir müssen Sie mitnehmen. Die Kollegen aus Sète werden Sie mit einem Wagen nach Nîmes bringen. Dort können Sie Ihre vorläufige Aussage zu Protokoll geben.«

»Heißt das, ich bin jetzt verhaftet?«

»Nein, wir nehmen Sie lediglich in Polizeigewahrsam. Sie können einen Rechtsbeistand anfordern. Vorläufig bleiben Sie vierundzwanzig Stunden bei uns. In Nîmes werden wir Ihre Befragung fortführen. Madame le juge wird dann entscheiden, wie es mit Ihnen weitergeht.«

Kapitel 41

»Der Junge hat mir echt leidgetan. Du hättest ihn sehen sollen. Mit großen Augen hat er uns ungläubig angestarrt, das Gesicht verschmiert von Öl und Tränen. Zweimal von der eigenen Mutter verstoßen. Ein starkes Motiv für einen Mord.«

Das ungemütliche Wetter, das in Sète für kühlere Temperaturen sorgte, hatte sich nicht bis zum Château de Boncourt vorgewagt. Mathilde und Martin saßen auf der Terrasse unterhalb der Freitreppe, die ins Gartenzimmer des Schlosses führte. In ein paar Tagen war Sommerbeginn. Noch waren die Nächte angenehm temperiert, doch die Tage kündeten bereits von der Wärme, die Juli und August mitbringen würde. Eine leichte Brise trug den Geruch von Thymian, Lavendel, Rosmarin und Salbei zu ihnen, Kräuter die Odile in ihrem Küchengarten zog. Die Sonne verschwand allmählich hinter dem weißen Pavillon, der das Ende des Parks markierte. Dahinter begannen die Weinfelder der Familie.

Mathilde schob ihren blank geputzten Teller von sich. Die würzige Soße hatte sie mit einem Stück Baguette aufgetunkt. Odile hatte ihnen den Rest des Kaninchenbratens aufgewärmt. Im gusseisernen Topf, in dem das Tier serviert worden war, schwamm noch ein wenig von der betörend aromatischen Soße, der Odile mit Lavendelsalz und Orangepfeffer den letzten Pfiff verliehen hatte.

»Magst du noch?« Mathilde hielt Martin den Brotkorb hin, in dem noch ein Stück Weißbrot lag.

»Danke, ich bin so was von satt.«

»Danke, nein oder danke, ja?«

»Danke, nein.«

Mathilde wischte mit dem restlichen Baguette durch den schweren Topf. Genüsslich schob sie sich den saftigen Brocken in den Mund.

»Ein Gedicht, noch besser, als das Kaninchen in einer Senfsoße zu schmoren.«

Sie tupfte sich die Lippen mit ihrer Serviette ab und trank einen ordentlichen Schluck Weißwein. »Ich befürchte, wir müssen noch eine zweite Flasche öffnen. In der ersten war ja quasi nichts drin.«

Mathilde hatte in weiser Voraussicht eine Kühltasche mit nach draußen gebracht, aus der sie eine beschlagene Flasche zog. Sie stellte die leere Flasche auf den Boden und einen neuen Chardonnay in den Weinkühler.

»Lenk mich ab, Martin. Ich hab heute Abend keine Lust, mir noch mehr den Kopf über diesen Fall zu zerbrechen. Eine Spur wird kalt, die andere dafür heiß, dann kühlt die ab, und der nächste Verdächtige taucht auf. Und dennoch bin ich unzufrieden mit dem Ergebnis. Doch darüber mach ich mir erst morgen wieder Gedanken. Und du hast also schon mit Rémy gesprochen. Was hat er gesagt?«

Eigentlich hatte Mathilde in ihrer Wohnung in Nîmes übernachten wollen. Sie hatte Rachid am Präsidium abgesetzt. Felix hatte sie und Rachid bereits darüber informiert, dass Commandant Janerand den Verdacht auf Antikenschmuggel nicht bestätigt sah und offenbar sauer war, dass man ihn nicht über die Verfolgung der neuen Spur, die zu Lou Gallo führte, aufgeklärt hatte. Die weitere Befragung von Gallo war auf Freitagnachmittag terminiert, da der Anwalt, den Lous Eltern informiert hatten, noch einen Gerichtstermin am Vormittag in Nizza hatte und erst gegen zwei in Nîmes eintreffen würde. Mathilde hatte vor ihrem fast leeren Kühlschrank gestanden, als Martin bei ihr anrief. Er war im Château, um den Rat von Mathildes Großvater einzuholen. Worum es ging, verriet er ihr nicht. »Und ich soll dir von Odile ausrichten, es gäbe noch was Leckeres zu essen, wenn du dich ins Château bequemen würdest.«

Mathilde hatte nicht lange gefackelt, war in Jeans und einen leichten Pullover geschlüpft und hatte sich auf den Weg zum Weingut gemacht.

»So, jetzt hast du mich lange genug auf die Folter gespannt. Leg los.«

»Wie du weißt, möchte ich gerne für eine längere Zeit hierbleiben, um an einem neuen Buchprojekt zu arbeiten. Dienstag habe ich Rose besucht. Und sie hat mich mit etwas überrascht, mit dem ich nicht gerechnet hatte. Ich musste die Neuigkeit erst mal einige Zeit sacken lassen, bevor ich mit dir darüber spreche. Dein Großvater weiß schon Bescheid.«

Martin füllte Wein nach, drehte einen Moment nachdenklich sein Glas in der Hand.

»Martin, jetzt mach's doch nicht so spannend. Was ist passiert?«

»Rose hat mir das alte Haus von Docteur Barbier vermacht. Sozusagen geschenkt. Wenn die Formalitäten erledigt sind, könnte ich rein theoretisch sofort einziehen.«

Mathilde verschlug es für ein paar Sekunden die Sprache. Dann schnatterte sie aufgeregt los. »Das ist ja fantastisch. Du nimmst es doch an, oder? Aber ja doch, du musst es annehmen. Das ist doch verrückt. Da überlegst du, ob und wo du dir was mieten oder kaufen kannst, und da fällt dir ein Haus geradezu in den Schoß. Das ist Kismet. Du hast das Haus doch schon gesehen. Wo liegt es genau? Wie sieht es aus? Wollen wir es uns gemeinsam ansehen? Ich bin so gespannt.«

Mathildes Wangen glühten, als sie ihr Glas hob und Martin zu seinem neuen Heim beglückwünschte. Die Frage, warum Rose Martin das Haus geschenkt hatte, stellte sich ihr nicht. Rose wollte ein wenig die Schuld, die vor so vielen Jahren einer der Bewohner in Barbiers Haus auf sich geladen hatte, abgelten. Eigentlich war die Schuld längst getilgt, doch Rose glaubte ganz sicher, ihren eigenen Teil an Wiedergutmachung leisten zu müssen, auch wenn sie die Letzte war, die Verantwortung für die damaligen Geschehnisse tragen musste.

Ein Glücksgefühl durchströmte Martin. Er hatte schon damit

gerechnet, dass sich Mathilde für ihn freute. Aber sie war ja geradezu aus dem Häuschen. Die Gläser klirrten, als sie miteinander anstießen, der kühle Weißwein war ein Hochgenuss. Eine dicke Hummel, die noch nicht in ihr Nest zurückgefunden hatte, flog taumelnd mit pollenschweren Beinchen über den Tisch. Auf der obersten Stufe der Treppe hatte sich Babou zum Schlafen niedergelegt. Er schnarchte, das einzige Geräusch, das vom Schloss zu ihnen auf die Terrasse drang. Martin konnte sich in diesem Moment keinen schöneren Platz vorstellen. Hier zu sitzen, mit Mathilde. Die Ruhe dieses Abends zu genießen. Er schloss die Augen, sog die Gerüche der Umgebung ein, den Duft von Mathildes Parfum, der Kräuter aus Odiles Garten, der pfeffrigen Süße der Soße, die noch dem Schmortopf anhaftete. Alles war perfekt.

»Hallo, träumst du?«

Martin öffnete die Augen. »Nein, das alles ist kein Traum. Ich fühle mich im Moment einfach nur satt, zufrieden und glücklich. Was will man mehr.«

Dass Mathilde zu diesem Befinden nicht unwesentlich beitrug, verschwieg er lieber.

»Und was hattest du nun mit Grand-père zu besprechen? Darf ich? Mit dem Essen sind wir ja fertig.« Mathilde hielt fragend ihre Packung Gauloises in der Hand.

»Klar, rauch du nur. Nun, ich war bei deinem Großvater, um mich von ihm beraten zu lassen. Nachdem mir Rose eröffnet hat, mir das Haus schenken zu wollen, haben wir uns lange darüber unterhalten, was denn aus der alten Villa werden würde. Sie liegt an der Route de Beaucaire und ist in einem jämmerlichen Zustand. Vor zwei Jahren gab es im Winter einen Wasserrohrbruch, der erst nach drei Tagen entdeckt wurde. Seitdem führt der Schimmel sein Regiment im Haus. Das Mauerwerk hat gelitten, die Dachziegel sind lose. Im Herbst haben sich wohl ein paar Jugendliche Zutritt verschafft. Sie haben im Wohnzimmer ein Feuerchen gemacht. Der Holzboden ist seitdem ruiniert. Gott sei Dank hat das Feuer keinen weiteren Schaden angerichtet. Aber trotzdem ist das Haus eine Ruine. Und die Umgebung ist leider auch nicht mehr das, was sie noch zu Zeiten war, als Rose und Barbier dort gewohnt haben. Links und rechts Fliesenläden, Buden mit Schwimmbadprodukten, ein Bricomarché, ein Tattoo-Studio. Rose liegt seit einem halben Jahr das Angebot eines Maklers vor, der Baumarkt möchte expandieren und die drei benachbarten Grundstücke dazukaufen. Daher der Plan, den Rose ganz und gar unterstützt, alles auf Abbruch zu verkaufen. Die Sanierung würde tatsächlich einem Abriss gleichkommen. In den Wänden hat sich auch noch der Schwamm ausgebreitet, das Haus ist einfach nicht mehr zu retten.«

Martin schüttelte bedauernd den Kopf. Er liebte alte Häuser, und es war ihm ein Gräuel, wenn er sah, wie in Bonn alte Gemäuer abgerissen wurden, um dort klotzige Riesenvillen hinzubauen, in denen sechs, sieben Wohnungen für Besserverdienende Platz fanden.

Nach seinem Besuch bei Rose war er in die Route de Beaucaire gefahren. Die Villa neben Roses Haus war offensichtlich schon verkauft, denn sie stand leer. Und sein künftiges Erbe, das noch im letzten Sommer dem Verfall einigermaßen getrotzt hatte, war in einem erbarmungswürdigen Zustand gewesen.

»Wie ist es mit Erben?«, wollte Mathilde, ganz die Juristin, wissen. »Nicht, dass es mit ihnen Probleme gibt.«

»Rose sagte mir, sie habe sich mit ihrem Neffen geeinigt. Er ist der einzige Verwandte, und er sei einverstanden. Doch das war mir wiederum nicht recht. Ich werde ihm die Hälfte des Verkaufserlöses geben. Das muss natürlich alles vorher schriftlich und rechtsgültig festgehalten werden. Aber Rose war dann, nach langer Überzeugungsarbeit, mit meiner Idee einverstanden. Ich treffe mich nächste Woche mit dem Neffen, um alles Weitere zu besprechen. Ich schätze, er wird sich nicht dagegen sperren, die Hälfte von sechshunderttausend Euro zu bekommen, denn das ist das Grundstück mit dem Haus wert. Das Terrain hat mehr als dreitausend Quadratmeter.«

Mathilde drückte ihre Zigarette in einem knallgelben, dreieckigen Aschenbecher mit dem Logo des Pastis Ricard aus. »Und wie kann Rémy dir helfen?«

»Dein Großvater kennt jeden in dieser Gegend, und er kommt viel rum. Ich hab ihn gefragt, ob irgendwo in der Nähe ein Haus verkauft wird, am liebsten ein altes gemütliches Steinhaus auf dem Land, ruhig gelegen. Für meine Arbeit brauche ich Ruhe. Das Haus muss nicht groß sein, drei Zimmer reichen mir. Dazu ein kleiner Garten, Wasser, Strom, höher sind meine Ansprüche nicht. Und wenn dein Großvater ein gutes Wort für mich einlegt, geht so ein Verkaufsobjekt erst gar nicht an eine Immobilienagentur.«

Martin legte eine Kunstpause ein, in der er die leeren Gläser füllte.

»Und, was soll ich dir sagen, Rémy hat nicht lange überlegen müssen. Er hat schon was für mich in Aussicht. Neben der *manade* Rossignol. Ja, ich weiß, was du jetzt sagen willst.«

Im letzten Sommer war der Hof, auf dem Stiere und Pferde gezüchtet wurden, Schauplatz tragischer Geschehnisse gewesen. Der ehemalige Besitzer, Guillaume Rossignol, war tot, und sein Lebenswerk wurde seitdem von seinem früheren Vorarbeiter Manuel Gomez fortgeführt, der Haus und Hof von Rossignols Witwe gepachtet hatte.

»Thérèse Rossignol zieht zu ihrer Schwester, und Manuel zieht mit seiner Familie ins Haupthaus. Sein eigenes kleines Haus wird frei, und er möchte es verkaufen. Es liegt am Rand der *manade*, und nur einen Steinwurf von Petit-Castelet, du kennst es ja. Ich werde es ein wenig modernisieren müssen, aber es ist genau das, was ich suche. Und es liegt im finanziellen Rahmen, sogar eher noch darunter. Für mich bleibt trotzdem noch genug übrig, die anstehende Renovierung zu bezahlen und die nächsten Monate finanziell zu überbrücken. Manuel will den ganzen Besitz Thérèse abkaufen. Und mit diesem Eigenkapital hat er bei der Bank gute Chancen auf den benötigten Kredit.«

Mittlerweile war Babou aufgewacht. Der alte Labrador kam schwanzwedelnd die Treppen hinunter. Das Laufen fiel ihm nicht mehr so leicht wie noch im letzten Sommer. Allmählich spürte er wohl seine alten Knochen und machte es sich gerne auf jedem geeigneten Plätzchen bequem. Die Jagd überließ er seinem jungen

Freund Henri. Mit einem wohligen Seufzer ließ er sich auf Martins Füße plumpsen und schlief sofort wieder ein.

»Na, dann trinken wir auf gute Nachbarschaft, mein lieber Martin.«

Noch einmal klirrten die Gläser, floss der kühle Wein die Kehlen hinunter.

Kapitel 42

Felix Tourrain überprüfte zum vierten Mal sein Aussehen. Kein Fleckchen auf dem weißen Hemd, das lässig über seiner Jeans hing. Die dunkelbraunen Mokassins frisch gewienert, ohne das geringste Staubkörnchen. Zähne frisch geputzt, die Haare standen etwas ab, aber das war gewollt. Es verlieh ihm, so seine Meinung, ein leicht verwegenes Aussehen. Eine Flasche von dem süffigen roten Perassières stand auf dem Küchentisch, ein Strauß weißer Rosen, die Stile mit nassem Küchenkrepp umwickelt, lag daneben.

Der Anruf von Sabine am Nachmittag spukte erneut in seinem Kopf herum. Was hatte sie nur damit gemeint, sie habe eine eigenartige Beobachtung gemacht? Noch bevor er sie danach hatte fragen können, hatte sie lachend gesagt »Alles weitere heute Abend, es klingelt gerade an der Haustür, und ich darf den Paketboten nicht verpassen. Freu mich auf dich« und hatte aufgelegt. Ja, und, »Tote schlafen fest«, hatte sie noch gesagt. Noch einmal rekonstruierte er das kurze Gespräch. «Felix, ich habe eine eigenartige Beobachtung gemacht«. Dann hatte es geklingelt und Sabine sich verabschiedet. Und dann kam noch dieser merkwürdige Nachsatz. »Dir, als Flic sag ich ja nichts Neues: Tote schlafen fest.«

Felix schüttelte den Kopf. Klar, Tote schliefen fest. Der ewige Schlaf. War das eine Metapher? Er hatte nicht die geringste Ahnung, was Sabine ihm damit sagen wollte. Nun, er würde es in etwas mehr als einer Stunde wissen. Eine winzige Idee durchzuckte sein Gehirn. Doch so schnell sie gekommen war, so schnell war sie auch schon wieder verschwunden. Seine Gedanken waren ganz und gar von Sabine besetzt.

Obwohl frisch geduscht, nebelte er sich bereits zum dritten Mal mit einem herben Männerduft – *Eau de taureau* – ein. Ja, er musste es sich eingestehen, er fieberte diesem Rendezvous entgegen, und wenn er an den Abend und was dieser bringen könnte nur dachte, brach ihm der Schweiß aus allen Poren. Felix war verliebt wie noch nie in seinem Leben.

Nach einer Stunde stand er vor Sabines Haustür. Sie wohnte im dritten Stock eines schicken Appartementhauses, das über acht Wohnungen verfügte. Eine ruhige Gegend, in der man noch einen Parkplatz in der Nähe des Hauses finden konnte. Der Zugang für die Bewohner erfolgte über ein Codeschloss. Felix klemmte sich die Weinflasche und die Blumen unter den Arm und klingelte mit der freien Hand. Nichts passierte. Weder drang Sabines Stimme durch den Türlautsprecher an sein Ohr, noch summte die Tür, geschweige denn, dass sie sich öffnete. Dafür brummte sein Handy in der Hosentasche, ein Ton, der ihm eine WhatsApp-Nachricht verkündete. Felix drückte erneut auf den Klingelknopf, wartete. Nichts. Er trat auf die andere Straßenseite und sah zu einem der Fenster im dritten Stock hoch. So wie das Namenschild von Sabine angebracht war, musste ihre Wohnung zur Straße hin liegen. Weiße Vorhänge versperrten den Blick. Es brannte kein Licht, so viel war festzustellen. Aber es war ja auch noch hell. Am besten rief er sie an, um ihr zu sagen, dass er vor verschlossener Tür stand.

Felix zog sein Handy aus der Hosentasche. Vielleicht war ja die Nachricht von Sabine. Sie stehe noch unter der Dusche oder besorge eine Kleinigkeit, sei noch nicht zu Hause. Tatsächlich, die Nachricht war von ihr. Fast fiel Felix das Handy aus der Hand, als er las, was sie ihm geschrieben hatte. *Tut mir leid, kein Treffen heute Abend, mir ist was dazwischengekommen. Hoffe, du liest die Nachricht noch, bevor du dich auf den Weg machst.* Dahinter ein gelbes rundes Gesicht mit herabgezogenen Mundwinkeln und ein zweites mit einem Heiligenschein. Na toll. Wann hatte Sabine denn die Nachricht geschickt? In der Tat hatte sie ihre Absage versandt, als Felix bereits die ersten Kilometer auf dem Weg nach

Montpellier gefahren war. Aber dann hatte sich die WhatsApp schlafen gelegt und war erst wiedererwacht, als er mit einem empfangsbereiten Handy vor der Wohnung stand.

Enttäuscht kehrte Felix zu seinem Auto zurück und warf Blumenstrauß und Wein auf den Rücksitz. Am liebsten hätte er die Flasche noch an Ort und Stelle entkorkt und seinen Frust mit einem ordentlichen Roten etwas gemildert. Niedergeschlagen setzte er sich hinters Steuer und startete den Wagen. Doch er fuhr nicht los.

Warum hatte sie nicht angerufen? Eine WhatsApp! Wer wusste schon, ob eine solche Nachricht überhaupt rechtzeitig gelesen wurde. Ein Anruf, ja, den konnte man meist direkt entgegennehmen. War das wirklich Sabines Stil, ihn mit ein paar runden Grinsegesichtern zu beschwichtigen? Nein, das sah ihr nicht ähnlich. Außerdem hatte sie ihm zuletzt eine SMS geschickt. Irgendetwas stimmte hier nicht.

Felix stieg aus, schloss den Wagen ab und kehrte zurück zum Haus. Er drückte auf gut Glück auf den Klingelknopf einer Wohnung im zweiten Stock. Loubigny. Keine zehn Sekunden später schnarrte es aus dem Lautsprecher. »Ja, bitte?«

»Ich möchte zu Mademoiselle Chong. Doch sie öffnet nicht. Ich werde erwartet. Würden Sie mich bitte reinlassen?«

Einen Moment Schweigen, dann ein rasselndes Husten. Felix wollte schon die Hoffnung auf baldigen Einlass aufgeben, als es summte und die Haustür auf den Druck seines Armes hin aufsprang. Felix wurde bereits im Flur von Monsieur Loubigny erwartet. Der aufmerksame Nachbar war ein älterer Herr, der trotz der milden Temperaturen in eine dicke Wollweste und einen darübergezogenen flauschigen Morgenmantel gehüllt war. »Sabine wohnt im dritten Stock. Merkwürdig, ich war den ganzen Tag zu Hause, bin erkältet, Sommergrippe. Mir war so, als hätte ich noch vor Kurzem Musik aus ihrer Wohnung gehört. Und ich hatte auch nicht den Eindruck, sie könnte aus dem Haus gegangen sein. Zumal, wenn sie Besuch erwartet hat.«

»Danke. Ich werde oben noch mal klingeln.«

Felix nahm zwei Stufen auf einmal. Unruhe hatte von ihm Besitz ergriffen, ein Gefühl der Angst und Sorge. Trotz seiner guten Kondition kam er atemlos vor Sabines Appartement an. Er klingelte, klopfte, alles vergeblich. Niemand öffnete. Felix war der Verzweiflung nahe. Er spürte, dass hinter der Tür etwas ganz und gar Schreckliches auf ihn wartete. Er rannte wieder hinunter, wo Monsieur Loubigny ihn neugierig erwartete.

»Hat jemand hier im Haus einen Schlüssel zur Wohnung von Sabine?«

»Mon dieu, glauben Sie, ihr ist etwas zugestoßen? Aber nein, wir haben hier keinen Hausverwalter. Und ich wüsste nicht, dass Sabine jemandem ihren Schlüssel anvertraut hat. Aber keine dreihundert Meter weiter, auf der anderen Straßenseite ist ein Vierundzwanzig-Stunden-Schlüsseldienst.«

Felix war schon draußen und rannte die Straße hinunter. Er zeigte seinen Ausweis vor, und wenige Minuten später stand ein schmächtiger kleiner Mann vor Sabines Tür, der geschickt in kürzester Zeit die Tür geöffnet hatte. Monsieur Loubigny hatte sich ebenso vor der Wohnung eingefunden wie eine Nachbarin aus der vierten Etage, die erwartungsvoll versuchte, in das Innere des Appartements zu spähen.

»Bitte, bleiben Sie alle draußen«, wies Felix die Leute an, als er sich an Loubigny vorbei in den Flur drängte. Noch hatte er nicht seine Kollegen um Hilfe gerufen. Nicht auszudenken, wenn die Besetzung eines Streifenwagens die Wohnung stürmen würde, um eine schlafende Sabine in ihrer Badewanne aufzufinden. In seinem Innersten betete er, die Situation möge sich so harmlos klären.

Doch Felix' schlimmste Befürchtung wurden zur Gewissheit. Als er die Küchentür öffnete, musste er für eine Sekunde die Augen schließen. Er fühlte sich einer Ohnmacht nahe und suchte Halt am Küchenbuffet. Vor ihm lag Sabine auf den hellgrauen Fiesen. Das Blut, das sich bis zum Kühlschrank ausgebreitet hatte, war bereits geronnen. Felix atmete tief ein und aus. Mit einem Blick erfasste er die gesamte Situation in der Küche, den umgeworfenen Stuhl, eine Plastikschüssel, die vom Tisch oder der

Anrichte gefegt worden war. Hier hatte ein Kampf stattgefunden, den Sabine mit dem Leben bezahlt hatte.

Vorsichtig näherte er sich der jungen Frau. Sein Herz drohte zu zerspringen. Nur keine Spuren verwischen. Er senkte den Kopf über Sabines Gesicht, fasste sie am Handgelenk. Nur mühsam konnte er seine Tränen zurückhalten. Doch was war das? Felix spürte an seinen Fingerkuppen ein Flattern, leicht wie der Flügelschlag eines Schmetterlings, ein zartes Pochen.

Sabine lebte.

Kapitel 43

»Gibt es Neuigkeiten aus dem Krankenhaus?«

Mathilde schüttelte den Kopf. »Felix meldet sich, sobald er mit den Ärzten sprechen konnte.«

Die Untersuchungsrichterin saß zusammen mit Bouraada und Janerand in ihrem Büro im Palais de Justice.

»Zumindest hat Gallo nichts mit dem Überfall auf Sabine Chong zu tun. Er sitzt noch in Polizeigewahrsam.«

»Und Chabal hat ein wasserdichtes Alibi«, ergänzte Rachid.

Mathilde und die beiden Polizisten hatten sich schon am frühen Morgen im Palais de Justice eingefunden. Die Kollegen in Montpellier hatten die Ermittlungen aufgenommen, die Leute von der Spurensicherung ihre Arbeit in Sabine Chongs Wohnung bereits abgeschlossen. Bouraada und Janerand waren noch am späten Abend nach Montpellier gefahren, um sich ein Bild von den Geschehnissen zu machen. Zu diesem Zeitpunkt war die junge Restauratorin mit lebensgefährlichen Verletzungen bereits im *Centre Hospitalier Universitaire* von Montpellier eingeliefert worden. Ihr Zustand war kritisch. Noch in der Nacht hatte man sie einer Notoperation unterzogen.

»Wäre Lieutenant Tourrain auch nur eine Viertelstunde später gekommen, sie wäre jetzt tot. Alles sieht nach einem Einbruch aus. Trotzdem werde ich das Gefühl nicht los, dass der Überfall auf Sabine Chong etwas mit den beiden anderen Morden zu tun hat.«

Commandant Bouraada stand am Fenster und schaute hinüber zur Arena. Die ersten Touristen hatten sich versammelt, die Kasse öffnete um neun Uhr. Commandant Janerand saß lässig mit übereinandergeschlagenen Beinen auf einem Sessel in der Besprechungsecke. Er schüttelte den Kopf.

»Gallo wird weitere vierundzwanzig Stunden in Gewahrsam bleiben. Er ist unser einziger Verdächtiger. Natürlich, mit dem Überfall auf Chong hat er nichts zu tun. Aber ich persönlich sehe hier überhaupt keinen Zusammenhang. Ich resümiere die Fakten, wenn ich darf?«

Mathilde nickte, und Rachid zuckte mit den Schultern.

»Ich habe keinerlei Anhaltspunkte gewonnen, dass Leone und Creteuil in den Schmuggel antiker Artefakte verwickelt gewesen sind. Die Morde haben einen anderen Hintergrund, einen sehr viel Persönlicheren. Eifersucht ist, das wissen Sie, immer ein starkes Motiv. Lassen Sie Chabal noch mal vorladen, quetschen Sie ihn aus, ebenso Gallo. Und nehmen Sie erneut Persephone Titeux aufs Korn. Befragen Sie Berchwyler, den hatten Sie noch gar nicht auf dem Schirm. Rein körperlich sind beide dazu in der Lage, einem Menschen die Luft zum Atmen mit ihrem Gewicht abzudrücken. Auch hier das Motiv Eifersucht. Zwar anders gelagert, beruflich bedingt, aber nicht weniger hässlich. Dies nur als kollegialer Rat. Der erste Verdacht, das erste Bauchgefühl ist nie das schlechteste. Bei Sabine Chong haben wir eine komplett andere Sachlage. Auf sie ist eingestochen worden, eine spontane Tat, das Küchenmesser lag noch neben dem Opfer. Beim Sturz hat sie sich auch noch schwere Kopfverletzungen zugezogen. Lediglich Fingerabdrücke des Opfers sind auf dem Messergriff zu finden. Keine Schuhabdruckspuren, auch kein Hinweis auf ein gewaltsames Eindringen in die Wohnung. Aber Mademoiselle Chong hat einen Gast erwartet. Lieutenant Tourrain. Sie hat womöglich die Tür geöffnet in der Annahme, er stände bereits vor der Wohnung.

»Janerand, Ihren Rat können Sie sich sparen. Sie erzählen uns nichts, an was wir nicht auch schon gedacht hätten. Aber warum klingelt ein Einbrecher gerade an der Tür von Sabine Chong? Eine Kollegin von ihr ist ermordet worden. Und ebenso der Mann dieser Kollegin. Ich kann mir nicht vorstellen, dass Sabine Chong leichtfertig irgendjemandem die Tür geöffnet hat.« Bouraadas Stimme klang skeptisch.

»Warum nicht? Chong ist abgelenkt, voller Vorfreude auf das Rendezvous. Sie rechnet mit nichts Bösem. Ihre Gedanken drehen sich um den romantischen Abend. Folgendes Szenario: Es klingelt. ›Wer ist da?‹ ›Hallo, EDF, wir wollen die Zählerstände ablesen‹. Sie öffnet. Ein Mann hält ihr kurz einen Ausweis vor die Nase. Sie geht zurück in die Küche, bereitet das Geflügel zu, das sie Lieutenant Tourrain zum Abendessen servieren möchte. Sabine Chong ist ohne Argwohn, sie weiß, dass die Mitarbeiter von EDF auch am Abend arbeiten, der Mann hat sich ausgewiesen. Dann ein merkwürdiges Geräusch. Sie wird misstrauisch, geht dem Mann hinterher. Sieht, wie er die Schubladen durchsucht. Sie rennt in die Küche, greift sich ein Messer. Er entwindet es ihr, sticht zu.«

Rachid schnaubte durch die Nase. »Das ist doch alles sehr weit hergeholt. Warum ruft sie nicht um Hilfe? Und warum flüchtet der Mann nicht einfach?«

»Sie steht unter Schock. Hat nur den Wunsch, ihr Eigentum zu verteidigen. Und er kann nicht darauf hoffen, dass sie ihn nicht identifizieren wird. Also tötet er sie. Aber ich gebe Ihnen recht. Vielleicht ist dieses Szenario doch zu sehr aus der Luft gegriffen. Folgende Idee: Chong betritt ihre Wohnung, der Einbrecher ist schon da, gerät in Panik, sticht zu. Eine kurze, knappe Variante. Überfälle mit Körperverletzung sind doch an der Tagesordnung. Was glauben Sie, was allein in Paris los ist? Im letzten Jahr hatten wir mehr als hunderttausend Raubüberfälle. Auf der Straße, in Parks, in Geschäften, in Häusern. Die meisten Täter sind zwischen achtzehn und zweiundzwanzig. Davon waren knapp neuntausend Überfälle mit Waffengewalt zu verzeichnen. Schlagstöcke, Messer, Schusswaffen, die Täter gehen doch immer brutaler vor. Sie müssen zugeben, ein ›normaler‹«, Janerand versah das letzte Wort mit angedeuteten Häkchen, »Überfall liegt durchaus im Bereich des Möglichen. Ein Zufall. Sabine Chong wurde ein beklagenswertes Opfer während eines Einbruchs. Es hat nichts mit den Morden zu tun.«

»Janerand, das ist mir ein wenig zu viel Zufall. Ich glaube einfach nicht daran. Und was ist mit der Handynachricht an Lieutenant Tourrain, in der sie das Rendezvous absagt?« Bouraada blieb stur.

»Nichts ist damit. Sie hat es sich anders überlegt. Wollte ihm noch schreiben, sie erwarte ihn doch, kam nicht mehr dazu.«

»Nein, auch daran glaube ich nicht.«

»Lieber Kollege, mehr als Ihren Glauben haben Sie nicht zu bieten? Das ist ein wenig spärlich, meinen Sie nicht auch, Mathilde?«

Rachid zuckte zusammen. Mathilde. Er hatte sie Mathilde genannt.

»Die offensichtlichen Fakten sprechen tatsächlich für einen Einbruch, in dessen Verlauf Sabine Chong tätlich angegriffen und schwer verletzt wurde, Commandant Janerand, das wird niemand von uns bestreiten«, wandte sich die Untersuchungsrichterin an den Kollegen aus Paris. »Andererseits …«

Rachid atmete auf. Für Mathilde also immer noch Janerand. Ein winziges persönliches Triumphgefühl. Doch es verflog in der Geschwindigkeit, mit der ein Regentropfen auf einem Stein zerplatzt. Jetzt hatte er die Nase endgültig voll. Er nahm Mathilde das Wort aus dem Mund.

»Genau, andererseits sieht alles wie eine große Inszenierung aus. Herausgerissene Schubladen, die Matratze, die vom Bett gezerrt worden ist, Schranktüren, die brutal geöffnet wurden, das Portemonnaie, in dem außer ein paar Cent nichts mehr drin war, ein Schmuckkästchen, geleert, auf dem Küchentisch. Theaterdonner, mehr nicht. Was soll es bei Sabine Chong zu holen gegeben haben, was ein regelrechtes Auseinandernehmen der Einrichtung zur Folge hatte? Bei einer jungen Frau? Gut, die Eltern sind wohlhabend, aber Sabine lebte doch eher in bescheidenen Verhältnissen. Kleider aus Boutiquen für den kleinen Geldbeutel, ein Fernseher, mindesten sieben Jahre alt. Im Kühlschrank Lebensmittel vom Discounter.«

Janerand unterbrach Bouraada. »Ob und was in dieser Wohnung einem Einbrecher begehrenswert erschien, wissen wir erst, wenn Chong ansprechbar ist und es uns erzählen kann. Dann erfahren wir auch mehr über die Person, die ihr das angetan hat. Allerdings nur, wenn sie sich erinnert. Oft besteht eine Amnesie, ein Schutz des Gehirns nach erlebten Traumen. Die Ärzte wissen noch nicht einmal, ob sie überhaupt wieder klar denken kann, wenn sie sie das Bewusstsein wiedererlangen lassen.«

Bouraada atmete tief ein, um erneut zu kontern. Mathilde ging dazwischen. Mit einem Streit zwischen den beiden Männern war niemandem gedient.

»Messieurs, das Wichtigste ist doch, Sabine Chong überlebt diesen brutalen Überfall. Wenn sie erwacht, wenn sie wieder zu uns sprechen kann, wissen wir mehr. So lange lassen wir die Kollegen in Montpellier ihre Arbeit machen. Commandant Bouraada, ich gebe Ihnen insoweit recht, dass dieser zeitnahe Überfall auf Sabine Chong in der Tat einen merkwürdigen Zufall darstellt. Wir können es drehen und wenden, wie wir wollen, im Moment deutet jedoch nichts auf einen Zusammenhang zwischen den Morden an Leone und Creteuil und dem Überfall hin. Es bleibt uns nichts anderes übrig, als uns tatsächlich noch mal mit den Aussagen von Chabal, Gallo, Titeux und auch Berchwyler zu beschäftigen. Ich will damit nicht sagen, dass wir wieder von vorne anfangen, aber ich glaube, wir haben irgendetwas Wichtiges übersehen.«

Mit einem überheblichen Lächeln nickte Janerand in Rachids Richtung. In diesem Moment hätte Bouraada seinem Kollegen am liebsten die Faust in die arrogante Visage gerammt.

»Rachid, ich lasse zunächst Chabal noch mal vorladen. Und Ihnen, Commandant Janerand, danke ich für Ihre Unterstützung. Wie ich hörte, fahren Sie morgen wieder nach Paris zurück?«

Janerand nickte. »Das Verbrechen hat in Paris keine Pause gemacht während meines Aufenthalts im Süden, den ich, wenn ich mir die Bemerkung erlauben darf, sehr genossen habe. Und das hat nicht wenig mit Ihrer Person zu tun hat, Madame le juge. Bereiten Sie mir die Freude, heute Abend mit mir ein Glas Wein zu trinken und eine Kleinigkeit zu essen? Das gilt natürlich auch für Sie, Bouraada. Wenn Sie mögen.«

Mathilde warf einen kurzen Blick zu Rachid. Ihr war nicht entgangen, wie sehr sich der Commandant beherrschen musste. Die Muskeln seines Unterkiefers spannten sich an. Jetzt nur kein falsches Wort, hoffte Mathilde.

»Danke, aber ich habe heute Abend bereits etwas vor.«

»Und Sie, Madame le juge?«

»Gerne, aber nur auf ein Glas Wein, Commandant Janerand. Für mehr reicht heute Abend meine Zeit leider nicht.«

*

»Kann ich Sie nicht noch zu einem zweiten Glas überreden, Mathilde? Ich gestehe Ihnen, um eines beneide ich Sie wirklich. Sie leben in einer Gegend, die der liebe Gott in vielen Punkten bevorzugt behandelt hat. Und dazu gehört auch dieser Rotwein. Ein Hochgenuss. Und Ihr Großvater zählt ebenfalls zu denen, die uns dieses Geschenk machen?«

»Nein und Ja. Nein, keinen Wein mehr. Es ist schon später geworden als beabsichtigt. Und ich muss noch fahren. Mein Großvater erwartet mich. Doch wenn Sie die Weine aus unserer Region so schätzen, dann kommen Sie doch bei Ihrem nächsten Besuch vorbei. Die Weine des Châteaus de Boncourt können mit diesem hier«, sie zeigte auf die Flasche mit einem süffigen Costière des Nîmes, »mehr als mithalten«.

»Dann will ich Sie nicht länger von Ihren Verpflichtungen abhalten, Madame le juge. Es war eine äußerst angenehme Zusammenarbeit mit Ihnen. Ich hoffe, ich habe nicht den Eindruck erweckt, Commandant Bouraada zu sehr ins Handwerk gepfuscht zu haben. Und sollte Ihr Weg Sie nach Paris führen, zögern Sie nicht, mich zu kontaktieren. Ich freue mich jetzt schon darauf, Ihnen das Nachtleben der Stadt zu zeigen. Und lassen Sie mich Ihnen zum Abschied noch ein Geständnis machen, Mathilde. Von all den Untersuchungsrichtern, mit denen ich bis jetzt zu tun hatte, sind Sie der weitaus Charmanteste und Hübscheste.«

Der Commandant ergriff Mathildes Hand, führte sie an seine

Lippen, hauchte einen imaginären Kuss darauf. Der Klingelton ihres Handys rettete sie vor einer Entgegnung.

»Bonsoir, Felix, gibt es endlich Neuigkeiten?«

Entschuldigend schaute sie zu Janerand, der sie gespannt anblickte. Eine lange Pause entstand, in der Mathilde nur zuhörte.

»Ja, und das bedeutet?« Mathilde wechselte das Handy vom rechten zum linken Ohr. Wieder eine lange Pause.

»Ich verstehe. Ich, das heißt wir, – ich sitze mit Commandant Janerand bei einem Glas Wein – sind erleichtert. Und sie wird wieder ganz gesund werden? So ein Glück. Felix, ich danke Ihnen für Ihren Anruf.«

Langsam legte Mathilde ihr Handy zurück in ihre Handtasche. Sie tauschte es gegen eine Schachtel Gauloises. Ohne Janerand zu fragen, steckte sie sich eine Zigarette zwischen die Lippen. Noch bevor sie ihr Feuerzeug, das in den Tiefen ihrer Tasche verschwunden war, hervorkramen konnte, hatte Janerand bereits ein Zündholz an ihre Zigarette gehalten. Der Tabak glomm auf, Mathilde inhalierte tief.

»Entschuldigen Sie, Commandant, aber die hab ich jetzt gebraucht. Sabine Chong ist über den Berg. Die Milz musste ihr entfernt werden, und noch ist sie nicht ansprechbar. Es wird sicher eine Weile dauern, bis wir zu ihr dürfen. Nur den engsten Familienmitgliedern ist der Zutritt in die Überwachungsstation erlaubt. Doch sie wird durchkommen, ja, sie wird leben.«

Kapitel 44

Felix saß auf einem unbequemen Plastikstuhl vor dem Zimmer der Überwachungsstation. Sabines Mutter war vor einer Stunde angekommen. Ihr Vater saß bereits im Flugzeug. Er würde am nächsten Tag aus Shanghai eintreffen. Die Ärzte hatten Madame Chong mit ernster Miene begrüßt. Felix hatte sich ihr kurz vorgestellt, dann war Sabines Mutter hinter der breiten Glastür verschwunden. Sabine war bereits operiert, ihr Zustand war nach wie vor kritisch, aber nicht mehr lebensbedrohlich. Drei leere Pappbecher standen neben Felix' Stuhl. Der Kaffee sollte ihn eigentlich wach halten. Doch der Genuss der Brühe hatte unangenehme Magenschmerzen zur Folge. Der Kaffee und die Sorge um Sabine ließen sein Innerstes verkrampfen. Und dazu dieser Geruch. Eine Mischung aus Desinfektionsmitteln und Angst.

Landschaftsfotografien hinter Glas lenkten ihn für wenige Augenblicke ab. Felix' Blick blieb an einem Lavendelfeld in voller Blütenpracht hängen. Dunkelviolette Blütenstände neigten sich sanft im Wind. Kalenderblattidylle. In seinem Kopf kreiste immer wieder derselbe Gedanke. Was hatte Sabine ihm sagen wollen? Auf was war sie gestoßen? Sie musste etwas entdeckt haben, was mit den Morden an Leone und ihrem Mann zusammenhing. An einen Einbrecher, den Sabine überrascht und der zugestochen hatte, glaubte Felix keine Sekunde. Obwohl alles dafür sprach. Er hatte Mathilde und Rachid bereits die gute Nachricht übermittelt, dass Sabines Zustand stabil war. Doch sollte er die Untersuchungsrichterin und seinen Chef auch darüber informieren, dass sie vielleicht etwas entdeckt hatte, was die beiden Morde betraf? Hatte jemand versucht, sie zu töten, sie zum Schweigen zu bringen? Felix rang mit sich. Nein. Er wollte zunächst selbst Licht ins Dunkel bringen. Er schloss die Augen, um nachzudenken, und war in kürzester Zeit eingenickt.

Das schabende Geräusch, als die Glastür sich wieder öffnete, riss ihn aus seinem Kurzschlaf. Die Intensivschwester stand vor ihm, einen grünen Kittel, passende Kopfhaube und einen Mundschutz in der Hand.

»Sie dürfen jetzt zu ihr.« Sie lächelte ihm freundlich zu.

Felix zog sich die Montur über und betrat zögerlich das Krankenzimmer. Madame Chong saß neben ihrer Tochter. Sabine lag mit geschlossenen Augen im Krankenbett. Weiß wie Schnee, die Haare schwarz wie Ebenholz. Blanche-Neige, Schneewittchen. Nur ihre Lippen waren nicht rot wie Blut. Man brachte sie in ein anderes Zimmer. Neben dem Bett der Galgen, an dem jede Menge Flaschen und Beutel hingen, die mit ihrem Körper verbunden waren und ihm den notwendigen Lebenssaft einträufelten. Felix wagte kaum zu atmen. So zart und zerbrechlich sah Sabine aus. Sanft streichelte er ihr über die linke Hand. In der rechten steckten Kanülen, die Hand war angeschwollen.

Felix wandte sich an Sabines Mutter. »Ich werde herausfinden, wer Sabine das angetan hat. Das verspreche ich Ihnen, Madame Chong.«

Sabines Mutter nickte ihm zu. »Danke«, flüsterte sie kaum hörbar.

Felix hob die Hand zu einem kurzen Abschiedsgruß, berührte noch einmal mit den Fingerspitzen zärtlich Sabines Gesicht. Draußen zog er die Krankenhauskleidung aus. Weil er nicht wusste, wohin damit, faltete er den Kittel zusammen und legte ihn mit Kappe und Mundschutz auf den Stuhl. Er musste sich jetzt konzentrieren, konzentrieren auf den Gedanken, der sein Hirn im Schlaf wie ein Blitz durchzuckt hatte. Dieser eine Satz hatte sich in seinem Kopf festgesetzt, dieser Satz, den Sabine am Ende ihres Gesprächs gesagt hatte, die Worte, die ihm nun wie ein Rätsel erschienen, das sie ihm aufgegeben hatte. *Dir als Flic sag ich ja nichts Neues: Tote schlafen fest*. Er, der Flic. Tote schlafen fest. Das war keine Aussage, das war ein Zitat. Ein Titel.

Felix fiel es wie Schuppen von den Augen. In Sekundenschnelle setzten sich alle Puzzleteile zusammen. Er sprang auf, der Stuhl fiel mit lautem Scheppern auf den Boden. Während der Lieutenant dem Ausgang zustrebte, hörte er den laut schrillenden Ton der Sirenen der Rettungswagen. Doch er war nur zu einem einzigen Gedanken fähig. Hoffentlich waren die Bänder noch nicht gelöscht!

*

Stunden später.

Gespenstische Stille herrschte in den Fluren der Klinik. Mehr konnte er im Moment nicht tun. Hier sitzen und warten. Er war nicht alleine. Ein beruhigendes Gefühl. Wenn es passieren würde, wären sie binnen Sekunden da.

Bouraada hatte ihm offen gesagt, dass er bei dem Gedanken an diesen Plan Magenschmerzen habe. Letztendlich aber hatte er zugestimmt. Ganz ähnlich war es bei Mathilde gewesen. Sie hatte ihn zur Vorsicht ermahnt, ihm klargemacht, welche Konsequenzen es haben würde, wenn auch nur die kleinste Kleinigkeit schief lief.

Und jetzt saß er hier, hinter der weißen Wand aus Stoff. Die Uhr tickte unaufhörlich. Tick, tack, tick, tack. Der Sekundenzeiger. Wie oft hatte er die letzten Atemzüge eines Patienten mit seinem fordernden tick, tack, tick, tack begleitet. Er hatte sich nie aus der Ruhe bringen lassen, hatte nie auf seinem Weg von zwölf nach zwölf innegehalten, hatte nicht haltgemacht, wenn es dann aus und vorbei war. Wo mochte die Seele eines Verstorbenen dann hingehen? Felix glaubte daran, an die Seele, die die sterbliche Hülle verließ. Etwas musste doch bleiben. Als sein Großvater gestorben war, hatte Felix' Vater das Fenster geöffnet, der Seele den Weg in die Freiheit geebnet.

»Da hinten fliegt sie«, hatte er mit Tränen in den Augen gesagt.

»Wer?«, hatte Felix gefragt. Er war sieben Jahre alt gewesen.

»Die Seele deines Großvaters.«

Felix war zum Fenster gerannt und hatte hinausgeschaut. Es

war ein absolut windstiller Tag gewesen. Kein Lüftchen war zu spüren. Er hatte nichts gesehen. Zuerst. Doch dann blieb sein Blick an einem alten Maulbeerbaum hängen. Die großen Blätter hingen schlapp in der nachmittäglichen Hitze. Und da, eines der Blätter bewegte sich, flatterte auf wie zu einem kurzen Gruß. Da war Felix sich sicher gewesen. Die Seele hatte das Blatt beim Vorbeifliegen gestreift.

Vorsichtig bewegte er sich auf dem Stuhl, streckte die Beine von sich. Sein linker Fuß war eingeschlafen. Er hob ihn an, drehte ihn im Gelenk, schüttelte ihn leicht. Nur kein Geräusch machen.

Tick, tack, tick, tack.

Seine Nerven waren zum Zerreißen angespannt. Und wenn er sich nun irrte? Nein. Es gab keine Zweifel.

Sekunden, Minuten, Stunden krochen dahin. Die Apparaturen, an denen die durchsichtigen Lebensfäden hingen, piepsten leise und irgendwie beruhigend vor sich hin.

Und da war es. Das Geräusch, auf das Felix gewartet hatte. Nicht das Quietschen von Pantoletten, die die Schwestern trugen, auf Linoleum. Nicht das kurze gehetzte Auftreten der Ärzte, die von Patient zu Patient eilten, nicht der vorsichtig schlurfende Gang eines Angehörigen, der Vater, Schwester oder Kind voller Sorge besuchte. Der Schritt war gleichmäßig, ruhig, ohne Eile.

Die Nachtschwester hatte sich zurückgezogen. Sie verließ das Schwesternzimmer nur im Notfall. Die Anmeldung war verwaist. Felix zählte die Sekunden. Die Schritte verharrten. Dann ein kaum hörbares Quietschen von Ledersohlen auf gewischtem Linoleum. Wandten sich die Schritte weg von der Tür? War doch alles ein Irrtum?

Felix wartete. Nein, die Person blieb vor der Tür stehen. Und dann, endlich. Langsam senkte sich die Türklinke, bedächtig, ohne ein Geräusch wurde die Tür aufgeschoben. Die Schritte kamen näher. Ihnen allen blieben nur wenige Sekunden. Der jungen Frau, um vom Leben in den Tod befördert zu werden, Felix, um dies zu verhindern, Rachid und den Kollegen, um einzugreifen, dem Täter, um seine Tat zu vollenden.

Felix hielt den Atem an. Der kleinste Schnaufer würde alles zunichtemachen. Das Bett neben dem von Sabine war bis auf ein Kissen und einen Stapel akkurat gefalteter Laken leer.

Vorsichtig und konzentriert hoben zwei behandschuhte Hände das Kopfkissen mit den azurblauen Streifen hoch. Legten es leicht der jungen Frau aufs Gesicht, verstärkten dann den Druck.

Und plötzlich ging alles rasend schnell. Felix sprang hinter dem Paravent hervor, gleißendes Licht blendete ihn für den Bruchteil einer Sekunde, Rachid Bouraadas Hände packten Schultern, rissen einen Körper herum. Auf dem Flur, im Zimmer wimmelte es von bewaffneten Polizisten.

Und dann die ruhige Stimme von Mathilde de Boncourt. Sie stand in der Tür, hinter ihr flackerte unruhig das Licht einer Neonröhre an der Decke des Korridors. Es schien, als würden Mathildes Haare sprühende Blitze aussenden.

»Commandant Bouraada, Lieutenant Tourrain, der Kollege aus Paris gehört jetzt Ihnen.« Die Untersuchungsrichterin wandte sich an die junge Frau, die sich vom Krankenbett erhoben hatte. »Und Ihnen, Brigadier Li Tsang, danke ich für Ihren nicht alltäglichen und mutigen Einsatz.«

Kapitel 45

»Hörst du das? Ich glaube, es ist die Erste für dieses Jahr.«

Mathilde und Martin horchten in die abendliche Stille.

»Ich höre nichts. Ich glaube, das warst du. Das Rascheln, als du das Papier entfernt hast. Du hast es für das Singen einer Zikade gehalten. Eigentlich ist es mittlerweile zu kühl dafür.«

»Ich hätte schwören können, dass direkt zwischen den Lindenblättern das Zirpen zu hören war. Da, schon wieder.«

Er lauschte. Nichts mehr. Die Insekten ließen sich auch nicht gerne stören. Bei der kleinsten Erschütterung stellten sie das Gezirpe ein. Mathilde saß entspannt in einem alten Korbsessel. Dieser Sessel, den Manuel eigentlich auf den Müll hatte werfen wollen, und ein ebenso altersschwacher unbequemer Holzstuhl nebst wackeligem rundem weißen Plastiktisch waren die einzigen Möbel, die Manuel nicht ins Gutshaus mitgenommen hatte. Martin musste das alte Haus komplett neu einrichten. Ihm war das nur recht. Mathilde hatte das Haus noch nie von innen gesehen, und Martin hatte es ihr voller Stolz bis in den hintersten Winkel vorgeführt.

»Die Küche soll modern werden, aber mit Holzfronten. Weißt du, so ein Mix aus alt und modern. Die Steinspüle lasse ich drin. Und der Kamin, allein der Kamin war's doch wert, sich für dieses Haus zu entscheiden.«

Besagter Kamin nahm fast ein Viertel der Wohnzimmerwand ein. Die beiden Schlafzimmer waren klein. Doch das spielte für Martin keine Rolle. Er hatte nur Augen für den alten Dielenboden und die Dachbalken gehabt.

»Der Boden muss abgeschliffen werden. Ich hoffe nur, der

Holzbock sitzt nirgendwo drin. Vorsichtshalber behandle ich alle Holzteile. Gut das Bad, das Bad ist gewöhnungsbedürftig. Es muss modernisiert werden. Aber für die ersten Wochen wird es gehen. Wenn es wärmer ist, kann ich mich draußen am Brunnen waschen. Und ich kann Petit-Castelet zu Fuß erreichen. So klein, wie der Ort ist, alles ist da. Bäcker, Metzger, Kneipe. Was brauch ich mehr!«

Martin hatte ohne Punkt und Komma geredet. Mathilde musste zugeben, das Haus hatte wirklich seinen eigenen Charme. Aus grobem Stein der Gegend gebaut, die Fußböden aus den Eichenstämmen, die über Jahrhunderte hier gewachsen waren. Ein Haus, das zu Martin passte.

Nun saßen sie draußen neben dem kleinen Bauerngarten, den Manuels Frau liebevoll angelegt hatte. Kräuter, drei Zucchinipflanzen, Beerensträucher und Wildblumen, die Schwalbenschwänzchen, Bienen und Hummeln anlockten.

»Hast du gesehen? Hinter dem Haus ist ein kleiner Stall. Halt mich für verrückt, aber ich glaube, ich werde ihn wieder mit Leben erfüllen. Vielleicht ein Esel, oder Hühner. Und am Ende des Gartens stehen Bienenkörbe. Bleib da bloß weg. Ich habe die Bewohner heute Morgen schon aufgeregt. Sie müssen sich erst an ihren neuen Nachbarn gewöhnen. Weißt du, es ist wie in einem dieser kitschigen Filme. Ich komme mir vor, wie in eine Schnulze hineinversetzt. Aber wenn man es selbst erlebt, das Haus, die Landschaft, die Ruhe, die Gerüche, es ist einfach nur schön.«

Martin gab einen wohligen Seufzer von sich.

»So, und jetzt verschwinde mal für fünf Minuten. Ich hab nämlich eine Überraschung vorbereitet.«

Mathilde war um das Haus herumgegangen, hörte Martin kramen und singen. Als sie zurückkam, war der Tisch gedeckt. Martin hatte sich von Odile eine rot-weiß-karierte Tischdecke geliehen. In einem Kühler stand eine Flasche Crémant de Limoux. Zwei Teller, Besteck, zwei einfache Weingläser, in die er den Schaumwein goss. Die Gläser klirrten, der eiskalte Crémant war prickelnd und erfrischend.

»Zum Essen hat mir Philippe noch zwei Flaschen Weißwein aus dem Keller deines Großvaters mitgegeben. So, und jetzt, bon appétit.«

Paté von der Ente mit grünem Pfeffer, eine würzige Salami, schwarze Oliven, ein Stück kräftiger Roquefort, knuspriges Brot. Leben wie Gott in Frankreich.

Nach dem Essen packte Martin alles sorgsam wieder ein und verfrachtete die Lebensmittel in die Kühltasche.

»Und nun erzähl. Wie ist Felix auf die Idee gekommen, dass es Janerand war?«

Die Flasche Crémant hatten sie zum Essen geleert, jetzt ploppte der Korken aus einer Flasche Weißwein. Mathilde lehnte sich in ihrem Sessel zurück.

»Et bien. Wo fange ich da am besten an? Janerand lebt auf großem Fuß. Das hat niemanden verwundert, stammt er doch aus einer wohlhabenden Familie. Oder besser, ehemals wohlhabenden Familie. Sein Vater, ein Spieler, hat Haus und Hof beim Pferderennen verloren. Das hat Janerand natürlich niemals an die große Glocke gehängt. Aber es muss ihm sehr schnell, nachdem die Geldquelle, der Zuschuss seines Vaters für seinen aufwendigen Lebensstil, versiegt war, klar geworden sein, dass er auf zusätzliche Einnahmen nicht verzichten konnte und wollte. Als er einen Antiquitätenhändler, der Hehlerware angeboten hat, hochnahm, hat der versucht, Janerand zu bestechen. ›Lass mich laufen, es wird dein Schaden nicht sein‹. Da hat Janerand noch widerstanden. Auch beim Nächsten und beim Übernächsten. Es waren wohl auch keine großen Summen, die man ihm geboten hatte. Peanuts, würde man sagen. Die meisten dieser Händler kommen auch nur geradeso über die Runden. Und dann kam der Tag, an dem Janerand das große Geschäft witterte. Nicht die Zwischenhändler konnten ihm seinen Lebensstil finanzieren, sondern die Endabnehmer. Sprich, die reichen Leute, die ein Vermögen für die antiken Schätze bezahlten. Und da hat unser Mann auch nicht lange gefackelt. Er hat erst gar nicht abgewartet, bis ihm jemand ein Angebot unterbreitet hat, sondern sofort mit Erpressung im großen Stil begonnen. Nie große Summen bei einer einzelnen Person, aber insgesamt genügend, um sich eine Patek Philippe am Handgelenk zu leisten. Und dann hat er durch Zufall Flavia Leone kennengelernt. Sie war tatsächlich vor drei Jahren in den Verdacht geraten, mit ihrem Mann antike Artefakte nach Frankreich zu schmuggeln und diese zu versilbern. Eine anonyme Anzeige. Es wurde nie herausgefunden, wer die beiden damals angeschwärzt hat. Janerand sah sich unvermutet an der Quelle all des Reichtums. Offiziell hat er den Verdacht gegen Leone ganz schnell ausgeräumt. Ihr Name taucht noch nicht mal in irgendwelchen Akten auf. Janerand hat doppelt kassiert. Hat Geld von Leone genommen, wenn sie die Antiquitäten verkauft hat, und den Kunden von Leone zusätzlich Bares abgeknöpft. Und dann ging alles ganz schnell. Flavia und der Kapitän wollten aussteigen, drohten ihrerseits, ihn auffliegen zu lassen. Mit dieser Erpressung haben sie ihr Todesurteil unterzeichnet. Sei so lieb, schenk mir bitte noch nach.«

Mathilde fuhr fort.

»Und dann hat Janerand seine Chance genutzt. Als wir um einen Fachmann für unsere Ermittlungen nachsuchten, war er als Spezialist für Antikenschmuggel aus dem Vorderen Orient und Ägypten natürlich die erste Wahl. Und er hat seine offiziellen Untersuchungen hier genutzt, um sich davon zu überzeugen, nicht das kleinste Fitzelchen, das ihn in Verdacht bringen könnte, übersehen zu haben. Und er hat natürlich auch die Handys der Toten und den Laptop von Flavia verschwinden lassen.«

»Und was hat ihm dann letztendlich das Genick gebrochen?«

»Der Mordversuch an Sabine Chong ist ihm zum Verhängnis geworden. Sabine hat Janerand in der Restaurierungswerkstatt wiedererkannt. Nicht direkt. Es war eine kleine Geste, die ihn verraten hat. Wochen vorher war er bei Flavia im Büro gewesen. Sabine hat ihn nur von hinten gesehen, ein großer Mann mit kurzem blondem Haar. Aber er hat so einen kleinen Tick. Wenn er nachdenkt, reibt er sich ziemlich heftig am Ohrläppchen. Das war ihr damals aufgefallen. Und diese Geste war ihr nicht entgangen, als Felix mit Janerand in ihrer Werkstatt war. Janerand wurde zu seinem Entsetzen klar, dass Sabine um seine Bekanntschaft mit Flavia wusste und wahrscheinlich eins und eins zusammenzählen würde. Als er Sabine zu Hause aufsuchte, machte sie leider den Fehler, ihm zu öffnen. Er drang in die Wohnung ein. Allerdings hatte er nicht mit der starken Gegenwehr der jungen Frau gerechnet. Es kam zum Kampf. Das Messer, das Sabine zu ihrer Verteidigung ergriff, bekam Janerand zu fassen und stach auf sie ein. Bevor er die Wohnung verließ, ließ er es wie einen Einbruch aussehen. Er schickte Felix eine Nachricht von Sabines Handy, in der Hoffnung, dass der sich erst gar nicht auf den Weg nach Montpellier machen würde. Eigentlich hatte Janerand geplant, Sabine ebenfalls zu ersticken. Doch sie mit dem Messer zu töten, kam ihm dann gerade recht. Denn so würde auf den ersten Blick kein Zusammenhang zwischen den beiden ersten Morden und dem an Sabine hergestellt werden. Allerdings hatten Rachid und Felix gleich den richtigen Riecher. Rachid konnte Janerand von Anfang an nicht ausstehen. Und auch ich hätte meinem Instinkt vertrauen sollen. Seit Louis VIII. hegen wir Südfranzosen ein gesundes Misstrauen gegenüber dem Norden.«

Martin schmunzelte. Das passte zu Mathilde. Sie hätte sich wahrscheinlich mit Klauen und Zähnen dem französischen König Louis VIII. entgegengestellt, als dieser 1226 dem Vicomte von Nîmes dessen Vizegrafschaft entriss.

»Und wie ist Felix dem Mörder auf die Schliche gekommen? Und wie ist es Janerand überhaupt gelungen, in kurzer Zeit die beiden Morde zu begehen und dann, ohne eine Spur zu hinterlassen, wieder nach Paris zu verschwinden?«

»Felix hat einen Anruf von Sabine erhalten. Sie machte eine Andeutung, sie sei irgendwas auf der Spur. Als sie dann angegriffen wurde, war zumindest Felix sofort klar, dass Sabine tatsächlich etwas entdeckt haben musste. Er rief sich noch einmal ihre Worte ins Gedächtnis. Und an dem Satz ›Tote schlafen fest‹ blieb er hängen. Sie hatte gesagt, ›Dir als Flic sag ich ja nichts Neues: Tote schlafen fest‹. Und das hat Felix auf die Spur gebracht. Ja, ich weiß, es hört sich weit hergeholt an. Aber du musst wissen, Sabine und Felix lieben alte Filme.«

»Humphrey Bogart. Tote schlafen fest. Bogart als Detektiv Philip Marlowe.« Martin war voller Bewunderung.

»Genau. Und Marlowe reibt sich im Film immer dann, wenn er nachdenkt, sein Ohrläppchen. Angeblich dreizehnmal im Film. Und darauf hatte Sabine angespielt. Nachdem Felix den Satz ›Tote schlafen fest‹ als Filmtitel erkannt hatte, war es ein Leichtes für ihn, sich an diese typischen Szenen zu erinnern, in denen sich Bogart alias Marlowe das Ohr reibt. Und ihm war nur eine Person bekannt, die beim Nachdenken dasselbe macht: Antoine Janerand.« Mathilde lachte und rieb sich vergnügt ihr Ohrläppchen. »Und dann ging alles ganz schnell. Im Bahnhof ließ er sich die Aufnahmen der Überwachungskamera vom Sonntag zeigen. Et voilà, da sprang Janerand aus dem Zug, spazierte durch den Bahnhof, und Stunden später das Ganze wieder in Richtung Paris. Der TGV braucht knapp drei Stunden. Er hat seine Mission erledigt und war zum Abendessen schon wieder in Paris. Und für die Fahrten zur Grabung und nach Sète hatte er sich am Bahnhof einen Mietwagen genommen.«

Mathilde schlang die Arme um ihren Oberkörper. Obwohl es noch frühsommerlich mild war, fröstelte sie.

»Warte, ich habe ein paar Decken im Auto.«

Martin sprang auf und lief zu seinem Wagen. Ein Motorengeräusch durchbrach die Stille, als er Mathilde ein kariertes Wollplaid um die Schultern legte. Beide schauten zu dem unbefestigten Weg, der zum Haus führte. Eine Staubwolke kündigte an, dass sich ein Auto näherte. Es war der silbergraue Renault von Rachid Bouraada.

Mathilde registrierte sofort Rachids Gesichtsausdruck, der noch ernster war als sonst. Er begrüßte die beiden und schaute sich aufmerksam um. »Schön haben Sie's hier, Martin. So ruhig, fast gottverlassen. Ein schönes Fleckchen Erde. Wollen Sie für immer hierbleiben, oder wird es ein Zweitwohnsitz für die Ferien werden?«

»Das weiß ich noch nicht so genau, Rachid. Zumindest werde ich das nächste halbe Jahr hier verbringen. Trinken Sie einen Schluck mit uns?«

Martin zeigte auf die Kühltasche, in der noch eine weitere Flasche Weißwein steckte.

»Ich glaube, in der Küche stehen noch ein paar Gläser herum. Ich spüle Ihnen eines aus.«

Martin verschwand im Haus, nachdem Rachid genickt hatte.

»Ein Glas Wein ist jetzt genau das Richtige. Es dürfen auch gerne zwei sein.«

»Rachid, was ist los?«

Das Frösteln in Mathildes Körper hatte sich in Eiseskälte verwandelt, eine Kälte, die ihr Herz zu umschließen drohte.

»Ich wollte es Ihnen persönlich sagen, Mathilde.«

Das Eis umschloss jetzt ihr Herz wie ein Panzer. Was wollte er ihr persönlich mitteilen? Angst durchströmte sie wie eine Welle, ihre Eingeweide zogen sich zusammen. Sie schnürte ihr die Kehle zu. In diesem Moment erkannte Mathilde mit jeder Faser ihres Seins, dass sie es nicht ertragen würde, wenn Rachid Bouraada aus ihrem Leben verschwand. Würde er die Stadt verlassen, hatte er seine Versetzung beantragt? Wollte er gar aus dem aktiven Dienst ausscheiden? Stumm blieb sie in ihrem Sessel sitzen.

»Zunächst. Djamel hat das Haus meines Vaters verlassen und sich gestellt. Maître Tasfaout wird seinen Fall übernehmen. Wir alle hoffen, dass es glimpflich ausgeht. Das zum einen.«

Rachid holte tief Luft.

Jetzt kam es, jetzt würde er ihr sagen, er verlasse Nîmes, verlasse sie. Mathilde schloss die Augen, hörte Martin im Inneren des Hauses ein Chanson pfeifen. *Les copains d'abord.*

»Mathilde, der Präfekt ist tot. Ein Unfall auf der belgischen Autobahn. Ein LKW ist am Stauende auf den Wagen des Präfekten aufgefahren. Er ist in seinem Auto zerquetscht worden. Doch das ist noch nicht alles. Er war nicht allein im Wagen. Auf dem Rücksitz entdeckte man ein Mädchen, zehn, elf Jahre alt. Es ist schwer verletzt. Und es handelt sich nicht um eine Verwandte des

Präfekten, auch nicht um die Tochter oder Enkelin von Freunden oder Bekannten. Es ist einfach nur ein kleines Mädchen.«

Mathilde schlug die Augen auf. Die Geschichte war noch nicht zu Ende. Das Mädchen vom Pont du Gard und die anderen Opfer nicht vergessen. Und da hörten sie es. Einem Streichkonzert gleich begrüßten die Zikaden im Maulbeerbaum den nahenden Sommer.

FIN